A GRANDE ILUSÃO

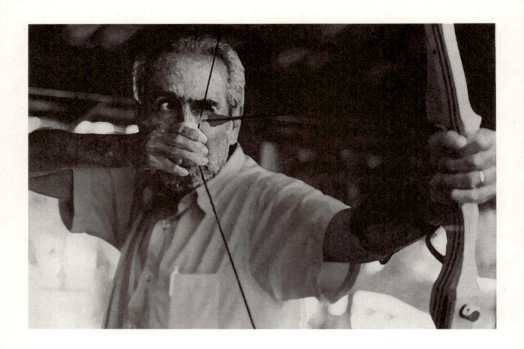

O Arqueiro

GERALDO JORDÃO PEREIRA (1938-2008) começou sua carreira aos 17 anos, quando foi trabalhar com seu pai, o célebre editor José Olympio, publicando obras marcantes como *O menino do dedo verde*, de Maurice Druon, e *Minha vida*, de Charles Chaplin.

Em 1976, fundou a Editora Salamandra com o propósito de formar uma nova geração de leitores e acabou criando um dos catálogos infantis mais premiados do Brasil. Em 1992, fugindo de sua linha editorial, lançou *Muitas vidas, muitos mestres*, de Brian Weiss, livro que deu origem à Editora Sextante.

Fã de histórias de suspense, Geraldo descobriu *O Código Da Vinci* antes mesmo de ele ser lançado nos Estados Unidos. A aposta em ficção, que não era o foco da Sextante, foi certeira: o título se transformou em um dos maiores fenômenos editoriais de todos os tempos.

Mas não foi só aos livros que se dedicou. Com seu desejo de ajudar o próximo, Geraldo desenvolveu diversos projetos sociais que se tornaram sua grande paixão.

Com a missão de publicar histórias empolgantes, tornar os livros cada vez mais acessíveis e despertar o amor pela leitura, a Editora Arqueiro é uma homenagem a esta figura extraordinária, capaz de enxergar mais além, mirar nas coisas verdadeiramente importantes e não perder o idealismo e a esperança diante dos desafios e contratempos da vida.

A GRANDE ILUSÃO
HARLAN COBEN

Título original: *Fool me Once*

Copyright © 2016 por Harlan Coben
Copyright da tradução © 2017 por Editora Arqueiro Ltda.

Todos os direitos reservados. Nenhuma parte deste livro pode ser utilizada ou reproduzida sob quaisquer meios existentes sem autorização por escrito dos editores.

tradução: Marcelo Mendes

preparo de originais: Tamara Sender

revisão: Luiza Conde e Natalia Klussmann

diagramação: Abreu's System

capa: Elmo Rosa

impressão e acabamento: Cromosete Gráfica e Editora Ltda.

CIP-BRASIL. CATALOGAÇÃO NA PUBLICAÇÃO
SINDICATO NACIONAL DOS EDITORES DE LIVROS, RJ

C586g

    Coben, Harlan
        A grande ilusão / Harlan Coben ; tradução Marcelo Mendes. - 1. ed. - São Paulo : Arqueiro, 2021.
        304 p. ; 23 cm.

        Tradução de: Fool me once
        ISBN 978-65-5565-196-6

        1. Ficção americana. I. Mendes, Marcelo. II. Título.

21-71571   CDD: 813
                                                                CDU: 82-3(73)

Meri Gleice Rodrigues de Souza - Bibliotecária - CRB-7/6439

Todos os direitos reservados, no Brasil, por
Editora Arqueiro Ltda.
Rua Artur de Azevedo, 1.767 – Conj. 177 – Pinheiros
05404-014 – São Paulo – SP
Tel.: (11) 2894-4987
E-mail: atendimento@editoraarqueiro.com.br
www.editoraarqueiro.com.br

Para Charlotte.
Não importa quanto você cresça,
ainda é minha menininha.

capítulo 1

JOE ESTAVA SENDO ENTERRADO três dias após ter sido morto.

Maya usava uma roupa preta, tal como condizia às viúvas enlutadas. Sob o sol inclemente, por vezes sentia-se de volta ao deserto em que havia passado tantos meses. Nem sequer ouvia os clichês proferidos pelo pastor da família. Olhava vagamente para a escola do outro lado da rua.

Sim, o cemitério ficava em frente a uma escola de ensino fundamental.

Maya já tinha passado por ali inúmeras vezes, os túmulos à esquerda, o pátio escolar à direita, mas nunca havia atentado para a bizarrice, ou obscenidade, daquela proximidade. Agora se perguntava: quem teria chegado primeiro, a escola ou o cemitério? Quem teria tido a brilhante ideia de construir uma escola primária, ponto de partida de tantas vidas inocentes, em frente a um cemitério, ponto de chegada de outras tantas não tão inocentes assim? Ou teria sido o contrário? Teria mesmo alguma importância a justaposição daqueles dois universos antagônicos? Talvez houvesse alguma sabedoria nisso. A morte andava sempre tão perto, a um suspiro de distância, que talvez fosse mesmo uma boa ideia apresentar o conceito desde cedo aos pequenos.

Era em bobagens assim que Maya pensava enquanto o caixão de Joe descia para a cova. Distrair a cabeça. Esse era o único remédio para atravessar tamanho suplício.

O vestido preto pinicava. Ao longo dos últimos dez anos ela havia comparecido a mais de cem enterros, mas essa era a primeira vez que se vestia inteiramente de preto. Não estava gostando nem um pouco da experiência.

À sua direita estava a família de Joe: a mãe, Judith, o irmão Neil, a irmã Caroline, todos exaustos de calor e tristeza. À esquerda, já começando a ficar inquieta, pendurando-se em seu braço como se este fosse um balanço, estava Lily, sua filhinha de 2 anos, agora órfã de pai. Filhos não vinham com manual de instruções, era o que diziam todos os blogs para pais de primeira viagem. Nada mais verdadeiro naquelas circunstâncias. O que mandava a etiqueta numa situação dessas? Deixar sua filha de 2 anos em casa ou levá-la para o enterro do próprio pai? Não havia uma linha sequer sobre isso em nenhum dos tais blogs que se anunciavam como poços de sabedoria, sempre com uma resposta para tudo. Maya ficara muito tentada a postar sua pergunta online: "Oi, pessoal! Meu marido foi assassinado recentemente. E aí, o que eu faço? Levo minha filhinha de 2 anos pro cemitério ou a deixo em casa? E que roupa ela deve usar? Alguma dica? Valeu!"

Havia centenas de pessoas no enterro, e, num canto mais obscuro de seu cérebro, Maya constatou que isso teria agradado a seu falecido marido. Joe gostava de gente. Mas, claro, nem todos os que estavam ali eram parentes ou amigos. Muitos eram daqueles que não deixavam passar a oportunidade de ver uma tragédia de perto, o enterro de um homem ainda jovem executado à queima-roupa, sobretudo quando esse homem era um dos herdeiros da poderosa família Burkett, casado com uma mulher envolvida num escândalo de repercussão internacional.

Lily agora se enroscava nas pernas da mãe.

– Daqui a pouco a gente vai pra casa, ok? – disse Maya, curvando-se para sussurrar no ouvido dela.

Lily assentiu, mas continuou onde estava, fazendo o mesmo de antes. Maya voltou à postura ereta de ex-militar e ajeitou o vestido emprestado por Eileen. Joe não teria gostado de vê-la em trajes de viúva. Tinha uma predileção toda especial pelos uniformes de gala que ela costumava usar quando era Maya Stern, capitã do Exército americano. Eles haviam se conhecido num evento filantrópico organizado pela família Burkett, ele de smoking e ela de farda, e na festa ele a havia abordado com seu sorriso de playboy, dizendo: "Pensei que o fetiche fosse apenas com *homens* de uniforme." Uma cantada barata o bastante para fazê-la rir e baixar a guarda.

Puxa, como Joe estava bonito naquele dia. Mesmo ali, com o cadáver dele a poucos metros de distância, com a umidade que não dava trégua, ela não pôde deixar de abrir um sorriso ao relembrar aquele primeiro encontro. Em um ano eles já estavam casados. Lily viria pouco depois. E agora, como se alguém tivesse adiantado o filme de sua vida conjugal, lá estava ela, enterrando o marido, pai de sua única filha.

Anos antes seu próprio pai dissera: "Todas as histórias de amor terminam em tragédia." Na época ela não havia concordado, achando aquilo um pessimismo exacerbado, mas ele havia insistido: "Pense bem. Ou o amor acaba ou, no caso dos que têm mais sorte, um dos dois vive o bastante pra ver o outro morrer."

Maya ainda podia vê-lo sentado à mesa de fórmica encardida no sobrado em que eles moravam no Brooklyn, vestindo seu cardigã de professor universitário (todas as profissões têm um traje característico), corrigindo trabalhos dos seus muitos alunos. Ele e a mãe já tinham morrido fazia tempo, num intervalo de apenas alguns meses entre um e outro, mas Maya ainda não sabia ao certo em que categoria de tragédia arquivar a história de amor dos dois.

Enquanto o pastor prosseguia com a cerimônia, Judith Burkett, mãe de Joe, aproximou-se de Maya e tomou a mão da nora num gesto pesaroso.

– Isto é muito pior – foi só o que disse.

Maya não precisou perguntar nada. Sabia do que a sogra estava falando. Aquele era o segundo dos seus três filhos homens que a mulher enterrava: o primeiro, vítima de um acidente trágico; o outro, agora, assassinado. Baixando os olhos para Lily, ainda agarrada à sua perna, Maya ficou se perguntando como era possível para uma mãe conviver com tamanha dor.

Como se pudesse ler pensamentos, Judith balbuciou:

– A ferida não cicatriza nunca. *Nunca.*

As palavras tiveram sobre Maya o efeito cortante de uma foice.

– A culpa foi minha – disse ela. – Se eu tivesse...

– Não havia nada que você pudesse fazer – interrompeu Judith.

No entanto, pelo tom de voz Maya percebeu que a sogra ainda não se conformava, o que não deixava de ser compreensível. Provavelmente todos estavam pensando a mesma coisa: se a capitã Maya Stern tinha salvado a vida de tanta gente, podia ter salvado a do próprio marido também.

– Pois tu és pó, e ao pó voltarás... – dizia o pastor.

Uau. Quanta imaginação. Maya chegou a pensar que estivesse ouvindo coisas, embora não viesse prestando muita atenção. Nunca atentava ao que era dito em enterros. Já tinha visto a morte suficientemente de perto para saber como se comportar na proximidade dela. Anestesiar-se. Esvaziar a cabeça. Deixar que todos os sons se misturassem numa massa indistinta.

O caixão bateu no fundo com um estrépito que reverberou mais do que devia no ar parado da tarde. Judith apoiou-se em Maya e gemeu baixinho. Maya, por sua vez, manteve-se firme na postura militar: cabeça erguida, coluna ereta, ombros empertigados. Recentemente havia lido um daqueles artigos que circulavam mundo afora por e-mail, algo sobre "postura e poder", a importância da postura física no desempenho profissional. Ora, fazia muito que os militares conheciam essa pérola da psicologia popular. Soldados não empertigavam o tronco porque achavam bonito, mas porque, de algum modo, isso lhes dava um ar de força e poder, não só diante dos próprios companheiros, mas sobretudo diante do inimigo.

De repente, os acontecimentos no parque voltaram à lembrança de Maya: o brilho metálico da arma, os disparos, a queda de Joe, o sangue na blusa dela, os passos trôpegos na escuridão, o halo distante das luzes urbanas. "Socorro... por favor... alguém me ajuda... meu marido foi..." Ela fechou os olhos e procurou pensar em outra coisa.

"Seja forte", foi o que lhe ocorreu. "Segure firme e vá em frente."

E foi isso que ela fez.

Depois veio a fila de cumprimentos.

Só existiam duas ocasiões em que esse tipo de fila se formava: casamentos e enterros. Sem dúvida havia algo de significativo nisso, mas Maya não imaginava o que podia ser. Também não saberia dizer quantas mãos já havia apertado, mas fazia horas que estava ali, as pessoas se sucedendo como num filme de terror em que o herói mata um zumbi apenas para ver outro surgir imediatamente no seu lugar.

Quanto antes aquilo acabasse, melhor.

Muitos se limitavam ao protocolar "Meus sentimentos", o que era ótimo, mas outros paravam para fazer um longo discurso sobre o caráter trágico da situação, sobre o absurdo de uma morte tão prematura, sobre a violência que vinha transformando a cidade num verdadeiro inferno, sobre a vez que haviam sido assaltados em plena luz do dia (regra número um: jamais fazer comparações na fila de cumprimentos de um enterro), sobre sua esperança de que a polícia pegasse logo os monstros responsáveis por tamanha maldade, sobre como Deus havia sido generoso ao deixá-la sair viva daquele parque (ao que parecia, Joe andava sem muito prestígio com o Todo-Poderoso), sobre o fato de Ele escrever certo por linhas tortas, sobre como sempre existia um motivo para tudo (às vezes ela precisava contar até dez para não agredir esses).

A certa altura os parentes de Joe se cansaram e foram se sentar um pouco. Maya, não. Maya seguiu com estoicismo no seu martírio, olhando as pessoas diretamente nos olhos, apertando a mão delas com firmeza. Vez ou outra, com maior ou menor sutileza, recorria à linguagem corporal para apressar as que estendiam demais o abraço de pêsames. Por mais vazias que fossem as palavras de algumas pessoas, ela ouvia com atenção, agradecia sua presença com o mesmo tom fingido de sinceridade, depois cumprimentava o próximo da fila.

Outra regrinha básica da etiqueta fúnebre: não falar muito. Clichês são bons porque são curtos. Antes uma banalidade rápida do que um falatório sem noção, por vezes até ofensivo. Os que se sentem obrigados a se estender um pouco mais podem, por exemplo, relembrar algo simpático a respeito do morto. Mas nunca, em hipótese alguma, devem fazer o que fez Edith, uma tia de Joe: chorar histericamente como se dissesse "Olhem para mim, vejam como estou sofrendo!". Não satisfeita, a mulher ainda teve a capacidade de dizer: "Coitadinha. Primeiro a irmã, depois o marido..."

Embora isso fosse o que todos ali pensassem, mas não dissessem por bom senso, o mundo parou por causa de tia Edith, sobretudo porque Daniel e Alexa, filhos de Claire, irmã de Maya, estavam próximos o bastante para ouvi-la. O sangue ferveu nas veias de Maya, e novamente ela precisou se conter para não estrangular a mulher. Em vez disso, com a mesma sinceridade estudada que vinha dispensando a todos os demais, ela disse apenas:

– Obrigada por ter vindo.

Seis dos seus ex-colegas de destacamento, inclusive Shane, observavam-na de longe, como se fosse preciso protegê-la de alguma coisa. Era isso que sempre faziam quando estavam no mesmo ambiente que ela, não importavam as circunstâncias: montavam guarda. Nenhum deles havia entrado na fila. Eram as eternas e silenciosas sentinelas de sua capitã, cientes de que sua presença era o que bastava para consolá-la naquele dia terrível.

De vez em quando, Maya tinha a impressão de que podia ouvir Lily gargalhando do outro lado da rua. Eileen Finn, sua amiga de longa data, levara a menina para brincar no pátio da escola vizinha. Mas era possível que ela estivesse imaginando coisas. Naquele lugar, gargalhadas infantis eram ao mesmo tempo bem-vindas e repugnantes: um sopro de vida na casa da morte.

Daniel e Alexa, os filhos de Claire, foram os últimos da fila. Maya deu um longo abraço nos sobrinhos, querendo, como sempre, protegê-los de mais algum golpe da vida. Eddie, seu cunhado... (Era isso mesmo? Como chamar o marido da sua irmã assassinada? "Ex-cunhado" parecia mais adequado para os casos de divórcio. Talvez "meu antigo cunhado"? De repente o melhor mesmo era ficar com o "cunhado" original. Enfim. Mais bobagens para distrair a cabeça.) Com alguma timidez, Eddie também se aproximou para cumprimentá-la, a barba visivelmente malfeita, um hálito forte de hortelã mascarando as bebidas alcoólicas ou os cigarros consumidos.

– Vou sentir tanta saudade dele... – balbuciou.

– Eu sei. Joe também gostava muito de você, Eddie.

– Se tiver alguma coisa que eu possa...

"Você pode cuidar melhor dos seus filhos", foi o que Maya pensou, mas sem a revolta de antes, que parecia ter se esvaziado feito um bote de lona.

– Fique tranquilo, estamos bem – disse ela.

Eddie permaneceu calado como se tivesse lido os pensamentos dela. Era bem possível que realmente tivesse.

Maya se dirigiu a Alexa:

– Desculpe por não ter ido ao seu último jogo. Mas amanhã estarei lá, prometo.

Eddie e os dois filhos ficaram subitamente desconcertados.

– Não precisa... – disse ele.

– Vou adorar – insistiu ela. – Pra me distrair um pouco.

Eddie assentiu, depois passou os braços pelos ombros dos filhos e foi saindo com eles para o estacionamento. A certa altura, Alexa virou-se para trás e Maya sorriu como se quisesse reconfortá-la. "Nada mudou, meu amor. Estarei sempre ao seu lado. Exatamente como prometi à sua mãe", era o que o sorriso dela parecia dizer. Viu quando eles entraram no carro, Daniel sentando-se no banco da frente, orgulhoso dos seus 14 anos, e Alexa no de trás, resignada com seus 12. Desde a morte da mãe, a garota parecia ter entrado num estado constante de aflição, preparando-se para mais uma pancada a qualquer momento. Eddie despediu-se com um aceno da mão e um sorriso cansado, depois se acomodou ao volante.

Maya esperou o carro sair e só então avistou, recostado a uma árvore mais adiante, o detetive Roger Kierce, da Polícia de Nova York. Quanta cara de pau, pensou. Ficou tentada a se aproximar para confrontá-lo, exigir respostas, mas Judith novamente a tomou pela mão.

– Eu gostaria muito que você e a Lily voltassem com a gente para Farnwood.

Os Burketts sempre se referiam à própria casa pelo nome com que a haviam batizado, à maneira da aristocracia inglesa. Essa deveria ter sido a primeira pista para Maya de onde exatamente ela estava se metendo ao se casar com Joe.

– Obrigada – disse ela –, mas acho que a Lily precisa voltar pro cantinho dela.

– Precisa estar com a família, isso sim. Aliás, vocês duas.

– Obrigada, Judith.

– Estou falando sério. Lily sempre será nossa neta. E você, nossa filha.

Judith apertou de leve a mão da nora para enfatizar o que acabara de dizer. Era uma delicadeza da parte dela proferir aquelas palavras, como se estivesse lendo o texto de um teleprompter num dos bailes beneficentes que organizava, mas infelizmente elas não condiziam com a verdade. Pelo menos no que se referia a Maya. Aqueles que se casavam com um Burkett eram, quando muito, tolerados na família como forasteiros.

– Fica pra outro dia – disse Maya. – Você entende, não é?

Judith assentiu e se despediu com um abraço superficial. O irmão e a irmã de Joe fizeram o mesmo. Em seguida, voltaram pesarosos para a limusine que os levaria de volta para sua mansão.

Maya viu que os ex-companheiros de destacamento ainda não tinham ido embora. Olhou diretamente para Shane e o cumprimentou com um gesto rápido da cabeça. Todos ali compreendiam. Eles não haviam cortado laços uns com os outros, não era isso. Apenas tinham se afastado aos poucos, tomando cuidado para não quebrar nada no caminho. Alguns ainda estavam na ativa. Depois do que havia acontecido próximo à fronteira do Iraque com a Síria, Maya fora "encorajada" a pedir baixa. Sem muitas alternativas, acabara cedendo. Agora, portanto, em vez de comandar ou pelo menos formar novos recrutas, a capitã reformada Maya Stern, que por um breve período havia sido o rosto exemplar do novo Exército americano, dava aulas de aviação no aeroporto de Teterboro, em Nova Jersey. Havia dias em que gostava do que fazia, mas na maioria das vezes sentia uma saudade incontrolável da sua época de militar.

Dali a pouco ela finalmente se viu sozinha junto do monte de terra que cobriria seu marido.

– Ah, Joe... – murmurou.

Procurou sentir algum tipo de "presença". Já havia tentado isso antes, nos inúmeros enterros a que tinha comparecido. Mas, de novo, não sentiu nada. Muitos acreditavam numa espécie de energia vital que não sumia nunca, algo parecido com a eternidade da alma, uma vez que não era possível destruir a matéria por completo. Talvez isso acontecesse mesmo. No entanto, quanto maior sua experiência com os mortos, mais ela se convencia de que eles não deixavam nada para trás. Absolutamente nada.

Maya permaneceu junto da cova até que Eileen voltou com Lily do pátio da escola.

– Podemos ir? – disse a amiga.

Maya olhou uma última vez para o buraco à sua frente. Cogitou dizer algo profundo para Joe, algo que os ajudasse a virar de vez aquela página, mas nada lhe ocorreu.

Eileen levou-as de volta em seu carro. Lily logo adormeceu na cadeirinha anexada ao banco de trás, uma engenhoca que parecia projetada pela Nasa. Maya permaneceu em silêncio durante todo o trajeto, olhando vagamente pela janela, e respirou aliviada quando enfim chegou em casa. (Joe pensara em dar um nome ao imóvel também, mas ela havia negado terminantemente.) Surpreendendo-se ao conseguir desatar todos os cintos da cadeirinha, ela pegou a filha no colo e fez o possível para não a acordar.

– Obrigada pela carona – falou para Eileen.
– Posso entrar um pouquinho? – perguntou a outra.
– Não precisa, estou bem.
– Eu sei. – Eileen desligou o carro, tirou o cinto de segurança. – Mas eu queria te dar uma coisa. É rápido.

Maya desembrulhou seu presente.
– Um porta-retratos digital?

Eileen era uma linda ruiva com o rosto cheio de sardas. Tinha um sorriso largo que iluminava o ambiente à sua volta, uma máscara excelente para esconder todo o seu tormento interior.

– Não. É uma câmera de segurança disfarçada de porta-retratos digital.
– Como assim?
– Você precisa ter um controle melhor das coisas, agora que está trabalhando em tempo integral. Não acha?
– É... acho que sim.
– Em que parte da casa a Isabella passa a maior parte do tempo com a Lily?
– Ali, na sala de televisão – disse Maya, apontando para sua direita.
– Vem, vou te mostrar como funciona.
– Eileen...

Eileen tomou o porta-retratos das mãos da amiga e disse:
– Anda, vem.

A sala ficava logo ao lado da cozinha. Tinha um teto abobadado, como o de uma catedral, e muitos itens de madeira de cor clara. A televisão era enorme. Dois cestos transbordavam com os brinquedos educativos de Lily. Diante do sofá, um cercadinho ocupava o lugar onde antes ficava uma bela mesa de centro em mogno, eliminada por causa das quinas perigosas.

Eileen se aproximou da estante de livros, encontrou um lugar para o porta-retratos e o ligou na tomada mais próxima.

– Já coloquei algumas fotos da sua família, que vão se alternar na tela. Imagino que a Isabella e a Lily brinquem mais por ali, perto do sofá, certo?

– Certo.

– Ótimo. – Eileen virou o porta-retratos na direção do sofá. – A câmera embutida tem uma lente grande angular, então dá pra ver a sala inteira.

– Eileen...

– Ela estava lá no enterro. Eu vi.

– Ela quem?

– Sua babá.

– A família do Joe conhece a Isabella há muito tempo. A mãe dela foi babá do próprio Joe. O irmão é o jardineiro da família.

– Sério?

– Coisa de rico, sabe como é.

– Essa gente é mesmo muito diferente.

– Pois é.

– Mas e aí? Você confia nela?

– Na Isabella?

– É.

Maya encolheu os ombros, dizendo:

– Bem, você me conhece.

– Conheço. – Eileen era, originariamente, amiga de Claire, a irmã de Maya, com quem dividira um quarto no alojamento da Universidade Vassar. Mas logo ficara amiga de Maya também. – Você não confia em ninguém.

– Não é bem assim.

– Em quem você confia quando se trata da sua filha?

– É, tem razão. Quando se trata da Lily, eu não confio mesmo em ninguém.

Eileen sorriu e disse:

– Então, por isso comprei este porta-retratos para você. Mas tenho certeza que você não vai descobrir nada de errado. A Isabella me parece ótima.

– Mas você acha que é melhor prevenir do que remediar, certo?

– Exatamente. Olha, você nem imagina como esse troço me tranquilizava quando eu precisava deixar o Kyle e a Missy sozinhos com a babá.

Maya ficou pensando sobre isso – se a amiga havia usado a câmera secreta apenas para vigiar a babá ou também para fundamentar seu processo judicial contra certa pessoa –, mas preferiu ficar calada.

– Seu computador tem entrada pra cartão de memória?
– Não tenho certeza.
– Não importa. Vou te dar um adaptador que você pode plugar em qualquer dispositivo que tenha uma entrada USB. Mais fácil, impossível. No fim do dia, é só você retirar o cartão de memória que fica aqui atrás, olha. Está vendo aqui?
– Estou.
– Depois você insere no adaptador e pronto, o vídeo aparece na sua tela. O cartão tem 32 gigas de memória, cabe muita coisa dentro dele. Além disso, a câmera tem um detector de movimento: não grava quando não há ninguém por perto.

Maya não pôde deixar de rir.
– Quem te viu, quem te vê... – disse.
– O que foi? Está incomodada com a inversão de papéis?
– Só um pouquinho. Eu devia ter pensado nessas coisas todas por conta própria.
– Pois é. Fico surpresa que não tenha pensado.

Maya baixou os olhos para fitar a amiga, que não devia ter mais que 1,60 de altura. Ela, por sua vez, tinha 1,82 e parecia ainda mais alta em razão da postura militar.
– Você chegou a ver algo com a sua câmera escondida? – perguntou.
– Algo que não deveria estar acontecendo, você diz?
– Isso.
– Não – respondeu Eileen. – E sei muito bem o que você está pensando. Ele nunca mais deu as caras.
– Não estou julgando ninguém.
– Nem um pouquinho?
– Bem, que tipo de amiga eu seria se não te julgasse nem um pouquinho?

Eileen se aproximou e abraçou a amiga. Maya retribuiu de bom grado, ciente de que não se tratava de um simples abraço de pêsames oferecido por obrigação. Maya entrara na Vassar um ano depois de Claire, e dali em diante as três não haviam se desgrudado mais, até Maya ir fazer o curso de aviação militar no Fort Rucker do estado do Alabama. Mas Eileen ainda era sua melhor amiga, e Shane, o melhor amigo.
– Eu adoro você – disse Eileen. – Sabe disso, não sabe?
– Sei, sim.
– Tem certeza que não quer que eu fique?

– Você tem sua própria família pra cuidar.

– Não tem problema. – Eileen apontou para o porta-retratos na estante. – Ainda tenho o meu também.

– Engraçadinha.

– É sério! Mas eu entendo. Você precisa ficar um pouco sozinha. Ligue pra mim se precisar de alguma coisa. Ah, e não se preocupe em fazer comida para o jantar. Pedi comida chinesa pra você. Do Look See, que você gosta tanto. Deve chegar em uns vinte minutos.

– Puxa... Você sabe que eu também te adoro, né?

– Sei – disse Eileen, e foi saindo na direção da porta. Mas parou quando viu algo pela janela. – Opa.

– Que foi?

– Você tem visita.

capítulo 2

A VISITA ERA ROGER KIERCE, o detetive baixinho e peludo do Departamento de Homicídios da Polícia de Nova York. Com ares de policial de cinema, caprichando no andar displicente, ele entrou e disse:

– Bela casa.

Maya franziu o cenho de maneira acintosa, nem um pouco preocupada em disfarçar o mau humor.

Kierce tinha toda a pinta de um homem das cavernas. Era atarracado, com braços pequenos demais para o resto do corpo. Dava a impressão de que estava sempre com a barba por fazer, mesmo depois de ter acabado de se barbear. As sobrancelhas grossas lembravam duas lagartas num estado adiantado de metamorfose, e os pelos das mãos eram tão encaracolados que pareciam ter passado por um modelador de cachos.

– Espero não ter vindo em má hora.

– *Má hora?* Não, não, claro que não. Acabei de enterrar meu marido, só isso.

– Pois é, eu sei – disse o detetive, contrito.

– Sabe? Então por que...?

– É que amanhã a senhora volta ao trabalho, e aí... Aí fica mais difícil encontrá-la.

– Tudo bem – bufou Maya. – Em que posso ajudá-lo?

– Posso me sentar?

Maya apontou para o sofá da sala de televisão e de repente lhe veio à cabeça uma ideia bizarra: aquele encontro, ou qualquer outro no mesmo cômodo, agora seria gravado pela câmera escondida no porta-retratos. Claro que ela poderia ligar e desligar o aparelho manualmente sempre que quisesse, mas quem teria paciência ou disciplina suficiente para fazer isso todo dia? Não sabia dizer se a câmera também gravava áudio. Teria de perguntar a Eileen ou conferir por conta própria quando examinasse o cartão de memória.

– Bela casa – disse Kierce.

– Foi o que o senhor disse quando chegou.

– Em que ano foi construída?

– Anos 20, eu acho.

– Pela família do seu falecido marido, eu imagino. A casa é deles, certo?

– É.

Kierce acomodou-se no sofá. Maya permaneceu de pé.

– Então, a que devo o prazer da sua visita, detetive?

– Vim só fazer mais algumas perguntas rápidas.

– Mais perguntas?

– Tenha um pouquinho de paciência comigo, sim? – disse Kierce, dando o que julgava ser um sorriso irresistível, que não teve o menor efeito sobre Maya. – Cadê, cadê...? – continuou, tateando os bolsos até encontrar um bloco de anotações surrado.

Maya não sabia o que achar do homem, e talvez fosse justamente essa a intenção dele.

– O que o senhor quer saber? – perguntou ela, enfim sentando e espalmando as mãos como se dissesse: "Vamos lá."

– Por que a senhora e Joe foram se encontrar no Central Park?

– Porque ele me pediu.

– Por telefone, certo?

– Certo.

– Isso era uma coisa rotineira?

– Já tínhamos nos encontrado lá, sim.

– Quando?

– Não sei. Várias vezes, como eu disse. É uma parte agradável do parque. A gente abria uma toalha na grama, depois ia almoçar na Casa de Barcos... – Aqui ela se emocionou e parou um instante para se recompor. – Era um lugar agradável, só isso.

– Durante o dia é sim. Mas à noite é um pouco isolado, a senhora não acha?

– Sempre nos sentimos seguros lá.

Kierce riu e disse:

– Aposto que a senhora se sente segura na maioria dos lugares.

– Não entendi.

– Depois desses lugares todos pelos quais já passou como capitã... Quero dizer, imagino que um parque não seja um lugar tão perigoso pra quem já esteve no Iraque. – Kierce pigarreou, depois acrescentou: – Pois bem. Seu marido ligou e disse: "Vamos nos encontrar lá", e a senhora foi.

– Isso.

– Só que... – Ele olhou para o bloco, lambeu o dedo e começou a folhear as páginas. – Só que ele não ligou pra senhora.

– Como assim, não ligou?
– A senhora disse que Joe ligou e vocês foram se encontrar no parque.
– Não foi isso que eu disse. Falei apenas que ele sugeriu nosso encontro por telefone.
– Mas depois perguntei se ele ligou, e a senhora disse que sim.
– Isto é um jogo de palavras, detetive? O senhor tem todos os registros telefônicos daquela noite, não tem?
– Tenho, sim.
– E neles consta uma ligação entre mim e meu marido, não consta?
– Consta.
– Não lembro se fui eu que liguei ou se foi o Joe que ligou. Mas foi ele quem sugeriu que a gente se encontrasse no nosso lugar predileto no parque. Eu também poderia ter sugerido, se ele não tivesse feito isso primeiro. De qualquer modo, não vejo que relevância isso pode ter.
– Existe alguém que possa confirmar que vocês tinham o hábito de se encontrar naquele local?
– Acho que não, mas de novo... não sei que relevância isso pode ter.
Kierce sorriu sem um pingo de sinceridade, depois disse:
– Eu também não, então vamos em frente, ok?
Maya cruzou as pernas e ficou esperando.
– A senhora disse que viu dois homens se aproximando pelo lado oeste do parque, correto?
– Correto.
– Estavam usando gorros de esqui, certo?
– Certo – respondeu Maya, bufando.
Já havia repetido as mesmas coisas um milhão de vezes.
– Gorros pretos, não é?
– Isso.
– Disse também que um dos homens devia ter mais de 1,80 de altura. E a sua altura, Sra. Burkett, qual é?
– Por favor, me chame de Maya. – Ela detestava que usassem seu sobrenome de casada. Por pouco não exigiu que o homem a chamasse de capitã, mas havia muito tempo que tinha perdido a patente. – Tenho 1,82.
– Portanto... você e um dos homens tinham aproximadamente a mesma altura.
Maya procurou não revirar os olhos. Respirou fundo e disse:
– Tínhamos.

– Sua descrição dos dois homens foi muito precisa. – Kierce leu no bloco: – Um dos homens tinha mais de 1,80. O outro devia ter 1,75, 1,76, por aí. O primeiro estava usando um casaco de moletom preto com capuz, calça jeans e All Star vermelho. O segundo usava uma camiseta azul-clara lisa, uma mochila bege e tênis de corrida pretos, de uma marca não identificada.

– Isso mesmo.
– O de tênis vermelho. Foi ele que atirou no seu marido, não foi?
– Foi.
– Depois você saiu correndo.
Maya não disse nada.
– Segundo o seu depoimento, a intenção deles era assaltar vocês, mas Joe demorou para entregar a carteira. Seu marido também estava usando um relógio caro. Um Hublot, creio eu.
– Exatamente – afirmou ela com a garganta seca.
– Por que ele simplesmente não entregou tudo o que tinha?
– Acho que... Acho que ele acabaria entregando.
– Mas?
Ela apenas balançou a cabeça.
– Maya?
– Nunca apontaram uma arma pra sua cabeça, detetive?
– Não.
– Então você não vai entender.
– Entender o quê?
– O cano. A boca do cano... Quando alguém aponta uma arma pra você, quando alguém está ameaçando puxar o gatilho, aquela boca negra fica enorme, gigantesca, como se quisesse te engolir por inteiro. Tem gente que quando se vê numa situação dessas... trava.
– E o Joe... – disse Kierce com delicadeza. – Ele... travou também?
– Por alguns segundos.
– Mais do que devia?
– Nesse caso, sim.
Ambos permaneceram em silêncio por um bom tempo, até que Kierce perguntou:
– Você acha que a arma pode ter disparado por acidente?
– Difícil.
– Por quê?

– Por dois motivos. Primeiro porque era um revólver. O senhor conhece bem um revólver?

– Não muito.

– Nas armas de ação dupla, ou você puxa o cão pra trás, ou então faz muita força na hora de pressionar o gatilho. Não tem como disparar um revólver por acidente.

– Entendi. E o segundo motivo?

– O mais óbvio de todos: o homem disparou mais duas vezes. Ninguém atira três vezes "por acidente".

– Claro – disse Kierce, e baixou a cabeça para consultar novamente suas anotações. – A primeira bala atingiu seu marido no ombro esquerdo. A segunda se alojou na clavícula direita.

Maya fechou os olhos.

– A que distância estava o homem quando atirou?

– Uns três metros.

– Nosso médico-legista afirma que nenhum desses dois primeiros tiros poderia ter sido fatal.

– Eu sei, você já disse.

– O que aconteceu depois?

– Tentei levantá-lo do chão e...

– Levantar quem? Joe?

– *Claro!* – exclamou ela. – Quem mais poderia ser?

– Desculpe. Então, o que aconteceu depois?

– Eu... O Joe caiu de joelhos.

– Foi aí que o homem disparou o terceiro tiro, certo?

Maya não disse nada.

– O terceiro tiro – repetiu Kierce. – O que matou seu marido.

– Já contei ao senhor.

– Contou o quê?

Maya ergueu os olhos para encará-lo.

– Eu não vi o terceiro disparo.

– Certo – disse o detetive, balançando a cabeça. – Porque nessa altura já estava correndo.

"Socorro... por favor... alguém me ajuda... meu marido foi..."

Maya começou a arfar, tomada de assalto pelos sons do seu passado: os disparos, os gritos de agonia, o barulho dos rotores do helicóptero... Então fechou os olhos e procurou acalmar a respiração.

– Maya?

– Sim, eu corri, está bem? Eram dois homens armados! – exclamou ela. – Corri, sim. Corri e deixei meu marido pra trás. Depois... sei lá, uns cinco ou dez segundos depois, ouvi o terceiro tiro atrás de mim. Conforme você mesmo contou, depois que saí correndo, o mesmo atirador encostou a arma na cabeça do Joe enquanto ele ainda estava de joelhos... apertou o gatilho e...

Ela se calou.

– Ninguém está acusando você de nada, Maya.

– Não perguntei se alguém estava me acusando de alguma coisa – retrucou ela entre dentes. – O que você quer exatamente?

Kierce consultou seu bloco mais uma vez, depois disse:

– Além de nos dar uma descrição bastante minuciosa dos dois agressores, você identificou que o de tênis vermelho estava armado com um revólver Smith & Wesson 686, e o outro com uma pistola Beretta M9. – Ele ergueu o olhar. – Impressionante. Identificar armas assim...

– Parte do meu treinamento.

– Do seu treinamento militar, suponho.

– Digamos que eu seja uma pessoa observadora.

– Não precisa ser modesta, Maya. Suas façanhas no campo de batalha foram amplamente divulgadas por aqui.

"Minhas façanhas e meu fiasco", ela quase acrescentou.

– A iluminação naquela parte do parque é bastante precária – prosseguiu Kierce. – Apenas alguns postes mais distantes.

– A iluminação é suficiente.

– Suficiente pra você conseguir reconhecer o modelo de uma arma de fogo?

– Conheço armas.

– Claro, claro. Aliás, pelo que sei, você atira como um homem.

– Como uma atiradora de elite, você quer dizer.

A correção saiu automaticamente da boca de Maya, assim como o sorriso condescendente do detetive.

– Uma atiradora de elite – repetiu ele. – Mesmo assim, aquele canto é muito escuro.

– O Smith & Wesson era de aço aparente, não era preto. Fácil de ver no escuro. Além disso, ouvi quando o homem puxou o cão. Só podia ser um revólver. Nas pistolas semiautomáticas você não precisa fazer isso.

– E a Beretta?

– Não tenho certeza absoluta quanto ao modelo, mas vi que a pistola tinha um cano flutuante, no estilo das Berettas.

– Como você sabe, foram retiradas três balas do corpo do seu marido. Calibre 38, condizente com o revólver Smith & Wesson. – Kierce esfregou o rosto como se precisasse pensar. – Você possui suas próprias armas, certo?

– Certo.

– Por acaso uma delas seria um revólver Smith & Wesson 686?

– Você já sabe a resposta – disse Maya.

– Como eu poderia saber disso?

– A legislação de Nova Jersey exige que todas as armas compradas nos limites do estado sejam registradas. Então você já deve ter consultado os meus registros. A menos que seja um grande incompetente, o que não é. Portanto, detetive Kierce, será que podemos deixar os joguinhos de lado e ir direto ao ponto?

– A que distância da fonte Bethesda o seu marido caiu quando foi atingido?

A mudança de assunto pegou Maya de surpresa.

– Tenho certeza que vocês mediram tudo.

– Medimos, sim. São aproximadamente 300 metros, levando-se em conta todos os desvios. Percorri o trajeto correndo. Não estou em grande forma, como você, mas levei cerca de um minuto.

– Ok.

– Bem, o problema é o seguinte. Várias testemunhas afirmam ter ouvido o terceiro disparo, mas você apareceu pelo menos um ou dois minutos depois. Como explica isso?

– Por que eu precisaria explicar?

– É uma pergunta razoável, não acha?

Sem hesitar, ela disse:

– Está achando que atirei no meu marido, detetive?

– Atirou?

– Não! E sabe como posso provar?

– Como?

– Basta você vir comigo até uma linha de tiro.

– Como assim?

– Você mesmo disse que sou uma atiradora de elite.

– Foi o que nos disseram.

– Então deve saber.
– Saber o quê?
Maya se inclinou para encará-lo.
– Àquela distância eu não precisaria de três tiros pra matar uma pessoa nem que estivesse com os olhos vendados.
Kierce sorriu.
– *Touché* – disse. – E me desculpe por essa linha de raciocínio, porque não, nunca achei que você atirou no seu marido. Aliás, posso até provar que não atirou.
– Como?
Levantando-se do sofá, Kierce perguntou:
– Você guarda suas armas em casa?
– Sim.
– Posso ver onde ficam?

Eles desceram para o porão da casa, onde ficava o cofre das armas.
– Imagino que você seja uma grande defensora da Segunda Emenda – disse Kierce, referindo-se ao polêmico artigo da Constituição americana que garante o direito a porte de arma aos cidadãos comuns.
– Não me envolvo em política.
– Mas gosta de armas. – Ele correu os olhos pelo cofre. – Não estou vendo um tambor de segredo. Abre com chave?
– Não. Com uma impressão digital.
– Ah, claro. Então só você pode abrir.
Maya engoliu em seco e em seguida falou:
– Agora sim.
– Ah, seu marido também podia... – disse Kierce, dando-se conta da gafe.
Maya assentiu.
– Mais alguém? – quis saber ele.
– Não.
Ela posicionou o polegar no leitor digital e deu um passo para o lado quando a porta se abriu.
Kierce arregalou os olhos diante do que viu.
– Por que você precisa de tudo isso? – perguntou.
– Não preciso de nenhuma dessas armas. Gosto de atirar, só isso. É o meu hobby. Muita gente não aprova, nem entende. Mas tudo bem.
– Então... onde está o seu Smith & Wesson 686?

– Ali – apontou ela.
– Posso levá-lo comigo? – perguntou o detetive.
– O Smith & Wesson?
– Sim. Se não for um incômodo.
– Achei que você tivesse dito que não suspeita de mim.
– E não suspeito. Mas acho prudente eliminar as desconfianças não só a seu respeito, mas a respeito da sua arma também. Concorda comigo?

Maya retirou o revólver do cofre. Como a maioria dos atiradores, era quase paranoica em relação à limpeza das suas armas e sobretudo aos procedimentos de segurança, por isso conferia mil vezes se elas não estavam carregadas. O Smith não estava.

– Vou lhe dar um recibo, é claro – disse Kierce.
– Eu poderia exigir uma ordem judicial, é claro.
– Que eu provavelmente não teria dificuldade para obter.

Era verdade. Maya enfim entregou o revólver.

– Detetive...
– Pois não?
– Tem alguma coisa que o senhor não está me dizendo.

Kierce sorriu e disse:

– Entrarei em contato.

capítulo 3

Isabella, a babá de Lily, chegou para trabalhar às sete horas da manhã seguinte. No enterro, ela e sua família haviam se revelado os mais inconsoláveis entre todos os presentes. A mãe, Rosa, que havia sido a babá de Joe, mostrara-se especialmente abalada, sempre com um lenço apertado entre os dedos, volta e meia desabando sobre os dois filhos, Isabella e Hector.

– Tudo isso é muito triste, Sra. Burkett... – disse Isabella, ainda com os olhos vermelhos da véspera.

Maya já havia pedido inúmeras vezes que ela a chamasse pelo primeiro nome. Isabella dizia que sim, mas continuava usando o odioso "Sra. Burkett", e depois de um tempo Maya acabara desistindo de corrigi-la. Se a garota se sentia melhor num ambiente de trabalho mais formal, o que ela, Maya, podia fazer?

– Eu sei, Isabella. É muito triste, sim.

Com a boca ainda cheia do cereal que estava comendo, Lily emergiu da cozinha e correu direto para os braços da babá.

– Isabella!

Isabella abriu um sorriso luminoso, pegou a menina no colo e a apertou num demorado abraço. Diante da cena, Maya foi tomada do mesmo sentimento contraditório que afligia todas as mães que trabalhavam fora: era ao mesmo tempo ótimo e preocupante que a filhinha gostasse tanto da babá.

Se ela confiava em Isabella? Sim, confiava, tal como dissera na véspera, tanto quanto confiaria em qualquer "desconhecida" naquela situação. Claro, era Joe quem havia contratado a garota. Maya tivera lá suas dúvidas. Havia na Porter Street uma creche excelente chamada Crescendo, que na opinião dela era uma homenagem à canção de Bruce Springsteen "Growin' Up". Conhecera o lugar através de uma sorridente criatura chamada Kitty Shum ("Pode me chamar de Miss Kitty!") e ficara encantada com o que vira: a limpeza das instalações, as cores vivas das salas, a diversidade da tralha destinada a estimular a criançada, as câmeras e os procedimentos de segurança, as professorinhas sempre tão sorridentes. Além disso, claro, seria ótimo para Lily interagir com outras crianças. Mas Joe batera o pé, dizendo que preferia uma babá, que "praticamente havia sido criado pela mãe de Isabella". Sempre que ele repetia isso, Maya brincava, dizendo: "Tem certeza que ela fez um bom trabalho?" No entanto, uma vez que estava escalada para uma missão de seis meses fora do país, ela não tinha muito como argumentar, do mesmo modo que não tinha bons motivos para recusar a solução "babá".

Maya deu um beijinho na cabeça da filha e saiu para trabalhar. Poderia ter prolongado sua licença um pouco mais para ficar em casa com a menina. Ela certamente não precisava do dinheiro: mesmo com o acordo pré-nupcial, seria uma viúva muito, muito rica. Mas a verdade era que ela não tinha a menor vocação para o papel de mãe exemplar. Já havia tentado inserir-se no mundo cor-de-rosa das mamãezinhas de revista, vez ou outra comparecendo àquelas reuniões regadas a muito café e biscoito para discutir tópicos de suma relevância como os carrinhos de bebê mais seguros no mercado, as melhores técnicas para tirar a fralda das crianças, as melhores escolas com programas maternais. Ouvia com paciência todos os relatos de prodígios e gracinhas dos filhos das outras mães presentes, sempre sorrindo, mas remoendo em segredo alguma lembrança mais grotesca do seu passado de capitã (geralmente Jake Evans, um rapaz de 19 anos de Fayetteville, Arkansas, que tivera toda a parte inferior do corpo pulverizada por uma bomba, mas que de algum modo sobrevivera). Não conseguia entender como era possível que duas realidades tão diferentes habitassem o mesmo planeta: de um lado, cafezinhos, biscoitos e fofocas; de outro, um campo de batalha inundado de sangue. Por vezes, não eram as imagens que lhe vinham à cabeça, mas o ruído dos rotores do seu helicóptero, e não lhe escapava a ironia de que os falantes de inglês costumassem usar justamente a expressão "pais-helicópteros" para descrever aqueles casais mais zelosos que nunca saíam da órbita dos seus frágeis rebentos.

Aquela gente não sabia de nada.

A caminho do carro, ela correu os olhos longamente à sua volta, procurando por aqueles lugares onde o inimigo poderia esconder-se para surpreendê-la com um ataque traiçoeiro. O motivo para isso era bem simples: velhos hábitos nunca morriam. Uma vez militar, sempre militar.

Nenhum sinal do inimigo, imaginário ou não.

Maya tinha plena consciência de que sofria de algum transtorno mental daqueles mais básicos, sequela da guerra, mas a verdade era que ninguém voltava completamente ileso de uma situação semelhante. Para ela, esse transtorno também tinha lá o seu aspecto pedagógico. Ela agora conhecia o mundo. Os outros não.

No Exército, ela havia pilotado helicópteros de combate, quase sempre oferecendo proteção para as tropas de infantaria. Começara com os Black Hawks UH-60 do Forte Campbell até acumular milhas suficientes para candidatar-se a uma vaga no Regimento Aéreo de Operações Especiais, o famoso 160º SOAR (Special Operations Aviation Regiment), que operava sobretudo no Oriente Médio. Os soldados geralmente chamavam os helicópteros de "passarinho", mas poucas coisas deixavam Maya mais irritada do que ver um civil fazendo a mesma coisa. Seu projeto inicial havia sido permanecer no serviço até o fim da vida, mas depois do vídeo publicado no site Boca no Trombone, esse projeto havia sido pulverizado como se ele também, a exemplo de Jake Evans, tivesse pisado numa bomba caseira.

As aulas daquele dia seriam realizadas a bordo de um Cessna 172, um monomotor de quatro lugares que por acaso era tido como a aeronave mais bem-sucedida de toda a história da aviação. Muitas vezes as aulas de pilotagem tinham como real objetivo o acúmulo de horas de voo para aqueles que buscavam seu brevê, e nessas ocasiões ela não fazia mais do que ficar observando o aluno ou aluna a seu lado, sem muito o que ensinar.

Voar era para Maya o mesmo que meditar. Ela podia sentir os músculos dos ombros relaxarem assim que pisava numa cabine de comando, fosse para pilotar ou dar suas aulas. Claro, dar aulas num Cessna não produzia o mesmo barato ou a mesma emoção de pilotar um Black Hawk nos céus de Bagdá, tampouco o orgulho de ter sido a primeira mulher a pilotar um Little Bird MH-6, o helicóptero de artilharia da Boeing. Ninguém gostava de admitir esse lado da guerra, o barato gostoso da adrenalina, que nada devia ao dos narcóticos. Era grotesco "gostar" do combate, sentir aquela "onda", dar-se conta de que não havia nada igual na vida cotidiana. Tratava-se de um segredo inconfessável. Sim, a guerra era horrível e nenhum ser humano deveria conhecê-la de perto. Maya daria a própria vida para que Lily jamais tivesse de passar por algo semelhante. Mas a verdade que ninguém tinha coragem de dizer em voz alta era esta: o perigo da guerra chegava mesmo a ser viciante. Quem haveria de admitir uma barbaridade dessas? O que isso diria a respeito do seu caráter? Somente os violentos inatos eram capazes de gostar da guerra, os que haviam nascido sem o dom da empatia. Mas não tinha como negar: o perigo viciava. Os soldados deixavam para trás sua vidinha pacata, besta, trivial, depois iam para o outro lado do mundo e se viam cara a cara com os horrores da guerra, os medos, os perigos. Ao cabo de uma experiência dessas, como voltar para uma vidinha pacata, besta e trivial? Impossível. Não era assim que os seres humanos funcionavam.

Sempre que estava voando com um aluno, Maya deixava seu telefone no escaninho do vestiário para evitar interrupções desnecessárias. No caso de alguma emergência, poderiam falar com ela pelo rádio. No entanto, ao recolher seu aparelho na hora do almoço, ela deparou com uma mensagem estranha de Daniel: "A Alexa não quer que você vá ao jogo de futebol dela."

Maya ligou imediatamente para o sobrinho, que atendeu na primeira chamada.

– Que foi que aconteceu? – ela foi logo perguntando.

Quando Maya cutucou o ombro do técnico de Alexa, o grandalhão virou-se tão bruscamente que por muito pouco não a golpeou com o apito que levava pendurado ao pescoço.

– Que foi? – berrou ele.

Durante todo o jogo, o homem (que se chamava Phil e era pai de uma marrentinha insuportável chamada Patty) andava de um lado para outro na beira do campo, berrando suas instruções, dando os seus esporros e chiliques. Maya conhecia sargentos de treinamento que teriam considerado o comportamento dele inaceitável com recrutas adultos e cascudos, quanto mais com meninas de 12 anos.

– Olá, sou a Maya Stern.

– Sei muito bem quem você é, mas... – Phil apontou de maneira teatral para o campo de futebol. – Estou no meio de um jogo, não está vendo? Cada um com a sua guerra, soldado.

Soldado?

– Só uma perguntinha – disse Maya.

– Agora não vai dar. Me procura depois do jogo. Aliás, você nem devia estar aqui. O lugar dos espectadores é do outro lado do campo.

– Regras da Liga?

– Exatamente – disse Phil, e virou suas costas monumentais para Maya, dando a conversa por encerrada.

Ela ficou onde estava.

– Já estamos no segundo tempo – disse.

– Hein?

– De acordo com as regras da Liga, todas as garotas do time têm de jogar pelo menos um tempo do jogo. Já estamos no segundo, e três meninas ainda não entraram. Mesmo se entrarem agora, não vão jogar o meio-tempo completo.

O calção que Phil estava usando provavelmente seria do tamanho certo uns dez ou doze quilos antes. A camisa polo vermelha, com a palavra TÉCNICO costurada no peito, era justa o bastante para fazê-lo parecer uma tripa de salsicha. Phil tinha todo o aspecto de um atleta havia muito aposentado, o que talvez ele fosse realmente. Era grande, carrancudo, decerto metia medo em muita gente. Ainda de costas para Maya, falou pelo canto da boca:

– Pra seu governo, estamos numa semifinal de campeonato.

– Eu sei.

– E estamos só um gol na frente.

– Li as regras da Liga – disse Maya. – Não há nenhuma exceção pra regra do meio-tempo. Você também não fez o rodízio de jogadoras nas quartas de final.

Phil enfim se virou para encará-la. Ajustou a aba do boné e deu um passo adiante, invadindo o espaço pessoal de Maya. Ela não recuou. Durante o primeiro tempo, assistindo ao jogo na companhia dos outros pais e observando de longe os chiliques do técnico, Maya o vira jogar o boné no chão duas vezes feito uma criancinha de 2 anos num acesso de birra.

– Não estaríamos aqui hoje se eu tivesse colocado todo mundo pra jogar nas quartas de final – disse ele, quase cuspindo fogo.

– Teria cumprido as regras, mas teria perdido o jogo. É isso que você está dizendo?

Patty, a filha do técnico, não se conteve. Riu e disse:

– Ele está dizendo que aquelas garotas são *terríveis*.

– Fica na tua, Patty. Você vai entrar agora, no lugar da Amanda.

Ainda rindo, Patty saiu caminhando para a mesa dos juízes.

– Sua filha... – disse Maya.

– O que tem minha filha?

– Ela provoca as outras meninas.

Phil contorceu o rosto numa careta de impaciência.

– Foi isso que a sua Alice contou, foi?

– Alexa – corrigiu Maya. – Mas não. Não foi a Alexa que me contou. – Fora Daniel quem havia comentado com ela.

Phil avançou mais um pouco, o bastante para que Maya sentisse o bafo de atum que saía da boca dele.

– Olha, soldado...

– Soldado?

– Você é uma soldado, não é? Ou pelo menos foi. – Com um risinho irônico, ele emendou: – Dizem por aí que você também não é lá muito chegada às regras.

Numa reação automática, Maya começou a flexionar e relaxar os dedos das duas mãos.

– Na condição de ex-soldado – prosseguiu Phil –, você devia entender melhor as coisas.

– Que coisas?

– Isto aqui é o meu campo de batalha – disse ele, apontando para o gramado a seu lado. – Sou o general, e as meninas são as minhas soldados. Você não colocaria um perna de pau pra pilotar um caça F-16, colocaria? – perguntou, puxando o calção para cima.

Maya chegou a sentir o sangue ferver no interior das veias. Contendo-se para não explodir, disse:

– Você não está querendo comparar este jogo de futebol com as guerras que os nossos soldados lutam no Iraque e no Afeganistão, está?

– Claro que estou. O esporte também é uma coisa séria, competitiva. Mais ou menos feito uma guerra. Eu não passo a mão na cabeça dessas garotas. Elas não estão mais na quinta série, quando tudo era um grande arco-íris. Agora estão na sexta. No mundo real, sacou?

Maya novamente começou a flexionar os dedos.

– As regras que estão lá naquele site...

Phil não deixou que ela terminasse. Inclinando-se a ponto de espetá-la com a aba do boné, disse:

– Estou pouco me lixando pro que está escrito no site da Liga. E se você estiver achando ruim, basta fazer uma reclamação formal com o conselho de futebol.

– Do qual você é o presidente.

Phil sorriu de orelha a orelha.

– Pois é. Mas agora, se me der licença, tenho mais o que fazer – falou, dando um tchauzinho irônico e se afastando para a beira do campo.

– Você não devia me dar as costas desse jeito – retrucou Maya.

– Por quê? Vai fazer o quê?

Maya sabia que não devia fazer o que lhe veio à cabeça. Apenas pioraria as coisas para Alexa. Melhor seria deixar aquilo de lado. No entanto, por mais que a razão lhe dissesse uma coisa, os dedos das mãos coçavam, dizendo outra. Num gesto repentino, e com a velocidade de um raio, ela se aproximou do técnico por trás, rezou para que ele estivesse usando uma cueca por baixo e puxou o calção dele até a altura dos tornozelos.

Muitas coisas aconteceram em pouquíssimo tempo.

O alvoroço foi geral nas arquibancadas. Phil, que vestia uma cuequinha branca, também reagiu como um raio, abaixando-se para subir o calção. Mas acabou se atrapalhando e desabou no chão.

Então vieram as gargalhadas. Maya ficou esperando.

Recobrando o equilíbrio, Phil rapidamente se reergueu e avançou na direção dela, roxo de raiva e vergonha.

– Filha da puta...

Maya se preparou para o que estava por vir, mas com calma, sem sair do lugar. Vendo que o outro já fechava as mãos em punho, disse:

– Isso, vem. É tudo que eu preciso pra tirar você de circulação.

Phil parou de repente e, olhando nos olhos dela, viu algo que o fez baixar os punhos.

– Você não vale a pena – disse ele.

"Basta", pensou Maya. Àquela altura, já se arrependia de muita coisa, sobretudo da lição errada que estava dando à sobrinha, a de que as coisas se resolviam com violência. Ela, mais do que ninguém, deveria saber que não era por aí. Mas quando olhou para Alexa, já imaginando vê-la assustada com a situação ou envergonhada da tia, deparou com um sorriso nos lábios da menina. Não um sorriso de satisfação ou de prazer diante da humilhação do técnico. Um sorriso que dizia outra coisa.

"Ela agora sabe", pensou Maya.

Maya havia aprendido esta mesma lição no Exército: os companheiros de armas precisavam saber que ela estava ali para defendê-los, e isso valia para todos. Esta era a primeira regra, a maior de todas. Amigos protegiam amigos. Quem atacasse um, atacava todos. Mas, claro, o preceito também se aplicava à vida civil.

Talvez Maya tivesse exagerado na reação, talvez não. De qualquer modo, Alexa agora sabia: fizesse sol ou chuva, sua tia estaria sempre por perto para defendê-la. Daniel havia se aproximado ao perceber a confusão, pronto para ajudar caso fosse preciso. Ele também sabia.

A mãe de ambos estava morta. O pai era um alcoólatra.

Mas com a tia, eles podiam contar.

* * *

Maya levava os sobrinhos para casa, sempre olhando à sua volta enquanto dirigia, sempre à procura de algo estranho, quase por reflexo. A certa altura, espiando pelo espelho retrovisor, teve a impressão de que estava sendo seguida por um Buick Verano vermelho.

Ainda não havia nada de muito suspeito. Fazia pouco que tinha deixado o campo de futebol, mas, ao sair, notara o mesmo Buick no estacionamento. Talvez não fosse nada. Era provável que não fosse nada. Shane vivia falando do sexto sentido dos soldados, daquelas vezes que eles simplesmente sabiam de alguma coisa. Bobagem. Ela havia acreditado na mesma balela até o dia em que teve provas do contrário, e de um jeito nada agradável.

– Tia Maya? – chamou Alexa.
– Oi, meu amor.
– Obrigada por ter ido ao jogo.
– Foi divertido, não foi? Acho que você jogou muito bem.
– Que nada. A Patty tem toda a razão. Eu sou terrível.

Daniel riu. Alexa também.

– Parem com isso, vocês dois. Mas você gosta de futebol, não gosta?
– Gosto. Mas esse vai ser meu último ano.
– Por quê?
– Porque no ano que vem eu não vou ser nem escalada pro time.

Maya balançou a cabeça, dizendo:

– Não é esse o espírito da coisa.
– Hein?
– A gente não pratica um esporte pra ser bom, pra ganhar. Mas pra se divertir, pra exercitar o corpo.
– Você acredita mesmo nisso? – perguntou Alexa.
– Acredito.
– Tia Maya...
– Fala, Daniel.
– Você também acredita no coelhinho da Páscoa?

Ele e Alexa riram novamente.

Não se contendo, Maya riu também. Depois olhou pelo espelho do carro. O Buick continuava atrás. Talvez fosse Phil, o técnico, que estivesse ali, procurando encrenca. O vermelho do carro condizia com ele, mas o tamanho não. O brutamontes decerto tinha um carro bem maior: um jipe, um Hummer, qualquer coisa assim. Desses que a sabedoria popular via como um mecanismo de compensação.

Chegando à casa de Claire (ela ainda falava como se a casa fosse da irmã), viu o Buick passar direto na rua e chegou à conclusão de que tinha se preocupado à toa. Talvez fosse o carro de vizinhos que também tinham ido ao jogo, por que não?

De repente ela se lembrou do dia em que Claire as havia chamado, ela e Eileen, para conhecer a casa. Que na época não estava muito diferente de agora: grama por cortar, flores murchas, pintura vencida, rachaduras na calçada. "Então, o que acharam?", ela havia perguntado. "Uma espelunca", respondera Maya, arrancando risos da irmã. "Espera só pra você ver o que isso vai virar", dissera Claire.

Maya não levava o menor jeito para esse tipo de coisa. Simplesmente não conseguia enxergar o potencial de uma espelunca. Claire, sim. Claire tinha o dom e dali a pouco já havia transformado sua casa num lugar alegre, aconchegante, não muito diferente de um desenho infantil: o sol sempre brilhando no canto, as flores quase mais altas que a porta da frente.

Mas tudo isso havia mudado.

Eddie os recebeu à porta. Era um reflexo da casa: alegre e solar antes da morte de Claire, desbotado e triste depois.

– E aí, como foi? – perguntou ele à filha.

– Perdemos – disse Alexa.

– Puxa, que pena...

Alexa beijou o rosto do pai e correu casa adentro, seguida por Daniel. Eddie parecia aflito, mas convidou Maya para entrar também. Estava usando uma camisa de flanela vermelha com calças jeans, e mais uma vez exalava um excesso de enxaguante bucal.

– Eu poderia ter buscado os dois – foi logo dizendo, na defensiva.

– Não, não poderia – disse Maya.

– Não tinha pensado em... Quer dizer, tomei um drinque depois que você se ofereceu pra levá-los.

Maya não disse nada. As caixas ainda estavam empilhadas num canto. As coisas de Claire. Eddie ainda não havia se dado ao trabalho de levá-las para o porão ou para a garagem. Então elas continuavam ali, esquecidas no chão da sala como se dissessem: "Aqui mora um acumulador patológico".

– Sério – insistiu ele. – Nunca bebo quando sei que vou dirigir.

– Você é um príncipe, Eddie.

Maya podia ver os tufos irregulares de pelos que ele havia deixado no rosto ao se barbear naquela manhã. Claire os teria visto – jamais teria permitido que o marido se apresentasse assim, com tanto desleixo.

– Sempre tão superior...
– Não é isso.
– Maya...
– Que foi?
– Eu não bebia quando ela estava viva – balbuciou Eddie.

Sem saber o que dizer, Maya permaneceu calada.

– Quer dizer, bicava alguma coisa de vez em quando, mas...
– Eu sei – interrompeu Maya. – Bem, já vou indo. Cuida bem deles.
– Recebi um telefonema da associação de futebol.
– Ah.
– Parece que você pegou pesado com o técnico.
– Discuti as regras do jogo com ele, só isso.
– Quem lhe deu o direito de...
– Seu filho, Eddie. Ele me ligou, pedindo que eu ajudasse sua filha.
– E você acha que ajudou?

Maya não disse nada.

– Você acha que um babaca como o Phil vai deixar isso barato? Que não vai encontrar um jeito de descontar na Alexa?
– Melhor que não faça isso.
– Senão o quê? Senão você vai lá e faz outro escândalo?
– Se precisar, sim, Eddie. Vou lá e faço outro escândalo. Vou defender minha sobrinha até o dia em que ela puder se defender sozinha.
– Defender como? Puxando o calção do cara?
– Fazendo o que achar necessário fazer.
– Por acaso você está *ouvindo* o que está dizendo?
– Perfeitamente. Falei que vou defender minha sobrinha. Quer saber por quê? Porque se eu não fizer isso, ninguém mais vai fazer.

Eddie recuou como se tivesse levado um tapa.

– Saia já da minha casa – disse.
– Tudo bem – assentiu Maya, e foi para a porta. Antes de sair, virou-se novamente para o cunhado e disse: – Esta casa, aliás, está um chiqueiro. Dê um jeito nisso.
– Eu disse: saia! E me fará um grande favor se não voltar tão cedo!

– *Como é que é?*
– Não quero você perto dos meus filhos.
– Você não quer... – Maya voltou na direção dele. – Dá pra explicar melhor?
De um segundo a outro, a raiva que o consumia deu lugar a outra coisa. Desviando o olhar, ele disse:
– Você não consegue enxergar.
– Não consigo enxergar o quê?
Ele voltou a encará-la.
– O fantasma da morte persegue você, Maya.
Maya ficou estarrecida com o que ouviu. Fez-se um breve silêncio durante o qual alguém ligou a televisão no interior da casa.
– Você está me culpando? – disse ela afinal.
Eddie abriu a boca, fechou-a, tentou novamente.
– Talvez esteja, sei lá. Talvez o fantasma da morte tenha encontrado você em algum buraco lá naquele deserto. Ou talvez tenha estado sempre dentro de você: um dia você deixou esse fantasma escapar e ele seguiu você até aqui.
– Você não está falando coisa com coisa, Eddie.
– Pode ser. Puxa, como eu gostava do Joe... Ele era um cara legal. E agora se foi também. Não quero continuar perdendo as pessoas que eu amo.
– Você sabe que eu jamais vou deixar que alguma coisa aconteça ao Daniel ou à Alexa.
– Acha que tem esse poder, Maya?
Ela não respondeu.
– Você também não teria deixado nada acontecer à Claire e ao Joe. E aí, o que você me diz?
Dedos flexionados, dedos relaxados...
– Você pirou de vez, Eddie.
– Vai embora, Maya. E não precisa voltar.

capítulo 4

Uma semana depois, o Buick vermelho reapareceu.

Maya voltava para casa após um longo dia de aulas. Estava cansada, com fome, não via a hora de chegar e liberar Isabella. Mas agora o maldito Buick estava de volta.

O que fazer?

Ela ainda ponderava as possibilidades quando o carro sumiu de novo. Mais uma coincidência? Ou o motorista se dera por satisfeito, vendo que ela ia para casa? Essa última hipótese lhe parecia bem mais provável.

Ao chegar, ela encontrou Hector, o irmão de Isabella, esperando na rua ao lado da sua caminhonete. Geralmente ele dava uma carona para a irmã depois de terminar seu expediente como jardineiro.

– Olá, Sra. Burkett.

– Oi, Hector.

– Acabei de terminar os canteiros. – Ele subiu o zíper do seu moletom de capuz, fechando até o pescoço, indiferente ao calor. – Então, gostou?

– Ficaram ótimos. Posso lhe pedir um favor?

– Claro.

– A casa da minha irmã está meio caída. Se eu lhe der um extra, você toparia cortar a grama e, sei lá... fazer uma limpeza?

Hector ficou meio sem jeito com a proposta. Ele e sua família trabalhavam exclusivamente para os Burketts. Eram os Burketts que pagavam seu salário.

– Vou falar com a Judith primeiro, claro – disse Maya.

– Então tudo bem, é só avisar.

Maya já ia entrando em casa quando recebeu uma mensagem de Alexa: "O próximo jogo vai ser no sábado. Você vai?"

Desde o incidente com o técnico, ela vinha dando desculpas para não aparecer. Não conseguia tirar da cabeça a acusação de Eddie, mesmo sabendo que se tratava de um absurdo. Achava, claro, que ele estava sendo irracional com toda aquela história de "fantasma da morte", mas talvez um pai tivesse o direito de ser irracional em nome dos filhos, pelo menos por um tempo.

Anos antes, com o nascimento de Daniel, ela havia sido escolhida por

Claire e Eddie como guardiã do menino, e de todos que viessem depois dele, na eventualidade de que algo acontecesse a ambos os pais. No entanto, mesmo na época, quando Claire nem sequer imaginava o triste fim que o destino lhe reservava, ela havia puxado Maya de lado para dizer: "Se alguma coisa acontecer comigo, Eddie não vai segurar a onda. É um homem bom, mas não é forte. Você precisa ficar do lado dele." Não precisara acrescentar nada do tipo "Promete?". Sabia que podia contar com a irmã.

Maya, por sua vez, levara a sério o pedido de Claire e não fugira da responsabilidade. Estava disposta a assentir ao desejo de Eddie por um tempo, mas até o próprio Eddie sabia que aquele afastamento não poderia durar muito.

Ela respondeu à mensagem da sobrinha: "Puxa, não vai dar. Muito trabalho. Saudades!"

Enquanto contornava a casa rumo à porta dos fundos, lembrou-se daquele dia na base de Arifjan, no Kuwait. Por lá era meio-dia (e nos Estados Unidos, cinco da manhã) quando ela recebeu a ligação: "Sou eu", dissera Joe com a voz embargada. "A notícia não é boa."

Ela ainda tivera tempo, naquele átimo de torpor que precedia o real entendimento dos fatos, de refletir sobre a estranheza da situação: de modo geral, esse tipo de notícia viajava no sentido contrário, isto é, do Oriente Médio para os Estados Unidos. Claro, nunca coubera a ela fazer as notificações de óbito. Havia todo um protocolo em torno da coisa. Um oficial era destacado para visitar pessoalmente a família dos mortos: acompanhado de um pastor, e trajando seu uniforme azul, batia à porta das casas e recitava de maneira solene o seu texto fúnebre. Uma tarefa horrível para a qual ninguém se oferecia por livre e espontânea vontade, mas que todos acatavam por livre e espontânea pressão, tal como os próprios soldados costumavam dizer. "Que foi?", ela perguntara a Joe, para depois enfrentar o pior de todos os silêncios. "É a Claire", ouvira afinal. E naquele mesmo instante sentira algo desmoronar na alma.

Entrando em casa, ela deparou com Lily desenhando, sentada no sofá, e não se importou quando a filha nem sequer ergueu os olhos na sua direção. Lily era daquelas que se concentravam no que faziam, e naquele momento o desenho era o foco de toda a sua atenção. Isabella se levantou devagarzinho, como se não quisesse interromper o transe artístico da menina, e foi ao encontro de Maya, que disse:

– Obrigada por ter ficado até mais tarde.

– Sem problemas.

Lily enfim levantou a cabeça e sorriu para ambas. Elas sorriram e acenaram de volta.

– Como foi o dia dela?

– Ótimo – disse Isabella, e acrescentou num tom compungido: – Ela ainda não faz a menor ideia...

– Ok. Então... até amanhã, Isabella. Obrigada.

– Até amanhã, Sra. Burkett.

Assim que ouviu a caminhonete de Hector se afastar, Maya sentou-se ao lado da filha e conferiu as imagens gravadas pela câmera secreta do porta-retratos. Fazia isso quase todos os dias, apenas para ver se Isabella não estava... não estava o quê? Na realidade nunca havia nada de relevante para ver naquelas gravações. Além disso, ela achava estranho ver a si mesma brincando com Lily, do mesmo modo que achava estranha a presença constante daquela câmera na prateleira. As pessoas geralmente agiam de forma diferente quando sabiam que estavam sendo filmadas, e ela agora se perguntava se não fazia o mesmo quando interagia com a filha naquele cômodo da casa. Provavelmente sim.

– O que você está desenhando aí? – perguntou ela.

– Você não tá vendo?

Maya examinou os rabiscos com mais atenção.

– Não, o que é?

Lily respondeu com um beicinho.

– Você não vai me contar? – insistiu Maya.

– Uma vaca e uma lagarta.

– A vaca é verde?

– Essa aí é a lagarta.

Por sorte o telefone tocou nesse exato momento. Era Shane.

– E aí, como você está? – perguntou ele.

– Bem.

Silêncio. Três segundos se passaram antes de Shane se manifestar outra vez.

– Estou adorando esse silêncio constrangedor, e você?

– Eu também. Então, o que você manda?

Eles eram próximos demais para esse tipo de conversa fiada. Conversas fiadas não faziam parte do repertório dos dois.

– A gente precisa conversar – disse Shane.

– Então vai, conversa.
– Posso dar uma passada aí, se você quiser. Está com fome?
– Não muita – mentiu ela.
– Posso levar uma pizza de frango picante. Da Best of Everything.
– Aí já é covardia. Vem logo – disse Maya, e desligou.

Na base de Arifjan eles serviam pizza em quase todas as refeições, mas o molho não passava de um ketchup aguado e a massa tinha a consistência mole de uma pasta de dente. Ela agora só comia pizzas de massa fina e crocante, e ninguém as fazia melhor do que a Best of Everything.

Quando Shane chegou, eles foram com Lily para a cozinha e devoraram a pizza. Lily adorava Shane. Ele sempre fazia muito sucesso com as crianças. Era com os adultos que costumava ter problemas. Algo nele desconcertava as pessoas, sobretudo aquelas mais ligadas em aparências e sorrisos falsos. Um jeito peculiar de reagir às coisas, talvez um excesso de franqueza. Shane não tinha a menor paciência para as abobrinhas e encenações da sociedade moderna.

Terminada a pizza, Lily insistiu que ele a colocasse para dormir. Shane fez beicinho e disse:

– Mas aquelas suas historinhas são tão chaaaatas...

Lily caiu na gargalhada. Tomou-o pela mão e começou a arrastá-lo na direção da escada.

– Não, não, não! Por favor, não! – gritou Shane, se jogando no chão.

Quanto mais ele protestava, mais Lily ria, e foram dez minutos até que ela conseguisse levá-lo para o quarto. Shane contou sua história e conseguiu apagá-la tão depressa que Maya chegou a desconfiar que ele tivesse medicado a menina com alguma coisa.

– Puxa, foi rápido – disse ela assim que ele voltou.
– O plano deu certo.
– Que plano?
– Fazer com que ela me arrastasse escada acima. Estava exausta quando deitou.
– Muito esperto da sua parte.
– Pois é, eu sei.

Maya pegou duas latinhas de cerveja na geladeira, entregou uma delas a Shane e saiu com ele para a piscina. Já havia escurecido. Estava quente e muito úmido, mas nada de extraordinário para quem já havia passado pelo calor de um deserto com vinte quilos de equipamento nas costas.

– A noite está bonita... – disse Shane.

Havia algo entre eles, uma espécie de abismo, e Maya não estava gostando nem um pouco.

– Para com isso – disse ela.
– Com o quê?
– Você está me tratando como... uma *viúva*. Pode parar.
– Tudo bem. Foi mal.
– Então, sobre o que exatamente você queria conversar?

Shane bebeu da cerveja, depois disse:

– Talvez não seja nada, mas...
– Mas?
– Tem um relatório de inteligência circulando por aí. – Shane ainda estava na força, chefiando o departamento local da Polícia Militar. – Parece que Corey Rudzinski está de volta aos Estados Unidos – disse ele, e ficou esperando a reação de Maya.

Ela deu um demorado gole na cerveja e não disse nada.

– Achamos que ele atravessou a fronteira canadense há duas semanas.
– Não tem um mandado de prisão contra ele?
– Tecnicamente não.

Corey Rudzinski era o fundador do Boca no Trombone, um site dedicado a denúncias anônimas capazes de desmascarar atividades ilegais por parte do governo e das grandes empresas. O caso daquele governante sul-americano que vinha recebendo propinas da estatal de petróleo? Pois então. A denúncia havia sido feita por meio do site. Os e-mails racistas da polícia nova-iorquina? Mesma coisa. A violência contra os detentos no presídio de Idaho? O acidente nuclear escamoteado na Ásia? A contratação de garotas de programa pelos seguranças do presidente? Boca no Trombone.

E, claro, os civis que haviam morrido por conta do excesso de zelo de uma piloto de helicópteros do Exército americano?

Isso mesmo. Boca no Trombone.

Todos esses "furos de reportagem" eram uma cortesia dos denunciantes anônimos do site de Corey Rudzinski.

– Maya?
– Não tem nada que ele possa fazer contra mim agora.
– Hein? – disse Shane, intrigado.
– Isso mesmo que você ouviu. Ele já divulgou a gravação.
– Não toda.

– Não estou nem aí, Shane – retrucou Maya, e deu mais um gole na cerveja.

– Tudo bem então – disse ele, recostando-se na cadeira. – Mas por que você acha que ele não divulgou o áudio também? – A pergunta assombrava Maya muito mais do que ele podia imaginar. – O cara é um delator obsessivo. Que motivo poderia ter pra não divulgar o áudio?

– Sei lá.

Shane olhou ao longe. Maya conhecia aquele olhar.

– Aposto que você tem uma teoria – disse ela.

– Tenho.

– Vai, desembucha.

– Corey está esperando o momento certo – disse Shane. – Já conseguiu fazer um barulho na imprensa com aquela primeira divulgação. Assim que precisar de mais publicidade, vai divulgar o resto.

Maya balançou a cabeça sem dar muito crédito à tese do amigo.

– O homem é um tubarão, Maya. E os tubarões precisam estar sempre comendo alguma coisa.

– Como assim?

– Pra que o negócio dele funcione, Corey Rudzinski precisa não só derrubar os denunciados, mas fazer isso de um jeito que lhe garanta o máximo de publicidade.

– Shane...

– Diga.

– Realmente não me importo. Já estou fora da força. Já fiquei... viúva. Ele que faça o que bem entender.

Maya ficou pensando se realmente havia conseguido convencer o amigo com sua valentia. Talvez sim. Afinal, ele não sabia da verdade toda.

– Tudo bem, tudo bem – disse Shane. Terminou sua cerveja, depois perguntou à queima-roupa: – E aí, você vai ou não vai me contar o que está acontecendo mesmo?

– Do que você está falando?

– Fiz aquele teste que você pediu. Sem exigir explicações.

– Ótimo. Obrigada.

– Não vim aqui pra ganhar agradecimentos, você sabe disso.

– É, eu sei.

– Precisei quebrar o meu juramento de militar pra fazer aquele teste. Mais que isso. Precisei infringir a lei. Você sabe disso, não sabe?

– Será que a gente pode falar de outra coisa?
– Você sabia que o Joe estava correndo perigo?
– Shane...
– Ou será que o alvo verdadeiro era você?

Maya fechou os olhos por um instante, e os ruídos daquela noite não tardaram a chegar.

– Maya?

Ela reabriu os olhos, virou-se lentamente para Shane e disse:

– Você confia em mim?

– Esta pergunta chega a ser um insulto. Você salvou a minha vida. Você está entre os melhores soldados que conheci em toda a minha vida. Entre os mais valentes.

– Os melhores e mais valentes voltaram pra casa dentro de uma caixa.

– Não é verdade, Maya. Muitos realmente pagaram o preço mais alto de todos, mas quase sempre por uma questão de falta de sorte. Estavam no lugar errado, no momento errado. Nós dois sabemos disso.

Shane tinha razão. A guerra não era uma meritocracia. Um combatente não tinha mais chances de sobreviver só porque era mais competente que os outros. Havia uma grande dose de acaso nas fatalidades de uma guerra.

– Você vai insistir em fazer isso sozinha, não vai? – perguntou ele baixinho na escuridão.

Maya não respondeu.

– Você vai atrás dos assassinos do Joe – disse Shane, afirmando mais do que perguntando.

Seguiu-se um demorado silêncio, tão pesado quanto a umidade da noite. Até que Shane disse:

– Você sabe que pode contar comigo se precisar de ajuda, não sabe?

– Sei. – E depois: – Shane, você confia em mim?

– Até de olhos fechados.

– Então não toca mais neste assunto.

Antes que Shane fosse embora, Maya entregou-lhe uma anotação e disse:

– Preciso de mais um favorzinho seu.

– O que é isto?

– A placa de um Buick Verano vermelho. Preciso saber quem é o proprietário.

– Não vou nem perguntar do que se trata. Mas fique você sabendo que essa é a última vez que faço um "favorzinho" às cegas – falou, então despediu-se com um beijinho paternal na testa de Maya e saiu.

Maya conferiu a filha que dormia, trocou de roupa e seguiu para a sala de ginástica ultramoderna que Joe havia instalado num dos quartos da casa logo depois da mudança. Fez um pouquinho de musculação (agachamentos, abdominais, supino), depois foi para a esteira ergométrica. Sempre achara aquela casa grande demais, chique demais. Não que ela tivesse tido uma família pobre, longe disso, mas aquele tipo de riqueza não lhe agradava muito. Ela nunca havia se sentido realmente confortável naquele casarão, mas com os Burketts era assim: ninguém jamais deixava o enclave familiar, e as casas do condomínio iam só aumentando com o tempo.

Dali a pouco ela já estava suando em bicas. Sentia-se bem melhor quando exercitava o corpo. Terminada a esteira, jogou uma toalha em torno do pescoço, pegou uma cerveja na geladeira e roçou a garrafa na testa para se refrescar. Um alívio.

Em seguida foi para o computador e entrou no Boca no Trombone. Outros sites do mesmo tipo, como o WikiLeaks, tinham um layout bem mais simples e discreto, geralmente monocromático, padronizado, didático. Corey Rudzinski, por sua vez, havia optado por um visual bem mais estimulante. Seu lema vinha logo no alto: "NÓS FORNECEMOS O TROMBONE, E VOCÊ... A BOCA". Cores fortes emolduravam uma série de thumbnails de vídeos. E enquanto os sites da concorrência procuravam ficar longe das hipérboles, o de Corey era assumidamente sensacionalista, escolhendo as palavras com todo o cuidado para fisgar o maior número possível de leitores: "As dez maneiras que o governo tem para vigiar você – a sétima vai deixá-lo de cabelos em pé!"; "Wall Street só quer saber do seu dinheiro... e você nem imagina o que acontece por debaixo dos panos"; "Você pensa que a polícia está na rua para protegê-lo? Você não sabe de nada..."; "Eles matam civis. Por que os generais quatro-estrelas odeiam o mundo"; "Vinte sinais de que seu banco está roubando você"; "As pessoas mais ricas do mundo não pagam impostos. Você pode fazer como elas"; "Com que déspota você se parece mais? Faça o nosso teste".

Maya entrou na página de arquivo do site e encontrou seu vídeo. Não sabia ao certo por que entrara no site de Corey para visualizá-lo. Poderia ter entrado no YouTube, por exemplo, onde havia uma dezena de variantes, mas por algum motivo preferira ir direto à fonte.

Alguém tinha mandado para Corey as imagens daquilo que havia começado como uma missão de resgate. Quatro combatentes (três dos quais ela conhecia pessoalmente) haviam sido mortos numa emboscada em Al Qa'im, não muito longe da fronteira do Iraque com a Síria. Outros dois ainda estavam vivos, mas acuados pelo fogo inimigo. Um SUV preto avançava na direção deles. A bordo de um helicóptero de artilharia Little Bird MH-6, ela e Shane recebiam por rádio os pedidos de socorro dos dois soldados, ambos apavorados, ambos muito jovens, a julgar pela voz. Decerto tão apavorados e jovens quanto os quatro que já tinham morrido.

Assim que avistaram o alvo, eles ficaram esperando pela confirmação do JOC (Joint Operations Command, ou Comando de Operações Conjuntas), mas, ao contrário da crença geral, os equipamentos militares nunca eram cem por cento infalíveis: o sinal da comunicação com a equipe estacionada em Al Asad estava péssimo, intermitente. No entanto, o sinal com os dois soldados acuados estava perfeito. Eles suplicavam para serem salvos. Maya e Shane ainda esperavam por uma resposta do JOC quando ouviram os gritos dos dois rapazes.

Foi então que o MH-6 de Maya acertou o SUV preto com um míssil AGM-114 Hellfire. O SUV se reduziu a uma grande bola de fogo, e a infantaria avançou para resgatar os dois sobreviventes.

À época tudo parecera bastante sensato e regulamentar.

O celular de Maya tocou, e ela fechou o navegador rapidamente, como se estivesse vendo um site de pornografia. O identificador de chamadas dizia "Farnwood", o nome da mansão dos Burketts.

– Alô?

– Maya, aqui é a Judith.

A mãe de Joe. Tinha perdido o filho pouco mais de uma semana antes, ainda falava com o mesmo tom pesado, como se cada palavra lhe custasse um esforço, uma dor.

– Oi, Judith.

– Eu só queria saber como vocês estão, você e a Lily.

– Obrigada pela gentileza. Estamos indo, do jeito que dá.

– Ótimo – disse Judith. – Também liguei pra lembrar que a Heather Howell lerá o testamento do Joe na biblioteca Farnwood amanhã às nove horas em ponto.

Os ricos. Até as bibliotecas tinham nome.

– Estarei lá, obrigada.

– Quer que eu mande um carro pra te buscar?

– Não, não precisa.
– Por que você não traz a Lily também? Estou morrendo de saudades dela.
– Amanhã a gente vê, ok?
– Claro, claro. É que... estou louca pra revê-la. Ela é tão parecida com o... Bem, amanhã nos vemos.

Judith conseguiu desligar segundos antes de se desmanchar em lágrimas. Maya ficou onde estava por um segundo. Talvez atendesse ao pedido dela e levasse Lily para o encontro do dia seguinte. Lily e Isabella. Falando na babá, fazia dois dias que ela, Maya, não conferia as imagens da câmera secreta. Paciência. Ela estava cansada, não via a hora de tomar um banho. Aquilo podia ficar para depois.

De banho tomado, Maya sentou-se na poltrona do quarto (a poltrona de Joe) e abriu seu livro, uma nova biografia dos irmãos Wright. Fez o que pôde para se concentrar na leitura, mas não conseguiu.

Corey Rudzinski estava de volta aos Estados Unidos. Seria uma coincidência?

"Você vai insistir em fazer isso sozinha, não vai?"

Maya detectou os primeiros sinais de advertência. Fechou o livro e rapidamente se jogou na cama. Apagou as luzes e esperou.

Primeiro veio o suor, depois as visões. Ou melhor, os ruídos. Eram eles que a assombravam. A cacofonia incessante dos rotores do helicóptero, as vozes entremeadas de estática no rádio, os disparos e, claro, os ruídos humanos: as gargalhadas, as gozações, os berros de pânico. Ela tapou os ouvidos com o travesseiro, mas isso só piorou as coisas. Porque aqueles ruídos faziam muito mais do que apenas ecoar ou esfuziar na sua cabeça. Eles crivavam sua massa cerebral feito os estilhaços quentes de uma granada, aniquilando sonhos e pensamentos.

Maya mordeu o lábio inferior para não gritar. Sabia que a noite seria longa e difícil. Sabia que precisaria de ajuda. Então abriu a gaveta do criado-mudo, tirou um frasco de Klonopin e engoliu duas cápsulas.

Os comprimidos não deram fim aos ruídos, mas conseguiram abafá-los o suficiente para que ela enfim adormecesse.

capítulo 5

A PRIMEIRA COISA QUE VEIO à cabeça de Maya ao acordar: verificar a câmera escondida.

Ela sempre acordava pontualmente às 4h58. Para alguns ela possuía um dos tais despertadores biológicos, mas se realmente fosse esse o caso, o seu havia emperrado naquele horário ingrato e não dispunha de um botão de desligar, nem mesmo naquelas noites em que ela dormia mais tarde, já pensando em ficar na cama uns minutinhos a mais na manhã seguinte. Por mais que ela tentasse adiantar ou atrasar o maldito relógio, não dava outra: às 4h58 ela estava acordada.

Isso havia começado ainda no campo de treinamento militar, onde o toque de despertar era às cinco. A maioria das recrutas resmungava na cama, praguejando para quem quisesse ouvir. Maya não. Maya já estava acordada dois minutos antes, já preparada para a chegada raramente agradável da sargento à caserna.

Apesar da dificuldade para adormecer na véspera, ela havia tido uma noite de sono muito pesado. Por mais estranho que pudesse parecer, os demônios que a rondavam na vigília raramente davam as caras no sono: ela nem sequer lembrava a última vez que tinha tido um pesadelo ou que tinha acordado no meio da noite, empapada de suor. Se sonhava, nunca se lembrava dos sonhos depois, nem quando eram ruins. Tinha um subsconsciente generoso o bastante para poupá-la desse sofrimento.

Ela pegou um elástico de cabelo no criado-mudo e fez um rabo de cavalo. Joe adorava vê-la com os cabelos presos. "Você tem uma bela estrutura óssea", ele costumava dizer. "Quanto mais eu puder ver do seu rosto, melhor." Noutras ocasiões, ele também gostava de brincar com o rabo de cavalo dela, por vezes até chegava a puxá-lo, mas isso já era outra história.

Maya enrubesceu com a lembrança.

No telefone não havia nada de importante, então ela desceu da cama e saiu para o corredor. Lily ainda dormia, o que não era nenhuma novidade. No departamento dos relógios biológicos ela havia puxado bem mais ao pai: gostava de esticar o sono até o último segundo possível.

Ainda estava escuro do lado de fora. Na cozinha, o forno ainda exalava o cheirinho bom de algo preparado na véspera. Por Isabella, claro. Maya não tinha a menor vocação culinária. Jamais se aventurava no fogão, a menos que fosse obrigada. Muitas das suas amigas eram chefs de mão cheia, o que ela achava estranho, porque desde o início dos tempos a cozinha era tida como uma tarefa maçante, algo a ser evitado. Nos livros de história raramente se lia a respeito de algum monarca ou grão-senhor que gostasse de cozinhar. Comer? Claro. Cozinhar? Não. Isso era uma tarefa menor, destinada aos criados.

Maya cogitou fazer uns ovos mexidos com bacon, mas concluiu que despejar leite sobre uma tigela de cereal era muito mais fácil. Sentou-se à mesa e procurou não pensar na leitura do testamento de Joe, prevista para as nove. Não esperava nenhuma surpresa. Ela havia assinado um acordo nupcial (Joe: "É uma coisa dos Burketts. Se um de nós não assina, é deserdado"), e ele, no nascimento de Lily, havia estipulado que na eventualidade da sua morte todos os seus bens iriam para um fundo fiduciário em nome da filha, o que para Maya estava ótimo.

Não havia nenhum cereal no armário. Merda. Isabella vinha reclamando do excesso de açúcar nos cereais, mas não teria chegado ao ponto de jogar a caixa no lixo, teria? Maya foi para a geladeira, mas parou no meio do caminho.

Isabella.

A câmera escondida.

Ela havia acordado pensando nisso, o que era estranho. Tudo bem, ela conferia o cartão de memória quase todos os dias, mas não *todo santo dia*. Não achava necessário. Até então não tinha detectado nada de questionável no trabalho da babá. Geralmente assistia às gravações com o dedo espetado no botão de avançar. Nelas, Isabella aparecia sempre sorrindo, sempre feliz. Isso sim era um pouco preocupante, pois a garota não era exatamente uma figura solar. Realmente se iluminava quando via Lily, mas de modo geral tinha o rosto carrancudo de um totem indígena. Não era lá muito afeita a sorrisos.

E no entanto estava sempre sorrindo nas imagens gravadas. Era a babá perfeita o tempo todo e, vamos combinar, ninguém é perfeito. Ninguém. Todos nós temos os nossos momentos de fraqueza, certo?

Seria possível que Isabella soubesse da câmera escondida no porta-retratos?

Seu laptop, com o adaptador que Eileen lhe dera de presente, estava na mochila. Durante um tempo ela havia usado apenas a mochila militar que herdara como capitã (essencialmente um saco de lona cheio de bolsos), mas depois, vendo que muita gente comprava esse mesmo tipo de mochila na internet, começara a achá-la meio vulgar e um tanto chamativa também. Por isso Joe lhe havia presenteado com uma mochila da Tumi, de couro, com um compartimento especial para laptops. Uma mochila cara, mas nem tanto se comparada ao absurdo que aquelas pessoas vinham pagando por uma mochila militar na internet.

Ela pegou o porta-retratos na prateleira e tirou o cartão de memória. A hipótese de que Isabella tivesse descoberto a engenhoca nem era tão remota assim, ela pensou. Qualquer babá mais perspicaz, e Isabella era perspicaz, se perguntaria por que a patroa havia colocado um novo porta-retratos na prateleira da sala justo no dia em que enterrara o marido.

Ou talvez não. Como saber?

Maya encaixou o cartão no adaptador, depois plugou o adaptador na entrada USB do laptop. Por que estaria assim, tão aflita? Se estivesse correta na suspeita de que Isabella havia descoberto a câmera secreta, veria apenas o de sempre: a garota e seu comportamento exemplar. Isabella, sabendo-se vigiada, não seria burra de fazer algo suspeito. Aliás, esse era o espírito da coisa: a câmera só fazia sentido se permanecesse *secreta*.

Maya apertou o play. A câmera possuía um sensor de movimento, portanto a gravação iniciou apenas quando Isabella entrou na sala com seu café na mão, claro, num copo de plástico com tampa para evitar o risco de derramar café quente na menina sob seus cuidados. Ela recolheu a girafa de pelúcia que Lily havia deixado no chão e voltou para a cozinha, saindo de quadro.

– Mamãe!

Não havia áudio na gravação, então Maya se virou para trás e deparou com a filha no alto da escada que descia dos quartos. Sempre se enternecia quando via sua Lily. Torcia o nariz para muita coisa que lia ou ouvia sobre a experiência de ser mãe, mas não para aquilo, não para aquele sentimento que a acometia quando olhava para a menina, quando o mundo à sua volta se apagava para dar lugar apenas ao rostinho dela. Isso ela compreendia muito bem.

– Bom dia, meu amor.

Maya lembrava-se de ter lido em algum lugar que as crianças de 2 anos possuíam um vocabulário de aproximadamente cinquenta palavras.

Achava que devia ser isso mesmo, mas intuía que entre essas cinquenta a mais frequente devia ser a palavra "mais". Correndo escada acima, sem se dar ao trabalho de abrir o portãozinho protetor, ela ergueu a filha em seus braços. Lily trazia consigo um daqueles livros indestrutíveis de papelão, uma versão simplificada do clássico do Dr. Seuss: *Um peixe, dois peixes, peixe vermelho, peixe azul*. Ultimamente ela vinha arrastando esse livro para todo canto, assim como a maioria das outras crianças arrastava um ursinho de pelúcia. Que ela preferisse um livro a um ursinho fazia Maya inflar de orgulho.

– Quer que a mamãe leia pra você, quer?

Lily fez que sim com a cabeça.

Maya voltou com ela para a mesa da cozinha. O vídeo ainda estava passando na tela do computador. Uma coisa que Maya havia aprendido: crianças pequenas adoravam repetição. Ainda não queriam experiências novas. Lily tinha uma coleção inteira de livros de papelão. Ela, Maya, gostava especialmente da força narrativa dos livros de P. D. Eastman, como *Você é minha mãe?* e *Peixe fora d'água*: ambos incluíam passagens tenebrosas e finais surpreendentes. Lily podia ficar horas ouvindo as histórias de Eastman (qualquer livro era melhor do que livro nenhum), mas invariavelmente acabava voltando para a riqueza das rimas e ilustrações dos livros do Dr. Seuss. Com toda a razão.

Maya olhou de relance para o vídeo no computador: no sofá da sala, Isabella ia dando biscoitos na boca de Lily, um de cada vez, uma amestradora alimentando sua foca com peixinhos. Maya buscou uma lata dos mesmos biscoitos na despensa, espalhou alguns sobre a mesa e ficou observando enquanto a filha os pegava um a um.

– Quer mais alguma coisa? – perguntou.

Lily balançou a cabeça, depois apontou para o livro.

– História.

– Não é assim que se fala. É assim: "Mamãe, por favor, me conta uma..." – Maya não se deu ao trabalho de terminar. Abriu o livro e foi virando as páginas: – Um peixe... Dois peixes... – Já estava quase chegando ao peixe gordo com o chapéu amarelo quando notou algo na tela do computador e interrompeu a leitura.

– Mais, mamãe, mais!

Maya praticamente se debruçou sobre o computador. A gravação havia reiniciado, mas alguém bloqueava a lente por completo. Num primeiro momento Maya pensou que fosse a própria Isabella que tivesse parado de costas diante do porta-retratos, mas não podia ser. A garota não era alta o suficiente. Talvez pudesse bloquear a lente com a cabeça, não com as costas. Além disso, estava usando uma blusa vermelha no dia anterior, e o tecido diante da lente era verde. Verde-floresta.

– Mamãe?
– Só um minuto, filha.

Fosse lá quem fosse, a pessoa se afastou do porta-retratos e sumiu de vista. Maya agora podia ver o sofá, Lily sozinha nele, folheando aquele mesmo livro, pensando que lia alguma coisa.

Maya esperou.

Alguém surgiu da esquerda, vindo da cozinha. Não era Isabella.

Era um homem.

Ou pelo menos parecia ser um homem. Ainda estava muito próximo da câmera, e num ângulo que escondia seu rosto. Por um segundo, Maya pensou que fosse Hector que tivesse entrado para um café, um copo d'água ou algo assim, mas na véspera o jardineiro estava usando um macacão com um moletom por cima, e o homem do vídeo estava de calças jeans e uma camisa verde... floresta.

Na tela, Lily ergueu os olhos para o suposto homem e abriu um sorriso largo para ele, o que teve sobre Maya o efeito de uma pedrada no peito. Lily sempre fora uma criança mais arredia com desconhecidos. Portanto, quem quer que estivesse ali, quem quer que estivesse usando aquela camisa verde-floresta que lhe parecia tão familiar...

O homem foi caminhando para o sofá, ainda de costas para a câmera, ocultando Lily. Apavorada, Maya chegou a se inclinar para a esquerda e para a direita como se com isso pudesse ver a filha e se certificar de que ela continuava segura no mesmo lugar, lendo seu Dr. Seuss como antes. Era como se a menina estivesse correndo algum tipo de perigo e que esse perigo se estenderia até que ela, Maya, pudesse revê-la e ficar de olho na filha. Uma tolice, claro, essa história de perigo. Maya sabia disso. Estava assistindo a algo que já havia acontecido, não a uma transmissão ao vivo, e Lily estava bem ali a seu lado, inteira e aparentemente feliz. Pelo menos até notar que a mãe havia emudecido diante do computador.

– Mamãe?
– Só um segundo, meu amor.

Estava claro que o homem de camisa verde-floresta (era assim que ele sempre se referia àquela camisa, que não era verde, nem verde-escura, nem verde-musgo, mas verde-floresta) não havia feito nada com a menina, de modo que aquela sua aflição não passava de um grande despropósito, um excesso de zelo.

Na tela, o homem se moveu para o lado.

Maya enfim podia ver Lily de novo. Pensou que agora seus medos fossem embora, mas não foi isso que aconteceu. O homem se acomodou no sofá bem ao lado de Lily, de frente para a câmera, sorrindo.

Por algum motivo, Maya não gritou.

Dedos flexionados, dedos relaxados...

Maya, sempre lúcida e calma no campo de batalha, sempre encontrando um meio de controlar os nervos e impedir que a adrenalina a paralisasse, procurou fazer o mesmo agora. Aquelas roupas que ela conhecia tão bem, os jeans, mas sobretudo a camisa verde-floresta, deveriam tê-la preparado para a possibilidade, ou melhor, para a "impossibilidade" daquilo que ela estava vendo. Portanto não gritou. Nem sequer grunhiu de susto. Mas algo em seu peito dificultava a respiração. O sangue parecia correr frio nas veias. Os lábios tremiam ligeiramente.

Na gravação, Lily se arrastou para o colo do pai. Que em princípio estava morto.

capítulo 6

A IMAGEM MACABRA NÃO DURARIA muito mais que isto: Lily mal havia sentado no colo de "Joe" quando ele se levantou e saiu com ela da sala. Trinta segundos depois o sensor de movimento desligou a câmera.

Quando a gravação reiniciou, Isabella e Lily entraram na sala, vindo da cozinha, e começaram a brincar como sempre faziam. Maya adiantou as imagens, mas o resto do dia foi exatamente como outro qualquer. Isabella, Lily e mais ninguém. Nenhum marido morto nem nada.

Maya voltou o vídeo e assistiu uma segunda vez, depois uma terceira.

– Livro! – Era Lily, que já se impacientava.

Maya virou-se para ela e procurou as palavras certas. Não as encontrando, disse apenas:

– Filha... você viu o papai?

– Papai?

– Sim, meu amor. Você viu o papai?

Lily se entristeceu de repente.

– Cadê papai?

Maya não queria assustar a menina, mas, por outro lado, as circunstâncias eram assustadoras por natureza. O que fazer? Não havia outro jeito. Ela voltou as imagens outra vez e mostrou à filha. Lily ficou olhando para o computador, fascinada. E, quando viu Joe, escancarou um sorriso e disse:

– Papai!

– Isso – disse Maya, fazendo o possível para não se comover com a alegria da filha. – Você viu o papai?

– Papai! – repetiu Lily, apontando para a tela.

– Sim, é o papai. Ele esteve aqui ontem?

Lily não fez mais do que encará-la de volta.

– Ontem – disse Maya. Em seguida levou a filha para o sofá da sala de televisão e sentou no mesmo lugar em que estivera "Joe", abrindo aspas imaginárias sempre que pensava no nome do marido. – O papai esteve aqui ontem? – repetiu.

Lily não estava entendendo nada. Maya procurou manter o tom de entusiasmo, dando a entender que aquilo era uma espécie de brincadeira, de jogo, algo divertido em vez de preocupante. No entanto, ou ela estava mandando sinais errados com a linguagem corporal, ou tinha uma filha mais intuitiva do que pensava.

– Mamãe, para.

"Você a está irritando."

Percebendo que estava amedrontando a menina, plantou no rosto um sorriso tão grande quanto falso, tomou-a no colo e subiu com ela para o quarto, sacudindo-a e fazendo gracinhas até apagar o desconcerto que ela mesma tinha provocado. Deitou-a na cama e ligou a televisão. Na Nickelodeon estava passando *Bubble Guppies*, um dos desenhos prediletos de Lily. Sim, ela havia jurado que jamais faria a televisão de babá (todas as mães juravam o mesmo e acabavam capitulando), mas paciência: situações extraordinárias pediam medidas extraordinárias.

Em seguida correu para o closet de Joe e hesitou um segundo antes de entrar. Nem sequer chegara perto daquela porta após a morte do marido. Era cedo demais. Porém agora, claro, não havia tempo para este tipo de melindre. Vendo que a filha se distraía com o desenho, abriu o closet e acendeu a luz.

Joe adorava roupas. Cuidava delas tão bem quanto ela, Maya, cuidava das suas... armas. Os ternos se enfileiravam meticulosamente a uma distância de poucos centímetros um do outro. As camisas estavam organizadas por cor. Para evitar os vincos, as calças pendiam esticadas dos cabides que as beliscavam pela barra. Além disso, ele fazia questão de comprar suas próprias roupas. Jamais gostava dos presentes que recebia dela. Com uma única exceção: a camisa de sarja "verde-floresta" que ela havia encomendado de uma marca norueguesa chamada Moods. Essa camisa, a menos que seus olhos estivessem mentindo, o que não deixava de ser uma possibilidade, era a mesma que "Joe" estava vestindo naquela gravação. Ela sabia exatamente em que cabide encontrá-la.

Mas não encontrou.

De novo, nenhum grito, nenhum susto. Mas agora, tinha certeza.

Alguém havia estado na casa. Alguém havia entrado no closet de Joe.

Dali a dez minutos Maya avistou a única pessoa capaz de fornecer respostas imediatas.

Isabella.

A babá tinha trabalhado na véspera, portanto, pelo menos em tese, teria notado qualquer coisa fora do comum, como por exemplo o marido morto da patroa passeando pelo closet do quarto ou brincando com a filha.

Da janela do quarto, Maya ficou observando enquanto Isabella caminhava para a porta dos fundos da casa, procurando avaliá-la do mesmo modo que fazia com os inimigos do seu passado de capitã. A garota aparentemente não estava armada, embora levasse consigo uma bolsa grande o suficiente para esconder uma arma. Agarrava essa bolsa como se temesse que alguém surgisse a qualquer momento para roubá-la, mas era sempre assim que a carregava. Isabella não era exatamente uma pessoa calorosa, a não ser, claro, naquilo que realmente importava: com Lily. Adorava Joe, assim como os empregados mais fiéis geralmente adoravam os seus empregadores. Quanto a ela, Maya, simplesmente a tolerava como uma intrusa. Assim costumavam ser os empregados fiéis: tinham ciúmes dos seus benfeitores ricaços, viam os demais como forasteiros.

Isabella parecia um pouco mais cautelosa que o normal? Era difícil dizer. Ela sempre parecia cautelosa, com o olhar evasivo, a expressão indecifrável, o corpo tenso. Agora essas características estavam mais acentuadas ou a imaginação de Maya tinha assumido o controle, nublando seu julgamento?

Maya viu quando a babá abriu a porta com as próprias chaves. Continuou no quarto, esperando.

– Sra. Burkett?

Silêncio.

– Sra. Burkett?

– Já vou!

Maya desligou a televisão do quarto e ficou esperando pela birra de Lily, que não veio. Lily tinha ouvido o chamado de Isabella, queria ir ao encontro dela. Maya pegou a filha no colo e desceu com ela para a cozinha.

Isabella lavava uma xícara de café na pia e se virou assim que ouviu passos às suas costas. Olhou imediatamente para Lily, só para Lily, e descongelou a carranca com um sorriso. Um sorriso bonito, pensou Maya, mas no qual parecia faltar algo. Um pouco do brilho de sempre, talvez?

Basta.

Lily estendeu os braços para a babá. Isabella fechou a torneira, secou as mãos numa toalha e foi ao encontro da menina, estendendo os braços para ela, mas arrulhando um tatibitate qualquer, remexendo os dedos como se dissesse: "Vem, vem, vem!".

– Bom dia, Isabella – disse Maya.

– Bom dia, Sra. Burkett – devolveu Isabella, logo voltando sua atenção para Lily.

Maya precisou refrear o impulso de não entregar a filha. Eileen havia perguntado se ela confiava na garota, e ela respondera que sim, pelo menos tanto quanto era possível confiar numa babá. Mas agora, depois daquelas imagens gravadas pela câmera escondida...

Isabella roubou Lily para si, e Maya deixou. Sem dizer palavra, Isabella saiu com a menina para a sala de televisão e sentou com ela no sofá.

– Isabella? – chamou Maya.

Isabella ergueu o rosto como se tivesse levado um susto.

– Pois não, Sra. Burkett? – disse, um sorriso congelado nos lábios.

– Posso trocar uma palavrinha com você?

– Agora? – Lily estava no colo dela.

– Sim, por favor – disse Maya, subitamente estranhando a própria voz. – Quero te mostrar uma coisa.

Isabella acomodou a menina a seu lado no sofá, deixou um livrinho rosa sobre as pernocas dela, endireitou a saia e voltou à cozinha sem nenhuma pressa, como se antevisse uma má notícia.

– Pois não, Sra. Burkett.

– Alguém esteve aqui ontem?

– Não entendi.

– Perguntei se alguém esteve aqui ontem – repetiu Maya, procurando não se alterar. – Alguém além de você e da Lily.

– Não, Sra. Burkett – disse ela, trazendo a carranca de volta. – Quem poderia ter estado aqui?

– Sei lá. Seu irmão Hector, por exemplo. Ele não entrou na casa em momento algum?

– Não, Sra. Burkett.

– Então você não viu ninguém.

– Não, não vi.

Maya olhou de relance para o computador, depois para a babá.

– Saiu em algum momento? – perguntou.

– Da casa?

– Sim.

– Fui com a Lily ao parquinho. Como a gente faz todo dia.

– Fora isso, mais nada?

Isabella ergueu os olhos, procurando se lembrar.

– Não, Sra. Burkett.

– Não saiu sozinha? Hora nenhuma?

– Sem a Lily? Claro que não, Sra. Burkett – respondeu ela, ofendida.
– Não deixou ela sozinha em nenhum momento?
– Não estou entendendo, Sra. Burkett. Por que a senhora está me fazendo essas perguntas todas? Não está satisfeita com o meu trabalho?
– Eu não disse isso.
– Nunca deixo a Lily sozinha. Jamais. Às vezes, quando ela está dormindo lá em cima, eu desço pra limpar ou lavar alguma coisa, mas...
– Não foi isso que eu quis dizer.
Isabella avaliou o rosto da patroa por alguns instantes.
– Então foi o quê? – disse.
Não havia mais motivo para prolongar a conversa.
– Coloquei uma câmera na sala de televisão – explicou Maya, mesmo sabendo que não precisava. – Presente de uma amiga. Grava o que acontece quando estou ausente.
Isabella arregalou os olhos, confusa.
– Uma câmera?
– Sim.
– Mas nunca vi câmera nenhuma naquela sala, Sra. Burkett.
– Claro. Está escondida. É uma câmera oculta.
– Uma o quê?
– Uma câmera oculta. Sabe aquele porta-retratos digital que eu coloquei na prateleira? Na verdade é uma câmera.
Isabella olhou de relance na direção da sala.
– A senhora está... me espionando?
– Estou monitorando minha filha – disse Maya.
– Mas não me avisou de nada.
– Não, não avisei.
– Por quê?
– Não precisa ficar na defensiva, Isabella.
– Ah, não? – disse a babá, agora mais ríspida. – A senhora não confia em mim?
– Você confiaria?
– *Hein?*
– O problema não é com você, Isabella. É com minha filha. Sou responsável pelo bem-estar dela.
– E a senhora acha que o melhor pra ela é me espionar?
Maya maximizou o vídeo e apertou o play.

– Eu tinha minhas dúvidas, pelo menos até hoje de manhã – disse ela, virando o computador para a babá.

– Hoje de manhã...

– Veja você mesma.

Maya não se deu ao trabalho de ver o vídeo outra vez. Àquela altura já o tinha visto mais que o suficiente. Preferiu ficar atenta ao rosto de Isabella, procurando nele algum sinal de estresse ou dissimulação.

– O que tem pra ver aqui? – disse a babá.

– Espera que você vai ver.

O falso Joe acabara de sair de quadro depois de ter bloqueado a câmera. Isabella estreitou os olhos para enxergar melhor. Maya procurou manter a regularidade da respiração. Dizem que nunca é possível prever a reação das pessoas diante de uma granada arremessada. Esta é sempre a grande incógnita. Você está ali com os seus companheiros de armas quando uma granada cai aos pés do grupo. Quem foge? Quem protege a cabeça? Quem sacrifica a própria vida e se joga em cima do explosivo? Você pode até fazer suas previsões, tudo bem, mas nunca é possível saber a verdade *a priori*.

Maya já tinha dado repetidas provas do seu comportamento no campo de batalha. Todos sabiam que sob pressão ela conseguia se manter calma, tranquila, lúcida. Como líder, ela já havia demonstrado essas qualidades inúmeras vezes. Mas o curioso era que esse sangue-frio não se aplicava à sua vida de civil. Eileen certa vez comentara que seu filhinho Kyle, sempre tão metódico e comportado na escola montessoriana que frequentava, era um verdadeiro capeta em casa. Algo semelhante acontecia com Maya.

Portanto, observando Isabella enquanto "Joe" ressurgia na tela do computador e colocava Lily no colo, e não percebendo nenhuma mudança na expressão da babá, ela sentiu um demorado frio na espinha.

– Então?

Isabella olhou para ela.

– Então o quê?

Outro frio na espinha.

– Como assim, "então o quê"? Como você explica isso?

– Não sei do que a senhora está falando.

– Hein? Para com esse joguinho, menina!

Isabella recuou um passo.

– Não sei do que a senhora está falando – repetiu ela.

– Não viu o vídeo?

– Claro que vi.
– Então viu o homem, não viu?
Isabella não disse nada.
– Viu o homem, não viu?
Isabella permaneceu muda.
– Fiz uma pergunta, Isabella.
– Não sei o que a senhora quer de mim...
– Viu ele, *não viu*?
– Ele quem?
– Como assim, "ele quem"? O Joe! – Não se contendo, Maya puxou a babá pela gola da camisa e disse: – Como foi que ele entrou nesta casa?
– Sra. Burkett, por favor... A senhora está me assustando...
– Espera aí. Você está dizendo que...
– *Me solta!*
– Mamãe...
Era Lily. Maya virou-se para a filha, e Isabella aproveitou a oportunidade para se desvencilhar, levando a mão à garganta como se tivesse escapado de um enforcamento.
– Está tudo bem, meu amor – disse Maya à menina. – Está tudo bem.
– A mamãe e eu... – disse Isabella, arfando como se tivesse perdido o ar dos pulmões. – A gente estava só brincando.
Lily ficou olhando para as duas.
Isabella ainda mantinha a mão no pescoço, esfregando-o de um jeito dramático demais. Maya virou-se de novo para encará-la, e ela rapidamente ergueu a outra mão como se dissesse: "Não se aproxime!"
– Quero respostas – disse Maya.
– Ok – assentiu Isabella –, mas antes preciso de um copo d'água.
Maya hesitou um instante, porém aquiesceu. Tirou um copo do armário e, enquanto o enchia na torneira da pia, um pensamento lhe veio à cabeça: era Eileen quem lhe dera aquela câmera oculta.
Ainda estava nisso quando olhou para a babá e foi surpreendida por um estranho jato de vapor. A dor foi excruciante, como se alguém estivesse esfregando pó de vidro em seus olhos, e ela berrou ao mesmo tempo que perdeu a sustentação das pernas e caiu de joelhos no chão. Em meio àquela agonia, àquele incêndio nos olhos, ela enfim se deu conta do que tinha acontecido. Isabella tinha borrifado algo em seu rosto. Spray de pimenta.

Maya sabia que os sprays de pimenta não só queimavam os olhos como também inflamavam as membranas mucosas do nariz, da boca e dos pulmões. Então prendeu a respiração para poupar os pulmões e começou a piscar freneticamente para lavar os olhos com as lágrimas. Mas nada disso adiantou. Não havia muito o que fazer.

Ainda caída, ela ouviu Isabella abrir a porta dos fundos e fugir jardim afora.

– Mamãe?
Maya conseguiu se levantar e foi saindo para o banheiro.
– A mamãe está bem, meu amor. Faz um desenho pra mim, ok? Volto daqui a pouquinho.
– Isabella...
– A Isabella também vai voltar, fique tranquila.
O efeito do spray se revelou bem mais duradouro que o imaginado, e ela agora sentia o peito arder de raiva tanto quanto os olhos ardiam com a pimenta. Ficara completamente incapacitada por uns bons dez minutos, vulnerável ao inimigo, e isso era inaceitável. Assim que a dor começou a ceder, ela recuperou o fôlego, enxaguou os olhos na pia e lavou o rosto com detergente de cozinha, ainda brava consigo mesma.

Dar as costas para o inimigo. Coisa de amador.
Como era possível que ela tivesse sido tão burra?
Quanto mais ela refletia, mais furiosa ia ficando. Em dado momento, chegara ao ponto de cair na conversa da garota, pensando que talvez ela realmente não soubesse de nada. Por isso baixara a guarda. Só por um segundo. E deu no que deu.

Quantas vezes ela já não tinha visto a mesma coisa acontecer na guerra? Quantas vidas já não tinham sido perdidas por conta de um único segundo de descuido? Como explicar que ela não tivesse aprendido uma lição tão básica?

Maya prometeu a si mesma que isso jamais voltaria a acontecer.
Mas agora... vida que segue. Autoflagelação não levava a nada. O importante era reconhecer o erro, aprender com ele e seguir adiante.

Fazendo o que exatamente?
A resposta era mais ou menos óbvia: esperar mais alguns minutos para se recompor, depois encontrar Isabella e fazê-la falar.

A campainha tocou.

Maya enxaguou os olhos mais uma vez e foi para a porta. Cogitou pegar uma arma primeiro (não queria correr mais riscos), mas logo viu que era o detetive Kierce.

– Caramba, o que foi que aconteceu com você? – disse ele assim que a viu.

– Levei spray de pimenta na cara.

– Spray...? De quem?

– Isabella. Minha babá.

– Está falando sério?

– Não, detetive, estou contando uma piada. *Claro* que estou falando sério!

Roger Kierce correu os olhos à sua volta, depois disse:

– Mas por que ela fez isso?

– Encontrei uma coisa na gravação da minha câmera oculta.

– Você tem uma câmera oculta?

– Tenho. – Mais uma vez, ela lembrou que a câmera tinha sido um presente de Eileen, que a própria Eileen havia escolhido o melhor lugar onde colocá-la. – Fica escondida num porta-retratos.

– Meu Deus... Então você pegou a babá... fazendo alguma coisa com a...?

– Não, não é nada disso! – retrucou ela com impaciência. No entanto, nada mais natural que a mente de um policial fosse para esse lado.

– Então não estou entendendo – disse Kierce.

Maya ficou se perguntando qual seria o melhor caminho a tomar naquelas circunstâncias. O mais direto talvez fosse o mais prudente no longo prazo.

– Acho melhor você ver com os seus próprios olhos – disse ela, e conduziu o detetive para o laptop aberto na ilha da cozinha.

Kierce parecia confuso. Ficaria dez vezes mais dali a pouco.

Maya virou a tela na direção dele, deu play no vídeo e ficou esperando.

Nada.

Ela conferiu a entrada USB.

O cartão de memória não estava mais lá.

Aflita, ela procurou toda a superfície da ilha, o chão ao redor. Mas a essa altura já sabia o que havia acontecido.

– Que foi? – perguntou Kierce.

Maya respirou fundo, precisava manter a calma. De novo procurou pensar estrategicamente, como se estivesse numa missão. Você não pode simplesmente abrir fogo contra um SUV preto sem antes refletir sobre o que vai fazer. Precisa estar muito bem informado antes de tomar uma decisão de consequências irreversíveis, fatais.

Ela sabia muito bem o risco que estava correndo. Se começasse a tagarelar sobre o que tinha visto na gravação, certamente seria dada por maluca pelo detetive. Ela própria estava achando aquilo tudo uma grande loucura. Ainda havia teias de spray de pimenta na cozinha. O que teria realmente acontecido ali? E ela? Não estaria mesmo ficando maluca?

Melhor prosseguir com cautela.

– Sra. Burkett?
– Por favor, já pedi pra você me chamar de Maya.

A prova da revelação absurda que ela tinha para fazer, isto é, o cartão de memória, já não estava mais lá. O mais prudente seria que ela lidasse sozinha com a babá. Por outro lado, se fizesse isso, se não contasse nada ao detetive e mais tarde o vento começasse a soprar contra...

– Isabella deve ter levado.
– Levado o quê?
– O cartão de memória.
– Depois de... depois de atacar você com o spray de pimenta?
– Sim – disse Maya, procurando ser o mais assertiva possível.
– Então ela borrifou o spray, pegou o cartão e... Depois o quê? Fugiu?
– Exatamente.
– Mas o que tinha nesse cartão afinal?

Maya olhou para a sala de televisão. Lily se entretinha, feliz da vida, com o quebra-cabeça gigante de um zoológico.

– Tinha um homem.
– Um homem?
– Sim, no vídeo. Lily sentou no colo dele.
– Uau – disse Kierce. – Imagino que seja um desconhecido.
– Não.
– Você conhece esse homem?
– Sim.
– Quem é então?
– Você não vai acreditar. Vai pensar que estou delirando.
– Isso só vamos saber depois.
– Era o Joe.

Este mérito o detetive teve: ele não arregalou os olhos, nem reagiu como

se tivesse à sua frente a maior psicopata de todos os tempos. Como se também estivesse tentando manter a compostura, disse apenas:
– Entendi. Então era uma gravação antiga...
– Como?
– Uma gravação que você fez quando seu marido ainda estava vivo. De repente você pensou que estava gravando por cima ou...
– Essa câmera oculta foi um presente que ganhei *depois* da morte do Joe.
Kierce permaneceu mudo e imóvel. Então Maya prosseguiu:
– Além disso, o relógio da câmera estava marcando o dia de ontem.
– Mas...
Silêncio. E depois:
– Você sabe que isso não é possível.
– Eu sei – disse Maya.
Eles se entreolharam por alguns instantes. Seria inútil tentar convencê-lo de qualquer coisa. Então Maya achou por bem mudar de assunto.
– Mas o que você veio fazer aqui?
– Preciso que você vá comigo até a delegacia.
– Pra quê?
– Não posso dizer. Mas é muito importante.

capítulo 7

Era a mesma professorinha sorridente que naquela manhã estava de plantão na creche Crescendo.

– Ah, sim, lembro de você – disse ela. E se inclinou para Lily. – Lembro de você também, Lily. E aí, tudo bem?

Lily não respondeu nada. A professorinha deixou a menina brincando com um conjunto de bloquinhos de construção e acompanhou Maya até sua sala.

– Estou pronta pra fazer a matrícula dela – Maya foi logo dizendo.

– Ótimo! Quando pretende começar?

– Agora.

– Hmm... Isso não é muito comum. Normalmente precisamos de duas semanas pra processar uma nova matrícula.

– Minha babá pediu as contas de uma hora pra outra.

– Entendo, mas...

– Desculpa, como é mesmo seu nome?

– Kitty Shum.

– Claro, claro. Então, Kitty, está vendo aquele carro verde ali?

Kitty olhou através da janela, apertou as pálpebras contra a claridade, depois disse:

– Estão seguindo você? Quer que eu chame a polícia?

– Não, não. Não é isso. Aquele carro ali é a polícia. À paisana. Meu marido foi assassinado recentemente.

– Li a respeito – disse a moça. – Meus sentimentos.

– Obrigada. O problema é o seguinte: esse investigador que está ali, ele quer que eu vá com ele até a delegacia. Não sei direito por quê. Ele apareceu de repente lá em casa, não deu muita explicação. Então só tenho duas opções: ou levo a Lily comigo e fico com ela no colo enquanto me cobrem de perguntas sobre o assassinato do pai dela ou...

– Sra. Burkett?

– Maya.

– Maya – repetiu Kitty, e olhou novamente para o carro de Kierce. – Será que você sabe como fazer o download do nosso aplicativo no seu telefone?

– Sei.

– Ótimo. É melhor pra menina se você não fizer uma despedida muito dramática.

– Muito obrigada.

Assim que chegou com o detetive à delegacia do Central Park, Maya perguntou:

– Pode me dizer agora por que me trouxe aqui?

Kierce mal havia aberto a boca durante todo o trajeto, o que para Maya tinha sido bom. Ela ainda precisava de um tempo para ruminar os últimos acontecimentos: a câmera escondida, a gravação, Isabella, a camisa verde-floresta.

– Preciso de você pra fazer dois confrontos de identificação.

– Identificação? De quem?

– Não quero condicionar as suas respostas.

– Dos atiradores não pode ser. Eu já disse, eles estavam de gorro.

– Sim, gorros de esqui, pretos, com abertura apenas para os olhos e a boca, certo?

– Certo.

– Ok, ótimo. Venha comigo.

– Não estou entendendo.

– Vai entender.

Na recepção da delegacia, enquanto esperava para ser convocada, Maya abriu o aplicativo da creche, um instrumento bastante completo mediante o qual era possível pagar mensalidades, marcar horários, examinar o "currículo de atividades" e ler a biografia de todas as professoras. Mas o melhor de tudo, o que realmente tinha chamado sua atenção para a Crescendo, era a possibilidade de monitorar em tempo real as salas da creche, que eram três: vermelha, verde ou amarela, dependendo da faixa etária das crianças. Maya clicou sobre o ícone amarelo.

Foi então que Kierce voltou para chamá-la.

– Maya?

– Só um segundo – disse ela, e virou o telefone de lado para aumentar a imagem.

Era de se esperar que àquela altura já estivesse farta daquela história de câmeras de vigilância. Mas não. Lá estava Lily na sua salinha amarela. Segura. A professora (cuja biografia ela leria mais tarde) brincava com ela e outro menino da mesma idade, ajudando-os a empilhar os bloquinhos.

Aliviada, Maya quase abriu um sorriso. Deveria ter insistido e colocado Lily numa escolinha daquelas meses antes. Com a opção babá ela ficava nas mãos de uma única pessoa sobre a qual tinha pouco ou nenhum controle. Na creche, não. Na creche havia sempre testemunhas para todas as eventualidades, câmeras por toda parte e, principalmente, socialização com outras crianças. Nada mais seguro que isso, certo?

– Maya? – Era Kierce novamente.

Maya fechou o aplicativo, guardou o telefone no bolso e seguiu com o detetive para uma sala no interior da delegacia, onde já esperavam duas pessoas: a promotora pública designada para o caso de Joe e um defensor. Procurou se concentrar, pois ainda estava meio zonza com aquela história da gravação. Além disso, continuava a sentir nos pulmões e nas membranas nasais os efeitos cruéis do spray de pimenta. Vinha fungando como uma cocainômana.

– Antes de mais nada, quero deixar registrado o meu protesto – disse o defensor, um cabeludo com um rabo de cavalo que descia até o centro das costas. – A testemunha já afirmou que em nenhum momento chegou a ver o rosto dos agressores.

– Protesto registrado – disse Kierce. – E estamos de pleno acordo.

O cabeludo espalmou as mãos, dizendo:

– Então... o que estamos fazendo aqui?

Esta era a pergunta que Maya se fazia também.

Indiferente a ambos, Kierce apertou um interruptor e a luz se acendeu no compartimento onde se perfilariam os homens, não muito diferente de um aquário. Inclinando-se para um microfone, ele disse:

– Podem mandar entrar o primeiro grupo.

Seis homens entraram no aquário, todos com gorros de esqui na cabeça.

– Isso é ridículo – disse o defensor cabeludo.

Maya não havia se antecipado àquilo.

– Sra. Burkett, a senhora reconhece alguma dessas pessoas? – perguntou Kierce, falando um pouco mais alto que o normal, como se estivesse sendo gravado.

O que talvez realmente estivesse acontecendo, pensou Maya.

– O número quatro – disse ela depois de um tempo.

– Isso é um absurdo! – protestou o defensor.

– E por que a senhora reconhece o número quatro?

– "Reconhecer" talvez seja uma palavra forte demais – disse Maya. – Mas ele tem o mesmo tipo físico e a mesma altura que o homem que atirou em meu marido. Também está usando as mesmas roupas.

– Todos estão usando roupas iguais – interveio o defensor. – Como é que a senhora pode ter certeza?

– Como eu disse, o número quatro tem o mesmo porte e a mesma altura. Os outros não.

– Tem certeza?

– O número dois também é muito parecido, mas está usando tênis azuis. O atirador estava usando tênis vermelhos.

– Só para deixar claro – disse o defensor. – A senhora não pode afirmar com absoluta certeza que o número quatro é o homem que atirou no seu marido. Afirma apenas que ele tem mais ou menos o mesmo corpo e a mesma altura, e que está usando roupas parecidas...

– Parecidas não – interrompeu Maya. – Idênticas.

O defensor cabeludo inclinou a cabeça, dizendo:

– É mesmo?

– É.

– Não tem como a senhora saber de uma coisa dessas – insistiu o homem. – Imagino que exista mais de um par de All Star vermelho na face da Terra, certo? Quer dizer, se colocarmos quatro pares de All Stars vermelhos na sua frente, a senhora acha que seria capaz de identificar o par exato que o atirador estava usando naquela noite?

– Não.

– Obrigado.

– Mas as roupas não são apenas "parecidas". Não é como se ele estivesse apenas usando tênis brancos em vez de vermelhos. O número quatro está usando roupas idênticas às do atirador.

– O que nos traz ao ponto seguinte – emendou o cabeludo. – A senhora não pode ter certeza de que foi aquele homem ali, o número quatro, que atirou no seu marido, certo? Afinal ele está de gorro. Poderia ser outro homem com roupas idênticas às do atirador e com o mesmo tipo de corpo. Poderia ou não poderia?

– Poderia, sim – disse Maya.

– Obrigado.

O defensor se deu momentaneamente por satisfeito. Baixando mais uma vez na direção do microfone, Kierce disse:

– Vocês podem sair. Que entre o segundo grupo.

Outros seis homens entraram, todos de gorro. Maya os observou com calma, depois disse:

– Provavelmente é o número cinco.

– Provavelmente?

– O número dois está usando as mesmas roupas e tem mais ou menos o mesmo físico. O número cinco é o que mais se aproxima daquilo que lembro. Mas não posso jurar. Todos são muito parecidos.

– Obrigado – disse Kierce. E para o microfone: – Podem sair, obrigado.

O policial também saiu da sala, e Maya foi atrás dele.

– O que está acontecendo?

– Encontramos dois suspeitos.

– Encontraram como?

– Seguindo a sua descrição.

– Posso vê-los? – perguntou Maya.

Kierce ficou na dúvida, mas não por muito tempo.

– Ok, vem comigo – disse, e a conduziu até a tela de um computador, uma tela enorme, de 30 ou mais polegadas. Sentou-se diante do teclado, sinalizou para que Maya sentasse a seu lado e começou a digitar. – Na noite do assassinato, examinamos todas as câmeras de segurança da região, procurando por dois homens que se encaixassem na descrição que você nos deu. Como você pode imaginar, não foi fácil. Mas tem este prédio que fica na esquina da rua 74 com a Quinta Avenida. Dá uma olhada. – As imagens mostravam dois homens do alto. – São eles?

– São – disse Maya. – Ou você prefere o "legalês": dois homens com o mesmo tipo físico, as mesmas roupas etc. etc.?

– Não. Nossa conversa aqui é extraoficial. Como você pode ver, eles não estão de gorro. O que já era esperado. Não andariam de gorro por aí nas ruas. Chamariam muita atenção.

– Mesmo assim não dá pra ver o rosto deles por este ângulo.

– Pois é. A câmera estava alta demais. É muito irritante. Você nem imagina quantas vezes isso acontece por aqui. As câmeras ficam nessa altura ridícula, então basta que os bandidos baixem a cabeça ou usem um boné pra que a gente não veja nada do rosto deles. Mas pelo menos deu pra saber que os caras ainda estavam na área. Então continuamos procurando.

– E voltaram a vê-los?

– Sim. Meia hora depois, numa farmácia Duane Reade. – Kierce digitou mais alguma coisa e abriu o vídeo.

Ao contrário do primeiro, este era em cores, filmado por uma câmera instalada na altura de uma das caixas registradoras da farmácia. Agora se via claramente o rosto de ambos. Um deles era negro. O outro tinha a pele mais clara, talvez um latino. Pagaram suas compras com dinheiro.

– É muita frieza – disse Kierce.

– O quê?

– Olha só para o relógio. Isso foi gravado quinze minutos depois do assassinato do seu marido. E lá estão eles, a uns quinhentos metros de distância, comprando Red Bull e Doritos. Como eu disse, é muita frieza.

– Ou então não são eles – disse Maya, sem despregar os olhos do computador.

– Acho difícil. – Kierce deu uma pausa no vídeo, congelando o rosto dos dois homens. Na realidade eram dois garotos, nem tão mais velhos assim do que muitos dos companheiros de Maya no Exército. – Dê uma olhada nisto – disse o detetive, ampliando a imagem do latino com um zoom. – Este era o outro cara, não era? O que não atirou?

– Era.

– Notou alguma coisa?

– Não, nada.

Kierce ampliou a imagem mais um pouco, centralizando-a na cintura do rapaz.

– Olha de novo – disse.

– Agora, sim. Ele está armado.

– Exatamente. Dá pra ver a coronha saindo da cintura da calça.

– Não é muito discreto.

– Não, não é. Fico aqui imaginando... o que diriam os seus amigos patriotas, esses que defendem o porte ostensivo de armas, se vissem um garoto perambulando pelas ruas de Nova York com uma arma espetada assim na calça.

– Duvido muito que seja uma arma comprada legalmente – disse Maya.

– Realmente não é.

– Vocês encontraram a arma?

– Você já deve saber que sim. – Kierce deu um suspiro, bufando, depois ficou de pé e disse: – Este aí é Emilio Rodrigo. Tem uma folha corrida bastante longa pra um pivete dessa idade. Aliás, os dois têm. O Sr. Rodrigo estava com uma Beretta M9 quando foi detido. Comprada ilegalmente. Vai cumprir pena por causa disso...

– Estou sentindo que vem um "mas" por aí.
– Conseguimos um mandado, vasculhamos a casa de ambos. Foi aí que encontramos as roupas que você descreveu antes e identificou hoje.
– Acha que isso basta como prova material?
– Duvido muito. Como disse o nosso amigo cabeludo agora há pouco, muita gente tem um All Star vermelho. Mas não encontramos os gorros. O que é estranho. Se guardaram as roupas, por que não guardaram os gorros também?
– Sei lá.
– Provavelmente jogaram num lixo qualquer. Tipo... logo depois. Atiraram, fugiram, tiraram os gorros e jogaram no primeiro lixo que viram.
– Faz sentido.
– Só que reviramos tudo quanto é cesto de lixo na região, e nada. De repente jogaram num bueiro, sei lá.
Kierce se calou um instante.
– Que foi?
– O problema é que... localizamos a Beretta, como eu disse, mas não localizamos a arma do crime. O revólver calibre 38.
Maya se recostou na cadeira e disse:
– Eu ficaria surpresa se eles tivessem guardado esse revólver, você não?
– Acho que sim, mas...
– Mas o quê?
– Nem sempre esses pivetes se desfazem das armas. Deviam, mas não se desfazem. Pagam muito dinheiro por elas, então reutilizam. Ou revendem pra algum amigo. Alguma coisa assim.
– Mas não num caso como esse, de tanta repercussão, de tanto barulho na imprensa.
– É verdade.
Maya o estudou por alguns segundos, depois disse:
– Você não me parece muito convicto. Aposto que tem outra tese.
– Tenho – disse Kierce, virando o rosto. – Uma tese meio sem pé nem cabeça.
– Hmm. Por quê?
O detetive começou a coçar o braço, decerto um tique nervoso.
– As balas calibre 38 que retiramos do corpo do seu marido... Realizamos um teste balístico com elas. Sei lá, pra saber se batiam com a munição usada em outros casos da nossa base de dados.

Maya o encarou, e ele parou de se coçar.
– Estou vendo pela sua cara que vocês encontraram uma correspondência – disse ela.
– Pois é. Encontramos.
– Quer dizer então que esses garotos... eles já mataram outras vezes.
– Não creio.
– Mas você não acabou de dizer que...
– Mesma arma. Mas não necessariamente as mesmas pessoas. Na realidade, Fred Katen, esse que você identificou agora há pouco como o atirador, tem um álibi indestrutível para esse primeiro assassinato, o da correspondência que encontramos. Estava preso.
– Quando foi isso?
– Isso o quê?
– O primeiro assassinato.
– Quatro meses atrás.
Um silêncio frio se interpôs entre os dois. Kierce nem sequer precisava dizê-lo. Sabia que Maya já havia concatenado os fatos. Sem coragem para fitá-la diretamente, virou o rosto e disse:
– A arma que matou seu marido foi a mesma que matou sua irmã.

capítulo 8

— **Você está bem?**
– Mm-hum.
– Sei que é muita coisa pra digerir.
– Não seja condescendente, detetive.
– Tem razão, desculpa. Então vamos repassar os fatos, ok?
Maya fez que sim com a cabeça, olhando para o nada à sua frente.
– Agora precisamos ver a história toda por um ângulo diferente. Os dois assassinatos pareciam aleatórios, sem nenhum vínculo entre si, mas agora sabemos que a mesma arma foi usada nos dois...
Maya não disse nada.
– Quando sua irmã foi morta, você estava em missão no Oriente Médio, não estava?
– Na base de Arifjan – disse ela. – No Kuwait.
– Eu sei.
– Hein?
– Verificamos. Só pra garantir.
– Garantir... – repetiu Maya, quase sorrindo. – Garantir o quê? Ah, já sei. Garantir que eu não tinha dado um jeito de voltar do Oriente Médio para matar minha irmã, depois voltar pro Kuwait, esperar mais quatro meses e matar meu marido, é isso?
Kierce não respondeu. Não precisava.
– Tudo bateu direitinho – disse. – Seu álibi é sólido feito uma pedra.
– Ah, fico tranquila – ironizou ela.
Maya lembrou-se subitamente da ligação de Joe. As lágrimas. O susto. A notícia. Aquela notícia que virara sua vida de cabeça para baixo. Nada seria o mesmo depois dela. Aquilo tudo era uma grande ironia. Você vai para um inferno do outro lado do mundo para enfrentar o demônio em pessoa. Pensa que o perigo está ali, e só ali, na artilharia inimiga. Pensa que a desgraça pode chegar a qualquer momento na forma de uma granada RPG, de uma bomba caseira ou de um fanático empunhando um fuzil AKM. Mas não. A desgraça, tal como geralmente faziam as desgraças, havia atacado de onde ela menos esperava: da boa e velha casa, os Estados Unidos da América.
– Maya?

– Estou ouvindo.
– Os detetives que investigaram a morte da sua irmã acreditavam que se tratava de um assalto, que ela havia... Você sabe dos detalhes?
– Mais do que gostaria.
– Sinto muito.
– Pedi pra você não ser condescendente.
– Não é uma questão de condescendência. Mas de humanidade. O que fizeram com ela...

Maya sacou o celular para reabrir o aplicativo da creche. Queria ver o rostinho da filha. Precisava daquela âncora. Mas parou no meio do caminho. Faria isso mais tarde. Melhor não envolver Lily naquela história. Nem mesmo da maneira mais inócua.

– Na época a polícia também investigou seu cunhado, o marido de Claire – prosseguiu Kierce, folheando os papéis de uma pasta de arquivo. – Como era mesmo o nome dele?
– Eddie.
– Certo. Edward Walker.
– Eddie nunca faria uma coisa dessas. Amava a mulher.
– Bem, na época ele foi inocentado. Mas agora tudo mudou de figura. Precisamos examinar melhor como era a vida doméstica deles.

A ficha caiu de repente para Maya. Ela abriu um sorriso frio, que nada tinha a ver com o humor.

– Desde quando, detetive? – perguntou.
– Perdão? – disse Kierce, sem tirar os olhos da papelada que vinha lendo.
– Desde quando você sabe do tal teste balístico?

Kierce seguiu lendo.

– Faz tempo que recebeu o resultado, não faz? – insistiu Maya. – Faz tempo que sabe que o Joe e a Claire foram mortos com a mesma arma.
– O que te leva a pensar isso?
– Quando você foi lá em casa pra ver meu Smith & Wesson... Foi pra se certificar de que não era a arma do crime. Dos dois crimes.
– Isso não quer dizer nada.
– Não, mas você falou que não suspeitava mais de mim, lembra?

Kierce não disse nada.

– Mas só porque sabia que eu tinha um álibi idôneo. Sabia que a mesma arma tinha sido usada nos dois crimes, mas sabia também que eu estava fora do país quando a Claire foi morta. Antes disso... bem, você ainda não tinha encontrado os dois mascarados. Eu poderia ter inventado a história toda. Mas depois de receber o resultado do teste balístico, você só precisou conferir por onde eu andava com o Exército. Foi isso que você fez. Conheço o procedimento. Sei que a coisa não se resolve num telefonema só. Então, desde quando você já estava com o resultado do tal teste?

– Desde o dia do enterro – balbuciou ele.

– Sei. Quando foi que encontrou Emilio Rodrigo e Fred Katen? E quando foi que confirmou que eu estava no Kuwait?

– Ontem, já tarde da noite.

Maya assentiu com a cabeça. Exatamente o que ela havia imaginado.

– Poxa, Maya, não seja ingênua. Como eu disse, viramos a vida do seu cunhado pelo avesso na época do assassinato da sua irmã. Está aí um caso em que ninguém pode nos acusar de machismo. Pensa bem. Você é a esposa. Está sozinha no parque com seu marido. No meu lugar, quem você colocaria no posto de suspeito número um?

– Sobretudo quando essa esposa serviu o Exército e é, aos seus olhos, uma psicopata com fixação em armas – ironizou Maya.

Kierce não se deu ao trabalho de se defender. Nem precisava. Estava certo. As esposas sempre eram as principais suspeitas.

– Bem, pelo menos isso já está esclarecido – prosseguiu Maya. – Mas e agora, o que é que a gente faz?

– Procuramos por vínculos – respondeu Kierce. – Vínculos entre sua irmã e seu marido.

– O maior deles sendo eu.

– Sim, mas... não é só isso.

– Eles trabalhavam juntos.

– Exatamente. Joe contratou sua irmã na corretora de valores dele. Por quê?

– Porque a Claire era uma mulher inteligente. – Maya sofria só de dizer em voz alta o nome da irmã. – Joe sabia disso. Sabia também que ela era esforçada, trabalhadora, confiável...

– Mas também porque ela era da família?

Maya refletiu um instante, depois disse:

– Sim, mas não de um jeito nepotista.

– De que jeito então?

– Os Burketts dão muita importância a essa história de família. São meio que um clã. Coisa de quatrocentão.

– Não confiam em forasteiros?

– Porque não *querem* confiar.

– Tudo bem, eu entendo – disse Kierce. – Mas se eu tivesse de trabalhar todo dia com a minha cunhada... – Ele estremeceu, depois encolheu os ombros. – Entende o que eu quero dizer?

– Sim.

– Claro, minha cunhada é uma chata de galocha. Tenho certeza que a sua irmã não... – Aqui ele se calou, limpou a garganta. – Então eles trabalhavam juntos. Por acaso isso chegava a criar algum tipo de tensão?

– Eu tinha mesmo esse tipo de preocupação – disse Maya. – Um tio meu... ele tinha seu próprio negócio. Um negócio que começou a crescer. Aí os parentes foram pedindo pra entrar. Ele deixou, e não demorou pra que a coisa desandasse. Nunca é bom misturar família e dinheiro. Cedo ou tarde alguém vai se zangar.

– Mas com o Joe e a Claire... O que foi que aconteceu?

– Justamente o contrário. Os dois agora tinham mais essa ligação um com o outro: o trabalho. Não falavam de outra coisa quando estavam juntos. Tinha vezes que ela ligava pro Joe só pra contar alguma ideia nova. E ele, quando se lembrava de algo que precisava ser feito no dia seguinte, enviava uma mensagem pra ela. – Maya se calou um instante. – Por outro lado...

– Por outro lado o quê?

Maya o encarou e disse:

– Eu não estava por perto o tempo todo.

– Claro. Estava em missão fora do país.

– Isso.

– Mesmo assim as coisas ainda não fazem sentido – disse Kierce. – Que motivo alguém poderia ter pra matar a Claire, guardar a arma por quatro meses, depois entregá-la ao tal de Katen pra que ele matasse o Joe?

Nesse instante, outro policial mais jovem surgiu à porta da sala e sinalizou para Kierce, dizendo que precisava falar com ele.

– Só um minuto – Kierce disse a Maya, e foi ao encontro do rapaz.

Maya ficou observando de longe enquanto os dois cochichavam. Ainda estava meio zonza, mas os pensamentos giravam em torno de algo que aparentemente passara ao largo do detetive.

A gravação da câmera oculta.

O que era natural, ela pensou. Kierce não tinha visto as imagens. Trabalhava apenas com fatos e, embora não a tivesse dado como uma maluca de carteirinha, provavelmente desconsiderara o que ela havia dito sobre o vídeo, como se fossem divagações de uma imaginação fértil ou qualquer outra coisa na mesma linha. A bem da verdade, até ela própria chegara a cogitar essa possibilidade.

Kierce terminou sua conversa, voltou para a mesa e pegou o paletó que havia deixado no encosto da cadeira, jogando-o sobre o ombro com a displicência de um jovem Frank Sinatra.

– Algum problema? – perguntou Maya.

– Vou deixá-la em casa – disse ele. – Conversamos no caminho.

Dali a quinze minutos, já no carro e com os olhos pregados no trânsito, Kierce disse:

– Então. Você viu aquele policial que veio falar comigo, não viu?

– Vi.

– Era sobre... sobre a sua... situação. Quer dizer, sobre aquilo que você contou a respeito da câmera secreta, do spray de pimenta, essa coisa toda.

Ele não havia esquecido afinal.

– Sim, e daí? – disse Maya.

– Olha, por enquanto vou ignorar o que você disse sobre o conteúdo da gravação, ok? Até que eu a veja com meus próprios olhos e a gente possa analisá-la juntos, não tenho motivo para desacreditar ou confirmar o conteúdo daquele... O que é mesmo? Um pendrive?

– Um cartão de memória.

– Isso, um cartão de memória. Não é o caso de lidarmos com esse tipo de incógnita agora. Mas isso não significa que não haja nada que possamos fazer.

– Como assim?

– Você foi agredida com spray de pimenta, quanto a isso não há dúvida. Seus olhos ainda estão vermelhos, e dá pra ver que você ainda está sofrendo com os efeitos residuais. Portanto, a despeito de onde esteja a verdade dos fatos, disto nós temos certeza: você foi agredida. – Kierce olhou de relance para Maya e dobrou uma esquina. – Você disse que foi Isabella, sua babá, que usou o spray.

– Sim.

– Então mandei um dos nossos homens falar com ela. Só pra... você sabe. Pra confirmar suas alegações.

Alegações. Essa era boa.

– Mas e aí? Seu homem conseguiu falar com a garota?

– Posso lhe fazer uma pergunta primeiro? – disse Kierce, sempre atento à direção.

Maya não gostou, mas respondeu:

– Tudo bem.

– Durante sua altercação com Isabella Mendez... – começou ele, meio pisando em ovos – você chegou a ameaçá-la de alguma maneira? A agredi-la também?

– Foi isso que ela disse?

– É uma pergunta simples.

– Não, não agredi ninguém.

– Nem sequer chegou a tocar nela?

– Posso até ter tocado, mas...

– *Pode?*

– Poxa, Kierce. De repente toquei na garota pra chamar a atenção dela. Essas coisas que as mulheres costumam fazer.

– As mulheres. – Ele quase riu. – Você não vai querer puxar esta carta da manga agora, vai?

– Não machuquei a garota nem nada.

– Mas chegou a sacudi-la, por exemplo?

A ficha caiu imediatamente para Maya.

– Então o cara conseguiu encontrá-la...

– Conseguiu.

– E ela? Falou o quê? Que usou o spray de pimenta em legítima defesa?

– Mais ou menos isso. Falou que você estava agindo de forma irracional.

– Como assim?

– Falou que você não estava falando coisa com coisa, que você tinha visto o Joe na gravação.

Maya rapidamente avaliou a situação, cogitando a melhor maneira de prosseguir na conversa.

– O que mais ela disse?

– Que ficou assustada com o seu comportamento. Que você a agarrou pela gola da camisa, quase a sufocando.

– Hmm.

– Então, foi isso mesmo que aconteceu?

– Ela contou também que mostrei o vídeo pra ela?

– Contou.
– E?
– Falou que não tinha vídeo nenhum na tela do seu computador.
– Uau – disse Maya.
– Ficou preocupada, achando que você estava delirando. Sabia que você tinha passado pelo Exército, que tinha armas em casa. Então, juntando uma coisa com a outra no momento da agressão...
– Agressão?
– Você mesma disse que tocou nela, Maya.
Maya franziu o cenho, contrariada, mas não disse nada.
– Isabella falou que se sentiu ameaçada. Então usou o spray e fugiu.
– Seu homem perguntou sobre o cartão de memória?
– Perguntou.
– Deixa eu adivinhar. Ela disse que não pegou cartão nenhum e que não sabe de nada.
– Exatamente – disse Kierce, dando seta no carro. – Você ainda vai querer registrar uma queixa?
Maya sabia muito bem o que aconteceria caso ela registrasse uma queixa formal contra a babá. Uma ex-capitã do Exército, com um passado controverso no seu serviço militar e com armas guardadas no porão de casa, alega ter visto o marido morto brincando com a filha numa gravação de vídeo, depois agarra a babá pela gola da camisa e a acusa de... do que exatamente? De uso indevido de um spray de pimenta? De roubar a tal gravação com as imagens do falecido?
Ah, claro, quem haveria de duvidar da palavra dela?
– Não, por enquanto não – disse ela afinal.

Kierce deixou-a em casa e prometeu que avisaria assim que tivesse alguma novidade. Maya lhe agradeceu. Pensou em buscar Lily na creche, mas bastou dar uma rápida conferida no aplicativo para decidir que isso podia ficar para depois: apesar do ângulo esdrúxulo, ela podia ver que a filha viajava na historinha que a professora estava contando.
Dezenas de mensagens e recados esperavam por ela no telefone, todos da família de Joe. Merda. Ela havia se esquecido completamente da leitura do testamento, o que para ela não chegava a ser um problema, mas para os Burketts... Eles deviam estar lívidos. Ela ligou para a mãe de Joe, que atendeu logo no primeiro toque.

– Desculpa, Judith...
– Você está bem? – perguntou a outra, preocupada.
– Estou, estou.
– E a Lily?
– Ela também. Surgiu um imprevisto aqui, e eu não queria te deixar preocupada.
– Um imprevisto mais importante do que...
– A polícia encontrou os dois bandidos – interrompeu Maya. – Fui chamada pra identificá-los.

Maya pôde ouvir o grunhido de susto que a sogra deixou escapar do outro lado da linha.

– E eram eles mesmo?
– Sim.
– Então foram presos? Está tudo resolvido?
– É mais complicado que isso – disse Maya. – Por enquanto a polícia não tem provas suficientes pra realizar a detenção.
– Como assim, se você os identificou?
– Os dois estavam de gorro na noite do crime, então não cheguei a ver o rosto deles. Porte físico e roupas não são suficientes.
– Então... eles foram soltos? Os dois homens que mataram meu filho estão livres por aí, andando pelas ruas da cidade?
– Um deles foi indiciado por porte ilegal de armas. Como eu disse, é complicado.
– Talvez seja melhor conversarmos sobre isso amanhã de manhã, pessoalmente. Heather Howell insistiu que todos estivessem presentes na leitura.

Heather Howell era a advogada da família. Maya despediu-se da sogra e foi para a cozinha. Tudo ali reluzia de tão novo, de tão moderno. Puxa, como ela sentia falta daquela mesinha de fórmica da sua juventude no Brooklyn... Que diabo ela estava fazendo naquele casarão? Seu lugar não era ali.

Ela pegou o porta-retratos novamente. Talvez o cartão de memória ainda estivesse dentro dele. Como? Isso ela não saberia explicar, mas estava aberta para todo tipo de conjetura. Podia jurar que tinha visto Joe naquele vídeo? Não. Havia alguma chance de que ele ainda estivesse vivo? Não. Ela tinha imaginado a coisa toda?

Não.

Seu pai era fanático por livros de detetive. Ele costumava ler Arthur Conan Doyle para as filhas naquela mesma mesinha de fórmica da cozinha. Como era mesmo que Sherlock Holmes costumava dizer? "Após eliminarmos o impossível, o que sobra, por mais improvável que seja, deve ser a verdade."

Maya conferiu o dorso do porta-retratos.

Nenhum cartão de memória.

"Após eliminarmos o impossível..."

O cartão não estava mais lá. Portanto Isabella o havia roubado. Portanto havia mentido. Usara o spray de pimenta para cegar a patroa e retirar o cartão do computador. De algum modo estava metida naquela história.

Mas... que história?

Uma coisa de cada vez.

Maya já ia devolvendo o porta-retratos para a estante quando parou no meio do caminho. Olhando para as fotos digitais que Eileen havia transferido previamente, perguntou-se mais uma vez de onde sua amiga teria tirado a ideia de presenteá-la com aquilo. Lembrava que Eileen dera alguma explicação, dizendo que ela, Maya, agora estava sozinha, que teria de deixar Lily com a babá, que uma câmera escondida seria muito útil. O que fazia todo sentido, certo?

Examinando melhor, Maya localizou a microlente da câmera na borda superior do porta-retratos. Ocorreu-lhe então que havia um lado paradoxal na engenhoca: tratava-se de um recurso de segurança, claro, mas quando você trazia uma câmera para dentro de casa... não estaria ao mesmo tempo deixando entrar outras pessoas? Não seria possível que outras pessoas de algum modo vigiassem você também?

Opa, devagar com a imaginação. Também não vamos exagerar.

Mas já que ela havia começado... Alguém havia projetado aquelas câmeras. A maioria delas podia ser conectada a transmissões ao vivo com alguém acompanhando as imagens do outro lado. Não que *estivessem* conectadas, mas *podiam* estar. Nada impedia que os fabricantes tivessem acesso a uma espécie de porta virtual na sua casa e usassem essa porta para observar cada passo seu. Afinal, não era exatamente para isso que ela, Maya, usava o aplicativo da creche? Para observar sua filha a distância?

Caramba. Por que diabo ela havia permitido a entrada daquilo na sua casa?

As palavras de Eileen vieram à sua cabeça: "Mas e aí, você confia na garota?" Depois: "Você não confia em ninguém, Maya..."

Mas isso não era verdade. Ela confiava em Shane. Confiava em Claire. Confiava em Eileen?

Ela havia conhecido Eileen por meio de Claire. Ainda estava terminando o ensino médio quando Claire, um ano mais velha, foi aceita em Vassar. Fora de carro com ela até o dormitório da universidade para ajudá-la a desempacotar as coisas no quarto que dividiria com uma colega até então desconhecida. Eileen. Maya ainda se lembrava perfeitamente daquele dia, de como havia admirado a garota. Eileen era linda. Era engraçada. Era irrequieta. Falava alto. Cuspia palavrões feito um marujo. Quando vinha para o Brooklyn com Claire durante as férias, discutia de igual para igual com o pai delas, muitas vezes calando o velho antes de ser calada por ele.

Aos olhos de Maya a garota era uma alma indômita, herdeira direta das amazonas da mitologia. Mas a vida mudava as pessoas. Acabava sufocando esse tipo de mulher, domesticando-as. Aquela espoleta dos tempos de Vassar... o que havia sido feito dela? Isso não acontecia muito com os homens. Os homens formavam-se, depois se tornavam os senhores do universo. Mas... e as mulheres super bem-sucedidas? Essas, ao que parecia, acabavam morrendo aos poucos de uma espécie de sufocamento social.

Então. Por que diabo Eileen a tinha presenteado com aquela câmera oculta?

Não fazia muito sentido continuar com a pulga atrás da orelha. Melhor ir lá e perguntar. Ela desceu para o porão e abriu o cofre com sua impressão digital. A Beretta M9 estava lá, no lugar de sempre, mas ela preferiu a Glock 26, que era menor, mais fácil de esconder. Não achava que precisaria de uma arma, mas... eram os seguros que morriam de velhos.

capítulo 9

Eileen podava suas roseiras no jardim quando viu o carro de Maya e acenou para a amiga. Maya acenou de volta e estacionou.

Maya nunca tivera muitas mulheres no seu círculo de amigos. Ela e a irmã haviam crescido nos dois primeiros andares de uma *town house* no distrito de Greenpoint, no Brooklyn. O pai havia sido professor na Universidade de Nova York, e a mãe trabalhara seis anos como defensora pública, mas acabara deixando a carreira de lado para cuidar das duas filhas. Nenhum dos dois era socialista ou pacifista, mas ambos tinham uma clara preferência pela esquerda. Sempre mandavam as filhas para os cursos de verão na Universidade Brandeis. Insistiam para que elas aprendessem a tocar algum instrumento de sopro, para que lessem os clássicos. Educavam-nas na religião, mas deixavam claro que os textos sagrados eram alegorias e mitos, não dogmas e fatos. Não possuíam armas de fogo em casa. Não gostavam nem de caçar, nem de pescar, nem de fazer nada minimamente associado ao ar livre.

Maya havia se interessado desde cedo pela aviação. Ninguém sabia por quê. Não havia pilotos na família, tampouco alguém com algum envolvimento, por menor que fosse, em aeronáutica, engenharia mecânica ou qualquer outra coisa na mesma vizinhança. De início, seus pais haviam erroneamente tomado aquilo por uma fase e, mais tarde, nenhum deles tinha interferido na decisão da filha de se candidatar a uma vaga no programa de pilotagem de elite do Exército.

Durante o treinamento básico, Maya tinha recebido uma Beretta M9, e por mais que as pessoas buscassem explicações complexas na psicologia, ela simplesmente gostava de atirar. Sim, entendia que armas podiam matar, tinha plena consciência da natureza destrutiva delas, podia ver como certas pessoas, quase sempre homens, usavam as armas como uma compensação burra e perigosa para as suas próprias inadequações. Sabia que muitos gostavam das armas porque se sentiam melhores com uma na mão, vítimas de um mecanismo de transferência que muitas vezes acabava em tragédia.

Mas seu caso era outro. Ela gostava de atirar e ponto final. Era boa nisso, gostava do esporte. Por quê? Quem haveria de saber? Pelo mesmo motivo que outros gostavam de basquete, natação ou paraquedismo. Pelo mesmo motivo que outros gostavam de colecionar moedas ou fazer palavras-cruzadas.

Eileen se levantou, limpou a terra das calças e foi sorrindo ao encontro de Maya, que já descia do carro.

– Bom dia! – disse a primeira. – Que surpresa boa!

– Por que foi que você me deu aquela câmera? – disse Maya. Assim. À queima-roupa.

Eileen parou onde estava, surpresa com a pergunta.

– Por quê? Aconteceu alguma coisa?

Por vezes Maya ainda procurava nela algum resquício da universitária espoleta, e por vezes encontrava. Eileen ainda estava se recuperando, mas o tempo ia passando e nem sempre as feridas cicatrizavam por completo. Ela sempre fora uma garota inteligente, corajosa, cheia de recursos e energia (ou pelo menos aparentava ser), mas depois caíra nas mãos do homem errado. Simples assim.

De início Robby se mostrara o mais carinhoso dos homens, sempre elogiando a mulher, falando dela com os amigos. Tinha orgulho de Eileen, vivia tecendo loas à inteligência dela, mas a certa altura ficara orgulhoso demais, navegando naquela área cinzenta entre o amor e a obsessão. Claire observava aquilo e ficava preocupada, mas não havia sido ela, e sim Maya, quem notara os primeiros hematomas, estranhando as mangas compridas que de uma hora para outra a amiga passara a usar. Num primeiro momento nenhuma das duas havia tomado nenhuma providência, simplesmente porque custaram a acreditar. Supunham que as vítimas da violência doméstica fossem mais... *vitimosas*? Eram as fracas que se deixavam envolver neste tipo de situação. Era das fracas que os homens abusavam. Das perdidas, das pobres, das ignorantes. Das que não tinham colhões para se defender.

Mas das mulheres fortes como Eileen? Nunca.

– Apenas responda – insistiu Maya. – Por que você me deu a câmera oculta?

– Ora, por quê? – disse Eileen. – Porque você ficou viúva com uma filha pequena pra criar.

– Pra que eu me protegesse, é isso?

– Claro, pra que mais poderia ser?

– Onde foi que você comprou?

– Comprei o quê?

– O porta-retratos com a câmera escondida. Onde foi que você comprou?

– Na internet.
– Em que site exatamente?
– Você só pode estar brincando...
Maya permaneceu calada, encarando-a.
– Ok, ok – disse Eileen. – Comprei na Amazon. Maya... que bicho te mordeu, mulher?
– Me mostra.
– Está falando sério?
– Se você comprou na Amazon, então o seu histórico de compras está lá. Me mostra.
– Não estou entendendo... Que foi que aconteceu?
Maya sempre havia admirado Eileen. Claire era um pouco santinha demais para o seu gosto, mas Eileen não. Eileen era uma pessoa livre, ousada. Fazia com que ela, Maya, se sentisse completamente à vontade quando estava a seu lado. Parecia compreendê-la muito mais do que Claire, que era sua irmã.
Mas isso havia sido antes, muito antes.
Num gesto irritado, Eileen tirou as luvas de jardinagem e as jogou no chão.
– Tudo bem – bufou ela, e saiu marchando para a porta com Maya na sua esteira.
– Eileen... – disse Maya, preocupada.
– Você tinha toda a razão...
– Sobre?
– Sobre o Robby. Foi por isso que me livrei dele de uma vez por todas.
– Não entendi.
A casa tinha o piso em níveis diferentes, típico da arquitetura dos anos 1960. Elas foram para a sala de estar. Uma das paredes era coberta quase inteiramente com fotos de Kyle e Missy: nenhuma de Eileen, nenhuma de Robby. Mas foi o pôster na parede oposta que chamou atenção de Maya. Claire possuía um idêntico na sua própria sala. Nele, quatro fotos em preto e branco mostravam, da esquerda para a direita, diferentes estágios da construção da torre Eiffel. Eileen e Claire os haviam comprado durante umas férias de verão em que as três fizeram um mochilão pela França, as duas com seus 20 anos, Maya com 19.
Nas primeiras semanas de viagem elas saíam todas as noites, paqueravam, davam uns beijos (não mais que isso), depois passavam a madrugada

inteira rindo e falando sobre como era fofo o tal François ou Laurent ou Pascal. Até o dia em que Claire conheceu Jean-Pierre e começou com ele um perfeito namoro de verão: intenso, apaixonado, romântico, repleto de beijos públicos que deixavam Maya e Eileen vermelhas de constrangimento, mas infelizmente destinado a morrer ao cabo daquelas seis semanas de férias.

Lá pelas tantas, Claire chegara a aventar a possibilidade de abandonar a faculdade e ficar na França. Estava apaixonada por Jean-Pierre. Jean-Pierre também estava apaixonado por ela, implorava para que ela ficasse. Era um "romântico realista", ele dizia. Tinha plena consciência de que eles estavam remando contra a maré das probabilidades, mas achava que o amor deles era forte o bastante para chegar vivo à terra firme. "Claire, écoute-*moi*", ele suplicava, "eu *sei* que a gente consegue." Mas Claire, realista e meia, partira o coração do francesinho e terminara o namoro. Depois voltara para casa, chorara o que tinha de chorar e tocara o barco da vida adiante.

Maya se perguntava por onde andaria Jean-Pierre agora. Casado? Feliz? Com filhos? Ainda pensaria em Claire? Teria lido nos jornais ou na internet sobre o assassinato dela? Nesse caso, qual teria sido sua reação? Perplexidade? Revolta? Negação? Uma tristeza profunda ou apenas um dar de ombros levemente consternado?

Maya se perguntava também o que teria acontecido caso a irmã tivesse permanecido na Europa. O mais provável era que o namoro com Jean-Pierre se estendesse por mais algumas semanas ou meses e que ela acabasse voltando do mesmo jeito para retomar os estudos em Vassar. Teria se formado com um pequeno atraso, mas e daí?

Claire deveria ter sido menos pragmática e mais aventureira. Merda. Deveria ter ficado.

– Sei que você pensou que tinha ficado livre do Robby pra sempre – disse Eileen. – Salvou minha vida, sabe disso. E eu só tenho a agradecer.

A mensagem de texto que Eileen enviara para Maya à meia-noite era simples e direta: "Socorro. Ele vai me matar." Maya acorrera imediatamente, levando consigo a mesma arma que agora tinha na bolsa. Robby estava bêbado, agressivo, chamando Eileen de puta e coisa muito pior. Só porque a vira sorrindo para outro cara na academia. Estava arremessando e quebrando coisas quando Maya chegou chamando por Eileen, que havia encontrado um esconderijo no porão da casa.

– Naquela noite ele ficou muito assustado com a sua bronca – prosseguiu

Eileen. O que era verdade. Maya talvez tivesse exagerado um pouquinho na tal bronca, mas tinha vezes que esse era o único jeito. – Mas depois, quando soube que você tinha saído do país pra uma nova missão, ele começou a botar as asinhas de fora outra vez.

– Por que você não chamou a polícia?

Eileen encolheu os ombros, dizendo:

– Eles nunca acreditam em mim. Falam a coisa certa. Mas você conhece o Robby. Sabe como ele pode ser sedutor.

"Além disso ela nunca prestou queixa", pensou Maya com seus botões. O círculo vicioso de abuso que se alimenta com uma mistura de falso otimismo e medo.

– Mas e aí, o que foi que aconteceu?

– Ele voltou e me agrediu. Quebrou duas costelas.

Maya fechou os olhos e disse:

– Eileen...

– Eu não podia continuar vivendo com aquele medo constante. Pensei em comprar uma arma. Seria autodefesa, não seria?

Maya não disse nada.

– Mas depois... o quê? A polícia certamente ia ficar com a pulga atrás da orelha, perguntando por que eu tinha comprado uma arma de uma hora pra outra. Eu seria indiciada, claro. E, mesmo que não fosse, que tipo de vida teriam o Kyle e a Missy depois disso? A mãe que matou o pai. Você acha que eles entenderiam uma coisa dessas?

"Entenderiam", pensou Maya, mas não disse nada.

– Não dava pra continuar naquele clima de pavor. Então armei a coisa de modo que ele me batesse outra vez. Se saísse viva da armadilha, talvez conseguisse me livrar dele pra sempre.

Maya entendeu imediatamente.

– Então filmou ele com a câmera escondida – disse.

– Isso mesmo. Depois entreguei a gravação pro meu advogado. Ele queria que eu levasse pra polícia, mas eu queria dar um fim naquilo o mais cedo possível. Então ele procurou o advogado do Robby, que acabou retirando o pleito de guarda compartilhada. Robby sabe que a gravação continua com o meu advogado. Se aparecer de novo... Não é a solução ideal, mas as coisas agora estão bem melhores.

– Por que você não me contou nada?

– Porque não tinha nada que você pudesse fazer. Porque eu não queria amolar você com mais essa história. Você sempre foi a protetora de todo mundo, Maya, e eu não acho isso justo. Já tem muito peso nos próprios ombros, não precisa de mais.

– Estou bem, você não precisa se preocupar comigo.

– Não, Maya. Você não está nada bem.

Eileen abriu seu computador, entrou na internet, depois disse:

– Sabe essas pessoas que defendem a tese de que a polícia deve sempre andar com câmeras por aí? Noventa e dois por cento da população. Quer dizer... por que não? Mas fico me perguntando se a sociedade civil também não devia se cercar de câmeras, não só a polícia. Todo mundo se comporta melhor quando sabe que está sendo filmado, não é assim que funciona? Por isso comprei as câmeras. Entendeu agora?

– Quero ver o pedido – disse Maya. – Por favor.

– Tudo bem – assentiu Eileen, resignada. – Está aqui.

Maya baixou os olhos para a tela do computador. Lá estava ele, um pedido de três porta-retratos com câmeras embutidas.

– Tem um mês que você fez essa compra.

– Os três eram pra mim. Dei um deles pra você.

Um mês antes. Portanto, a hipótese de que Eileen estivesse por trás daquela história bizarra (fosse lá qual fosse) era bastante improvável. Ninguém poderia ter previsto nada daquilo um mês antes. E, além do mais, o que exatamente ela achava que Eileen poderia ter feito?

Nada fazia sentido.

– Maya?

Ela se virou para Eileen, que disse:

– Vou deixar pra lá o fato de ter ficado ofendida por você não ter confiado em mim, mas...

– Vi uma coisa – interrompeu Maya.

– Pois é, eu já imaginava. O que foi que você viu?

Maya não estava nem um pouco disposta a dividir com Eileen aquela maluquice. Talvez conseguisse convencê-la, talvez não, mas de um jeito ou de outro a explicação seria longa e não havia nada que sua amiga pudesse fazer para ajudá-la naquele caso específico.

– A polícia descobriu uma coisa estranha sobre o assassinato da Claire.

– Uma pista nova?

– Talvez.

– Depois desse tempo todo? Uau.

– O que você lembra exatamente daquela noite?
– A noite do assassinato?
– Sim.
Eileen encolheu os ombros, depois disse:
– Foi um assalto na casa dela, na opinião da polícia. Isso é tudo que eu sei.
– Não foi assalto nenhum.
– O que foi então?
– A arma que matou a Claire – disse Maya – também foi a arma que matou o Joe.
– Mas... – gaguejou Eileen, arregalando os olhos. – Não pode ser.
– Pode.
– Foi isso que você descobriu com a câmera escondida?
– Hein? Não, não. A polícia fez um teste com as balas retiradas do corpo do Joe. Depois pegaram o resultado desse teste e bateram com uma base de dados pra ver se havia outros crimes com o mesmo tipo de munição.
– E encontraram o assassinato da Claire. Meu Deus... – disse Eileen, caindo para trás na cadeira.
– É aí que preciso da sua ajuda, Eileen.
Eileen plantou os olhos diretamente nos dela e disse:
– Qualquer coisa.
– Preciso que tente se lembrar.
– Ok.
– Nos dias anteriores ao assassinato... por acaso a Claire não andava meio estranha? Você não chegou a notar nada de diferente no comportamento dela? Qualquer coisa?
– Sempre achei que se tratasse de um caso de latrocínio como outro qualquer, um assalto seguido de morte...
– Mas não foi isso que aconteceu. Agora sabemos. Preciso que você se concentre, Eileen. Ok? A Claire foi morta. O Joe foi morto. A mesma arma foi usada pra matar os dois. Talvez eles estivessem metidos em alguma coisa...
– Metidos em alguma coisa? Claire...
– Nada de escuso. Mas alguma coisa estava acontecendo. Alguma coisa em que ambos estavam envolvidos. Pense bem, Eileen. Você conhecia a Claire mais do que ninguém.
Eileen baixou a cabeça.

– Eileen?
– Eu achava que uma coisa não tinha nada a ver com a outra.
Maya sentiu um frio na espinha. Procurou manter a calma.
– Vai, fala.
– Claire andava meio... não que ela andasse estranha, não é isso, mas... Teve um dia que... A gente estava almoçando no Baumgart's. Isso foi uma ou duas semanas antes do assassinato. O celular dela tocou, e ela ficou lívida. Ela sempre atendia as ligações na minha frente, nunca tivemos segredo uma com a outra, você sabe disso.
– Continua.
– Mas dessa vez ela pegou o telefone e foi atender fora do restaurante. Olhando pela janela, vi que ela estava agitada. Foram uns cinco minutos de conversa, depois ela voltou pra mesa.
– Ela chegou a dizer quem tinha ligado?
– Não.
– Você perguntou?
– Perguntei. Ela disse que não era nada importante...
– Mas...?
– Mas estava claro que era algo importante. Percebi que depois dessa ligação ela ficou meio distraída. Insisti mais uma ou duas vezes, perguntando o que era, mas ela desconversou, se fechou. – Eileen balançou a cabeça, arrependida. – Meu Deus, eu devia ter pressionado mais...
Maya refletiu um instante, depois disse:
– Você fez o que pôde. Além do mais, a polícia com certeza examinou as chamadas dela de qualquer jeito.
– Mas aí é que está.
– O quê?
– O telefone.
– O que tem o telefone?
– Não era o dela.
Maya se inclinou para frente.
– O que foi que você disse?
– O telefone normal dela, aquele com a foto dos meninos na capa, estava em cima da mesa – explicou Eileen. – Claire estava com um segundo celular.

capítulo 10

Os CRIADOS DA FAMÍLIA Burkett habitavam um complexo de casinhas na parte traseira do condomínio de Farnwood, à esquerda da entrada de serviço. Todas no mesmo nível, essas casinhas pareciam casernas aos olhos de Maya. A maior delas pertencia aos Mendez, a família de Isabella. Rosa, a mãe da garota, ainda trabalhava na casa principal, embora fosse difícil dizer o que ela fazia por lá, agora que não havia mais crianças para cuidar.

Maya bateu à porta de Isabella. Não havia ninguém em casa, porém era comum que aquela gente trabalhasse até tarde da noite, muito além do razoável. Maya estava longe de ser uma socialista, mas achava irônico que os Burketts reclamassem tanto de seus empregados, acreditando piamente que viviam numa meritocracia, quando na verdade haviam recebido seu patrimônio de mão beijada, por parte de um avô que encontrara uma maneira esperta de contornar a legislação imobiliária. Nenhum deles duraria mais de uma semana se fossem obrigados a trabalhar com a mesma carga horária de seus empregados.

Hector chegou com sua caminhonete Dodge Ram, estacionou-a a certa distância e veio andando na direção de Maya.

– Sra. Burkett? – Parecia assustado.

– Onde está a Isabella?

– Acho melhor a senhora ir embora.

Maya balançou a cabeça, dizendo:

– Não antes de falar com a Isabella.

– Ela não está aqui.

– Então está onde?

– Saiu.

– Saiu pra onde?

Hector não respondeu.

– Eu só quero me desculpar com ela – disse Maya. – Tudo não passou de um mal-entendido.

– Dou o seu recado quando estiver com ela. – Hector jogou o peso do corpo para o outro pé. – Acho melhor a senhora ir embora agora.

– Onde ela está, Hector?

– Não vou dizer. Minha irmã ficou muito assustada com o que a senhora fez.

– Preciso conversar com ela. Você pode ficar do lado dela se quiser. Pra... sei lá... proteger sua irmã.

Uma voz atrás dela disse:

– Isso não vai acontecer.

Virando-se para trás, Maya deparou com o olhar fulminante da mãe de Isabella.

– Vá embora – disse a mulher.

– Não.

– Hector, vamos entrar.

Passando ao largo de Maya, o jardineiro entrou em casa seguido da mãe, que deitou seu olhar duro sobre Maya antes de fechar a porta.

Sozinha do lado de fora, Maya se deu conta de que já deveria ter previsto a frieza daquela recepção. Agora não lhe restava outra coisa a fazer senão recuar e repensar sua estratégia. Seu celular tocou. Era Shane.

– Oi.

– Pesquisei aquela placa que você pediu – disse ele sem nenhum preâmbulo. – Seu Buick Verano pertence a uma empresa chamada WTC Limited.

WTC. Maya nunca tinha ouvido falar de nenhuma empresa com esse nome.

– Você sabe do que se trata? – perguntou ela.

– Não faço a menor ideia. O endereço registrado é uma caixa postal em Houston, no Texas. Imagino que seja uma holding ou algo assim.

– O tipo de coisa que as pessoas fazem quando querem permanecer anônimas.

– Exatamente. Não posso continuar investigando sem uma ordem judicial. E pra obter essa ordem, preciso ter um bom motivo pra apresentar.

– Deixa pra lá – disse Maya.

– Você quem sabe.

– Não é nada importante.

– Não minta pra mim, Maya. Fico puto quando você faz isso.

Maya não disse nada.

– Quando quiser se abrir, é só ligar – disse Shane, e desligou.

Eddie não havia trocado as fechaduras.

Maya ainda não tinha retornado à casa da irmã (pois é, ela ainda pensava assim) desde que baixara o calção de Phil, o técnico de futebol. Não havia nenhum carro à vista. Ninguém apareceu para atender à campainha. Então ela pegou sua chave e entrou por conta própria. Tão logo pisou no hall, lembrou-se das palavras de Eddie: "O fantasma da morte persegue você, Maya..."

Talvez ele tivesse razão. Nesse caso, seria justo expor Daniel e Alexa a esse risco?

Ou Lily?

As caixas com as coisas de Claire ainda estavam lá. Maya não conseguia tirar da cabeça o misterioso celular que Eileen tinha visto no tal restaurante. Estava claro que se tratava de um daqueles aparelhos que as pessoas compravam quando não queriam que ninguém soubesse das suas atividades telefônicas.

Então, o que teria acontecido a esse segundo celular de Claire?

Se Claire estivesse com ele no dia em que foi morta, certamente a polícia o teria encontrado e examinado as ligações. Maya, no entanto, achava essa hipótese pouco provável. Shane tinha contatos na Polícia Civil. Na época, ele havia bisbilhotado a investigação a pedido dela. Não havia nenhuma menção a um segundo celular ou a ligações estranhas.

Isso significava que o aparelho continuava perdido por aí em algum lugar.

As caixas não tinham rótulos. Ao que parecia Eddie havia encaixotado aquelas coisas às pressas, ainda traumatizado com o assassinato da mulher, de modo que tudo se misturava com tudo, roupas com cosméticos, joias com papéis, sapatos com todo tipo de tralha. Claire adorava colecionar suveniers de viagem. Quanto mais kitsch, melhor. Sempre comprava um globo de neve quando visitava uma cidade ou uma atração turística nova. Tinha um copinho de tequila comprado em Tijuana, um cofrinho na forma da torre de Pisa, um prato com a foto de Lady Di, uma bonequinha havaiana que dançava seu hula no painel do carro, um par de dados surrupiados de um cassino de Las Vegas.

Maya não movia sequer um músculo do rosto enquanto revirava as bugigangas que tanto fizeram sua irmã sorrir. Sentia-se profundamente triste. Mais que isso, sentia-se culpada. "Seu marido tem toda a razão quando diz que eu abro as portas para a morte", dizia ela mentalmente a Claire. "Eu não deveria ter saído do seu lado naquele dia. Deveria ter protegido você." Por outro lado, essa mesma tristeza e essa mesma culpa ajudavam-na a focar no que estava fazendo, a afugentar as distrações, a se fortalecer. Ela estava ali numa missão.

Mas não havia telefone nenhum nas caixas.

Após examinar a última delas, Maya espichou-se no chão e botou a cabeça para funcionar, procurando raciocinar como se fosse a irmã. Claire possuía um telefone secreto, do qual ninguém podia saber. Onde ela o esconderia...?

Uma lembrança atravessou sua cabeça. Elas ainda estavam no colégio quando Claire, numa crise de rebeldia, começara a fumar. O pai delas tinha um olfato apuradíssimo, sentia de longe o cheiro de cigarro. Era liberal em quase todos os departamentos. Na qualidade de professor universitário, já tinha visto de tudo um pouco, achava importante que os jovens vivessem lá as suas experiências. Mas com o cigarro ele tinha uma birra pessoal. Sua mãe sofrera terrivelmente com o câncer pulmonar que a havia matado. Nos últimos meses de vida ela fora morar com eles no quartinho de hóspedes da casa. Maya ainda se lembrava nitidamente dos barulhos que vinham do quarto durante a noite: as crises de tosse, o gorgolejar úmido e assustador de quem estava morrendo aos poucos de sufocamento. Após a morte da avó, ela nem sequer conseguira entrar no tal quartinho. Lembrava-se de ter lido em algum lugar que esses ruídos nunca sumiam totalmente da memória. Iam ficando cada vez mais apagados, mas nunca sumiam.

Como os ruídos dos helicópteros. Como os ruídos da guerra. Como os ruídos da morte.

De repente lhe ocorreu uma coisa: talvez tivesse sido ali, naquele quartinho da avó, que o fantasma da morte começara a persegui-la.

Ainda espichada no chão, Maya fechou os olhos, respirou fundo e procurou afugentar da cabeça aqueles ruídos da avó. Em seguida pensou novamente em Claire. Nela e nos cigarros que a irmã fumava pelas costas do pai. Volta e meia o velho revirava o quarto delas e acabava encontrando o maço escondido. Fazia seu pequeno sermão, mas não passava disso. Por sorte os dias de fumante de Claire não tinham ido muito longe. Uma fase, só isso. Mas nesse meio-tempo ela acabara encontrando um esconderijo onde jamais ocorreria ao pai procurar.

Uma luz brotou de repente nos olhos de Maya.

Rapidamente ela ficou de pé e correu para a sala. O baú ainda estava lá. Ironicamente, o baú que havia pertencido à sua avó. Claire usava-o no lugar de uma mesa lateral com diversos porta-retratos em cima. Maya foi tirando os porta-retratos um a um e colocando-os no chão. As fotos eram quase todas de Daniel e Alexa, mas havia uma de Claire e Eddie. Uma foto de casamento. Maya parou um instante para examiná-la melhor. Ambos pareciam tão jovens, tão cheios de esperança e tão... ingênuos. Não faziam a menor ideia daquilo que o destino lhes reservava. Mas, claro, ninguém nunca fazia, certo?

O interior do baú era usado para guardar toalhas de mesa e roupas de cama. Maya tirou tudo isso e começou a tatear a superfície do fundo.

– Meu pai trouxe consigo este baú quando veio de Kiev – dissera-lhes a avó quando as duas ainda eram pequenas, muito antes do câncer que a consumiria, quando ainda era uma mulher saudável e esperta, quando ainda levava as netas para as aulas de natação e tênis. – Estão vendo isto aqui?

As duas meninas se inclinaram para ver melhor.

– Foi ele mesmo que fez. Um compartimento secreto.

– Mas servia pra quê? – perguntara Claire na ocasião.

– Pra esconder as joias e o dinheiro da mãe dele. Todo desconhecido é um ladrão em potencial. Lembrem-se sempre disso quando crescerem. Vocês duas. Sempre terão uma à outra, mas nunca deixem os objetos de valor onde as pessoas possam encontrá-los.

Maya enfim encontrou o tal compartimento secreto no fundo do baú. Destravou-o, deslizou a tampa e, exatamente como tinha feito quando menina, debruçou-se para ver melhor.

O telefone estava lá.

Maya pegou o aparelho, feliz com o sucesso da sua busca. Se fosse uma pessoa religiosa, diria que havia sido guiada pelos espíritos da avó e da irmã. Mas não era nada religiosa. Para ela, os mortos continuavam sempre mortos. Esse era o problema.

Ela tentou ligar o aparelho, mas logo viu que ele estava completamente sem bateria. Claro. Não havia sido carregado desde a morte de Claire. Mais tarde ela usaria seu próprio carregador para ressuscitá-lo.

– Que diabo você está fazendo aqui?

O susto foi grande. Com o coração na boca, Maya rapidamente se reergueu, pronta para se defender.

– Porra, Eddie...

– Eu perguntei o que você está...

– Eu ouvi, não sou surda. Mas preciso de um segundo pra recuperar o fôlego.

Tanto foco e tanta compenetração davam nisso, Maya pensou. Ela estava tão absorta na descoberta do telefone que nem sequer tinha ouvido o cunhado chegar.

Mais um erro.

– Então, o que você veio...

– Vim dar uma olhada nas caixas da Claire.

Eddie se adiantou com passos ligeiramente trôpegos.

– Estou vendo – disse. Estava usando a mesma camisa de flanela vermelha do outro dia, as mangas dobradas deixando à mostra o emaranhado de veias dos antebraços. Era forte e compacto feito um peso-médio do boxe. Claire gostava disso, do físico dele. Os olhos estavam vermelhos do álcool bebido. Estendendo a mão espalmada, ele disse: – Me dê a sua chave. Agora.

– Não vai rolar, Eddie.

– Posso trocar as fechaduras.

– Você não consegue nem trocar de roupa...

Ele olhou para os porta-retratos e para as toalhas espalhados no chão.

– O que você estava procurando neste baú?

Maya não respondeu.

– Vi que você pegou uma coisa. Devolve.

– Não.

Ele agora a encarava com as mãos fechadas em punho.

– Posso ir até aí e pegar.

– Não, não pode. Eddie... por acaso ela estava tendo um caso com alguém?

Isso bastou para que Eddie baixasse a crista. Ele emudeceu um instante, depois disse:

– Vai à merda...

– Você sabia ou não sabia? – insistiu Maya, e viu as lágrimas brotarem nos olhos do cunhado.

De repente era por isso também que eles estavam tão vermelhos, não só por causa do álcool. Num gesto automático, ela olhou para a foto de casamento jogada no chão, para o rosto alegre e esperançoso daquele Eddie de outros tempos mais felizes.

Eddie olhou na mesma direção. Não se aguentando, desabou no sofá e deixou a cabeça cair entre as mãos.

– Eddie?

– Quem era o filho da puta? – perguntou ele, quase inaudivelmente.

– Eu não sei. Eileen contou que a Claire vinha recebendo umas ligações secretas. Acabei de encontrar o celular que ela escondeu no fundo deste baú.

Ainda com o rosto caído, e no mesmo fiapo de voz, ele disse:

– Não acredito em você.

– Que foi que aconteceu, Eddie?

– Nada – respondeu ele, enfim erguendo o rosto. – Quer dizer... nosso casamento não andava lá muito bem das pernas. Mas é assim com todos os casamentos. Uma hora está tudo bem, outra hora a coisa desanda. Você sabe disso, não sabe?

– Não é de mim que estamos falando.

Eddie balançou a cabeça e novamente a escondeu nas mãos.

– Não tenho tanta certeza assim – disse ele.

– Por quê? Não entendi.

– A Claire... ela trabalhava pro seu marido.

Maya não gostou nem um pouco do tom de voz da resposta.

– E daí? – retrucou.

– E daí que a desculpa dela, quando perguntei, foi que ela tinha trabalhado até mais tarde.

Maya não era mulher de falar em rodeios.

– Se você está insinuando que a Claire e o Joe...

– Foi você mesma que disse que ela estava tendo um caso – interrompeu Eddie, reunindo forças para se levantar. – Só estou dizendo onde ela estava.

– Quer dizer então que você já andava desconfiado, é isso?

– Não foi isso que eu disse.

– Foi, sim. Mas por que você não contou nada pra polícia durante a investigação?

Agora foi Eddie quem permaneceu mudo.

– Tudo bem, eu entendo – disse Maya. – Você é o marido. Eles já estavam suspeitando de você. Suspeitariam muito mais se você dissesse que desconfiava de um caso extraconjugal.

– Maya? – Eddie deu um passo na direção dela, e ela recuou. – Me dê este telefone e suma daqui.

– O telefone vai comigo.

Eddie se interpôs no caminho antes que ela pudesse sair.

– Quer comprar uma briga, quer? – ele ameaçou.

Maya lembrou-se da arma que tinha na bolsa. Na realidade, quem andava armado jamais se esquecia da arma que levava consigo. A imagem dela ficava sempre num canto qualquer da cabeça, insinuando-se. Usá-la era sempre uma opção, tanto para o bem quanto para o mal.

Eddie avançou um passo.

Maya jamais devolveria aquele telefone. Já ia levando a mão para a bolsa quando ouviu os sobrinhos às suas costas.

– Tia Maya!

– Opa!

Daniel e Alexa tinham surgido do nada, assim como só os muito jovens eram capazes de fazer. Cumprimentaram-na com abraços carinhosos e demorados, e Maya precisou ficar atenta para que nenhum dos dois sentisse a arma dentro da bolsa. Mais que depressa ela inventou uma desculpa qualquer, despediu-se com beijinhos e foi embora antes que Eddie fizesse alguma besteira.

Dali a cinco minutos Eddie ligou no celular dela.

– Desculpa pelo que acabou de acontecer – disse ele. – Eu amava a Claire. Puxa, como eu amava aquela mulher... Você sabe disso. A gente tinha as nossas crises, claro, mas sei que ela me amava também.

Maya já estava no carro, dirigindo.

– Eu sei, Eddie.

– Maya, você vai me fazer um favor.

– Fala.

– Seja lá o que você descobrir neste telefone, por pior que seja, você vai me contar. Preciso saber da verdade.

Maya olhou pelo espelho retrovisor. Lá estava o Buick vermelho de novo.

– Você vai me contar, não vai? – insistiu Eddie. – Promete?

– Prometo – disse ela.

Maya desligou e deu mais uma olhada no espelho do carro, mas o Buick já havia desaparecido. Vinte minutos depois, chegou à creche para buscar a filha. A pedido de Miss Kitty, preencheu o resto da papelada e fez o primeiro pagamento. Lily não quis ir embora, o que ela tomou como um bom sinal.

Chegando em casa, acomodou a menina e foi imediatamente para a gaveta que costumava chamar de "o Cemitério dos Cabos". Como a maioria das pessoas que conhecia, jamais jogava fora um bom cabo de força. A gaveta transbordava de tantos cabos, dezenas deles, centenas. Era bem provável que ali ainda houvesse algum que servisse.

Encontrou um adaptador compatível com o telefone de Claire, colocou a bateria para recarregar e esperou até obter um nível mínimo de carga que lhe permitisse usar o aparelho, o que levou uns dez minutos. Tratava-se de um telefone bastante elementar, desses que iam direto ao ponto, sem firulas, mas por sorte havia um histórico de chamadas.

Todas eram para o mesmo número.

Dezesseis ligações para um número que ela não conhecia. O código de área era 201, o da região norte do estado de Nova Jersey. De quem seria a porcaria daquele número?

Maya examinou as datas. As ligações haviam começado três meses antes da morte de Claire. A última fora quatro dias antes do assassinato. Como interpretar isso tudo? As ligações não obedeciam a nenhum padrão identificável. Muitas no começo, muitas no fim, uma mixórdia no meio.

Seriam para marcar encontros clandestinos?

Por algum motivo, Maya se lembrou de Jean-Pierre, e sua imaginação começou a funcionar por conta própria. Nada impedia que o francês tivesse procurado Claire depois de tantos anos. Na era da internet, volta e meia se ouvia um caso assim. Nenhum ex-namorado ou ex-namorada evaporava completamente para quem sabia pilotar um Facebook.

Mas não. Não podia ser Jean-Pierre. Claire teria contado a ela.

Teria mesmo? Como saber? Claire vinha aprontando alguma, quanto a isso não havia a menor dúvida, mas não confiara nela o bastante para se abrir. Até então, Maya sempre acreditara que elas não tinham nenhum segredo uma com a outra. Mas talvez fosse o caso de fazer um rápido *mea culpa*: ela, Maya, estava do outro lado do mundo enquanto tudo aquilo acontecia, lutando por seu país num deserto abandonado por Deus, quando deveria ter ficado ao lado da irmã, protegendo-a.

Fosse como fosse, Claire tinha um segredo.

E agora? Fazer o quê?

Primeiro, o mais fácil: pesquisar o tal número de telefone no Google. Com um pouco de sorte ela descobriria alguma coisa. Então digitou o número no campo de busca, deu ENTER e... bingo!

Quer dizer, mais ou menos.

Para sua surpresa o número surgiu imediatamente. De modo geral, quando pesquisamos um número de telefone no Google, o que recebemos é uma proposta de serviços, alguém querendo vender informações ou se oferecendo para fazer uma investigação particular. O número para o qual

Claire vinha ligando era um número comercial, mas, como todas as bizarrices das últimas semanas, levava a mais perguntas, e não a respostas. A empresa realmente ficava no norte do estado de Nova Jersey, próximo à George Washington Bridge, de acordo com o Google Maps. Chamava-se Leather and Lace. Couro e Renda. Um clube para cavalheiros.

Trocando em miúdos: uma boate de striptease.

Maya abriu o link só para se certificar e logo se viu diante de uma tela repleta de mulheres seminuas. Isso mesmo. Uma boate de strip. Claire se dera ao trabalho de comprar um segundo telefone e escondê-lo no fundo de um baú apenas para se comunicar com uma boate de strip.

Que sentido haveria nisso?

Nenhum.

Ela procurou juntar as coisas em busca de algum vínculo entre elas: Claire, Joe, a câmera escondida, o telefone, a boate de strip... Aventou todas as possibilidades, mas não chegou a lugar nenhum. Nada daquilo fazia sentido. Então começou a atirar no escuro para ver se acertava em alguma coisa. Talvez Claire estivesse tendo um caso com algum funcionário da boate. Talvez Jean-Pierre fosse o gerente do lugar. Com efeito, segundo constava no site, a casa oferecia à sua "clientela diferenciada" algo que eles chamavam de "Pacote Pigalle". Melhor nem saber o que era aquilo. Talvez Claire levasse uma vida dupla e trabalhasse por lá. Às vezes aparecia um caso assim, ou nos tabloides, ou nos filmes B da televisão a cabo. De dia, dona de casa; de noite, stripper.

Não viaja, mulher.

Maya pegou seu próprio telefone e ligou para Eddie.

– E aí, descobriu alguma coisa? – perguntou ele.

– Eddie, presta atenção. Se eu tiver que ficar pisando em ovos toda vez que precisar falar com você, não vou descobrir porcaria nenhuma. Vou te fazer uma pergunta e gostaria que você respondesse com sinceridade.

– Tudo bem, pode perguntar...

– Por acaso você costuma ir a boates de striptease?

– Se eu costumo...? – Silêncio. E depois: – Ano passado o pessoal da empresa fez uma festa de despedida de solteiro num lugar desses.

– Só isso? Mais nada?

– Só.

– Que boate foi essa?

– Espera aí. O que isso tem a ver com...

– Responde, Eddie.
– Nos subúrbios da Filadélfia. Em Cherry Hill.
– Depois disso você não foi a nenhuma outra boate?
– Não.
– Por acaso já ouviu falar de um lugar chamado Leather and Lace?
– Está brincando...
– Anda, Eddie, responde.
– Não, nunca ouvi falar.
– Tudo bem, então. Obrigada.
– Espera. Você não vai me contar o que está rolando?
– Por enquanto não. Tchau.

Maya desligou e voltou sua atenção para o computador. Que motivos teria Claire para ligar tantas vezes para a Leather and Lace?

Conjeturas malucas não levariam a nada. Melhor ir lá para ver. Sua vontade era pegar o carro e ir imediatamente para a tal boate, mas ela não tinha com quem deixar Lily. A creche fechava às oito da noite.

Não havia outro jeito. Aquilo teria de ficar para o dia seguinte. No dia seguinte ela viraria aquela boate pelo avesso. Não deixaria couro sobre renda.

capítulo 11

Maya acordou após um sonho esquisitíssimo com a leitura do testamento de Joe.

Não lembrava exatamente o que fora dito, nem onde estava, mas disto ela se lembrava: Joe estava lá, sentado numa enorme poltrona de couro vinho, vestindo o mesmo smoking da noite em que eles haviam se conhecido. Mais lindo do que nunca, olhava fixamente para o vulto indistinto que lia um documento em voz alta. Ela não ouvia nada do que dizia essa pessoa (exatamente como Charlie Brown nunca ouvia sua professora na sala de aula), mas de algum modo sabia que ela estava lendo o testamento. O que não fazia a menor diferença. Maya só queria saber de Joe. Chamava o nome dele, acenava para ele, mas Joe nem sequer virava a cabeça.

Assim que despertou, Maya foi acometida mais uma vez pelos ruídos que a assombravam: os gritos, os rotores, os tiros. Pegou o travesseiro e com ele tapou os ouvidos na esperança de silenciar a algazarra. Sabia, claro, que aquilo não adiantaria de nada, que os ruídos vinham de dentro da cabeça e que o travesseiro, quando muito, os prenderia ali. Mesmo assim ela cobriu os ouvidos. Geralmente a tortura não ia longe. Bastava fechar os olhos para afugentá-la, por mais ilógico que fosse.

Passada a crise, ela levantou da cama e foi para o banheiro. Não gostou nem um pouco do que viu diante do espelho, então abriu o armário de remédios que havia por trás e correu os olhos pelos frascos de medicação controlada, pensando se era o caso de fazer uso deles. Não. Melhor estar completamente lúcida ao encarar toda a família Burkett na leitura do testamento logo mais.

Tomou seu banho, depois buscou no closet o terninho preto que Joe havia escolhido para ela numa loja Chanel. Joe gostava de acompanhá-la nas compras. Naquele dia ela havia desfilado diante dele com o tal terninho, apaixonada pelo caimento perfeito e pela qualidade do tecido, mas horrorizada com o preço absurdo da coisa. Então mentira para o marido, dizendo que não tinha gostado. Mas Joe não se deixara enganar. Voltara à loja no dia seguinte para comprar o mesmo terninho e presenteá-la em casa. Maya encontrara a roupa estendida sobre a cama, exatamente como ela estava agora.

Ela se vestiu e acordou Lily. Meia hora depois já estava com ela na creche. Miss Kitty vestia a fantasia de uma princesa da Disney que ela, Maya, nunca tinha visto antes. Baixando-se para Lily, disse:

– Quer se vestir de princesa também, quer?

Lily escancarou um sorriso e foi saindo com a professora sem ao menos se despedir da mãe.

Assim que entrou no carro, Maya pegou seu telefone e abriu o aplicativo da creche para espiar a filha, que já vestia sua roupinha de princesa. Essa ela conhecia: era Elsa, de *Frozen*. Não se contendo, cantarolou:

– Livre estou, livre estou...

Daí a pouco, para tirar a música da cabeça e colocar no lugar dela as bobagens do dia, ligou o rádio. A maioria dos âncoras daqueles programas matinais das FMs nem sequer fazia ideia de como eram engraçados. Então ela sintonizou no noticiário de uma estação AM, perguntando-se quem além dela ainda ouvia rádio AM. Gostava da disciplina quase militar daqueles noticiários, da previsibilidade: quinze minutos de esporte, dez minutos de meteorologia etc... Ouvia apenas vagamente quando uma notícia chamou sua atenção: "O famoso hacker Corey Rudzinski, proprietário do site Boca no Trombone, promete ainda para esta semana mais uma leva de vazamentos que, segundo ele mesmo afirma, vão abalar os alicerces do alto escalão do governo, resultando não só na renúncia, mas também no indiciamento judicial de um nome importante da..."

Por mais que se acreditasse livre das garras medonhas do hacker, Maya sentiu um frio na espinha ao ouvir o nome dele no rádio. Shane estranhava que o homem não tivesse divulgado a história completa, supunha que ele estivesse apenas esperando o momento certo para detonar uma bomba maior, uma analogia que batia mal nos ouvidos de Maya. Ela própria receava a mesma coisa. Maya Stern era notícia velha, mas o potencial continuava lá. Segredos cabeludos nunca tinham vida longa. Cedo ou tarde acabavam atacando pelas costas, insidiosos, explosivos, indiferentes aos danos colaterais (mais analogias militares).

Farnwood era uma propriedade típica de quatrocentões miliardários. Antes de se casar, Maya achava que propriedades assim existissem apenas nos livros de história e nos romances de época. Que nada. Ela parou diante do portão pilotado por Morris, que trabalhava ali desde o início dos anos 1980. Habitava o mesmo complexo de casinhas da família de Isabella.

– Bom dia, Morris.

O homem a cumprimentou com a mesma careta azeda de sempre, deixando claro que ela não era exatamente da família mas apenas uma agregada. Naquela manhã talvez houvesse mais que isso por trás do azedume habitual do porteiro: algo a ver com a morte recente de Joe ou, mais provavelmente, com o que havia acontecido com Isabella na véspera. Sem nenhuma pressa, ele apertou o botão e o portão foi deslizando com o mesmo vagar, quase imperceptivelmente.

Maya seguiu colina acima rumo à mansão principal, passando por uma quadra de tênis e um campo de futebol (até ser corrigida por Joe ela dizia "quadra de futebol", tamanha a sua ignorância a respeito do esporte) que ninguém nunca usava. A mansão em si, de arquitetura Tudor, lembrava a de Bruce Wayne nos seriados antigos de *Batman*. Sempre que chegava ali, ela esperava deparar com um grupo de lordes saindo para caçar raposas no bosque, mas invariavelmente era recebida apenas pela sogra. Hoje não seria diferente.

Judith era uma mulher bonita. Porte miúdo, olhos grandes e redondos, traços delicados de uma boneca. Aparentava ser mais jovem do que era, não apenas por causa dos retoques (um Botox de vez em quando, talvez uma puxadinha nos olhos), mas sobretudo por causa da boa genética e da prática regular de ioga. Bonita, inteligente e rica, ainda fazia enorme sucesso com os homens, mas, se tinha algum namoradinho por aí, Maya não saberia dizer. "Acho que ela tem amantes secretos", dissera Joe certa vez. "Secretos por quê?", ela perguntara, mas não recebera nenhuma resposta. Dizia-se que na juventude ela havia sido uma hippie da Costa Oeste, o que para Maya era bem provável. Bastava observar com atenção para ver algo de indomável no semblante dela, tanto no sorriso quanto no olhar.

Judith veio descendo ao encontro de Maya, mas parou um degrau acima dela para igualá-la no tamanho ao recebê-la com os dois beijinhos de praxe. Judith correu os olhos à sua volta, depois perguntou:

– E a Lily, onde está?

– Na creche – disse Maya, e ficou esperando pelo espanto da sogra, que não veio.

– Você precisa acertar os ponteiros com a Isabella – foi só o que ela disse.

– Ela te contou?

Judith não se deu ao trabalho de responder.

– Então você precisa me ajudar a falar com a garota – disse Maya. – Onde ela está?

– Pelo que sei, viajou.
– Volta quando?
– Não sei. Nesse meio-tempo, sugiro que você use a Rosa.
– Acho que não.
– Você sabe que ela foi a babá do Joe, não sabe?
– Sei.
– E?
– Continuo achando que não.
– Quer dizer então que você pretende manter a Lily na creche? – Judith balançou a cabeça num gesto de censura. – Anos atrás conheci de perto essas creches. Profissionalmente falando. – Psiquiatra formada e registrada no Conselho de Medicina, ela ainda atendia pacientes duas vezes por semana num consultório no Upper East Side de Manhattan. – Lembra daqueles casos todos de abuso infantil nos anos 80 e 90?
– Lembro, claro. Mas e aí? Convocaram você como especialista?
– Mais ou menos isso.
– Pelo que sei, acabaram descobrindo que as acusações não tinham nenhum fundamento. Histeria infantil, alguma coisa assim.
– Sim – disse Judith. – Os professores foram absolvidos.
– Sim, e daí?
– Os professores foram absolvidos – repetiu ela –, mas talvez o sistema não.
– Não entendi.
– Era muito fácil manipular aquelas crianças. Sabe por quê?
Maya deu de ombros.
– Pense bem. Elas contavam aquelas histórias cabeludas e eu ficava me perguntando: por quê? Por que elas se dispunham a dizer exatamente o que os pais queriam ouvir? De repente, se viessem recebendo mais atenção por parte desses mesmos pais... É só uma hipótese.
Uma hipótese pouco provável, pensou Maya.
– Mas o que estou querendo dizer é o seguinte: conheço a Isabella desde menina. Confio nela. Mas não conheço ninguém em creche nenhuma. Não posso confiar em quem não conheço, assim, às cegas. Você também não.
– Posso fazer muito melhor do que confiar às cegas – disse Maya.
– Como assim?
– Posso vigiá-los.
– Agora fui eu que não entendi.

– A segurança está nos números. São muitas testemunhas, inclusive eu. – Maya abriu o aplicativo e mostrou à sogra. Lá estava Lily, vestida de Elsa.

Judith tomou o telefone e sorriu ao ver a neta.

– O que ela está fazendo?

– Rodopiando assim – disse Maya –, imagino que esteja dançando alguma coisa do *Frozen*.

– Hoje em dia é assim... – disse Judith, balançando a cabeça. – Câmeras por todo lado. Um novo mundo. – Ela devolveu o telefone de Maya, depois perguntou: – Mas então, o que foi que aconteceu com a Isabella?

Não seria uma boa ideia falar daquilo naquele momento, a poucos minutos da leitura do testamento de Joe.

– Não se preocupe. Não foi nada importante.

– Posso ser sincera?

– Desde quando você não é sincera?

Judith riu e disse:

– Nesse aspecto somos muito parecidas, eu e você. Bem... em muitos aspectos. Nós duas entramos nesta família pelo casamento. Nós duas ficamos viúvas. E nós duas gostamos de franqueza.

– Vai, pode falar.

– Você continua na terapia?

Maya não disse nada.

– Suas circunstâncias mudaram, Maya. Seu marido foi assassinado. Você estava lá, poderia ter sido assassinada também. Agora está criando uma filha sozinha. Quando você soma tudo isso ao seu diagnóstico, todas essas fontes de estresse...

– Que foi que a Isabella te contou?

– Nada – disse Judith, e pousou a mão sobre o ombro de Maya. – Eu mesma poderia tratar de você, mas...

– Não creio que seja uma boa ideia.

– Exatamente. Não seria correto. Melhor eu me ater aos papéis de vovó adorável e sogra querida. Mas tenho uma colega. Na realidade, uma amiga. Estudou comigo em Stanford. Tenho certeza de que os psiquiatras da Costa Leste são muito competentes, mas esta mulher é a melhor no ramo.

– Judith...

– Fala.

– Estou bem.

Alguém chamou por Judith no alto da escada.

– Mãe?

Era Caroline, a irmã de Joe. Ela e a mãe eram fisicamente muito parecidas. No entanto, enquanto Judith se apresentava como uma mulher forte e decidida, Caroline dava a impressão de que andava sempre assustada, prestes a se esquivar de alguma coisa. Ela desceu ao encontro de Maya, cumprimentou-a com dois beijinhos e disse:

– A Heather já está esperando na biblioteca. O Neil também.

– Então vamos – disse Judith, séria, e deixou que as outras duas a levassem pelos braços.

Foi assim que elas entraram no casarão, mudas e abraçadas. Atravessaram o foyer, depois o salão de baile. Havia um retrato de Joseph T. Burkett Sr. acima da lareira. Judith parou um instante para admirá-lo.

– Joe era tão parecido com o pai... – comentou ela.

– Era mesmo – disse Maya.

– Mais uma coisa que temos em comum – observou Judith, esboçando um sorriso. – O mesmo gosto para os homens.

– Pois é. Gostamos de homens bonitos. Nós e boa parte da população feminina no planeta.

– É verdade – disse Judith, agora rindo.

Caroline abriu as portas duplas da biblioteca e elas entraram. Talvez porque tivesse visto *A Bela e a Fera* com Lily dias antes, Maya constatou que a biblioteca dos Burketts não era lá muito diferente da biblioteca da Fera. Eram dois pavimentos com estantes de carvalho que iam do chão ao teto. Tapetes persas se espalhavam por toda parte. Um lustre de cristal pendia do alto. Duas escadas de ferro rolavam ao longo das estantes para dar acesso às prateleiras mais altas. Um globo antigo se abria pela metade com um decantador de conhaque no centro. Neil, o irmão de Joe, já se servia dele.

– Oi, Maya.

Mais beijinhos no rosto, porém desajeitados. Com Neil era tudo assim, meio desajeitado. Era um daqueles caras piriformes (isso mesmo, em forma de pera) em que os ternos sempre caíam mal, por mais bem cortados que fossem.

– Quer? – ofereceu ele, apontando para o conhaque.

– Não, obrigada – disse Maya.

– Tem certeza?

Judith franziu o cenho, dizendo:

– São nove da manhã, Neil.

— Mas cinco da tarde em algum lugar do mundo, não é isso que dizem? — riu. Sozinho. — Além disso, não é todo dia que a gente tem a oportunidade de ouvir o testamento do próprio irmão.

Judith virou o rosto. Neil era o caçula dos quatro irmãos. Joe era o primogênito, seguido de Andrew (um ano mais novo, o que havia "morrido no mar", como diziam todos da família), Caroline e Neil. Por mais estranho que fosse, era ele, Neil, quem pilotava o império dos Burketts. Joseph Sr., sempre imune aos sentimentalismos quando o assunto era dinheiro, havia preterido os três filhos mais velhos em favor do caçula, colocando-o à frente dos negócios. Joe não se importara nem um pouco. Certa vez dissera a Maya: "Neil é um cara truculento, e o papai sempre gostou dos truculentos".

— Então, vamos sentar? — disse Caroline.

Maya correu os olhos pelas poltronas de couro vinho e se lembrou imediatamente do sonho que havia tido. Por um segundo chegou a ver Joe numa delas, sentado de pernas cruzadas com seu smoking impecável, olhando ao longe, inacessível.

— Onde está a Heather? — perguntou Judith.

— Estou aqui.

Todos se viraram na direção da porta. Fazia dez anos que Heather Howell era a advogada da família Burkett. Antes dela era seu pai, Charles Howell III, quem ocupava o posto, e antes dele, Charles Howell II, seu avô. Nada se sabia a respeito do primeiro Charles Howell.

— Ótimo — disse Judith. — Podemos começar.

Chegava a ser fascinante aquela versatilidade de Judith, a facilidade com que a mulher pulava de um papel a outro: num piscar de olhos ela passava de mãe zelosa a psiquiatra profissional a matriarca quatrocentona. Esse último era o papel de agora: a matriarca dos Burketts, solene e formal, com uma pontinha de sotaque britânico.

Todos se acomodaram nas poltronas, mas Heather permaneceu de pé.

Judith olhou para ela e perguntou:

— Algum problema?

— Receio que sim.

Heather era uma daquelas profissionais que exalavam segurança e competência. Quem a visse queria tê-la no seu time. Maya a conhecera logo depois de ser pedida em casamento por Joe. Heather a convocara para uma conversa naquela mesma biblioteca e plantara à sua frente o calhamaço de um acordo pré-nupcial. Num tom de voz direto, mas não belicoso, fora logo dizendo que a assinatura daquele documento não era "negociável".

Mas agora, pela primeira vez na vida, a advogada parecia meio perdida, ligeiramente fora da sua zona de conforto.

– Heather? – disse Judith. – O que está acontecendo?
– Infelizmente vamos ter de adiar novamente a leitura deste testamento...

Judith olhou para Caroline. Nada. Olhou para Maya. Nada também. Então se voltou para Heather.

– Pode nos dizer por quê?
– Há certos protocolos que precisamos obedecer.
– Que tipo de protocolos?
– Nada que mereça a sua preocupação, Judith.
– Você me conhece, Heather. Sabe que não gosto de condescendência.
– Pois é, eu sei.
– Então responda: por que não podemos ler o testamento agora?
– Não é que não podemos – disse Heather, medindo as palavras.
– Então é o quê? – insistiu Judith.
– É apenas um probleminha... burocrático.
– Como assim?
– É que... bem, ainda não temos o atestado de óbito.

Silêncio.

– Faz quase duas semanas que meu filho morreu! – protestou Judith. – E foi enterrado!

Mas o velório havia sido com o caixão fechado, lembrou Maya. Não por decisão sua. Ela havia deixado aquela batata quente para a família de Joe. Eles que optassem pelo ritual que mais os consolasse. De qualquer modo, o mais sensato era mesmo o caixão fechado. Joe fora atingido na cabeça. Por mais competentes que fossem os agentes funerários, não havia muito o que fazer com uma cabeça desfigurada.

– Heather?

Judith de novo, espetando a advogada.

– Claro, claro, eu sei – disse Heather. – Fui ao enterro. Mas para um testamento ser validado é necessário o atestado de óbito. Ou outra prova qualquer. Este é um caso incomum. Pedi ao meu pessoal pra estudar melhor a legislação. Como Joe foi... assassinado, precisamos de algum tipo de atestado por parte da polícia. Acabei de ser informada de que eles ainda precisam de um pouco mais de tempo para emitir esse atestado.

– Quanto tempo? – perguntou Judith.
– Não sei. Um ou dois dias, imagino. Vamos ficar em cima deles.
Neil interveio pela primeira vez:
– Mas... qual seria exatamente o teor desse atestado? Você falou em provas. A polícia precisa provar que o Joe morreu, é isso?
Heather Howell começou a remexer na sua aliança de casamento.
– Pra falar a verdade, ainda não temos todos os fatos, mas antes que possamos validar este... Bem, digamos que tivemos um pequeno contratempo. Mas fiquem tranquilos. Meu pessoal já está em cima, vamos resolver isso rapidinho. Dou notícias muito em breve.
O silêncio foi geral. Heather rapidamente deu as costas para todos e foi embora sem mais dizer.

capítulo 12

— Não deve ser nada — disse Judith, acompanhando Maya de volta ao foyer.

Maya permaneceu calada.

— Os advogados são assim mesmo. Fazem questão de que toda a papelada esteja na mais perfeita ordem. Não só pra proteger os clientes, mas sobretudo pra aumentar os honorários com o número de horas trabalhadas. — Judith tentou rir de si mesma, mas não foi muito longe. — Tenho certeza de que tudo não passa de uma bobagem. Um probleminha burocrático em razão das circunstâncias... — Dando-se conta de que estava falando de Joe, não apenas de um simples entrave jurídico, calou-se um instante, depois balbuciou: — Dois filhos...

— Eu sinto muito.

— Nenhuma mãe deveria passar por isso. Enterrar dois filhos.

Maya tomou a mão dela, dizendo:

— Não deveria mesmo.

— Do mesmo modo que uma mulher da sua idade não deveria enterrar uma irmã e um marido.

"O fantasma da morte persegue você, Maya."

Talvez perseguisse Judith também.

Judith acarinhou a mão da nora uma última vez, depois disse:

— Vê se não some.

— Claro que não vou sumir.

Elas saíram para o sol. A limusine preta de Judith já esperava ao pé da escada. O motorista desceu e abriu a porta para a patroa.

— Traga a Lily qualquer dia desses.

— Trago sim, fique tranquila.

— E por favor... Procure se acertar com a Isabella.

— Assim que eu estiver com ela. Quanto antes, melhor.

— Vou ver o que posso fazer.

Judith se acomodou no banco traseiro do carro, e o motorista fechou a porta. Maya esperou que eles saíssem, depois foi para o próprio carro. Caroline esperava por ela.

— Você tem um minutinho? — perguntou.

"Na verdade, não", pensou Maya. Estava ansiosa para sair dali e fazer o que tinha de fazer. Eram duas coisas: primeiro ela passaria novamente pela área dos criados na esperança de surpreender Rosa e conversar com ela; depois iria pessoalmente à Leather and Lace, a boate de striptease, na esperança de descobrir que interesse Claire poderia ter no lugar.

Percebendo a resistência da cunhada, Caroline disse:

– Por favor...

– Ok, tudo bem.

– Mas não aqui. – Caroline correu os olhos a seu redor. – Vamos dar uma volta por aí.

Maya engoliu um suspiro de desânimo e seguiu com ela pelo caminho de cascalho. Laszlo, o bichon havanês de Caroline, seguiu atrás. Não estava de coleira, mas isso não chegava a constituir um problema: afinal, para onde poderia fugir um cachorro na imensidão daquela propriedade? Maya por vezes se perguntava como teria sido crescer num lugar de tanta beleza e tranquilidade, em que tudo era seu para onde quer que você olhasse: gramados, jardins, árvores, casas...

Caroline dobrou para a direita com Laszlo a seus pés.

– Papai mandou construir este campo de futebol pro Joe e pro Andrew – disse ela sorrindo. – A quadra de tênis era pra mim. Eu gostava do esporte. Vivia treinando. Papai se deu ao trabalho de contratar o melhor professor de Port Washington pra me dar aulas particulares. Mas a verdade era que eu não *amava* a coisa, entende? Aí não tem jeito. Você pode treinar o quanto quiser. E olha que eu tinha talento, hein? Cheguei a vencer o campeonato do colégio. Mas, pra seguir na carreira, você precisa ter uma espécie de obsessão. Não dá pra inventar uma coisa dessas.

Maya assentiu com a cabeça, mas só porque não sabia o que mais fazer. Percebia que a cunhada estava preparando o terreno para dizer algo importante, mas não tinha como apressá-la. Teria de ser paciente. Laszlo trotava ao lado delas com a língua de fora.

– Mas o Joe e o Andrew... eles amavam futebol. De verdade. Os dois eram muito bons. Joe no ataque, como você deve saber, e o Andrew no gol. Você nem calcula quantas horas eles passavam neste campo, praticando pênaltis, o Joe chutando e o Andrew defendendo. Aquele gol fica a que distância da casa? Uns quatrocentos metros?

– Por aí.

– Mas eles riam tão alto que a gente escutava lá de dentro. Mamãe ia pra janela e ria também... – Lembrando-se dos irmãos, Caroline abriu o mesmo sorriso de Judith, ou um arremedo dele, por algum motivo menos magnético e sedutor que o original. Depois perguntou: – Você não sabe muita coisa a respeito do Andrew, sabe?

– Não, não sei – disse Maya.

– Joe não falava nele?

Falava, claro. Mais que isso, revelara um segredo enorme sobre a morte do irmão, um segredo que Maya não tinha a menor intenção de dividir nem com Caroline nem com qualquer outra pessoa.

"Todo mundo pensa que meu irmão caiu daquele barco..." Ela e Joe estavam num resort no Caribe, nus na cama, olhando para o teto do quarto. A janela estava aberta, deixando entrar a brisa que vinha do mar. Os olhos de Joe reluziam com o luar. Ela tomara a mão dele entre as suas. "A verdade é que... ele pulou."

– Não, o Joe não falava muito do Andrew – disse Maya.

– Devia ser difícil, imagino. Os dois eram muito próximos. – Caroline parou de repente. – Por favor, não me entenda mal. Joe e Andrew me adoravam. Quanto ao Neil... bem, Neil era o irmãozinho caçula que eles toleravam. Mas eles não largavam um do outro. Estudavam na mesma escola quando o Andrew morreu, você sabia disso?

– Sabia.

– Na Franklin Biddle Academy, perto da Filadélfia. Moravam no mesmo dormitório, jogavam no mesmo time de futebol. A gente vivia aqui, nesse casarão enorme, mas eles faziam questão de dividir o mesmo quarto.

"Andrew se matou, Maya. Estava sofrendo a esse ponto, e eu nem percebi..."

– Maya... O que você achou dessa reunião de hoje? Desse... adiamento.

– Sei lá.

– Não tem nenhuma tese?

– A advogada disse que era apenas um entrave burocrático.

– Você acreditou?

Maya encolheu os ombros, dizendo:

– Bem, no Exército os entraves burocráticos eram praticamente a norma, então...

Caroline baixou os olhos para o chão.

– Que foi? – perguntou Maya.

– Você chegou a vê-lo?

– Quem?

– O Joe – disse Caroline.

Maya sentiu o corpo retesar da cabeça aos pés.

– Do que você está falando?

– Do corpo dele – Caroline respondeu baixinho. – Antes do enterro. Você chegou a ver o corpo do Joe?

Maya balançou a cabeça negativamente.

– Não, não vi.

– Você não acha estranho?

– Foi um velório de caixão fechado.

– Foi você que quis assim?

– Não.

– Então quem foi?

– Imagino que tenha sido sua mãe.

Caroline assentiu, achando que isso fazia sentido. Em seguida disse:

– Eu pedi pra vê-lo.

De um segundo a outro o silêncio que as cercava, antes tão acolhedor, tornou-se sufocante, opressivo. Maya precisou respirar fundo para encher os pulmões. Tinha uma relação ambivalente com o silêncio. Com todos os silêncios. Gostava deles ao mesmo tempo que os temia.

– Suponho que você já tenha visto muita gente morta na sua vida de capitã, não é?

– Aonde você quer chegar com isso, Caroline?

– Quando os soldados morrem... Por que é tão importante assim que os corpos sejam trazidos de volta pra casa?

Maya começava a impacientar-se.

– Não deixamos ninguém pra trás. Nunca.

– Eu sei, mas por quê? Sei que você vai dizer que é uma questão de respeito aos mortos, essa coisa toda, mas acho que não é só isso. O soldado está lá, morto. Não há mais nada a ser feito por ele. Mas aí vocês trazem o corpo de volta. Não por causa do morto em si, mas por causa da família dele, não é? Os familiares, os amigos... eles precisam ver esse corpo. Pra acreditar na morte dessa pessoa. Pra colocar um ponto final na história dela.

Maya não estava com cabeça para esticar o assunto.

– Aonde você está querendo chegar com essa história, Caroline?

– Eu não *queria* ver o Joe. Eu *precisava* vê-lo. Precisava concretizar a morte dele. Se a gente não vê o corpo, é como se...

– Como o quê?

– Como se a coisa não tivesse acontecido. Como se a pessoa ainda estivesse viva. A gente ainda sonha com ela.

– Também sonhamos com os mortos – argumentou Maya.

– Eu sei, eu sei. Mas é diferente se não fechamos a ferida. Quando perdemos o Andrew no mar...

De novo aquela escolha absurda de palavras, pensou Maya.

– ... também não vi o corpo dele.

– Espera aí – disse Maya, surpresa. – Por que não? O corpo foi recuperado, não foi?

– Pelo menos foi o que me disseram.

– Mas você não acredita?

– Eu era muito novinha – disse Caroline. – Não me levaram pra ver corpo nenhum. O velório também foi de caixão fechado. Sabe... às vezes tenho umas visões com ele. Uns sonhos. Até hoje. Sonho que o Andrew não morreu, daí acordo e vejo ele bem ali naquele campo de futebol, rindo e defendendo os seus pênaltis. *Sei* que ele não está lá. Sei que ele morreu num acidente. Mas ao mesmo tempo *não sei*, entende? Nunca consegui aceitar essa morte do Andrew. Às vezes fico achando que ele sobreviveu à queda, que nadou até uma ilha qualquer, que um dia vai voltar pra gente e tudo vai ficar bem outra vez. Mas se eu tivesse visto o corpo dele...

Maya nem sequer piscava.

– Então... eu sabia que dessa vez eu não poderia cometer o mesmo erro. Por isso pedi pra ver o corpo do Joe. Na verdade, implorei. Mesmo sabendo que ele estava desfigurado. Talvez até fosse melhor assim. Talvez isso tivesse me ajudado. Eu precisava ver o corpo pra ter certeza de que meu irmão realmente tinha morrido, entende?

– Mas não viu.

– Não deixaram.

– Quem não deixou?

Caroline escorregou os olhos para o gol no campo de futebol.

– Dois dos meus irmãos... Tão jovens ainda... Podia ser apenas uma questão de azar. Essas coisas acontecem, certo? Mas não vi o corpo de nenhum dos dois. Você ouviu o que a Heather disse? Ninguém quer declarar oficialmente que o Joe está morto. Meus dois irmãos... É como se... – Ela se virou de novo para Maya, fitou-a diretamente nos olhos. – É como se os dois ainda pudessem estar vivos.

Ainda imóvel, Maya disse:

– Mas não estão.
– Sei que parece maluquice, mas...
– É maluquice.
– Você teve uma briga com a Isabella, não teve? Ela nos contou. Falou que você estava descontrolada, dizendo que tinha visto o Joe. O que foi que aconteceu exatamente?
– Caroline, presta atenção. O Joe está morto.
– Como você pode ter certeza?
– Eu estava lá.
– Mas não viu ele morrer. Estava escuro. Você estava correndo quando o terceiro tiro foi disparado.
– Caroline, escuta. A polícia foi até o parque. Estão investigando o caso. Joe não se levantou e foi embora depois dos dois primeiros tiros que eu vi. Inclusive dois suspeitos já foram presos. Como você explica tudo isso?
Caroline balançou a cabeça.
– Que foi?
– Você não vai acreditar.
– Pague pra ver.
– O detetive que está encabeçando a investigação... – disse Caroline. – O nome dele é Roger Kierce, não é?
– Isso.
Silêncio.
– Caroline, fala!
– Você vai achar que enlouqueci de vez...
Maya estava a um passo de sacudi-la.
– Temos uma conta bancária. Não vou dar muitos detalhes, até porque não são importantes. Mas é uma conta praticamente anônima, impossível de identificar os titulares. Sabe do que estou falando?
– Sei. Mas... espera aí. Por acaso essa conta está no nome de uma empresa chamada WTC Limited?
– Não.
– Não é uma conta de Houston?
– Não. É de fora do país. Mas por que você perguntou de Houston?
– Deixa pra lá. Continua. Vocês têm essa conta no exterior.
Caroline encarou-a talvez um segundo a mais do que seria normal.
– Então. Outro dia fui examinar pela internet a movimentação dessa conta – disse ela. – A maioria das transferências era para outras contas

numeradas ou holdings fora do país, essas operações que vão pingando por diversos lugares diferentes pra que ninguém consiga rastreá-las. De novo, os detalhes não são importantes. Mas também havia transferências nominais: diversos pagamentos feitos para um certo Roger Kierce.
— Tem certeza? — disparou Maya.
— Foi o que eu vi.
— Me mostra.
— O quê?
— Você tem acesso online a essa conta, não tem? — disse Maya. — Então me mostra.

No computador da biblioteca, Caroline digitou a senha pela terceira vez. E pela terceira vez recebeu a mensagem: SENHA INVÁLIDA.
— Não estou entendendo... — resmungou ela.
Maya estava atrás da cunhada, observando o trabalho dela. Percebeu imediatamente que não podia se precipitar. Precisava refletir. Mas quanto à tal conta, não havia muito o que pensar. As possibilidades eram apenas duas: ou Caroline estava aprontando alguma, ou alguém havia trocado a senha para que ela não tivesse mais acesso às informações.
— O que foi exatamente que você viu? — perguntou ela.
— Aquilo que eu disse. Transferências bancárias em nome de Roger Kierce.
— Quantas?
— Não sei. Umas três, eu acho.
— De que valor?
— Nove mil dólares cada uma.
Nove mil. Claro. Transferências abaixo de dez mil não precisavam ser declaradas.
— O que mais? — perguntou Maya.
— Como assim?
— Quando foi feito o primeiro pagamento?
— Não sei.
— Antes ou depois da morte do Joe?
Caroline botou a cabeça para funcionar.
— Não posso jurar, mas... tenho quase certeza que o primeiro deles foi feito antes.

* * *

Havia dois caminhos a seguir.

O primeiro era o mais óbvio. Interpelar Judith. Interpelar Neil. Encostá-los contra a parede e exigir respostas. Mas essa abordagem mais direta tinha lá os seus problemas. Para início de conversa, nenhum dos dois estava em casa naquele momento: Judith saíra com o motorista, e Neil decerto já tinha ido trabalhar. E, mesmo que eles ainda estivessem por perto, o que ela poderia tirar deles? Se estivessem escondendo algo, dariam a mão à palmatória? Já não teriam apagado seus rastros muito tempo antes?

Rastros do quê?

O que poderia estar acontecendo ali? Que motivos teria a família Burkett para subornar o detetive responsável pela investigação do assassinato de Joe? Que sentido haveria nisso? Supondo que Caroline estivesse falando a verdade... Se os pagamentos tivessem começado antes do assassinato, bem... de novo, como eles poderiam saber que Kierce seria colocado na chefia da investigação? Não, aquilo não tinha pé nem cabeça. Além disso, Caroline nem tinha tanta certeza assim quanto às datas das transferências. Faria mais sentido (e nesse caso "mais sentido" ficava apenas um fiapo acima de "sentido nenhum") se os pagamentos tivessem começado após o crime.

Mas com que finalidade?

O mais importante naquele momento era pensar longe. E quando procurou antever o que ganharia ao confrontar Judith e Neil, partindo do pressuposto de que eram eles que estavam por trás daquelas transferências, Maya concluiu que não valeria a pena. Abriria os próprios flancos e não receberia em troca nenhuma informação de grande valor. Teria de ser paciente. Preparar o terreno, descobrir mais coisas e, se necessário, atacar. Dizia-se que um bom advogado jamais fazia perguntas cujas respostas já não soubesse de antemão. Do mesmo modo, um bom soldado jamais partia para o ataque sem estar preparado para todas as reações possíveis.

Antes de tudo aquilo, ela já havia traçado um curso de ação: confrontar Isabella, depois descobrir por que Claire vinha ligando para a tal boate. Melhor ater-se ao plano original.

Ela foi para a casa da babá e bateu à porta. Foi Hector quem atendeu.

— Isabella não está — ele foi logo dizendo.

— A Sra. Burkett acha que devemos conversar, eu e a sua irmã.

— Ela saiu do país.

Mentira, pensou Maya.

— E quando é que ela volta?

– Não posso dizer. Por favor, não venha mais aqui – disse Hector, e fechou a porta sem nenhuma cerimônia.

Maya já esperava por isso. Voltando para o carro, contornou a caminhonete do jardineiro e, sem interromper a caminhada, plantou um rastreador GPS sob o para-choque. Tratava-se de um aparelho bastante simples e fácil de encontrar, vendido até em lojas de shopping. Bastava afixá-lo com os ímãs, depois baixar o aplicativo, abrir o mapa e ver exatamente por onde andava o veículo rastreado.

Maya não acreditava nem um pouco em Hector. Podia apostar que mais cedo ou mais tarde ele a levaria até a irmã. "Saiu do país porra nenhuma", pensou.

capítulo 13

Está enganado quem pensa que uma boate de striptease só abre à noite. Eram onze da manhã, e a Leather and Lace já anunciava seu "farto bufê de almoço". Ficava à sombra do MetLife Stadium, residência dos New York Giants e dos New York Jets. Não era a primeira vez que Maya pisava num lugar assim. Era nas boates que os seus companheiros de armas costumavam relaxar nos dias de folga, e ela os havia acompanhado uma ou duas vezes. Naturalmente essas casas tinham os homens como público-alvo, mas nem por isso as mulheres eram maltratadas como clientes. Pelo contrário. Recebiam um tratamento todo especial. As dançarinas ficavam alvoroçadas, só faltavam pular em cima. Maya tinha lá a sua tese particular: não achava que as garotas fossem lésbicas, mas, muito provavelmente, andrófobas.

A boate tinha como leão de chácara o armário de sempre: quase dois metros de altura, nenhum pescoço, cabelos raspados na máquina dois, camisa preta tão apertada que as mangas pareciam torniquetes na altura dos bíceps.

– Opa, bom dia – disse ele como se alguém tivesse lhe oferecido um drinque de cortesia. – Em que posso ajudar a madame?

Paciência, Maya.

– Eu gostaria de falar com o gerente.

Estreitando os olhos, ele a examinou de cima a baixo como se tivesse à sua frente um pedaço de carne.

– Tem referências? – perguntou.

– Eu gostaria de falar com o gerente – repetiu Maya.

O armário aquilatou-a mais duas ou três vezes, depois abriu seu melhor sorriso e disse:

– Você já está meio velha pra esse tipo de trabalho, mas... ainda dá um caldo.

– Puxa, obrigada. Isso é muito importante pra mim.

– Sério. Você é uma gata. Está com tudo em cima.

– Que bom. O gerente?

Entrando na boate, Maya surpreendeu-se ao constatar que o tal bufê de almoço era realmente farto. O lugar ainda estava relativamente vazio. Meia dúzia de clientes refestelavam-se na cadeira com a cabeça baixa. Duas mulheres dançavam no palco com o entusiasmo de pré-adolescentes em dia de prova de matemática; não pareceriam mais sonolentas nem se tivessem sido sedadas. Para Maya esse era o real problema com essas boates. Nada a ver com a moral, mas com a total ausência de erotismo. Uma amostra de fezes seria mais sexy.

O gerente foi logo pedindo para ser chamado de Billy. Estava usando uma malha de ioga com uma camiseta regata. Baixinho, rato de academia, dedos finos. As paredes do escritório haviam sido pintadas de verde-abacate. Monitores exibiam imagens dos camarins e dos palcos. Os ângulos das câmeras eram parecidos com os da creche, pensou Maya.

– Antes de mais nada – disse Billy –, devo dizer que você é uma gostosa. Muito gostosa.

– É o que tenho ouvido por aí – retrucou ela.

– Tem esse ar saudável, essa pegada mais musculosa que o pessoal gosta hoje em dia. Feito aquela lourinha do *Jogos Vorazes*. Como é mesmo o nome dela?

– Jennifer Lawrence.

– Não, não. Não estou falando da atriz, mas da personagem. É que aqui rola essa parada da fantasia, sacou? Você bem que poderia interpretar a... – ele estalou os dedos finos – Katniss! É esse o nome dela, não é? A gostosinha com roupa de couro, arco, flecha e o escambau? Katniss Ever-alguma-coisa. – Uma luz se acendeu de repente nos olhos dele. – Caralho, isso é muito bom. Escuta só. Em vez de *Kat*-niss, podemos chamar você de *Gata*-niss. Sacou?

Atrás deles uma mulher disse:

– Ela não veio aqui procurar trabalho, Billy.

Virando-se, Maya deparou com uma mulher que aparentava uns trinta e poucos anos, de óculos. Ela vestia um terninho classudo, muito bem-cortado, que destoava da boate tanto quanto um cigarro destoaria do consultório de um cardiologista.

– Como assim? – perguntou Billy.

– Não faz o tipo.

– Porra, Lulu. Isso não é justo. Você está sendo preconceituosa.

Dando uma espécie de sorriso para Maya, a mulher disse:

– Os tolerantes estão onde a gente menos espera. – E para Billy: – Deixa que eu cuido disso.

Billy saiu da sala, e Lulu se aproximou para examinar os monitores, clicando o mouse e circulando entre as diversas câmeras.

– Então, em que posso ajudá-la? – perguntou.

Não havia motivo para rodeios.

– Minha irmã costumava ligar pra cá. Estou tentando descobrir por quê.

– Aceitamos reservas. Talvez seja isso.

– Hmm, acho que não.

– Então não sei – disse Lulu, encolhendo os ombros. – Muita gente liga pra cá.

– O nome dela era Claire Walker. Isso te diz alguma coisa?

– Tanto faz. Mesmo que soubesse quem era, eu não diria. Você sabe o tipo de negócio que temos aqui. Temos orgulho da nossa discrição.

– Ter orgulho de alguma coisa é sempre muito bom.

– Dispenso ironias. Seu nome é...?

– Maya. Maya Stern. E minha irmã foi assassinada.

Silêncio.

– Ela tinha um telefone secreto – prosseguiu Maya, já sacando o aparelho e abrindo o histórico de chamadas. – Só ligava pra este número. Ou ligavam pra ela.

Lulu nem sequer baixou os olhos.

– Eu sinto muito – disse.

– Obrigada.

– Mas não posso te ajudar.

– De repente a polícia pode. Uma mulher tinha um telefone secreto. Só ligava pra cá. Depois foi assassinada. Eles vão virar esta boate pelo avesso, você não acha?

– Não, não acho. De qualquer modo, não temos nada pra esconder. E como você sabe que esse telefone era mesmo da sua irmã?

– Hein?

– Onde foi que você o encontrou? Na casa dela? Ela morava com alguém? Talvez esse telefone seja de outra pessoa, não dela. Ela era casada? Tinha um namorado? O telefone podia ser dele, não podia?

– Não é.

– Tem certeza? Absoluta? Afinal de contas... não seria a primeira vez que um homem frequenta uma boate de strip sem a mulher saber. Mesmo que você possa provar que este celular pertencia à sua irmã, muita gente usa o

nosso telefone aqui: dançarinas, bartenders, garçons, funcionários da cozinha, faxineiros... Quando foi que sua irmã morreu?
– Quatro meses atrás.
– Apagamos as gravações das câmeras a cada duas semanas. Também por uma questão de discrição. Não queremos correr o risco de que alguém apareça com uma ordem judicial pra ver se o marido estava aqui. Portanto, mesmo que você quisesse ver as nossas gravações...
– Entendo.
Com um sorrisinho de condescendência, Lulu disse:
– Pena que não podemos te ajudar.
– Pois é. Estou vendo que você está arrasada.
– Agora, se você me der licença...
Maya deu um passo na direção dela.
– Por favor... Esqueça essa história de discrição, nem que seja por um segundo. Você *sabe* que não é pra isso que vim aqui. Minha irmã foi assassinada. A polícia está a um passo de desistir do caso dela. A única pista nova é este telefone. Então... vou apelar pra sua *humanidade*. Estou pedindo a você... implorando mesmo... por favor, me ajude.
– Sinto muito pela sua perda – disse Lulu, já saindo para a porta. – Mas não posso fazer nada.

Houve uma explosão de claridade quando Maya saiu para o estacionamento. Nas boates era sempre noite, mas no mundo real faltava pouco para o meio-dia. Ela protegeu os olhos como se o sol pudesse atacá-los a qualquer momento com um soco. Feito um Drácula arrastado para a luz do dia, já ia caminhando para o carro quando o armário de camisa preta perguntou às suas costas:
– E aí, conseguiu o trampo?
– Infelizmente não.
– Pena.
– Pois é, pena.
E agora, fazer o quê?
Bem, agora ela poderia levar o telefone para a polícia tal como ameaçara fazer. Mas, claro, teria de entregá-lo a Kierce. Poderia confiar no detetive? Boa pergunta. Das duas uma: ou ele vinha sendo subornado pelos Burketts, ou Caroline estava mentindo. Ou estava enganada. Tanto fazia. Ela não confiava em nenhum dos dois. Nem em Caroline, nem em Kierce.

Confiava em quem afinal?

Naquele momento seria arriscado confiar em quem quer que fosse, mas se havia alguém que ela acreditava estar falando a verdade, esse alguém era Shane. O que significava, claro, que ela teria de ser cautelosa. Shane era seu amigo, mas também era o sujeito mais correto do planeta, não gostava nem um pouco de sair dos trilhos, e ela já o havia obrigado a fazer um favor a contragosto. Naquela noite eles se encontrariam na linha de tiro. Talvez fosse o caso de falar com ele por lá. Pensando bem, não. Shane já vinha fazendo perguntas demais.

Opa, espera aí.

Maya ainda se debatia com o sol forte quando pensou ter visto algo no estacionamento. De início não deu muita bola. Estava longe, talvez estivesse enganada. Além disso, havia muitos iguais por aí.

Muitos Buicks vermelhos.

Este se achava na outra ponta do estacionamento, espremido entre uma cerca e um SUV enorme, um Cadillac Escalade. Maya olhou de volta para a boate e, mais ou menos como era de se esperar, surpreendeu o armário com os dois olhos plantados na sua bunda. Acenou para ele e seguiu caminhando na direção do Buick. Precisava ver se a placa era a mesma que Shane havia pesquisado.

Acima da tal cerca havia uma câmera de segurança. Paciência. Dificilmente haveria alguém do outro lado dela àquela hora. E, mesmo que houvesse, qual o problema? Ela dispunha de algo parecido com um plano. Num daqueles seus arroubos mais recentes de esperteza, comprara diversos rastreadores no shopping, decidida a não dar mole para o destino como tragicamente fizera outras vezes. Um deles, claro, estava na caminhonete de Hector.

Outro estava na sua bolsa, pronto para ser usado.

O plano era simples e óbvio. Primeiro ela precisava verificar a placa para ter certeza de que o Buick era o carro certo. Depois bastaria passar discretamente por perto e colar o rastreador sob o para-choque.

Essa segunda parte talvez fosse mais difícil do que parecia. O Buick estava parado num canto, paralelamente à cerca, e qualquer tentativa de passar por ele, caso alguém a visse, seria no mínimo estranha. Por sorte o movimento era pequeno no estacionamento. Os poucos carros que vinham chegando estavam parando do outro lado, e por mais natural que fosse frequentar uma boate de strip, a maioria das pessoas preferia entrar o mais rápido possível, evitando a curiosidade alheia.

Pois bem. A placa realmente era a mesma. WTC Limited. Uma empresa holding. Talvez a real proprietária da boate?

– Por aí não, meu amor.

Era o armário às costas dela. Maya virou-se para ele e fabricou um sorriso.

– Hein?

– Esta parte do estacionamento é exclusiva dos funcionários.

– Ah, é? – disse Maya. – Desculpa. É que às vezes fico confusa nos estacionamentos, sabe? – Aqui ela arriscou um risinho sonso, do tipo: "Sou mesmo uma cabeça de vento!" – Parei no lugar errado. Ou de repente queria tanto esse emprego que...

– Não, não parou.

– Hein?

– Você parou do lado de lá – disse o armário, apontando com o polegar grandalhão.

Maya o encarou. Ele a encarou de volta.

– Não deixamos ninguém entrar na área dos funcionários. Regras da casa. Sempre tem aquele sem-noção mais abusado que vem pra cá e fica esperando por uma das nossas dançarinas. Sabe como é... Outros querem anotar a placa do carro delas pra depois tentar entrar em contato. Tem vezes que a gente precisa escoltar as meninas até o carro, sacou?

– Saquei. Mas não sou nenhuma "sem-noção abusada", sou?

– Não, não é.

Ela o encarou. Ele a encarou de volta.

– Vem comigo. Te acompanho até o carro.

Do outro lado da rua, a uns oitenta metros de distância, havia uma daquelas megalojas de material de construção. Maya entrou no amplo estacionamento e procurou a melhor vaga de onde pudesse ficar espiando a boate de longe. Sua esperança era que cedo ou tarde alguém saísse com o Buick e ela pudesse segui-lo.

Depois o quê?

Uma coisa de cada vez.

Mas... e a tal história de pensar longe na hora de arquitetar um plano?

Ela não sabia. Antevisão e prudência eram coisas ótimas, mas também havia aquela outra que se chamava "improvisação". Seu próximo passo dependeria do que fizesse o Buick. Se, por exemplo, ele fosse para determinado endereço e de lá não saísse mais, o próximo passo talvez fosse tentar descobrir quem morava no tal endereço.

A clientela de uma boate de strip era composta quase inteiramente de homens, porém muito variada em termos de vestuário e tribos. Havia os operários de botinas e jeans, os executivos de terno, os largadões de bermuda e camiseta. Naquele dia em particular havia até um grupo de marmanjos em roupas de golfe, aparentemente recém-chegados do campo. De repente a comida no Leather and Lace era ótima, vai saber.

Passou uma hora. Quatro carros saíram da área de funcionários do estacionamento da boate, outros três entraram. O Buick Verano continuava firme no lugar.

Maya estava com tempo de sobra para ruminar os acontecimentos recentes, mas não era de tempo que ela precisava. Era de informações.

O Buick vermelho era arrendado em nome de uma empresa holding chamada WTC Limited. Seria essa tal WTC uma da muitas empresas da família Burkett? Caroline havia falado de pagamentos clandestinos, de contas e empresas anônimas. Seria a WTC alguma coisa assim? Claire ou Joe, eles conheciam o motorista do Buick?

Maya possuía diversas contas conjuntas com Joe. Abriu uma delas no aplicativo do telefone e consultou o extrato do cartão de crédito, cogitando se Joe teria visitado a Leather and Lace. Se tivesse, o pagamento não constava do extrato. Mas Joe, claro, não seria burro de pagar sua conta numa boate de strip justamente com aquele cartão. Além disso, as boates sempre usavam nomes diferentes nas suas operações de crédito, carecas de saber da curiosidade das esposas dos seus clientes.

Talvez houvesse algum pagamento em nome da WTC Limited. Talvez fosse esse o nome fantasma da boate. Num arroubo de esperança ela examinou novamente o extrato do cartão. Mas não encontrou nada.

A boate ficava em Carlstadt, Nova Jersey. Nenhum pagamento feito a estabelecimentos da cidade. De novo, nada.

Alguém estacionou nas imediações do Buick. Uma dançarina desceu do carro. Sim, Maya sabia que a moça era uma dançarina. Cabelos muito louros e compridos, shortinho entalado na bunda, peitos tão siliconados e altos que podiam fazer as vezes de um par de brincos. Ninguém precisaria de um radar especial, algo equivalente a um gaydar, para saber que ali estava uma stripper ou, quando nada, a mulher dos sonhos de qualquer adolescente de 16 anos.

A sinuosa dançarina entrou na boate pela porta dos fundos ao mesmo tempo que um homem saiu para o estacionamento, um barbudo de óculos escuros com um boné dos Yankees enterrado na cabeça. A barba era um tanto desgrenhada, não muito diferente daquelas que os jogadores de futebol deixavam crescer quando se viam numa maré de sorte nas fases finais do campeonato. Ele caminhava com a cabeça baixa e os ombros derreados como se quisesse passar despercebido. Maya redobrou a atenção. Não via quase nada do rosto do sujeito, mesmo assim tinha a leve impressão de que o reconhecia.

Ela deu partida no carro. Ainda com a cabeça baixa, o homem apertou o passo e entrou no Buick.

Então era ele.

Segui-lo seria arriscado. Ele poderia perceber que estava sendo observado, e ela poderia perdê-lo de vista. Talvez fosse melhor deixar as sutilezas de lado e cercá-lo ali mesmo no estacionamento da boate. Acuá-lo e exigir respostas. Mas esse caminho também tinha lá os seus problemas. A casa certamente contava com um forte esquema de segurança. O armário não demoraria a intervir. Ele e os outros. Boates estavam acostumadas a lidar com incidentes assim. Shane, que era da Polícia Militar, costumava dizer a mesma coisa que o armário. Sempre havia aquele cliente que ficava aguardando uma dançarina do lado de fora, na esperança de que ela estivesse interessada em outra coisa que não fosse a carteira dele. O que nunca era o caso. Por vezes a autoestima desses homens era tão baixa que resvalava para o delírio, fazendo com que eles se achassem irresistíveis com a mulherada.

Em suma: haveria segurança na boate. Melhor cercar o homem fora dela, certo?

O Buick vermelho saiu da vaga e seguiu na direção da rua. Atenta a tudo e a todos, Maya arrancou também e se misturou ao trânsito da Paterson Plank Road. Imediatamente ficou desconcertada. Por um instante achou que o barbudo tivesse hesitado como se já houvesse percebido sua presença. Estaria imaginando coisas? Difícil dizer. Estava uns três carros atrás do Buick.

Não demorou a perceber que havia embarcado numa canoa furada. Agora que tinha colocado seu plano em ação, enxergou outros tantos problemas que não tinha enxergado antes. Primeiro: o barbudo conhecia seu carro, já o havia seguido mais de uma vez, bastaria dar uma rápida olhada pelo espelho retrovisor para identificá-la. Segundo: era possível que ele já tivesse sido alertado (ou por Billy, ou por Lulu, ou pelo armário) sobre a visita dela à boate. Neste caso, estaria com as antenas ligadas e muito provavelmente já a teria visto. Terceiro: nada impedia que ele tivesse sido avisado da presença dela desde o início. Portanto, nada impedia que tivesse feito com ela o mesmo que ela havia feito com o jardineiro Hector, isto é, que tivesse colocado um rastreador GPS no seu carro.

Aquilo podia muito bem ser uma armadilha.

Ela poderia recuar, pensar melhor e voltar à Leather and Lace com um plano mais sólido. Mas... não. Bastava de passividade. Ela precisava de respostas. E se para obtê-las tivesse de jogar a prudência às favas, paciência.

Eles ainda estavam numa zona industrial. Maya sabia que perderia o Buick de vista caso ele entrasse na via expressa mais próxima, alguns quilômetros mais adiante. Sua arma estava logo ali, na bolsa. O sinal fechou, e ela viu o Buick parar na faixa da direita, o primeiro da fila. Sem pensar duas vezes, passou para a faixa da esquerda, pisou fundo no acelerador, ultrapassou os carros à sua frente, ultrapassou o Buick e, num golpe de direção, rodopiou na pista para bloqueá-lo.

Em seguida pegou a arma e desceu do carro com ela, procurando escondê-la. Tinha plena consciência de que estava correndo um risco enorme, mas tinha feito seus cálculos. Se o barbudo desse ré no Buick e tentasse fugir, ela atiraria nos pneus. Alguém chamaria a polícia? Provavelmente. Mas ela estava disposta a correr o risco. Na pior das hipóteses seria presa. Então contaria sobre o assassinato do marido, falaria que estava sendo seguida. Teria de fazer a viúva histérica, mas dificilmente seria detida ou algo assim.

Numa questão de segundos ela alcançou o Buick. Não conseguia ver o rosto do motorista em razão dos reflexos no vidro. Cogitou abordá-lo pela janela do motorista e ameaçá-lo com a arma, mas acabou optando pela porta do passageiro. Se a encontrasse aberta, poderia entrar. Caso contrário, mostraria a arma do outro lado da janela fechada.

Ela levou a mão à maçaneta. Porta aberta. Ela entrou e no mesmo embalo espetou a arma no boné do barbudo.

Sorrindo, ele se virou para ela e disse:

– Olá, Maya.

Ela arregalou os olhos, estupefata. O homem tirou o boné.

– Finalmente nos encontramos cara a cara – disse ele.

Maya precisou se conter para não atirar. Isso era o que mandava o instinto militar: matar o inimigo. Além do mais, quantas vezes ela já não havia sonhado com aquilo, com a oportunidade de pulverizar a cabeça daquele filho da puta?

Mas se fizesse isso, deixando de lado as questões morais e legais da coisa, ficaria sem as respostas de que tanto precisava. Agora, mais do que nunca, precisava saber a verdade. Porque o homem que a vinha seguindo no Buick vermelho, o homem que vinha secretamente falando com Claire nas semanas anteriores ao assassinato dela, era ninguém menos do que Corey Rudzinski, também conhecido como Corey, Boca no Trombone.

capítulo 14

– Por que você estava me seguindo?
Com o mesmo sorriso de antes, Corey disse:
– Abaixa essa arma, Maya.
Em todas as fotografias de jornal, Corey Rudzinski parecia ser um homem bem-vestido e bem-barbeado, tinha um rosto de bebê. A barba desgrenhada, o boné de beisebol e as calças cafonas eram um ótimo disfarce. Maya manteve a arma apontada. As pessoas começaram a buzinar nos carros de trás.
– Você está atrapalhando o trânsito – disse Corey. – Tire seu carro da frente, depois conversamos.
– Quero saber o que...
– Vai saber. Mas antes tire o seu carro do meio da rua.
Mais buzinas.
Maya estendeu o braço livre e tirou a chave da ignição do Buick. Não tinha a menor intenção de deixar o homem escapar.
– Não saia daqui – disse ela.
– Não é essa a minha intenção.
Maya estacionou seu carro na vaga mais próxima, voltou ao Buick e devolveu a chave.
– Imagino que você esteja confusa – disse Corey.
"Confusa" era pouco. Ela estava completamente desorientada. Feito um pugilista caído na lona, precisava de tempo para se recuperar, ficar de pé antes do nocaute e voltar à luta. Por mais que ventilasse explicações, nenhuma delas tinha vida longa. Nada daquilo fazia sentido.
Ela começou pelo mais óbvio:
– Como você conhece minha irmã?
Ao ouvir a pergunta, Corey apagou seu sorriso do rosto e no lugar dele colocou o que parecia ser um semblante sincero de tristeza. Maya entendeu por quê. Ela havia dito "conhece", no presente. Corey Rudzinski realmente conhecia Claire. E, ao que parecia, gostava dela.
Ele olhou para frente e disse:
– Vamos dar uma volta por aí.
– Prefiro que você apenas responda minha pergunta.

– Não posso continuar aqui. Exposto dessa maneira. Eles vão acabar tomando alguma providência.

– Eles quem?

Corey não respondeu. Voltou com ela para a Leather and Lace e parou na mesma vaga de antes. Dois outros carros entraram na esteira do Buick e pararam por perto. Fariam parte do entourage do homem? Maya desconfiava que sim.

A entrada dos fundos dispunha de um teclado acoplado. Corey digitou os números de sua senha e Maya logo tratou de memorizá-los, para o caso de precisar deles depois.

– Está perdendo seu tempo – disse ele. – Ainda temos de passar por uma porta com interfone.

– Além da senha, você ainda tem um porteiro?

– Isso mesmo.

– Um exagero, não? Ou uma paranoia.

– Pode ser.

O corredor era escuro e fedia a chulé. Eles atravessaram o salão da boate, onde a música-tema de *Aladdin* tocava no último volume enquanto uma garota rebolava no palco, vestida de Jasmine. Pelo visto não era só nas creches que as pessoas se fantasiavam de princesa. Corey a conduziu através de uma cortina de contas, do outro lado da qual ficava uma saleta privativa. A decoração era em tons de verde e dourado, talvez inspirada no uniforme de uma chefe de torcida.

– Você já sabia que eu estive aqui agora há pouco, não sabia? – disse Maya. – Sabia que falei com a tal Lulu.

– Sim, sabia.

Ela aos poucos ia juntando os pontos.

– Então provavelmente viu quando saí. Viu que fui bisbilhotar seu carro. Deduziu que eu estaria te seguindo.

Corey permaneceu calado.

– Aqueles dois carros que entraram logo depois... Gente sua, não é?

– Exagero, paranoia, chame como quiser. Por favor, sente-se.

– Nisto aí? Quando foi que limparam da última vez?

– Não se preocupe. Está limpo. Sente-se.

Ambos se acomodaram no sofá da saleta.

– Você precisa entender a natureza do meu trabalho – prosseguiu Corey.

– Sei muito bem o que você faz – devolveu Maya.

— Sabe mesmo?
— Você não gosta de segredos, então "bota a boca no trombone", indiferente às consequências.
— É mais ou menos isso.
— Então podemos pular essa parte. Vai, diz: como você conhece minha irmã?
— Ela me procurou — disse Corey.
— Quando?
Ele hesitou um instante, depois disse:
— Não sou nenhum anarquista, nenhum radical. Não é bem por aí.
Maya não estava nem um pouco interessada no trabalho do cara. Só queria saber da irmã e por que vinha sendo seguida. Mas também não queria antagonizá-lo, muito menos que ele se fechasse. Então ficou calada.
— Você tem razão quanto à minha antipatia pelos segredos — prosseguiu ele. — Comecei como um hacker. Invadia sistemas só pra me divertir. Grandes empresas, governos... Como se fosse um game. Daí comecei a me ligar nos segredos, a enxergar como os poderosos abusam do povo. — De repente ele se deu conta: — Mas você não veio aqui pra ouvir essa ladainha, imagino.
— Imaginou certo.
— Bem, o que eu estou querendo dizer é que parei com essa história de hacking. Mas criei uma plataforma para aquelas pessoas que têm alguma denúncia a fazer, uma verdade qualquer a expor. Só isso. Porque as pessoas não conseguem policiar a si mesmas quando o assunto é dinheiro e poder. Assim é a natureza humana. A gente distorce a verdade de acordo com os nossos interesses individuais. Esse pessoal que trabalha nas fábricas de cigarro, por exemplo. Não são pessoas más, inconsequentes. Se não fazem a coisa certa, é porque não é do interesse delas. Nós, humanos, somos ótimos na hora de inventar uma boa desculpa.
Para quem não queria incomodar os outros com uma ladainha...
Uma garçonete entrou na sala, vestindo um top mais ou menos da largura de uma bandana.
— Querem beber alguma coisa? — ofereceu.
— Maya? — disse Corey.
— Não, obrigada.
— Pra mim um club soda com limão, por favor.
A garçonete saiu, e Corey retomou a conversa.
— As pessoas acham que meu objetivo é enfraquecer as empresas e os go-

vernos. Na verdade é o contrário. Quero fortalecê-los ao obrigá-los a fazer a coisa certa, a coisa justa. Se uma empresa ou um governo é calcado na mentira, vão ficar mais fortes se forem calcados na verdade. Portanto... nada de segredos. Em lugar nenhum. Se um bilionário qualquer está subornando o governo pra levar esta ou aquela vantagem, as pessoas vão ficar sabendo. No seu caso, se o governo está matando civis numa guerra...

– Não é isso que estávamos fazendo.

– Eu sei, eu sei. Danos colaterais. Uma expressão bastante vaga, não acha? Seja lá o que na sua opinião tenha acontecido, acidente ou não, nós do povo temos o direito de saber. Talvez continuemos a favor da guerra, mas sabendo a verdade. Empresários mentem e roubam. Governos mentem e roubam. Cartolas do esporte mentem e roubam. A gente pode fazer muito pouco. Mas imagine um mundo em que nada disso acontecesse. Imagine um mundo em que todos são obrigados a prestar contas dos seus atos. Imagine um mundo sem abusos e segredos.

– E nesse mundo também haverá unicórnios? – perguntou Maya.

Corey riu e disse:

– Você acha que sou ingênuo, não é?

– Corey... Posso chamar você de Corey, não posso?

– Por favor.

– Como você conhece minha irmã?

– Já disse. Ela me procurou.

– Quando?

– Alguns meses antes de morrer. Mandou um e-mail pro meu site. E acabou me encontrando.

– O que dizia esse e-mail?

– Sua irmã queria falar comigo.

– Sobre...

– O que você acha, Maya? Sobre você.

A garçonete voltou.

– Dois club sodas com limão – disse ela, e lançou uma piscadela na direção de Maya. – Sei que você não pediu, gata, mas se ficar com sede...

Ela deixou as bebidas, despediu-se de Maya com um luminoso sorriso e foi embora.

– Você não está sugerindo que foi a Claire quem te entregou aquela gravação do...

– Não.

– ... porque não há a menor possibilidade de que ela tivesse acesso...

– Não, Maya, não estou sugerindo nada disso. Ela me procurou depois que eu divulguei as suas imagens.

Isso realmente fazia mais sentido, mas não explicava nada.

– Mas o que é que ela queria afinal?

– É por isso que eu quis explicar a você a filosofia do site. A importância de responsabilizar as pessoas em nome de uma liberdade legítima.

– Não estou entendendo.

– Claire me procurou porque tinha medo que eu publicasse o resto da sua gravação.

Silêncio.

– Você sabe do que estou falando, não sabe?

– Sei.

– Você contou tudo à sua irmã?

– Tudo. Não tínhamos segredo uma com a outra. Pelo menos eu pensava que não.

Corey riu e disse:

– Ela queria proteger você. Pediu que eu não postasse o áudio.

– E você não postou.

– É verdade.

– Só porque a Claire pediu.

Ele deu um gole na bebida.

– Conheço um sujeito aí. Na realidade, um grupo. Eles acham que são parecidos comigo, mas não são. Também revelam segredos, porém sempre no âmbito individual. Esposas adúlteras, atletas que tomam bomba, *sex tapes*, coisas assim. Fraudes e enganações pessoais. Se você tentou fazer alguma coisa anonimamente na internet, alguma coisa antiética, cedo ou tarde esse pessoal vai descobrir. Feito aqueles hackers que invadiram o site de relacionamentos no ano passado.

– E você não concorda com isso?

– Não.

– Por que não? Eles também estão lutando contra os segredos do mundo.

– Engraçado... – disse Corey.

– O quê?

– Sua irmã falou a mesma coisa. Não vou dizer que somos hipócritas, mas temos um pé no oportunismo. Todos nós temos, certo? Não dá pra evitar. Não publiquei o áudio da sua gravação por uma questão de interesse

próprio. Minha intenção era publicar mais tarde. Pra maximizar o impacto da revelação. Mais hits na minha página. Mais barulho pra minha causa.
– Então por que não publicou?
– Porque sua irmã me pediu pra não publicar.
– Só por isso?
– Ela foi convincente. Explicou que você é apenas um joguete nas mãos de um sistema corrupto. Apenas obedece às ordens. Por um lado minha vontade é revelar tudo isso porque, como eu disse antes, a verdade liberta, Maya. Mas nesse caso você seria prejudicada de um modo irreparável. Claire me convenceu do seguinte: se denunciasse você, eu não estaria sendo muito melhor do que esses meus colegas que só expõem os peixes pequenos.

Maya começava a impacientar-se com os rodeios.
– Seu real inimigo era a guerra em si, não eu – disse ela.
– Exatamente.
– Então você deu às pessoas a sua própria narrativa. Pra incensá-las contra o governo. Se ouvissem o áudio, talvez elas colocassem a culpa em mim.
– Imagino que sim.

Substituir a verdade por uma narrativa própria, pensou Maya. Basta cavar um pouquinho mais fundo, e somos todos iguais. Mas não havia tempo para ruminar essas questões agora.
– Quer dizer então que minha irmã procurou você pra me proteger.
– Isso.

Maya calou-se um instante. Aquilo fazia todo o sentido, por mais triste e terrível que fosse. Novamente ela se viu atropelada pelos sentimentos de culpa.
– O que foi que aconteceu depois? – perguntou afinal.
Corey sorriu e disse:
– Claire me convenceu da validade do argumento dela, e eu a convenci da validade do meu.
– Como assim?
– Sua irmã trabalhava pra uma empresa grande e corrupta. Tinha acesso à roupa suja.

A ficha não demorou a cair.
– Você convenceu a Claire a passar informações da empresa?
– Ela entendeu a validade da minha causa.
– Quer dizer então que... foi um toma lá, dá cá. Claire ajudou você a atacar as empresas Burkett e em troca você segurou o áudio, é isso?

– Nada tão rudimentar assim.

Ou sim.

– Então.... – disse Maya, raciocinando ao mesmo tempo que falava. – Então você colocou minha irmã pra fazer o seu trabalho sujo e por causa disso ela foi morta.

Uma sombra desceu sobre o rosto de Corey.

– Não apenas ela – disse.

– Como assim?

– Ela trabalhava com o Joe.

Maya deixou a informação assentar por alguns segundos, depois balançou a cabeça, dizendo:

– Impossível. Joe jamais denunciaria a própria família.

– Pelo visto sua irmã pensava de outra forma.

Maya fechou os olhos.

– Pensa bem – insistiu Corey. – A Claire mete o nariz onde não é chamada e aparece morta. Depois o Joe faz a mesma coisa e...

A conexão, pensou Maya. Todo mundo estava procurando por uma conexão. Corey pensava saber o que era. Mas estava enganado.

– Joe me procurou depois que sua irmã morreu.

– O que ele queria?

– Encontrar comigo.

– E?

– Eu não podia. Tive de dar uma sumida rápida. Imagino que você tenha lido a respeito. O governo dinamarquês estava tentando me pegar com uma acusação sem nenhum fundamento. Falei com Joe que havia outras maneiras de nos comunicarmos, mas ele não quis, insistiu em me encontrar pessoalmente. Acho que queria me ajudar. Mais que isso, acho que ele descobriu um segredo grave o bastante pra que o apagassem.

– Mas o que eles estavam investigando afinal? O Joe e a Claire?

– Crimes financeiros.

– Você pode ser mais específico?

– Conhece aquele ditado que diz: "Por trás de toda grande fortuna há sempre uma contravenção"? É verdade. Tenho certeza de que existem exceções por aí, mas geralmente não é preciso ir longe pra descobrir que molharam a mão de alguém ou que intimidaram a concorrência.

– No caso dos Burketts...

– Os Burketts têm um longo histórico de corrupção. Subornam políticos graúdos, não só aqui como no exterior também. Lembra do caso da Ranbaxy, aquele laboratório farmacêutico?

— Lembro muito vagamente — disse Maya. — Remédios ilícitos, alguma coisa assim.

— Mais ou menos isso. Pois os Burketts estão fazendo algo semelhante na Ásia com uma das suas empresas do ramo farmacêutico, chamada EAC. Pessoas estão morrendo porque as drogas não satisfazem as especificações. Mas por enquanto os Burketts têm conseguido se safar, botando a culpa na incompetência local. Em suma, alegam que não sabiam de nada, que fizeram todos os testes necessários etc. e tal. Tudo mentira. Fabricaram os dados, quanto a isso não existe a menor dúvida.

— Mas não havia como provar — disse Maya.

— Exatamente. Precisávamos de alguém de dentro pra conseguir os dados reais.

— Então você cooptou a Claire.

— Não obriguei ninguém a nada.

— Não. Apenas foi... *simpático* com ela.

— Não menospreze a inteligência da sua irmã, Maya. Ela sabia dos riscos. Era uma mulher corajosa. Não precisei fazer a cabeça dela. Ela queria fazer a coisa certa. Você, mais do que ninguém, devia entender isso: Claire morreu tentando corrigir uma injustiça.

— Não faça isso — disse Maya.

— Isso o quê?

Maya detestava quando faziam analogias com a guerra. Eram sempre condescendentes ou equivocadas. Mas, de novo, não havia tempo para isso agora.

— Então sua tese é que... alguém da família do Joe matou a Claire, depois o próprio Joe, só pra evitar um escândalo?

— Acha que eles não seriam capazes?

Maya refletiu um segundo antes de responder:

— Talvez sejam capazes de matar minha irmã. Mas nunca matariam um dos seus.

— Pode ser. — Corey esfregou o rosto, olhou para o outro lado. Do salão vinha a música "À vontade", de *A Bela e a Fera*, dando novo significado ao verso: "À vontade, à vontade, prove a nossa qualidade..." — Mas — prosseguiu ele — parece que a Claire acabou descobrindo outra coisa. Algo ainda mais grave do que manipular testes farmacêuticos.

– Tipo o quê?

Corey deu de ombros, dizendo:

– Sei lá. Lulu contou que você encontrou o telefone clandestino dela.

– Sim, encontrei.

– Não vou entrar nos detalhes de como uma ligação telefônica pode seguir por diferentes rotas na *dark web* antes de chegar ao seu destino final, mas era assim que nos comunicávamos, eu e a sua irmã. Mesmo assim, só por garantia, tínhamos combinado de nos falar o mínimo possível: ela ligaria apenas quando tivesse algo de concreto pra entregar ou no caso de alguma emergência.

Maya se inclinou para frente.

– E ela ligou.

– Sim. Alguns dias antes de morrer.

– O que foi que ela disse?

– Que tinha encontrado algo.

– Algo que não tinha nada a ver com a manipulação dos testes?

– Sim. Algo potencialmente mais grave. Falou que ainda estava juntando os dados, mas que queria enviar uma amostra inicial. – Corey se calou e por alguns segundos fitou o nada com os olhos muito claros. – Foi a última vez que nos falamos.

– Ela chegou a mandar essa amostra?

– Sim. Aliás, é pra isso que você está aqui.

– Hein?

Mas ela nem sequer precisava de uma resposta. Desde o início Corey sabia de tudo. Sabia que ela havia passado pela boate, que tinha conversado com Lulu, que estava seguindo o Buick na rua. Corey Rudzinski não brincava em serviço. Havia naquilo tudo, desde o início, um propósito muito claro.

– Você está aqui – disse ele – pra que eu possa te mostrar o que a Claire descobriu.

– O cara se chama Tom Douglass. Com dois *s*. – Corey entregou a ela uma folha impressa. Eles ainda estavam na saleta privativa da boate, ótimo local para um encontro clandestino. Do mesmo modo que ninguém ia a uma boate de strip para chamar atenção sobre si, ninguém estava ali para reparar nos outros. – O nome te diz alguma coisa?

– Não. Por quê? Deveria?

– Só uma pergunta genérica.

– Nunca ouvi falar. Quem é afinal?

Segundo o que estava escrito na folha impressa, pagamentos mensais de nove mil dólares vinham sendo feitos em favor de uma empresa chamada Tom Douglass Security.

Maya imediatamente notou o óbvio: o valor era o mesmo dos supostos pagamentos feitos a Roger Kierce.

Coincidência?

– Tom Douglass trabalhava como detetive particular em Livingston, Nova Jersey. Um negócio pequeno, ele pilotando a coisa sozinho. Basicamente espionava cônjuges e levantava históricos. Ele se aposentou três anos atrás, mas os pagamentos continuam.

– Pode ser um negócio legítimo. De repente ele se aposentou mas manteve o maior cliente.

– É o que eu também acharia se a sua irmã não tivesse visto nisso algo muito maior.

– O que exatamente?

– Não sei.

– Como assim? Você não perguntou?

– Acho que você ainda não entendeu como trabalhamos.

– Claro que entendi. Mas... depois que a Claire foi assassinada por causa dessa descoberta que fez... você procurou a polícia?

– Não.

– Nem pra contar o que ela andava investigando?

– Já disse. Precisei sair de circulação depois que ela morreu.

– Minha irmã não "morreu". Foi brutalmente assassinada.

– Eu sei. Você pode não acreditar, mas eu gostava da Claire.

– Não o bastante pra ajudar na busca dos assassinos dela.

– Nossas fontes exigem confidencialidade.

– Mas essa fonte específica foi morta.

– Isso não muda em nada o nosso compromisso com ela.

– Chega a ser irônico – disse Maya.

– O quê?

– Você fala tanto de um mundo sem segredos... mas não se importa nem um pouco de manter os seus. Que foi que aconteceu com aquela sua utopia de uma sociedade onisciente?

– Isso não é justo, Maya. Nem sabíamos que o assassinato dela tinha alguma coisa a ver com a nossa história.

– Mas é claro que você sabia. Só que ficou de bico calado porque tinha medo que a coisa ficasse feia pro seu lado se viesse à tona que uma das suas fontes tinha sido assassinada. Tinha medo que alguém tivesse vazado o nome da Claire e que ela tivesse sido morta por causa disso. Tinha medo que a origem desse vazamento estivesse na sua própria organização. Talvez ainda tenha medo.

– O vazamento não saiu da minha organização – afirmou Corey.

– Como você sabe?

– Você agora há pouco me chamou de paranoico. Pois bem. Eu era o único que sabia da Claire. Temos os nossos mecanismos de proteção. É impossível que esse vazamento tenha saído do meu pessoal.

– Você sabe que ninguém acreditaria nisso, não sabe?

Corey pousou a mão no rosto, depois disse:

– Realmente é possível que as pessoas se equivocassem na interpretação dos fatos.

– Culpariam você.

– Nossos inimigos usariam isso contra nós. Outros denunciantes ficariam com medo.

Maya balançou a cabeça, dizendo:

– Você nem percebe o que está fazendo, percebe?

– O quê?

– Está procurando desculpas pra manter os seus segredos. Exatamente como as empresas e os governos que você tanto condena.

– Não é verdade.

– Claro que é. Seu único interesse é proteger seu próprio negócio, custe o que custar. Minha irmã foi assassinada. E você acobertou o assassino dela só pra proteger a sua organização.

Uma faísca se acendeu nos olhos de Corey Rudzinski.

– Maya?

– Hum.

– Você não está em condições de dar lições de moral.

Ok. Ela o havia provocado, talvez mais do que devia. O que era um erro. Ela precisava conquistar a confiança do homem.

– Por que você acha que os Burketts estão pagando esse Tom Douglass?

– Não faço a menor ideia. Alguns meses atrás invadimos o computador dele, conferimos o histórico do navegador de internet, conseguimos até uma lista das buscas dele. Não encontramos nenhuma pista. Fosse lá o que ele estivesse fazendo, não era apenas por debaixo dos panos. Era *muito* por debaixo dos panos.

– Você não tentou falar com ele?

– Sim, mas ele jamais falaria conosco. E se a polícia o questionasse, ele poderia alegar o direito de confidencialidade dos seus clientes. Todo o resultado das investigações dele passa pelo escritório de advocacia que atende a família Burkett: Howell and Lamy.

O escritório de Heather Howell.

– Então... o que a gente pode fazer pra soltar a língua desse Douglass? – perguntou Maya.

– Fizemos nossa tentativa com ele e demos com os burros n'água – disse Corey. – Talvez você tenha mais sorte.

capítulo 15

A_O CONTRÁRIO DO QUE_ sempre vemos no cinema, a sala do detetive Tom Douglass não tinha uma daquelas portas de vidro esmerilado com o nome dele em estêncil. Ficava na Northfield Avenue, num prediozinho de tijolos aparentes iguais a tantos outros em Livingston, Nova Jersey. O corredor cheirava a consultórios de dentista, o que não chegava a espantar, dado o número de odontologistas listados no quadro da portaria. Maya bateu na porta de madeira. Ninguém atendeu. Ela tentou a maçaneta. Sala trancada.

Na recepção da sala oposta, um homem de jaleco branco a observava do outro lado do balcão, sorrindo e manjando sua bunda com a sutileza de um martelo de forja. Ela devolveu o sorriso, apontou para a porta trancada e encolheu os ombros. O homem veio ao encontro dela e disse:

– Belos dentes.

– Puxa, obrigada – disse Maya, "encantadíssima" com o elogio, fazendo questão de manter o sorriso aberto. – Sabe dizer a que horas o Sr. Douglass volta?

– A boneca está precisando de uma investigaçãozinha?

A boneca mordeu o lábio inferior para indicar que se tratava de algo muito sério. E para se fazer de indefesa também.

– Ele já esteve aqui hoje? – perguntou.

– Faz semanas que não aparece. Deve ser ótimo. Sumir assim de vez em quando.

Maya agradeceu ao sujeito e foi saindo para o elevador. Ela o ouviu dizer um último gracejo às suas costas, ignorou-o solenemente e apertou o passo. Corey lhe havia passado o endereço residencial de Douglass, que ficava a uns cinco minutos dali. Com alguma sorte o encontraria por lá.

A casa do detetive particular era uma simpaticíssima Cape Cod pintada de azul com acabamentos em violeta. As janelas talvez fossem um tanto rebuscadas, mas sem grande prejuízo para a harmonia geral. Um barco de pesca esperava sobre um reboque ao lado da garagem. Maya deixou o carro na rua e desceu. Batendo à porta, foi atendida por uma mulher de uns cinquenta e poucos anos, vestindo um moletom preto.

– Pois não? – disse ela meio assustada.

– Bom dia – disse Maya, da maneira mais afável possível. – Eu gostaria de falar com Tom Douglass, ele está?

A mulher, que Maya supunha ser a Sra. Douglass, ainda a encarou por alguns segundos antes de responder:

– Não, não está.
– Sabe a que horas ele volta?
– Deve demorar.
– Meu nome é Maya Stern.
– Eu sei. Reconheci dos jornais. O que você quer com o meu marido?

Ótima pergunta.

– Posso entrar?

A mulher recuou para que ela passasse. Maya não tinha pensado em entrar. Estava apenas ganhando tempo, buscando a melhor maneira de lidar com a situação.

A Sra. Douglass conduziu-a através da sala até o escritório do marido. A decoração da casa tinha um tema acintosamente náutico. Peixes empalhados pendiam do teto por meio de arames. Nas paredes se viam redes e varas de pesca, salva-vidas antigos, um timão de escuna. Inúmeras fotos mostravam a família pescando em alto-mar. Nelas, Maya identificou dois filhos que já deviam ser adultos. Aquela gente realmente gostava de pescar. Maya não tinha lá muita afinidade com a coisa, mas ao longo dos anos notara que, em fotos, poucos sorrisos eram mais autênticos e luminosos que o dos pescadores posando ao lado dos seus pescados.

A Sra. Douglass cruzou os braços e ficou esperando.

Maya rapidamente percebeu que o melhor caminho seria a abordagem direta.

– Seu marido trabalha há muitos anos para a família Burkett – disse.

A mulher permaneceu muda.

– Gostaria de conversar com ele sobre isso.
– Hmm.
– Você sabe alguma coisa a esse respeito? Sobre o trabalho dele com os Burketts?
– Você é uma Burkett, não é?

A pergunta tomou Maya de surpresa.

– Por tabela, vamos dizer – respondeu ela. – Me casei com um deles.
– Foi o que pensei. Pelo que li, seu marido foi assassinado.
– Foi.

– Sinto muito – disse a mulher. Depois: – Você acha que meu marido pode saber alguma coisa sobre o assassinato?

Maya novamente foi surpreendida pelo modo direto da outra.

– Não sei.

– Mas foi por isso que você veio, não foi?

– Em parte.

– Infelizmente não sei de nada – disse a Sra. Douglass, balançando a cabeça.

– Pois é. Eu gostaria de falar com o Tom.

– Ele não está.

– Está onde?

– Saiu – disse a mulher, e deu um passo na direção da porta.

– Minha irmã também foi assassinada – disse Maya para detê-la. – Chamava-se Claire Walker. Esse nome lhe diz alguma coisa?

– Não. Por quê? Deveria?

– Pouco antes de ser morta, ela descobriu que os Burketts vinham fazendo pagamentos secretos pro seu marido.

– Pagamentos secretos? Não sei o que você está sugerindo com isso, mas acho melhor que vá embora.

– O que exatamente o Tom faz pra eles?

– Não faço a menor ideia.

– Tenho as declarações dele de imposto de renda dos últimos cinco anos.

Agora foi a vez de a Sra. Douglass se surpreender.

– Você... tem o quê?

– Mais da metade da renda do seu marido vem desses pagamentos. É muito dinheiro.

– E daí? Tom trabalha muito.

– Fazendo o quê?

– Como é que eu vou saber? E, mesmo que soubesse, não diria.

– Minha irmã achou alguma coisa estranha nesses pagamentos, Sra. Douglass. Alguns dias depois de descobrir sobre eles, foi torturada e morta com um tiro na cabeça.

A mulher do detetive abriu a boca num perfeito "O".

– E você acha o quê? Que meu marido tem alguma coisa a ver com isso?

– Não foi isso que eu disse.

– Meu marido é um homem bom. Como você, era militar. – Com o queixo ela apontou para uma placa pendurada na parede do escritório na qual se via a insígnia dos contramestres da Marinha de Guerra americana, as duas âncoras cruzadas sobre o lema "*Semper Paratus*", ou "Sempre a postos". Maya tivera a oportunidade de conhecer alguns desses contramestres nos seus dias de capitã, sabia que se tratava de um posto honrado. – Depois de deixar a Marinha, ele trabalhou durante vinte anos na Polícia Militar. Aposentou-se mais cedo por causa de uma lesão no trabalho, depois abriu seu escritório particular. Tom é muito trabalhador.

– Mas o que ele faz para os Burketts afinal?

– Já disse. Não sei.

– Não sabe nem diria se soubesse...

– Exatamente.

– Mas seja lá o que for, esse trabalho dele tem rendido nove ou dez mil dólares mensais desde... Desde quando mesmo?

– Também não sei.

– Não sabe nem quando ele começou a trabalhar para os Burketts?

– O trabalho dele é confidencial.

– Seu marido nunca falou dos Burketts com você?

Pela primeira vez, Maya pensou ter visto uma pequena rachadura no escudo da mulher.

– Nunca.

– Onde ele está? O Sr. Douglass?

– Saiu e não sei quando volta. Aliás, não sei de nada – disparou a Sra. Douglass, já escancarando a porta para que Maya saísse. – Digo a ele que você esteve aqui.

capítulo 16

A MAIORIA DAS PESSOAS FAZ uma ideia já um tanto obsoleta do que é uma linha de tiro ou uma loja de armas. Imaginam peles de urso ou cabeças empalhadas penduradas nas paredes, rifles empoeirados expostos sem nenhum critério e um proprietário rabugento do outro lado do balcão, um ogro com um gancho no lugar da mão, vestido mais ou menos como o Hortelino dos desenhos animados ou como o mais casca-grossa dos metaleiros, desses que batem em mulher.

Hoje não é bem assim.

Maya, Shane e seus companheiros de caserna frequentavam um moderníssimo clube de tiro chamado RTSP, que significava Right to Self-Protect, ou Direito à Autoproteção (ou como brincavam alguns, Right to Shoot People, isto é, Direito de Atirar em Pessoas). Rifles empoeirados? Nem pensar. Por ali tudo brilhava como se recém-chegado da fábrica. Todos os funcionários vestiam uma camisa polo preta enfiada numa calça de sarja, todos sempre muito solícitos e prestativos. As armas ficavam expostas em vitrines não muito diferentes das de uma joalheria. Ao todo eram vinte linhas de tiro, dez de 25 jardas e outras dez de cinquenta. Um simulador digital funcionava mais ou menos como um videogame de dimensões naturais: algo parecido com uma tela de cinema exibia imagens de situações hostis (ataques de gangue, resgate de reféns, cenas do Velho Oeste, até mesmo uma invasão de zumbis) com alvos tridimensionais que vinham na direção do atirador, o qual se defendia com o "laser" de uma pistola com as mesmas dimensões e o peso de uma arma real.

Geralmente Maya ia ali para atirar com armas reais contra alvos de papelão ou apenas para encontrar os amigos, quase todos ex-militares como ela. O clube (não muito diferente de um clube de tênis, golfe ou bridge) oferecia exatamente o que anunciava: "conforto e estilo". Possuía uma ala VIP apelidada de "Guntry Club" – uma brincadeira com a palavra "gun", "arma", e a expressão "country club" – da qual Maya fazia parte com direito a um desconto de quinze por cento por ser ex-militar.

Localizado na Route 10, o Guntry Club tinha lambris escuros em todas as paredes, e carpetes em todos os pisos; parecia um arremedo da biblioteca dos Burketts ou de uma steak house metida a besta. Uma mesa de bilhar ficava no centro da sala. Eram muitos os móveis de couro. Três das quatro paredes possuíam uma TV de tela grande; na outra eles haviam pintado em letra cursiva todo o texto da Segunda Emenda da Constituição americana. Havia ainda uma sala para os charutos, outra para o carteado, e o Wi-Fi era gratuito.

Rick, o proprietário, também sempre andava de polo preta e calças de sarja, mas com uma arma pendurada ao cinto. Assim que viu Maya, cumprimentou-a com um sorriso triste, depois disse:

— Que bom vê-la por aqui outra vez... Eu e o pessoal, quando soubemos da notícia...

— Obrigada pelas flores.

— Só um pequeno sinal do nosso carinho.

— Obrigada.

Meio sem jeito, Rick pigarreou e disse:

— Não sei se é o momento certo de falar nisso, mas... se agora você estiver precisando de um emprego com horários mais flexíveis...

Volta e meia ele lhe oferecia uma posição como instrutora na casa. O número de mulheres que compravam armas e frequentavam linhas de tiro vinha crescendo significativamente. Além disso, elas preferiam outras mulheres como instrutoras, das quais ainda não havia muitas.

— Vou pensar no assunto — disse Maya.

— Ótimo. Os rapazes estão lá em cima.

Além de Shane, havia mais três da gangue naquela noite. Estes foram para o simulador, e Maya desceu com Shane para a linha de 25 jardas. Ela tinha uma experiência zen quando atirava, encontrava uma espécie de descanso existencial naquele silêncio antes do disparo, no controle da respiração, no coice da coronha.

Terminada a sessão, ela subiu novamente com Shane para a sala VIP, onde era a única mulher. Era de se esperar que o preconceito contra as mulheres reinasse vergonhosamente num clube de tiro, mas não. Ali, só o que importava era se você atirava bem ou não. Além disso, o passado militar de Maya, senão o heroísmo, fazia dela uma celebridade local. Os homens se aproximavam com admiração. Alguns arrastavam certa asa, mas nunca a incomodavam, preferindo canalizar seus desejos secretos para uma relação absolutamente fraterna e casta. Ao contrário do que muitos acreditavam, os militares tinham um respeito enorme pelas mulheres.

Maya correu os olhos pelo texto pintado na parede:

> *Uma milícia bem-controlada, sendo necessária à segurança de um Estado livre, o direito do povo de manter e portar armas não deverá ser infringido.*

Uma sintaxe no mínimo estranha para um texto constitucional. Maya era experiente o bastante para saber que não devia discutir com nenhum dos dois lados daquela polêmica quanto ao direito de portar armas. Seu pai, que era radicalmente contra, costumava dizer: "Você quer andar por aí com um fuzil de assalto? A que 'milícia bem-controlada' você pertence exatamente?" Seus amigos, que eram a favor, rebatiam com um "Que parte de 'não deverá ser infringido' você não está entendendo?". Tratava-se, claro, de um texto passível de múltiplas interpretações que servia apenas para provar que as pessoas viam somente aquilo que lhes interessava ver: as que gostavam de armas liam nele uma coisa; as que não gostavam liam outra.

Shane buscou uma Coca-Cola para Maya. Bebidas alcoólicas não eram permitidas no local porque até mesmo os membros mais empedernidos concordavam que armas e álcool não faziam uma boa mistura. Os cinco companheiros sentaram-se juntos e começaram a jogar conversa fora. De modo geral, começavam com as notícias do esporte, mas não demoravam a buscar terrenos mais profundos. Para Maya, essa era a melhor parte. Ela era tida como "um dos rapazes", mas só até certo ponto. Era mulher, e os amigos sempre pediam sua perspectiva feminina quando o assunto resvalava para os relacionamentos. A guerra sempre dificultava namoros e casamentos, o que não chegava a ser uma novidade. Por vezes dava margem a pretextos e desculpas esfarrapadas, sobretudo quando os soldados diziam que não eram compreendidos, que ninguém em casa fazia ideia do horror que eles passavam na linha de frente, mas de modo geral era um agravante concreto. Quem conhece de perto o inferno de uma guerra acaba vendo as coisas de outro jeito. Nem sempre de uma maneira mais óbvia, mas de outra mais sutil, uma questão de nuances e matizes. Coisas que antes tinham uma importância enorme deixam de ter, e vice-versa. Ninguém vê as coisas como você, somente os seus companheiros de tropa e infortúnio. É como naqueles filmes em que apenas o herói enxerga os fantasmas e todos os outros pensam que o sujeito ficou doido.

Mas entre aqueles cinco, todos enxergavam os mesmos fantasmas.

Sendo solteiro, e meio travado emocionalmente, Shane não se sentia muito à vontade nas conversas de natureza mais confessional. Então foi sentar-se num canto mais afastado e abriu seu livro para ler, o último de Anna Quindlen. A televisão mais próxima exibia o terceiro tempo do jogo entre os New York Knicks e os Brooklyn Nets. Leitor voraz (embora não tivesse a menor paciência com os livrinhos infantis, tal como já dera inúmeras provas na casa de Maya), era capaz de ler em qualquer lugar, até mesmo a bordo de um helicóptero onde o barulho dos rotores era tão alto que parecia vir de dentro da cabeça dos tripulantes.

Lá pelas tantas, Maya abandonou os outros e migrou para o lado dele. Shane baixou seu livro ao vê-la se aproximar, espichou as pernas compridas na banqueta de couro à sua frente e disse:

– Ótimo.

– Ótimo o quê?

– Você finalmente resolveu se abrir, imagino.

Não era bem o caso. Maya preferia deixá-lo de fora dos seus problemas pessoais. Para protegê-lo, como sempre fazia. Mas sabia que o amigo não deixaria barato. Além disso, deixá-lo totalmente no escuro talvez não fosse justo, nem prático. Ela cogitou contar que havia estado pessoalmente com Corey Rudzinski, mas não tinha a menor ideia de qual seria a reação dele. Provavelmente ficaria puto.

Além disso, Corey havia sido bastante direto com ela ao final do encontro: "Nada de telefones clandestinos. Se precisar falar comigo, ligue pra boate e peça pra falar com a Lulu. Se eu precisar falar com você, alguém liga da boate e desliga imediatamente. Esse será o sinal pra que você venha até aqui. Mas preste atenção: se eu achar que alguma coisa está pegando, vazo imediatamente. Talvez pra sempre. Portanto, bico calado."

Bico calado. Num primeiro momento, esse parecia ser o caminho mais prudente a seguir. Ela não podia correr o risco de azedar sua relação com Corey e fazê-lo sumir do mapa, como ele havia prometido.

Mas havia outro caminho.

Shane plantou os olhos sobre ela e ficou esperando. Esperaria a noite inteira se preciso fosse.

– O que você sabe sobre o Kierce? – disse Maya afinal.

– O detetive que está investigando o caso do Joe?

– Isso.

– Não muito. Sei que ele tem uma reputação sólida, mas não é como se a gente, da Polícia Militar, convivesse diariamente com a Polícia Civil de Nova York. Por quê?

– Você lembra da Caroline, irmã do Joe?
– Lembro.
– Ela me disse que os Burketts vêm dando dinheiro pro Kierce.
Shane franziu o cenho.
– Como assim, dando dinheiro?
– Fizeram três pagamentos de nove mil dólares.
– Pra quê?
Maya encolheu os ombros.
– Caroline não sabe – disse ela, depois relatou tudo que a cunhada havia dito. Contou sobre a senha trocada, sobre sua decisão de esperar um pouco antes de interpelar Neil e Judith.
– Isso não faz nenhum sentido – disse Shane. – Que motivos a família Burkett teria pra subornar o Kierce?
– É isso que eu gostaria que você me dissesse – devolveu ela.
Shane refletiu um instante, depois disse:
– Os ricos são meio estranhos mesmo, a gente sabe disso.
– Pois é.
– Será que estão molhando a mão do homem pra que ele acelere as coisas na investigação? Pra que dê prioridade ao caso do Joe? Então estariam jogando dinheiro fora, pois o caso do Joe seria prioritário de qualquer forma. Será que são desses que acham que nada se resolve na polícia sem uma gorjetinha por fora?
– Sei lá. Mas tem mais.
– O quê?
– Caroline disse que os pagamentos começaram *antes* do assassinato.
– Caramba.
– Ou pelo menos ela acha.
– Só pode estar enganada. Isso não faz nenhum sentido. Por que diabo eles dariam dinheiro ao Kierce antes do assassinato?
– Sei lá – repetiu Maya.
– Eles não poderiam prever que o Joe seria morto e que o Kierce seria escalado pra investigar o caso. – Shane balançou a cabeça, dizendo: – Não. Isso só pode ter uma explicação e você sabe qual é.
– Não, não sei. Qual?
– Caroline está manipulando você.
Maya já havia levantado essa hipótese.
– Poxa – prosseguiu Shane –, aquela história de acessar a conta na sua

frente e de uma hora pra outra, *puf*, a senha parou de funcionar? É muito conveniente, você não acha?

– Acho – disse Maya.

– Então ela está mentindo. Opa... espera aí.

– Que foi?

Shane virou-se para ela.

– Essa Caroline é meio lelé da cabeça, não é?

– Lelé é pouco.

– Então talvez não esteja mentindo – aventou Shane. – De repente imaginou a coisa toda. Pensa bem. A mulher já não regula direito. Daí o irmão é assassinado. Dias depois vocês se reúnem pra ler o testamento dele, mas a leitura é cancelada por causa de uma merda qualquer na papelada...

– Alguma coisa errada com o atestado de óbito.

– Então. É muito estresse pra uma pessoa assim... mais frágil.

– Você acha mesmo possível que ela tenha imaginado pagamentos pra um investigador da polícia?

– Por enquanto é uma hipótese como outra qualquer – disse Shane, recostando-se no sofá. – Maya... vou te pedir um favor: para com isso.

– Isso o quê? – disse ela, mesmo sabendo a resposta.

– Fico de estômago embrulhado quando você mente pra mim.

– Não estou mentindo pra você.

– Pode até ser. Mas também não está dizendo toda a verdade. O que é que você está segurando?

Talvez mais do que devia. De novo ela cogitou entregar todo o ouro, mas, como antes, preferiu obedecer à intuição e proteger o amigo. Se contasse sobre o telefone secreto de Claire, acabaria falando de Corey, o que ela ainda não queria fazer. Também não havia contado sobre o que vira na gravação da câmera escondida, mas isso também podia esperar. As coisas podiam ser ditas mais tarde, mas, uma vez ditas, não havia caminho de volta.

Shane se aproximou, olhou para os lados para ver se ninguém os espiava de longe, depois cochichou:

– Onde foi que você conseguiu aquela bala?

– Shane, esquece esse assunto.

– Fiz um grande favor pra você, não fiz?

– E agora está apresentando a conta?

A ferroada serviu para emudecê-lo, tal como Maya havia previsto. Ela reconduziu a conversa de volta para Caroline:

– É interessante, essa sua observação de que a Caroline está estressada. Porque ela não falou apenas sobre o Joe. Falou do outro irmão também.

– Do Neil?

– Não. Do Andrew.

– O que caiu do barco? – disse Shane, surpreso.

– Ele não caiu.

– Como assim?

Finalmente um assunto sobre o qual ela poderia falar sem reservas.

– Joe estava lá. No mesmo barco.

– Sim, mas e daí?

– E daí que ele me contou a verdade. Andrew se jogou no mar. Suicídio.

Shane desabou contra o sofá.

– Caralho.

– Pois é.

– A família sabe?

– Acho que não – disse Maya. – Sempre falam que foi um acidente.

– E a Caroline tocou no assunto ontem?

– Sim.

– Por quê? – perguntou Shane. – Andrew Burkett morreu faz o quê? Uns vinte anos?

– Por um lado acho natural.

– Por quê?

– Dois irmãos. Supostamente muito próximos. Os dois morreram muito novos e de forma trágica.

Shane assentiu, concordando com ela.

– Mais um motivo pra que ela se deixasse levar pela imaginação – disse ele.

– E ela nunca chegou a ver o corpo do Joe.

– *Como é que é?*

– A Caroline. Ela não chegou a ver o corpo do Joe. Nem o do Andrew. Disse que precisava disso pra cicatrizar a ferida. Primeiro um morre no mar, depois o outro é assassinado... e ela não viu o corpo de nenhum dos dois.

– Não estou entendendo – disse Shane. – Por que ela não viu o corpo do Joe?

– A família não deixou ou algo assim, sei lá. Mas se a gente procurar ver as coisas pelo lado dela... Dois irmãos mortos e nenhum cadáver. Caroline não viu nenhum deles no caixão.

Eles se calaram por um instante. Shane compreendia muito bem. Tanto ele quanto Maya já tinham visto a mesma coisa inúmeras vezes durante a guerra. Quando um combatente morria em ação, o mais comum era que os parentes não aceitassem o fato até que vissem uma prova concreta.

O corpo morto.

Talvez Caroline tivesse razão. Talvez isso explicasse por que os militares faziam questão de trazer todos de volta para casa, inclusive os mortos.

Foi Shane quem quebrou o silêncio:

– Quer dizer então que a Caroline está tendo dificuldade pra aceitar a morte do Joe...

– A morte *dos dois* – disse Maya.

– E ela acha que o homem que está investigando o assassinato do Joe está sendo subornado pela família dela.

Foi então que a ficha caiu para Maya, tão fortemente que por muito pouco ela não se desequilibrou.

– Meu Deus...

– Que foi?

Maya engoliu em seco. Tentou organizar as ideias, ligar os pontinhos. O barco. O timão na parede. Os troféus de pescaria...

– *Semper paratus* – disse ela.

– Hein?

Encarando-o, Maya repetiu:

– *Semper paratus.*

– É latim – disse Shane. – Significa "Sempre a postos".

– Você sabe do que se trata?

O barco. Os troféus de pescaria. O timão e os salva-vidas. Mas sobretudo as âncoras cruzadas. Maya havia imaginado que as âncoras cruzadas fossem um emblema da Marinha, como geralmente eram. Mas não era apenas a Marinha de Guerra que distribuía comendas para os seus contramestres. A Guarda Costeira também.

– Sei. É o lema da Guarda Costeira.

A Guarda Costeira.

O braço das Forças Armadas com jurisdição tanto em águas domésticas quanto em águas internacionais, com jurisdição para investigar qualquer morte em alto-mar...

– Maya?

Ela se virou para o amigo, dizendo:

– Shane, vou precisar de mais um favor.

Shane não disse nada.

– Preciso que você descubra quem era o responsável pela investigação da morte do Andrew Burkett. Veja se não era um oficial da Guarda Costeira chamado Tom Douglass.

capítulo 17

Colocar lily para dormir geralmente era uma tarefa simples. Maya conhecia todas as histórias de horror sobre criancinhas que torturavam os pais na hora de ir para a cama, mas com sua Lily era diferente. Era jogo rápido. Era como se ela já tivesse dado o dia por encerrado e estivesse pronta para virar a página. Bastava deitar a cabeça no travesseirinho para que a menina, *puf*, apagasse. Naquela noite em particular, no entanto, ela pediu uma historinha. Maya estava exausta, mas não a ponto de se furtar daquele que, pelo menos em tese, era um dos grandes prazeres da maternidade.

– Claro, meu amor, o que você quer que eu leia?

Lily apontou para um livro de Debi Gliori, e Maya começou a ler, rezando para que aquilo tivesse sobre a filha o efeito rápido de uma hipnose. Mas, ao que tudo indica, era ela própria quem estava se deixando hipnotizar: volta e meia ela cedia ao peso das pálpebras e só retomava a leitura quando Lily a cutucava. Por sorte conseguiu chegar ao fim da história. Fechou o livro e já ia se levantando quando Lily disse:

– Mais, mais!

– Acho que já é hora de dormir, meu anjo.

Lily começou a chorar.

– Medo...

Maya sabia perfeitamente que em situações assim não era recomendável ceder ao impulso de deixar os filhos dormirem na cama dos pais, mas o que os manuais pedagógicos se esqueciam de levar em consideração era que todos os seres humanos, pais ou não, sempre escolhiam o caminho mais fácil quando estavam exaustos. Além disso, a menina acabara de perder o pai. Era novinha demais para entender o que estava acontecendo, claro, mas decerto havia alguma coisa ali, algum desconforto subconsciente, uma noção primitiva de que algo estava errado.

– Vem. Você hoje vai dormir com a mamãe – disse Maya, já tomando a filha no colo. Carregou-a para o próprio quarto, cuidadosamente acomodou-a no lado da cama que era de Joe, depois enfileirou travesseiros tanto na borda quanto no chão, por medo de que a pobrezinha rolasse no meio da noite. Ao cobri-la com os lençóis, teve um daqueles momentos de lucidez e desespero que cedo ou tarde acometem todos os pais, uma repentina consciência do amor que ela sentia por aquela criaturinha tão frágil e indefesa, seguida do medo incontrolável de que algo de mal pudesse acontecer a ela, um medo que chegava a paralisá-la de tão assustador. Como era possível ter filhos e relaxar num mundo tão cruel e perigoso?

Lily enfim adormeceu, e Maya permaneceu imóvel onde estava, apenas admirando o rostinho da filha, velando o sono dela, observando a respiração profunda e regular.

Assim ficou até que o encanto se desfez com o toque do celular. Com sorte seria Shane com uma resposta sobre Tom Douglass, embora ele tivesse dito que só poderia investigar o histórico militar do homem na manhã seguinte.

Pegando o aparelho, e vendo o nome da sobrinha no identificador de chamadas, Maya sentiu o coração bater mais forte dentro do peito: o medo de perder Alexa, ou de que algo ruim lhe acontecesse, era o mesmo que ela sentia em relação à própria filha. Atendeu rapidamente e foi logo dizendo:

– Está tudo bem com você?

– Hmm, sim – disse Alexa. – Por que não estaria?

– Por nada – respondeu ela, dando-se conta de que precisava se acalmar. – Então, minha linda, em que posso ajudar? Algum problema com os deveres da escola?

– Se fosse isso, você seria a última pessoa pra quem eu ligaria, né?

– Tem razão – riu Maya.

– Amanhã é dia de jogo.

– Jogo? De futebol?

– Isso. É uma parada chata pra caramba que a gente faz lá na escola, um campeonato entre os alunos de todos os anos. Uma festa com banda de música, barraquinhas, cama elástica, essas coisas. As crianças adoram.

– Ok.

– Você falou que anda ocupada, mas ia ser ótimo se você e a Lily pudessem ir.

– Ah.

– O papai e o Daniel também vão. O jogo do Daniel é às dez, e o meu, às onze. Acho que a Lily vai ficar amarradona com os brinquedos, com os balões... Todo ano o nosso professor de inglês faz uns bichos com aquelas salsichas de balão, sabe? A criançada adora. Além disso, a gente está morrendo de saudade da Lily.

Maya olhou para a filha, que dormia a seu lado, e novamente ficou com o coração apertado. Sabia que Lily adorava os primos Alexa e Daniel, queria muito que ambos sempre ocupassem um lugar importante na vida da menina. Não só queria, mas *precisava*.

– Tia Maya?
– Oi, estou aqui. Olha, que bom que a Lily já apagou, viu?
– Por quê?
– Porque se soubesse que vai ver os primos amanhã... ia ficar tão agitada que provavelmente passaria a noite em claro!

Alexa riu e disse:
– Ótimo, então até amanhã.
– Até amanhã.
– Ah, antes que eu me esqueça: o imbecil do meu técnico vai estar lá.
– Não se preocupe. Acho que a gente já se acertou um com o outro.
– Tudo bem. Então... boa noite, tia Maya.
– Boa noite, meu amor.

A noite foi difícil.

Os ruídos começaram justamente quando Maya estava naquela fronteira tênue entre a consciência e o sono. Não davam sinais de trégua. Pelo contrário, iam ficando cada vez mais altos, cada vez mais agressivos. Os berros, os rotores, os tiros. Maya não estava em casa, mas tampouco estava na guerra: estava suspensa naquele mundo intermediário, perdida e atordoada. Tudo era escuridão e barulho, uma algazarra incessante, interminável, como se alguma criatura pequenina tivesse invadido sua cabeça para um panelaço individual.

Não havia como escapar daquilo. Nenhuma possibilidade de pensamento racional. Nenhum aqui e agora, nenhum ontem ou amanhã. Tudo isso viria mais tarde. Por enquanto havia apenas a agonia daqueles ruídos que mutilavam seu cérebro como a foice de um ceifador. Maya apertava o crânio com ambas as mãos como se quisesse pulverizá-lo.

Sim, a situação havia chegado àquele ponto em que ela se dispunha a fazer qualquer coisa, *qualquer coisa*, para se ver livre do seu tormento. Se tivesse uma arma para dar fim àqueles ruídos, se soubesse onde estava e que bastava esticar o braço para abrir o cofre que tinha dentro da mesinha lateral...

Maya não saberia dizer quanto tempo já durava aquilo, minutos ou horas. A tortura lhe parecia interminável. O tempo perdia todo o seu significado diante dos ruídos. Não havia nada a fazer senão esperar e, com sorte, sair viva do outro lado.

Lá pelas tantas, porém, um novo ruído mais "normal" penetrou seu inferno auditivo. Parecia vir de muito longe. Demorava a alcançá-la e a se fazer notar. Precisava abrir caminho através dos demais ruídos, que eram ensurdecedores e incluíam, tal como ela podia perceber no limiar da consciência, os seus próprios gritos.

Uma campainha. E depois:

– Maya? Maya?

Shane. Ele começou a esmurrar a porta.

– *Maya?*

Ela abriu os olhos. Os ruídos não cessaram de imediato, mas foram calando-se aos poucos, atrevidamente, deixando claro que poderiam voltar a qualquer momento. Mais uma vez ela se lembrou da teoria segundo a qual os sons não morriam nunca: os ecos de um berro na floresta iam ficando cada vez mais fracos e distantes, mas não sumiam jamais. Assim eram os seus ruídos internos: jamais a abandonavam.

Maya olhou para sua direita, onde deixara Lily dormindo.

– Lily? – ela chamou com o coração na garganta. Rapidamente tentou se levantar, mas uma tonteira jogou-a de volta na cama. – Lily? – chamou novamente, desesperada.

A essa altura Shane já havia entrado com a chave que ela própria lhe dera para a eventualidade de uma emergência.

– Maya?

– Estou aqui! – gritou ela, e enfim conseguiu ficar de pé. – Lily? Cadê você? Lily, Lily!

A casa estremeceu quando Shane subiu a escada saltando os degraus de dois em dois.

– Ela está aqui! – gritou ele de volta. – Comigo!

Dali a pouco ele entrou no quarto com a menina no colo, e Maya por pouco não desmaiou de alívio.

– Ela estava no alto da escada – disse Shane.

Maya correu para junto da filha. Vendo que ela estava com o rostinho molhado de lágrimas, assustada com a mãe, concluiu imediatamente que a havia despertado com os próprios gritos. Para acalmá-la, plantou um sorriso entre os lábios e disse:

– Está tudo bem agora, meu anjo.

Lily enterrou o rosto no ombro de Shane.

– Desculpa, meu amor. Mamãe teve um pesadelo...

Ainda desconfiada, Lily fechou os braços em volta do pescoço de Shane, que olhava para Maya sem ao menos tentar disfarçar a pena que estava sentindo da amiga, a preocupação que o consumia. O coração de Maya se desmanchou em mil pedaços.

– Tentei ligar, mas você não atendia, então... – explicou ele. Em seguida, fabricando uma empolgação que não era do seu feitio, sugeriu: – Bem, que tal a gente descer pra cozinha e preparar um café delicioso, hein?

Lily ainda estava meio ressabiada, mas já começava a se recuperar do susto. Assim eram as crianças: absurdamente resilientes. Maya via nelas uma capacidade de reação que costumava testemunhar apenas nos melhores soldados.

– Ah, sabe aonde a gente vai hoje? – disse Maya, e viu a filha escorregar os olhos para seu lado. – Numa festa, lá na escola da Alexa e do Daniel! Vai ter balões, vai ter brinquedos...

Foi o que bastou para que a menina arregalasse os olhos. Maya continuou enumerando as maravilhas que estavam por vir, e numa questão de minutos a tempestade da noite se dissipou nas promessas de bonança do novo dia. Pelo menos para Lily. Para Maya o gostinho do medo continuaria amargando na boca por um bom tempo, sobretudo porque ela agora tinha visto esse mesmo medo estampado nos olhos da filha.

O que ela havia feito?

Shane nem sequer perguntou se ela estava bem. Ele sabia. Depois de instalarem Lily na cadeirinha com um prato de cereal à sua frente, eles se sentaram num canto mais afastado da mesa para conversar melhor.

– E aí, o bicho pegou essa noite? – perguntou Shane.

– Já passou.

Shane virou o rosto, contrariado.

– Que foi? – perguntou Maya.

– Ultimamente você nem pensa duas vezes antes de mentir pra mim.

Touché.

– Pois é, o bicho pegou – admitiu ela. – Satisfeito agora?

Shane virou-se novamente para ela. Queria abraçá-la, ela podia ver, mas abraços não faziam parte do repertório deles. Pena. Era exatamente disso que ela estava precisando naquele momento.

– Você precisa conversar sobre isso com alguém – disse Shane. – Que tal o Wu? – Wu era um dos psiquiatras do Departamento de Assistência aos Veteranos de Guerra.

– É. Vou ligar pra ele.
– Quando?
– Quando tudo isso acabar.
– Tudo isso o quê?

Maya não respondeu.

– Não é só em si mesma que você precisa pensar agora – arriscou Shane.
– O que você quer dizer com isso?

Ele apontou o queixo na direção de Lily.

– Golpe baixo, Shane.
– Paciência. Mas você agora tem uma filha pra criar sozinha.
– Eu me viro – disse Maya, e conferiu as horas no relógio. Nove e quinze. Ela procurou lembrar a última vez que isso tinha acontecido, a última vez que não havia acordado pontualmente às 4h58, mas não conseguiu. Depois ficou se perguntando sobre Lily. O que havia acontecido afinal? Ela teria acordado a filha com seus gritos? Lily teria tentado despertá-la do pesadelo? Ou apenas ficara ali, morrendo de medo da própria mãe?

Que espécie de mãe era ela?

"O fantasma da morte persegue você, Maya..."

– Eu me viro – repetiu ela. – Só preciso de um tempo pra resolver este assunto.

– "Resolver este assunto" significa descobrir quem matou o Joe, certo?

Ela não respondeu.

– Aliás, você estava certa – disse Shane.
– Sobre o quê?
– O motivo da minha visita. Você pediu que eu pesquisasse a ficha de Tom Douglass na Guarda Costeira.
– E...?
– Ele serviu por quatorze anos. Até virar detetive. E sim, era ele o responsável pela investigação da morte de Andrew Burkett.

Bum. Isso fazia sentido. Não, isso não fazia sentido nenhum.

– E qual foi o laudo dele, você sabe?
– Morte acidental. Segundo ele, Andrew Burkett caiu no mar durante a noite e se afogou. Provavelmente estava alcoolizado.

Ambos se calaram por alguns minutos, digerindo as informações.

– Que diabo está acontecendo, Maya?

– Não sei. Mas vou descobrir.
– Como?

Num gesto repentino, Maya sacou seu celular e ligou para a casa dos Douglass. Ninguém atendeu, então ela deixou um recado:

– Já sei por que os Burketts estão pagando vocês. Me liguem. – Em seguida deixou o número do seu celular e desligou.

– Como foi que você ficou sabendo da existência de Tom Douglass? – perguntou Shane.

– Não é importante.

– Acha mesmo? – devolveu ele. Depois levantou e começou a andar de um lado a outro na cozinha. Ninguém precisava conhecê-lo tão bem quanto Maya para saber que isso era mau sinal.

– Que foi? – perguntou ela.

– Liguei pro detetive Kierce hoje cedo.

Maya fechou os olhos e disse:

– Ligou pro Kierce? *Por quê*, Shane?

– *Por quê?* Talvez por causa daquela acusaçãozinha sem nenhuma importância que você fez contra ele ontem à noite.

– Quem acusou não fui eu. Foi a Caroline.

– Tanto faz. Eu só queria dar uma sondada no cara, ver qual é a dele.

– E aí?

– Gostei do que ouvi. Kierce me pareceu um cara direto, franco. Na minha opinião é a Caroline que está mentindo.

– Shane, por favor, deixa isso pra lá.

– *Pééééém!* – ele crocitou, imitando tanto quanto possível a campainha estridente de um *game show* da TV.

– Que foi? Ficou doido?

– Sinto muito, mas a resposta está... *errada!*

– Do que você está falando?

– Kierce se recusou a dar informações sobre o caso do Joe – disse Shane. – Exatamente como faria um bom policial, um policial que obedece às regras do jogo e não trabalha com propinas.

Maya não estava gostando nem um pouco do rumo que a conversa começava a tomar.

– Mas... – prosseguiu Shane com o indicador em riste – ele achou prudente me contar sobre um pequeno episódio que aconteceu outro dia bem aqui nesta casa.

Maya olhou de relance para Lily.

– Sobre a câmera escondida – disse ela.

– Exatamente – confirmou Shane, e ficou esperando uma explicação por parte da amiga, olhando fixamente nos olhos dela, mudo. Vendo que daquele mato não sairia coelho, perguntou: – Por que você não me contou nada?

– Eu ia contar, mas...

– Mas?

– Você já acha que estou desequilibrada.

Shane repetiu sua campainha irritante, depois disse:

– Errado. Tudo bem, acho que você precisa de ajuda...

– Pois é. Volta e meia você vem com essa história, botando pilha pra que eu procure o Wu... Ia pensar o que, se eu contasse que tinha visto meu marido morto na gravação de uma câmera oculta?

– Não ia pensar nada. Ia ouvir. Depois tentaria te ajudar a sair desse buraco.

Maya sabia que ele estava sendo sincero. Shane puxou sua cadeira, sentou novamente ao lado dela e disse:

– Vai. Desembucha. Quero saber exatamente o que aconteceu.

Não era mais o caso de continuar segurando informações. Maya enfim contou sobre a câmera escondida, sobre Isabella e o spray de pimenta, sobre as roupas que faltavam no closet de Joe, sobre a visita que ela havia feito à casa da babá na propriedade dos Burketts. Ao fim do relato, Shane disse:

– Essa camisa do Joe, eu me lembro dela. Se você realmente estiver imaginando tudo isso... por que ela não estaria no closet?

– Não faço a menor ideia.

Shane se levantou e foi saindo na direção da escada.

– Aonde você vai?

– Vou dar uma olhada nesse closet, ver se a camisa está lá.

Maya nem se deu ao trabalho de protestar. Shane era assim mesmo: ia fundo nas coisas. Dali a cinco minutos ele reapareceu na cozinha.

– Nada de camisa...

– O que não quer dizer nada – observou Maya. – Essa camisa pode ter sumido por um milhão de motivos.

Shane voltou a sentar, cruzou as mãos com os cotovelos plantados na mesa e assim ficou por cinco segundos... dez segundos... e depois:

– Vamos pensar alto.

Maya ficou esperando.

– Lembra daquilo que o general Dempsey disse quando visitou a gente no acampamento? – perguntou ele. – Sobre a imprevisibilidade da guerra?

Maya fez que sim com a cabeça. O general Martin Dempsey, presidente do Conselho Consultivo do Departamento de Defesa americano, costumava dizer que, de todos os empreendimentos humanos, o mais imprevisível era a guerra. No campo de batalha, a única certeza era a de que ninguém sabia o que estava para acontecer. Portanto era preciso estar preparado para tudo, inclusive para o impossível.

– Então vamos lá – prosseguiu Shane. – Digamos que você realmente tenha visto o Joe na tal gravação.

– Joe está morto, Shane.

– Eu sei, mas... só a título de exercício. Vamos começar do início, ok?

Maya revirou os olhos, impaciente.

– Onde foi que você viu essas imagens? Na televisão?

– No laptop. Basta plugar um cartão de memória.

– Ah, ok. Desculpa. O cartão de memória que a Isabella levou depois de usar o spray de pimenta, certo?

– Certo.

– Então. Você pluga o cartão no computador. Vê o Joe brincando com a Lily no sofá. Vamos eliminar o óbvio. Não existe a possibilidade de que seja uma gravação antiga, existe?

– Não, não existe.

– Tem certeza? Você falou que a Eileen te deu essa câmera oculta logo depois do enterro. Nada impede que alguém tenha colocado uma gravação antiga no cartão de memória. Uma gravação que alguém fez antes de o Joe morrer...

– Não, porque a Lily estava usando exatamente as mesmas roupas daquele dia. Além disso, a gravação foi feita exatamente do mesmo ângulo: do alto da prateleira. Pode até ser que haja algum truque. Sei lá, de repente alguém inseriu o Joe com um programa qualquer, tipo um Photoshop. Mas não era uma gravação antiga, disso eu tenho certeza.

– Tudo bem. Então podemos eliminar essa possibilidade – disse Shane, e novamente botou a cabeça para funcionar. – Digamos, apenas como conjetura, que era mesmo o Joe naquela gravação. Digamos que ele ainda esteja vivo. – Antes que Maya dissesse o que quer que fosse, ele ergueu a mão para silenciá-la. – Eu sei, eu sei. Tenha um pouquinho de paciência, ok?

Maya apenas encolheu os ombros como se dissesse: "E eu tenho outra escolha?"

– Como você faria? – disse ele. – Como você faria se fosse o Joe e quisesse forjar a própria morte?

– Forjar minha própria morte, depois o quê? Invadir minha própria casa pra brincar com minha filha? Sei lá, Shane. Por que você não diz logo? Aposto que tem uma tese.

– Não exatamente uma tese, mas...
– Espero que não envolva zumbis.
– Maya...
– Hmm.
– Você sempre recorre ao sarcasmo quando está na defensiva, sabia?
– Uau. Você e os seus cursinhos de psicologia.
– Você tem medo do que, Maya?
– De perder meu tempo. Mas tudo bem, Shane. Esquece os zumbis. Qual é a sua tese? Como você forjaria sua própria morte se fosse o Joe?

Shane agora mordia o lábio inferior com tamanha força que estava a um passo de tirar sangue dele.

– *Talvez* eu fizesse o seguinte – disse ele. – *Talvez* contratasse dois delinquentes de rua. *Talvez* desse uma arma com balas de festim pra cada um.

– Puxa...

– Deixa eu terminar. Mas vou pular os "talvez", se você não se importar. Eu, Joe, armaria a coisa toda. Usaria cápsulas de sangue ou qualquer coisa parecida. Pra que tudo parecesse real. Era o Joe que gostava daquele canto do parque, não era? Ele conhecia as condições de iluminação. Sabia que estaria escuro o bastante pra que você não visse muito bem o que estava acontecendo. Pensa bem. Você acredita mesmo que aqueles dois pivetes estavam lá de bobeira? Não acha estranho?

– Espera aí. É *isso* que você acha estranho?

– Essa história toda de assalto. Nunca engoli direito.

Maya refletiu um instante. Kierce já havia descartado a hipótese de assalto após descobrir que Joe e Claire haviam sido mortos com a mesma arma. Mas Shane não sabia disso.

– Suponhamos que tenha sido mesmo uma encenação – prosseguiu Shane, preparando o terreno para outras especulações talvez mais ousadas. – Suponhamos que aqueles dois pivetes tenham sido contratados pra disparar festins e simular a morte do Joe.

– Shane...

– Fala.

– Você sabe que tudo isso é um grande absurdo, não sabe? Os policiais também estavam lá, esqueceu? Outras pessoas viram o corpo.

Shane novamente cravou os dentes no lábio. Refletiu um instante, depois disse:

– Muito bem. Uma coisa de cada vez. Em primeiro lugar, estas outras pessoas que viram o corpo. Claro, se você fosse a única testemunha, a coisa mudaria totalmente de figura. Então o Joe está lá no parque, caído no chão, coberto de sangue falso ou seja lá o que for. No escuro. Algumas pessoas o veem. Não que elas tenham se aproximado pra tomar o pulso dele ou coisa parecida...

Maya balançou a cabeça, dizendo:

– Você só pode estar brincando.

– Algum problema com a minha tese?

– Nem sei por onde começar! – devolveu ela. – E os policiais?

Shane estendeu os braços e disse:

– Não foi você mesma que falou das propinas?

– Para o Kierce. Seu novo amiguinho que obedece às regras e não trabalha com propinas.

– Posso estar enganado. Não seria a primeira vez. Talvez ele tenha armado a coisa toda de modo que fosse ele o plantonista na hora do assassinato. E o Joe, se realmente estivesse no comando da encenação, saberia exatamente pra onde ir e a que horas. Ou o Kierce deu um jeito de estar no plantão certo, ou então os Burketts pagaram os superiores dele pra colocá-lo nesse plantão.

– Você devia colocar isso tudo no YouTube, Shane. Feito aqueles malucos que acham que o 11 de Setembro foi uma armação do próprio governo americano.

– Só estou levantando hipóteses, Maya.

– Então deixa eu ver se entendi direito: você acha que todos ali estavam mancomunados. Os pivetes que o Kierce prendeu... Os policiais que apareceram por lá... O médico-legista... Afinal, pra que o Joe fosse dado por morto, alguém deve ter assinado a autópsia dele.

– Opa. Espera aí.

– Que foi?

– Você não disse que houve um problema com o atestado de óbito?

– Um problema burocrático, só isso. Agora para de morder esse lábio, *por favor!*

Shane quase sorriu.

– Minha tese tem buracos, eu sei. Mas posso pedir ao Kierce pra ver as fotos da autópsia.

– Claro que ele não vai deixar.

– Posso ser bastante convincente, sabia?

– Não se dê ao trabalho. Afinal de contas, se eles fizeram esse teatro todo, não teriam a menor dificuldade pra falsificar umas fotos de autópsia também, certo?

– Tem razão.

– Eu estava sendo sarcástica – riu Maya, depois balançou a cabeça, dizendo: – Ele está morto, Shane. O Joe está morto.

– Ou então está aprontando alguma com você.

Maya permaneceu muda por alguns segundos. Depois disse:

– Ou ele, ou alguém.

capítulo 18

A FESTA TINHA UM NOME: Dia do Futebol. Quem ali chegasse e não soubesse do que se tratava pensaria estar entrando no cenário de um daqueles filmes americanos da década de 1950 ou numa ilustração de Norman Rockwell. Tudo era perfeito demais para ser real. Havia toldos, barraquinhas, jogos e brinquedos. Gargalhadas se misturavam à música e aos apitos de um juiz. *Food trucks* vendiam hambúrgueres, cachorros-quentes, tacos, sorvetes. Podia-se comprar quase tudo nas cores verde e branco, as cores oficiais da escola: camisetas, bonés, moletons, camisas polo, adesivos, garrafas térmicas, xícaras de café, chaveiros, cadeiras dobráveis. Até mesmo o castelo inflável e os escorregadores eram verdes e brancos.

Os alunos de cada ano ofereciam atividades diferentes. As meninas da sétima série aplicavam tatuagens temporárias. Os meninos da oitava dispunham de um radar para medir a velocidade da bola num chute a gol. As meninas da sexta comandavam uma barraquinha para quem quisesse pintar o rosto.

Foi nela que Maya e Lily encontraram Alexa.

– Ei! Lily! – exclamou ela assim que avistou a priminha pequena. Largou o pincel imediatamente e correu na direção dela.

Lily finalmente soltou a mão de Maya e estremeceu num acesso de risinhos, um arroubo de felicidade do qual talvez somente as crianças fossem capazes. E os risinhos logo se transformaram em gargalhadas soltas quando Alexa enfim a alcançou e a tomou no colo. Maya, por sua vez, resignava-se ao papel de mera espectadora.

Daniel chegou pouco depois.

– Lily! Tia Maya!

Eddie vinha atrás do filho com um sorriso estampado no rosto. A cena parecia surreal aos olhos de Maya, quase obscena diante do inferno que ela vinha vivendo ultimamente. Mas tudo bem. O mundo tinha lá as suas cercas, as suas divisórias. Mais do que qualquer outra coisa, ela queria manter aquelas três crianças do lado certo dessas cercas e divisórias.

Daniel cumprimentou-a com um rápido beijinho no rosto, depois tomou Lily dos braços de Alexa e a jogou para o alto. Maya ficou com um nó na garganta ao ver e ouvir a gargalhada da filha, a expressão mais pura da inocência e da felicidade. Ficou se perguntando quando a vira assim, tão luminosa, pela última vez.

– A gente pode levá-la pros brinquedos, tia Maya? – perguntou Alexa.

– Pode ficar tranquila, a gente toma cuidado – acrescentou Daniel.

– Claro – disse Maya. – Vocês precisam de dinheiro?

– Não – respondeu Daniel, e saiu com Lily e Alexa.

Eddie se aproximou, e Maya o cumprimentou com um sorriso apressado. Notou que o cunhado estava com um aspecto bem melhor: barba feita, olhos límpidos, nenhum bafo de bebida. Daniel, Alexa e Lily já iam longe, a menina entre os primos, de mãos dadas com os dois.

– Que dia lindo... – disse Eddie.

Maya assentiu. O dia realmente estava lindo. Céu azul, o sol brilhando como se por encomenda de um diretor de cinema. O que Maya via à sua frente, desdobrando-se feito um cobertor quentinho, era o grande sonho americano. Mas não podia evitar a sensação de que seu lugar não era ali, de que sua presença era uma nuvem negra grande o bastante para bloquear toda a luz.

– Eddie...

Eddie virou-se para ela, sombreando os olhos com a mão.

– A Claire não estava traindo você.

As lágrimas brotaram tão rapidamente que ele precisou virar o rosto. Receando que o cunhado fosse irromper numa crise de choro, Maya chegou a erguer o braço para consolá-lo com um carinho no ombro, mas desistiu no meio do caminho.

– Tem certeza? – disse ele.

– Tenho.

– E aquele telefone?

– Você lembra daqueles... *probleminhas* que eu tive quando divulgaram a gravação da minha ação em combate?

– Claro que lembro.

– Pois é. Acontece que a coisa não parava ali.

– Como assim?

– O cara que publicou a gravação...

– Corey Rudzinski.

– Isso. Ele não publicou o áudio. Acho que foi a Claire que o convenceu a não publicar.

Eddie ficou confuso.

– Esse áudio... – disse. – Teria complicado as coisas pro seu lado?
– Teria.
Eddie meneou a cabeça, mas não pediu explicações. Em vez disso falou:
– Claire ficou tão chateada quando o escândalo estourou... Todos nós ficamos. Ficamos preocupados com você.
– Claire foi um passo além.
– Como?
– Procurou o Corey através do site. E acabou se envolvendo com a organização dele.

Não seria o caso de especular com ele os motivos que haviam levado Claire a fazer o que tinha feito. Talvez ela tivesse feito um acordo com Corey, um toma lá dá cá para que ele deixasse sua irmã em paz. Talvez Corey, que sabia ser persuasivo e sedutor, a tivesse convencido de que denunciar os Burketts era o mais certo a fazer. Em última análise, tanto fazia.

– Claire começou a investigar os podres da família Burkett – disse Maya. – Pra que o Corey divulgasse no site depois.

– Você acha que foi por isso que mataram ela?

Maya olhou para a filha. Alexa e suas amigas a haviam cercado para cobri-la de carinhos e mimos, revezando-se umas com as outras para pintar o rostinho dela de verde e branco. Mesmo de longe, Maya podia ver que a menina estava em êxtase.

– Acho – respondeu ela afinal.

– Mas... por que ela não me contou nada? – disse Eddie, perplexo.

Maya ainda olhava para as crianças, cumprindo seu papel de sentinela. Sentia sobre si o olhar incisivo do cunhado, mas não disse nada. Claire não havia contado nada porque queria protegê-lo. Muito provavelmente tinha salvado a vida dele. Claire tinha verdadeira paixão pelo marido. Desde o início. Jean-Pierre havia sido uma fantasia boboca que teria azedado à luz da realidade feito leite coalhado. Claire, a realista pragmática, vira isso no momento certo; Maya, a impetuosa, não. Claire amava Eddie e os filhos. Amava aquela vida de festas na escola, de caras pintadas, de dias ensolarados.

– Por acaso você lembra de alguma coisa estranha, Eddie? Qualquer coisa que possa ter alguma relação com tudo isso que acabei de contar?

– Como eu disse antes... ela começou a chegar tarde em casa depois do trabalho. Sempre meio distraída. Eu perguntava se havia algum problema, mas ela dizia que não. – Com a voz embargada, ele emendou: – Dizia que era pra eu não me preocupar.

As meninas terminaram de pintar o rosto de Lily, depois saíram com ela na direção do carrossel.
— Alguma vez ela chegou a mencionar um homem chamado Tom Douglass?
Eddie vasculhou a memória.
— Não. Quem é Tom Douglass?
— Um detetive particular.
— Por que ela procuraria um detetive particular?
— Porque os Burketts vinham fazendo pagamentos pra ele. Claire chegou a comentar alguma coisa com você sobre Andrew Burkett?
— O irmão do Joe? O que se afogou?
— Isso.
— Não. O que esse Andrew tem a ver com a história?
— Ainda não sei. Mas preciso de um favor seu.
— Pode falar.
— Quero que você revire as coisas dela outra vez, mas com olhos diferentes. Os registros de viagem, os arquivos pessoais, os lugares em que ela poderia esconder alguma coisa. Tudo. Ela estava tentando derrubar os Burketts. Descobriu que eles vinham subornando esse Tom Douglass, e acho que isso era só a ponta de um enorme iceberg.
— Deixa comigo.
Daniel acomodou Lily num dos cavalinhos do carrossel e ali ficou, ele à direita e Alexa à esquerda da menina. Lily reluzia de tão feliz.
— Olha só pra eles... — disse Eddie. — Fico até...
Maya concordou com um gesto da cabeça, receando falar. Eddie havia dito que a morte a perseguia, mas o buraco talvez fosse mais embaixo. Por toda parte à sua volta, crianças e famílias brincavam e riam e festejavam a glória de um dia aparentemente comum. Tranquilos e despreocupados. Mas só porque não sabiam. Não temiam nada. Não percebiam a fragilidade da coisa. Pensavam que a guerra estava longe, não só em outro continente, mas em outro planeta. Achavam que a guerra não podia tocá-los.
Mas estavam equivocados.
A guerra já havia tocado Claire, por exemplo, e a culpa era só dela, Maya. Se ela não tivesse cometido aqueles erros no helicóptero, certamente Claire ainda estaria viva, presente ali naquela festa, maravilhada com a beleza e com a alegria dos seus dois filhos. Mas não estava, e a responsável por isso era só uma: Maya Stern. Ela via Daniel e Alexa rindo soltos com Lily no

carrossel, mas sabia que por trás daqueles risos havia uma tristeza que os acompanharia pelo resto da vida.

Escanchada em seu cavalinho, Lily começou a procurar pela mãe e acenou com entusiasmo assim que a localizou. Maya engoliu em seco e acenou de volta. Daniel e Alexa sinalizaram para que ela se juntasse a eles.

– Vai lá – disse Eddie.

Maya permaneceu muda onde estava.

– Vai brincar com a sua filha – insistiu ele.

Maya fez que não com a cabeça.

– Você hoje não está em missão – disse Eddie, lendo os pensamentos dela. – Vai lá. Curte um pouco a sua filha.

Mas Eddie, assim como todos os demais, não via a realidade das coisas. Ela não pertencia àquele lugar. Era uma *outsider*, estava fora do seu elemento. Muito embora, ironicamente, aquele fosse o modo de vida pelo qual ela tanto havia lutado na qualidade de militar. Sim, aquela vida, aquela paz, aquela felicidade. Mas não lhe era permitido transpor a fronteira e se juntar àquelas pessoas. Talvez fosse essa a decisão que todos precisavam tomar: participar do idílio ou trabalhar para protegê-lo. Uma coisa ou outra. Nunca as duas juntas. A maioria dos combatentes entendia isso. Alguns ainda forçavam a barra e tentavam escapulir para o outro lado. Riam, juntavam-se aos filhos no carrossel, compravam balões, mas ainda assim não conseguiam apagar do olhar aquela centelha perene de apreensão, tampouco tirar da cabeça aquela noção que os obrigava a passear os olhos constantemente à procura de algum perigo iminente.

Quase uma doença. Passaria um dia?

Talvez. Mas para Maya ainda era cedo. Então ela preferiu ficar onde estava, observando a filha de longe, vigiando, protegendo.

– Vai você – disse ela para Eddie.

Ele refletiu um instante, depois disse:

– Não. Vou ficar aqui com você.

Por um bom tempo eles não fizeram mais do que acompanhar a felicidade que rodopiava no carrossel. A certa altura, no entanto, Eddie balbuciou:

– Maya...

Ela permaneceu calada.

– Quando você descobrir quem matou a Claire, vai ter de me dizer.

Maya podia imaginar muito bem qual era a intenção do cunhado: vingar a morte da mulher. Ela não podia deixar que isso acontecesse.

– Tudo bem – disse.

– Promete?

– Prometo. – Que diferença faria uma mentira a mais?

Dali a pouco o celular dela tocou. O número era o da linha fixa de Tom Douglass. Ela se afastou um pouco e atendeu.

– Alô?

– Recebi seu recado – disse a Sra. Douglass. – Venha assim que puder.

– Deixe a Lily conosco – sugeriu Eddie. – Alexa e Daniel vão adorar.

Isso realmente facilitaria as coisas. Se Maya tentasse arrancá-la da festa naquele momento, Lily faria uma birra digna de... bem, digna de uma criança de 2 anos.

– É sobre o tal Tom Douglass – explicou ela, embora Eddie não tivesse perguntado nada. – Ele mora em Livingston. Não devo demorar mais que duas horas.

Eddie fez uma cara estranha.

– Que foi?

– Livingston. Fica na saída 15W da Via Expressa, não fica?

– Fica, por quê?

– Uma semana antes da morte da Claire – disse ele –, encontrei alguns débitos desse pedágio no cartão Easy Pass dela.

– Isso não era comum?

– Até então eu nunca tinha checado o cartão dela, mas... imagino que sim. Quer dizer, a gente nunca ia pra essas bandas.

– E o que você acha disso?

– Tem um shopping desses mais chiques em Livingston. Imaginei que ela tivesse ido lá.

Ou de repente preferiu não investigar, o que era compreensível. Paciência.

Maya correu de volta para o carro. Sua irmã havia sido assassinada porque chegara perto demais de um segredo. Quanto a isso não havia dúvida. Esse segredo tinha alguma coisa a ver com Tom Douglass e, por extensão, com Andrew Burkett, o irmão de Joe. Como era possível que Andrew, morto havia quinze anos quando ela e Joe se conheceram, tivesse levado ao assassinato de Claire? Mistério.

Assim que entrou na Via Expressa, ela ligou o rádio e foi passando as estações sem encontrar nada de que gostasse. Não era o caso de fazer mais especulações naquele momento, nem de se preocupar. Lily estava segura com a família de Claire.

Ela acionou o Bluetooth e abriu sua playlist no celular. Em primeiro lugar vinha Lykke Li com "No rest for the wicked". A cantora lamentava que havia decepcionado um "homem bom", que havia deixado morrer seu "verdadeiro amor". Maya foi cantando junto, perdida naquele fugidio momento de paz. Terminada a canção, colocou-a para tocar uma segunda vez e novamente cantou junto até o verso final: "Eu tinha um coração, que parti tantas vezes..."

Fora Joe quem lhe mostrara essa música. O relacionamento deles havia sido um vertiginoso turbilhão: quarenta e oito horas depois de se conhecerem no tal baile filantrópico, Joe a havia convidado para uma rápida viagem até as ilhas Turcos e Caicos no jatinho dos Burketts. Maya, derretida, aceitara sem pensar duas vezes e passara o fim de semana com ele no resort Amanyara. Imaginava que o romance teria o mesmo destino trágico de todos os outros na sua vida: paixão à primeira vista, obsessão, exageros de toda sorte. E vida curta. Fogo de palha. Tipo "foi bom enquanto durou". Em três semanas todos os seus namoradinhos acabavam se transformando numa versão doméstica de Jean-Pierre.

Ao cabo da sua primeira semana com Joe, tendo recebido dele uma playlist online, ela passara horas a fio ouvindo cada uma das músicas com a máxima atenção, procurando nas letras algum recadinho cifrado, deitada na cama e olhando para o teto como uma adolescente apaixonada. As canções haviam feito muito mais do que emocioná-la: haviam penetrado as suas defesas, deixando-a fraca das pernas, por mais machista que isso soe aos nossos ouvidos.

No entanto, ela sabia que uma andorinha só não faz verão. Deixara-se levar irremediavelmente pelo furacão Joe (música, viagens, champanhe, sexo), mas sabia desde o início que aquilo não duraria muito, a exemplo de todos os seus namoros anteriores, o que não chegava a constituir um problema. Ela tinha sua carreira militar. Casamento, filhos, jogos de futebol... nada disso fazia parte dos seus planos. Se tudo corresse como previsto, Joe terminaria como mais uma lembrança agradável.

Os relacionamentos geralmente acabavam mal. Mas as lembranças não.

Daquela vez, no entanto, a coisa tinha sido bem diferente. Porque daquela vez ela havia engravidado. Ficara confusa, claro, sem saber o que fazer. Mas para sua grande surpresa Joe não havia fugido da raia. Muito pelo contrário. Pedira-a em casamento com todos os rapapés do cardápio: aliança no dedo, violinos, promessas de amor e felicidade. Dissera que se orgulhava de ter uma mulher militar e faria tudo que estivesse a seu alcance para que ela obtivesse sucesso em todas as suas ambições profissionais. Eles seriam diferentes dos outros casais, viveriam de acordo com suas próprias regras. Sua paixão se revelara uma grande força motriz naquele estágio do relacionamento. Arrebatara-a, e num piscar de olhos a capitã Maya Stern se transformara na Sra. Maya Burkett.

Lykke Li deu lugar à balada "White Blood", da dupla inglesa Oh Wonder. Por que diabo ela estava ouvindo a playlist de Joe justamente naquele momento, uma playlist repleta de canções tristes? Simples: porque gostava das músicas. Num vácuo onde não havia mortes nem assassinatos, aquelas canções ainda a emocionavam tanto quanto antes, mesmo aquela dos ingleses, com seus versos iniciais tão lancinantes: *"I'm ready to go, I'm ready to go / Can't do it alone..."* ("Estou pronta pra me jogar, pronta pra me jogar / Sozinha não vou conseguir...").

Tudo muito lindo, mas uma grande bobagem, foi o que pensou Maya ao avistar o barco de Tom Douglass junto da garagem. Ela faria aquilo sozinha e *tinha* de conseguir.

A porta da casa se abriu antes mesmo que ela tocasse a campainha. Lá estava a Sra. Douglass. Cara amarrada, músculos retesados. Ela abriu a porta de tela, olhou para os dois lados da rua e disse:

– Entra.

Maya entrou, e a Sra. Douglass fechou a porta às suas costas.

– Alguém está espionando a gente? – perguntou Maya.

– Não sei.

– Seu marido está em casa?

– Não.

Maya se calou. A mulher a havia chamado porque queria alguma coisa. Ela que dissesse o que era.

– Recebi seu recado.

Maya nem sequer piscou.

– Você tinha dito que sabia o que meu marido vinha fazendo para os Burketts.

Dessa vez foi a Sra. Douglass quem se calou. Maya foi sucinta.

– Não foi isso que eu disse.

– Não?

– Disse que sabia por que os Burketts vinham pagando seu marido.
– Não vejo diferença.
– Não creio que o Sr. Douglass trabalhasse para eles – disse Maya. – A menos que aceitar propinas seja trabalho.
– Do que você está falando?
– Sra. Douglass, por favor. Não se faça de boba.
A mulher arregalou os olhos, dizendo:
– Não é isso, juro. Por favor, me diga o que descobriu.
Maya achou que a mulher estava mesmo desesperada. Se estivesse mentindo, era uma excelente atriz.
– O que você acha que seu marido vinha fazendo para os Burketts?
– Tom é um detetive particular – disse a outra. – Eu achava que ele vinha fazendo uma investigação confidencial pra uma família muito poderosa, só isso.
– Mas ele nunca deu detalhes sobre o que fazia?
– Já disse. O trabalho dele é confidencial.
– Poxa, Sra. Douglass... Você está dizendo que seu marido chegava em casa toda noite e nunca contava nada sobre o que tinha feito no trabalho?
Uma lágrima escapou dos olhos da mulher.
– O que o Tom estava fazendo? – perguntou ela com um fiapo de voz. – Por favor, me diz.
Novamente Maya cogitou qual seria o melhor caminho a tomar e acabou optando pelo mais direto.
– Seu marido era da Guarda Costeira. Quando estava na ativa, investigou a morte de um rapaz chamado Andrew Burkett.
– Sim, eu sei. Foi aí que o Tom ficou conhecendo a família. Ficaram muito satisfeitos com o trabalho dele, então... quando o Tom se tornou detetive, contrataram ele pra fazer outras coisas.
– Acho que não foi bem assim – disse Maya. – Acho que queriam que seu marido atestasse que a morte do Andrew foi um acidente.
– Por quê?
– É isso que eu gostaria de perguntar a ele.
A Sra. Douglass jogou-se no sofá como se tivesse perdido a sustentação das pernas.
– Pagaram ele por tantos anos... Tanto dinheiro...
– Dinheiro não é problema para os Burketts.
– Mas tanto assim? E por tanto tempo? – Ela cobriu a boca com a mão

175

trêmula, depois disse: – Se o que você está sugerindo for verdade... e não estou dizendo que seja... então deve ter acontecido algo de muito grave.

Maya ajoelhou-se ao lado dela.

– Onde está seu marido, Sra. Douglass?

– Não sei.

Maya esperou.

– Por isso chamei você aqui. Faz três semanas que ele sumiu.

capítulo 19

A SRA. DOUGLASS JÁ HAVIA informado a polícia sobre o desaparecimento do marido, mas a verdade era esta: quando um homem de 57 anos sumia sem nenhuma suspeita de crime, havia pouco que a polícia podia fazer.

– Tom adora pescar – disse ela. – Às vezes fica semanas pescando. A polícia alegou que podia ser isso, mas falei que ele jamais ficaria tanto tempo longe sem me avisar. Então... – balbuciou ela, encolhendo os ombros num gesto de resignação. – Falaram que iam colocar o nome dele no sistema, seja lá o que isso signifique. Um dos detetives falou que eles poderiam abrir uma investigação formal, mas que precisariam de uma ordem judicial pra vasculhar os papéis dele.

Maya foi embora pouco depois. Estava farta de esperar. Ligou para Judith, que não demorou a atender.

– Estou com uma paciente – disse ela baixinho. – Algum problema?

– Precisamos conversar.

Seguiu-se uma pausa estranha, e Maya imaginou que a sogra psiquiatra estivesse se desculpando com sua paciente e saindo da sala para conversar melhor.

– Te espero aqui no consultório às cinco, pode ser?

– Fechado.

Maya desligou e em seguida ligou para Eddie; precisava buscar Lily.

– Deixa ela ficar – disse ele. – Está se divertindo à beça com a Alexa.

– Tem certeza?

– Ou você deixa a Lily com a gente mais vezes ou vamos ter de alugar uma criancinha de 2 anos, tão adorável quanto ela, pra vir aqui de vez em quando.

Maya riu e disse:

– Obrigada, Eddie.

– Tudo bem com você?

– Tudo, obrigada.

– Não faça o que ela fez, Maya.

– O quê?

– Mentir pra me proteger.

Ele tinha razão, mas, por outro lado, o que teria acontecido exatamente se Claire não o tivesse poupado?

Um carro se achava parado diante da casa dela. Entrando com o seu na garagem, ela deparou com um vulto familiar sentado no banco junto à porta dos fundos, fazendo anotações num bloco amarelo. Ficou se perguntando por quanto tempo ele estaria ali e, sobretudo, que diabo estaria fazendo ali.

Seria obra de Shane? Ou apenas uma coincidência?

Ela desligou o motor, e Ricky Wu ergueu a cabeça somente quando ela desceu do carro. Guardou sua caneta e abriu um sorriso que Maya não devolveu.

– Olá, Maya.

– Olá, Dr. Wu.

Ele não gostava de ser chamado de "doutor", era um daqueles psiquiatras modernos que preferiam uma relação mais informal com as pessoas. O pai de Maya costumava ouvir uma canção dos Steely Dan chamada "Doctor Wu". Talvez fosse por causa dela que o homem preferisse ser chamado de Ricky.

– Liguei e deixei vários recados – disse ele.

– Sim, eu sei.

– Pensei que fosse melhor vir pessoalmente.

– Pensou, é? – Maya sacou seu chaveiro, destrancou a porta e entrou em casa com Wu na sua esteira.

– Quis fazer uma visita de condolências – disse ele.

– Estou surpresa – retrucou Maya num tom de censura.

– Surpresa com o quê?

– Nunca pensei que você fosse capaz de recorrer a uma mentira pra ressuscitar nossa relação médico-paciente.

Se Wu ficou ofendido, seu sorriso não dava nenhum sinal disso.

– Podemos sentar um minutinho?

– Melhor não.

– Como você está, Maya?

– Estou bem.

Ele meneou a cabeça, depois arriscou:

– Nenhum... episódio recente?

Shane, só podia ser.

Wu não acreditaria se ela dissesse que os episódios haviam sumido por completo de uma hora para outra.

– Alguns – admitiu ela.

– Não quer falar um pouquinho sobre eles?
– Está tudo sob controle, não se preocupe.
Wu arqueou as sobrancelhas e disse:
– Agora sou eu que estou surpreso.
– Hmm.
– Surpreso que você seja capaz de ressuscitar nossa relação médico-paciente com uma mentira.
Ponto para o médico.
Wu tentou mais um dos seus sorrisos gentis. Maya estava prestes a mandá-lo embora quando, sem nenhum aviso, lembrou-se do rostinho assustado de Lily naquela manhã. As lágrimas brotaram imediatamente, queimando seus olhos, e ela procurou afugentá-las, dando as costas para o psiquiatra.
– Maya...
Engolindo o choro, ela disse:
– Isso não pode acontecer outra vez.
– Isso o quê? – perguntou Wu, aproximando-se.
– Assustei minha filha.
Maya contou sobre a noite anterior. Wu ouviu sem interrompê-la, depois disse:
– Talvez seja o caso de mudar sua medicação. Tenho usado o Serzone com muito sucesso em alguns pacientes com sintomas parecidos.
Maya simplesmente meneou a cabeça, emudecida pela emoção.
– Tenho umas cartelas no carro, se você quiser.
– Obrigada.
– Não precisa agradecer. – Ele deu mais um passo adiante. – Posso fazer uma observação?
Maya franziu o cenho, dizendo:
– Entregar o remédio e me deixar em paz... isso não vai rolar, vai?
– Nessa altura você já devia saber que tudo na vida tem um preço, certo?
– Tudo bem. Faz aí a sua observação.
– Você nunca tinha admitido que precisava de ajuda antes.
– Boa observação.
– Essa não é a minha observação.
– Ah.
– Você finalmente admitiu – disse Wu –, mas apenas porque precisa proteger sua filha. Não por você mesma, mas pela Lily.

– Outra boa observação – disse Maya.

– Você não está tentando se curar. Está tentando proteger sua filha. – Ele inclinou a cabeça daquele seu jeito de psiquiatra. – Quando vai parar de pensar assim?

– Quando é que um pai pode parar de pensar na proteção dos filhos? – replicou ela.

– *Touché* – disse Wu, plantando ambas as mãos no balcão da cozinha. – Uma resposta pronta, mas pertinente. De qualquer modo, Maya, você precisa me ouvir. O primeiro T em TEPT significa "transtorno". Você não pode simplesmente achar que basta falar duro pra sair dessa. Quer mesmo proteger sua filha? Então vai ter de se tratar.

– Tem razão – disse Maya.

– Viu? Não foi tão difícil assim.

– Vou marcar uma consulta.

– Por que não começamos agora mesmo?

– Não vai dar. Estou sem tempo.

– Mas essa primeira sessão vai ser rapidinha.

Maya refletiu um instante e pensou: por que não?

– Foi mais ou menos como nas outras vezes – disse ela.

– Mais intenso?

– Sim.

– Com que frequência você tem tido os episódios?

– Você fica falando em "episódios", mas é só um eufemismo. A palavra correta é "alucinação", não é?

– Não gosto dela. Não gosto das conotações que ela...

– Posso perguntar uma coisa? – interrompeu Maya.

– Claro.

Uma ideia súbita que ela decidiu levar adiante: já que o psiquiatra estava ali... por que não tirar proveito dele?

– Outra coisa aconteceu também, uma coisa relacionada com tudo isso.

Wu plantou os olhos nos dela e disse:

– Vai, fala.

– Uma amiga me deu de presente uma câmera oculta – começou ela.

Novamente Wu ouviu calado enquanto Maya contava sobre o que tinha visto na gravação. Nada se lia no rosto dele.

– Interessante... Isso aconteceu durante o dia, certo?

– Certo.

– Não de noite... – disse ele para si mesmo, e repetiu: – Interessante...

– Minha pergunta é a seguinte – adiantou-se Maya, impaciente. – Você acha que pode ser mais uma alucinação da minha parte, ou será mesmo uma armação por parte de outra pessoa, alguma coisa nesse sentido?

– Boa pergunta. – Wu sentou-se num dos bancos do balcão, cruzou as pernas, coçou o queixo. Maya sentou-se ao lado dele. – O cérebro humano tem lá os seus mistérios, claro. E na sua situação... Estresse Pós-traumático, uma irmã assassinada, um marido assassinado na sua frente, a pressão de cuidar sozinha de uma filha, a resistência à terapia... A conclusão mais lógica é que... Bem, como eu disse antes, não gosto das conotações, mas imagino que a maioria dos especialistas concordaria que você tenha tido mesmo uma alucinação. E as explicações simples geralmente são as melhores: você tanto queria ver seu marido outra vez que acabou vendo ele na tal gravação.

– A maioria dos especialistas... – disse Maya.

– Hein?

– Você disse: "a maioria dos especialistas concordaria...". Não estou interessada na maioria dos especialistas. Quero saber o que *você* pensa.

Wu riu e disse:

– Fico quase lisonjeado.

Maya não disse nada.

– Você decerto acha que concordo com esse diagnóstico. Tem me evitado. Abandonou o tratamento antes da hora. Tem enfrentado um monte de pressões. Sente falta do seu marido. Não só perdeu a carreira que te definia, mas agora tem de criar uma filha sozinha.

– Ricky.

– Hmm.

– Sei que vem um "mas" por aí. Será que a gente pode pular direto pra ele?

– Acontece que você não sofre de alucinações. Tem flashbacks muito vívidos, o que é muito comum no TEPT. Alguns acreditam que esses flashbacks são semelhantes, senão idênticos, a alucinações. O perigo é que as alucinações podem levar a uma psicose. Mas esses episódios que você tem, sejam flashbacks ou alucinações, sempre foram apenas auditivos. Quando eles acontecem à noite, você não vê os mortos, vê?

– Não.

– Não é assombrada pelo rosto daquelas pessoas. Os três homens. A mãe. – Ele engoliu em seco. – A criança.

Maya não disse nada.

– Você ouve os gritos, mas não vê os rostos, certo?

– Sim, mas e daí?

– E daí que isso não é nada incomum. Trinta a quarenta por cento dos veteranos de guerra com TEPT sofrem de alucinações auditivas. No seu caso elas são exclusivamente auditivas. Não estou dizendo que você não "viu" o Joe – disse ele, abrindo e fechando as aspas com os dedos. – Provavelmente viu, sim. O que estou dizendo é que isso não é consistente com seu diagnóstico ou sua condição. Não tenho como validar a hipótese de que, por causa do TEPT, você imaginou ter visto seu marido num vídeo sem áudio.

– Trocando em miúdos: você acha que não imaginei aquilo.

– Isso que você chama de alucinações, Maya, são flashbacks. São recordações de coisas que realmente aconteceram. Você não vê nem ouve coisas que nunca aconteceram. – Silêncio. – Como você está se sentindo agora?

Maya refletiu um instante.

– Aliviada, eu acho.

– Não posso afirmar nada com certeza, claro. À noite... você ainda está naquele helicóptero?

– Sim.

– Do que você lembra exatamente? Vai, conta.

– O mesmo de sempre, Ricky.

– Você recebe o chamado de emergência. Os soldados estão acuados.

– Eu sobrevoo o local, abro fogo. – Ela queria acabar logo com aquilo. – Já te disse tudo isso.

– Eu sei. E depois, o que acontece?

– O que você quer que eu diga?

– Você sempre empaca aqui. Cinco pessoas foram mortas. Civis. Uma delas era a mãe de...

– Odeio isso.

– O quê?

– Todo mundo sempre diz: "Uma era mulher. Mãe de não sei quem." Um jeito machista e idiota de ver as coisas, eu acho. Civil é civil. Aqueles homens também eram pais, mas ninguém nunca diz. "Mulher e mãe", é sempre assim. Como se por algum motivo isso fosse pior do que "homem e pai".

– Uma evasiva.

– O quê?

– Você se irrita com um detalhe semântico apenas para não ter de encarar a verdade.

– Puxa, detesto quando você fala assim. Que verdade é essa que eu não quero encarar?

Ele plantou sobre Maya aquele seu olhar de empatia. Maya detestava o olhar de empatia.

– Foi um erro, só isso. Você precisa se perdoar. É essa culpa que te assombra, Maya. É *ela* que às vezes se manifesta como flashbacks auditivos.

Maya cruzou os braços e disse:

– Que decepção, Dr. Wu.

– Por quê?

– Porque é muito raso. Eu me sinto culpada porque acidentalmente matei civis, e quando parar de me culpar, pronto, meus problemas acabaram.

– Não é bem assim – disse ele. – Não se trata de uma cura. Mas talvez você passe a dormir melhor.

Wu não compreendia. Mas também não tinha ouvido a gravação daquele dia. Se tivesse ouvido, isso mudaria algo no seu jeito de ver as coisas? Talvez sim, talvez não.

O celular de Maya tocou. Ela conferiu o identificador de chamadas.

– Ricky... desculpa, mas preciso buscar minha filha – mentiu. – Você pode me dar aqueles comprimidos de que falou?

capítulo 20

O IDENTIFICADOR DE CHAMADAS HAVIA informado: Leather and Lace. O próprio Corey havia instruído: se ligasse e desligasse imediatamente, isso era sinal de que eles precisavam se encontrar.

Assim que ela parou no estacionamento da boate, o leão de chácara se debruçou na janela do carro e disse:

– Que bom que você conseguiu o trampo.

Ouvindo isso, Maya rezou para que o sujeito estivesse por dentro das coisas e não achasse realmente que um disfarce de stripper era realista para ela.

– Pode estacionar na área dos funcionários e usar a entrada dos fundos.

Maya obedeceu. Quando desceu do carro, foi cumprimentada por duas sorridentes "colegas" e, fiel a seu personagem, sorriu e acenou de volta. Deparando com uma porta trancada, olhou para a câmera de segurança e ficou esperando. Segundos depois ouviu o clique característico das portas automatizadas. Do outro lado havia um segundo homem, que a encarou com frieza.

– Está armada?

– Estou.

– Então deixa comigo.

– Não – disse Maya.

O homem não gostou da resposta, mas alguém disse às costas dele:

– Pode deixar. – Era Lulu. – Mesma sala de antes. Ele já está esperando.

– Então... ao trabalho – brincou Maya.

Lulu riu e se afastou. Ainda no corredor, Maya pôde sentir a maré de maconha. Corey aparentemente acabara de acender seu beque quando ela entrou na sala.

– Um tapinha? – ofereceu ele.

– Não, obrigada – disse Maya. – Você chamou?

Corey prendeu a fumaça na boca e fez que sim com a cabeça. Soprou-a, depois disse:

– Sente-se.

Assim como da outra vez, Maya fez uma careta de nojo para o estofamento do sofá.

– Ninguém usa esta sala além de mim – disse Corey.

– Isso muda alguma coisa? – devolveu ela.

Ficou esperando um sorriso que não veio, porque Corey se levantou e começou a andar de um lado para outro, visivelmente preocupado. Maya sentou-se, esperando que isso o acalmasse pelo menos um pouco.

– Você esteve com Tom Douglass? – perguntou ele.

– Mais ou menos.

– Como assim?

– Estive com a mulher dele. Faz três semanas que Tom Douglass está desaparecido.

Corey parou onde estava.

– Onde ele se meteu?

– Que parte de "desaparecido" você não entendeu, Corey?

– Caramba. – Ele deu mais um tapa no baseado. – E aí, você descobriu por que os Burketts estavam pagando ele?

– Em parte – disse ela. Ainda não sabia se podia confiar no homem, mas, pensando bem, que mais ela poderia fazer naquele momento? – Tom Douglass servia na Guarda Costeira.

– E daí?

– Foi ele quem investigou a morte de Andrew Burkett.

– De que diabo você está falando?

Maya dividiu com ele tanto o que havia descoberto por conta própria quanto o que Joe havia contado sobre o suicídio do irmão. Corey ouviu tudo com atenção, sempre balançando a cabeça, um tanto agitado demais. Aparentemente a onda do cigarro ainda não havia batido.

– Então... recapitulando – disse ele, e voltou a perambular. – Sua irmã começa a investigar e tropeça nos pagamentos que os Burketts vinham fazendo pra Tom Douglass. *Bum!* Dali a pouco ela é torturada e assassinada. *Bum!* Tom Douglass some do mapa. É isso?

A cronologia dos fatos não estava lá muito correta. Não era Claire, Joe e Tom. Era Claire, Tom e Joe. Maya não se deu ao trabalho de corrigi-lo. Em vez disso, falou:

– Tem mais uma coisa que precisamos levar em consideração.

– O quê?

– Ninguém mata outra pessoa só pra esconder o suicídio do filho. Pode até subornar, mas matar... não.

– Tem razão, tem razão – disse Corey, tão agitado quanto antes. – Muito menos em se tratando dos Burketts. Eles não matariam um dos seus.

Maya notou que os olhos do homem estavam vermelhos, mas não sabia dizer se era porque ele vinha fumando ou chorando.

– Corey...

– Sim?

– Você e sua equipe têm as suas fontes. Fontes confiáveis. Preciso que vocês investiguem a vida de Tom Douglass.

– Já investigamos.

– Investigaram semanas antes, procurando por pistas quanto ao trabalho dele. Agora precisamos de mais: extratos de cartões de crédito, movimentação da conta corrente, hábitos comportamentais, lugares que ele costumava frequentar... Precisamos encontrar esse homem. Você acha que pode ajudar?

– Claro, claro, posso sim – disse Corey, ainda andando em círculos.

– O que mais está te preocupando? – perguntou Maya.

– Acho que vou ter de sumir outra vez.

– Por quê?

Quase num sussurro, Corey respondeu:

– Algo que você disse da última vez que esteve aqui.

– O que exatamente?

Ele olhou para a direita, depois para a esquerda.

– Posso evaporar a qualquer momento – disse. – Tenho até saídas secretas.

Maya ficou sem saber o que dizer.

– Ok... – foi só o que lhe ocorreu.

– Ali naquela parede, por exemplo, tem uma porta secreta. Posso ficar escondido, ou então seguir por um túnel até o rio. Se a polícia cercar este lugar, mesmo que na encolha, posso fugir. Você ficaria de queixo caído se soubesse tudo que implantei aqui pra proteger meu pescoço.

– Imagino. Mas ainda não sei por que você precisa sumir.

– Um vazamento! – exclamou Corey, cuspindo a palavra como se tivesse nojo dela. Talvez tivesse mesmo, pensou Maya. – Você foi a primeira pessoa a levantar essa hipótese, certo? Falou que alguém da minha própria organização poderia ter vazado o nome da Claire. Fiquei pensando nisso. Muito. Digamos que esta minha organização não seja tão... *hermética* quanto eu imagino que seja. Já pensou quantas pessoas poderiam ser expostas nesse caso? Já pensou nos riscos que essas pessoas correriam no caso de um vazamento? Risco de morte, até.

Uau. Maya precisava acalmar a fera.
– Não creio que tenha sido um vazamento, Corey.
– Por que não?
– Por causa do Joe.
– Não entendi.
– A Claire foi morta. O Joe foi morto. Você mesmo disse: era bem possível que o Joe estivesse ajudando minha irmã. Esse é o vazamento que você está procurando. Claire contou pro Joe. Com certeza contou pra outra pessoa também. Ou o Joe contou. Ou de repente os dois fizeram alguma bobagem enquanto estavam investigando.

Se isso era verdade ou não, tanto fazia para Maya. O que ela queria naquele momento era evitar de qualquer jeito que o homem evaporasse outra vez.

– Sei não... – disse Corey. – Não me sinto seguro.

Maya ficou de pé e pousou as mãos nos ombros dele, dizendo:
– Preciso da sua ajuda.

Sem fitá-la diretamente nos olhos, Corey disse:
– Talvez você tenha razão. Talvez seja melhor envolver a polícia. Como você mesma sugeriu. Passo pra eles todas as minhas informações. Anonimamente. Depois a bola vai estar com eles.

– Não – disse Maya.
– Achei que era isso que você queria.
– Não mais.
– Por quê?
– Não há como fazer isso sem que você exponha a si mesmo e à sua organização.

Corey franziu o cenho e só então a encarou.
– Você se preocupa com a minha organização?
– Nem um pouco – disse Maya. – Mas você vai me deixar na mão se fizer isso. Vai sumir. Preciso de você, Corey. Juntos nós podemos ir muito mais longe que a polícia.

Ela se calou de repente, e ele perguntou:
– Que foi? Tem mais alguma coisa, não tem?
– Não confio neles.
– Na polícia?

Ela fez que sim com a cabeça.
– Mas confia em mim?

– Minha irmã confiou.
– E acabou assassinada por causa disso – afirmou Corey.
– Eu sei. Mas não adianta andar pra trás. Sim, se você não tivesse convencido a Claire a botar a boca no trombone, é bem provável que ela ainda estivesse viva. Se eu não tivesse matado civis naquele helicóptero, você nunca teria publicado aquela gravação e a Claire nunca teria procurado você. Ou então... Se eu tivesse escolhido outra carreira, a Claire provavelmente não estaria apodrecendo debaixo da terra a essa hora, mas brincando com os filhos em casa. O que passou, passou, Corey. Não adianta conjeturar sobre o passado. É perda de tempo.

Corey recuou um passo e deu mais um trago profundo na maconha. Assim que pôde falar outra vez, disse:

– Não sei o que fazer.
– Não suma de novo. Investigue o Tom Douglass. Me ajude a solucionar esse mistério.
– E você acha que devo simplesmente confiar em você.
– Você não precisa *simplesmente* confiar em mim, esqueceu?
– Claro – disse ele. – Porque você ainda tem o rabo preso comigo.

Maya não disse nada. Corey voltou a encará-la. Certamente queria perguntar algo sobre o áudio da gravação que tinha em seu poder. Mas ela foi mais rápida. Também tinha uma pergunta a fazer.

– Por que você não publicou o áudio?
– Já expliquei.
– Falou que minha irmã te persuadiu.
– Isso mesmo.
– Mas não sei se acredito. Claire demorou a te encontrar pessoalmente. A história tinha feito um barulho grande, mas àquela altura já começava a perder destaque. O áudio teria colocado você de volta nas manchetes dos jornais.
– Você acha que é só esse o meu interesse? Estar nas manchetes dos jornais?

De novo Maya não se deu ao trabalho de responder.

– Sem as manchetes, a verdade nunca vem à tona. Sem as manchetes, não conseguimos conquistar novos colaboradores.
– Mais um motivo pra que você publicasse o áudio, Corey. Por que não publicou?

Ele foi para o sofá, sentou e disse:

– Porque também sou um ser humano. – Em seguida deixou a cabeça cair entre as mãos e assim ficou por alguns segundos. De repente respirou fundo, reergueu-se e, já mais calmo, com os olhos menos vermelhos, disse:
– Achei que você seria obrigada a conviver diariamente com a lembrança do que fez, Maya. Há casos em que isso basta como punição.

Maya sentou ao lado dele, mas não disse nada.

– E aí? – perguntou ele. – Como você faz pra viver com seu passado?

Se Corey queria uma resposta realmente sincera, teria de pegar sua senha e entrar naquela fila que já ia longe de tão comprida. Por um bom tempo eles permaneceram calados, a música da boate aparentemente a quilômetros de distância. Nada mais a descobrir ali, pensou Maya. De qualquer modo, já estava quase na hora do seu encontro com Judith. Ela se levantou do sofá e, à porta da sala, disse:

– Veja o que consegue descobrir sobre o Tom Douglass, ok?

capítulo 21

O CONSULTÓRIO DE JUDITH FICAVA no andar térreo de um prédio de apartamentos no Upper East Side de Manhattan, a uma quadra do Central Park. Maya não fazia a menor ideia de que tipo de paciente a sogra estava atendendo nos últimos tempos. Judith era formada em medicina pela Stanford University e agora era titular de uma cadeira na área clínica da escola de medicina da Cornell University, muito embora não desse aula nenhuma. Que alguém trabalhando apenas meio expediente pudesse ocupar essas posições era surpresa apenas para os que não reconheciam o poder do nome Burkett e das doações filantrópicas.

Choque de realidade: dinheiro é poder.

Judith se apresentava profissionalmente como Judith Velle, seu nome de solteira. Se fazia isso para esconder até onde fosse possível o conflito com o nome Burkett, ou apenas para embarcar numa prática comum da modernidade, somente ela própria poderia dizer. Maya passou pelo porteiro e encontrou a porta do consultório. Judith dividia o lugar com outras duas médicas. Os três nomes (Judith Velle, Angela Warner e Mary McLeod) vinham listados numa placa com um monte de letrinhas à direita.

Maya entrou silenciosamente na pequena sala de espera, onde havia apenas um sofá de dois lugares e uma cadeira. Os quadros na parede eram genéricos o bastante para pertencerem a uma rede de hotéis de beira de estrada. As paredes e o carpete eram bege. Na porta que dava acesso ao consultório em si, uma plaqueta informava: CONSULTA EM ANDAMENTO. AGUARDE.

Não havia recepcionista. Maya supunha que os pacientes fossem pessoas da alta roda; portanto, quanto menos gente os visse, melhor. Terminada a consulta, eles saíam por uma segunda porta no consultório de modo que não tivessem de passar por quem estivesse na sala de espera. Ninguém via ninguém.

O desejo de privacidade e discrição era mais do que compreensível (Maya também não queria que ninguém ficasse sabendo do seu "transtorno"), mas, por outro lado, tinha seu lado nocivo. Os médicos viviam afirmando que as doenças mentais não eram lá muito diferentes das físicas. Dizer a alguém que sofria de depressão, por exemplo, para esquecer sua condição e sair de casa como se não tivesse nada era o mesmo que dizer a um homem com as duas pernas quebradas para correr até a padaria da esquina e voltar com o pão. Tudo muito bacana na teoria, mas, na prática, o estigma continuava firme e forte.

Numa visão mais condescendente, talvez isso se desse apenas porque era possível esconder uma patologia mental. Se Maya pudesse esconder duas pernas quebradas e andar assim mesmo, provavelmente esconderia. Quem haveria de dizer? Naquele momento ela precisava dar fim à sua agonia mais imediata, depois pensaria em tratar da cabeça. As respostas que ela buscava estavam ali, apetitosamente próximas. Ninguém estaria seguro por completo até que ela descobrisse toda a verdade e punisse os culpados.

Dificilmente ela conseguiria fazer isso com as duas pernas quebradas, mas não seria um reles TEPT que a impediria de chegar ao fundo daquela história.

Faltavam cinco minutos para a hora marcada. Ela tentou ler uma das revistas idiotas que descansavam sobre a mesinha lateral, mas constatou que as palavras nadavam soltas em sua cabeça. Então pegou o celular e procurou se distrair com um joguinho que envolvia formar palavras de quatro letras, mas foi vencida pela falta de concentração. Aproximou-se da porta. Não chegou a encostar o ouvido nela, no entanto, mesmo assim ouviu o ciciar de duas vozes femininas. O tempo se arrastava, mas enfim alguém abriu a porta de saída que ficava no interior da sala: a paciente que decerto ia embora.

Rapidamente, Maya voltou para o sofá, pegou uma revista e cruzou as pernas. Cara de paisagem. A porta se abriu e uma mulher que aparentava uns 60 anos bem-cuidados sorriu para ela.

– Maya Stern?
– Sim?
– Por favor, entre.

Haveria uma recepcionista afinal? Que trabalhava *dentro* do consultório? Estranho. Maya foi seguindo a mulher, esperando encontrar Judith sentada à sua mesa ou numa cadeira ao lado do divã ou em qualquer outro arranjo compatível com um consultório psiquiátrico. Mas Judith não estava lá. Maya virou-se para a suposta recepcionista, que estendeu a mão para se apresentar:

– Meu nome é Mary.

Maya ficou confusa. Rapidamente correu os olhos pelos diplomas pendurados à parede.

– Mary McLeod? – disse.
– Sim. Colega da Judith. Ela sugeriu que tivéssemos uma conversinha.

Segundo informavam os diplomas, tanto Judith quanto ela haviam se formado em medicina em Stanford, mas com bacharelados diferentes: Judith na USC, e ela na Rice University, depois uma residência na UCLA.

– Onde está a Judith?
– Não sei. Trabalhamos meio expediente, eu e ela. Dividimos esta sala.

Maya não se deu ao trabalho de disfarçar a irritação.

– Eu sei, vi seu nome na porta.
– Por que não se senta um pouquinho, Maya?
– Por que você não vai catar coquinho, Mary?

Se Mary McLeod ficou espantada com a farpa, não demonstrou.

– Acho que posso ajudá-la – disse.
– Pode começar dizendo onde está a Judith.
– Já disse. Não sei.
– Então tchau.
– Meu filho serviu duas vezes. Uma no Iraque e outra no Afeganistão.

A contragosto, Maya ficou balançada com o que ouviu.

– Jack sente falta do front. Isso é o que eles nunca confessam, não é? Meu filho mudou com a guerra. Odiou as duas experiências que teve. Mesmo assim quer voltar. Em parte por uma questão de culpa. Acha que abandonou os amigos que fez por lá. Mas também é outra coisa. Algo que ele não consegue muito bem articular.

– Mary...
– Sim.
– Você não está mentindo sobre seu filho ser militar, está?
– Jamais faria uma coisa dessas.
– Claro que faria. É manipuladora. Me manipulou junto com a Judith pra que eu viesse aqui. E agora está me manipulando pra que eu me abra com você.

Ereta feito uma vara, Mary McLeod disse:

– Não estou mentindo sobre meu filho.
– Pode ser – disse Maya. – De qualquer modo, tanto você quanto a Judith deveriam saber que não é possível criar uma relação médico-paciente sem um mínimo de confiança entre as partes. Não há confiança possível depois dessa arapuca que vocês duas armaram pra mim.

– Bobagem.
– Como assim, bobagem?

– Isso que você acabou de dizer, que não é possível estabelecer uma relação médico-paciente sem confiança.
– Você não está falando sério, está?
– Suponhamos que alguém da sua família, digamos... uma irmã, esteja com sintomas de câncer.
– Ah, tenha a santa paciência...
– Por quê, Maya? Do que exatamente você tem medo? Digamos que essa irmã possa ser curada se você conseguir levá-la até um médico. Se você e esse médico conspiraram para...
– Não é a mesma coisa.
– É sim, Maya. É exatamente a mesma coisa. Você não percebe, mas é. Precisa de ajuda tanto quanto uma pessoa com câncer.
Aquilo era uma grande perda de tempo. Maya ficou se perguntando se a mulher estava sendo sincera ou apenas cedendo aos ardis de sua colega Judith. Tanto fazia.
– Preciso falar com a Judith – disse ela.
– Sinto muito, Maya. Nisso eu não posso ajudar.
– Você não pode me ajudar em nada – cuspiu Maya, e saiu.

Paciência tinha limites.
Maya ligou para a sogra a caminho do carro. Judith atendeu ao segundo toque.
– Soube que as coisas não correram muito bem com a Mary.
– Onde você está, Judith?
– Farnwood.
– Não saia daí – disse Maya.
– Vou ficar esperando.
Mais uma vez ela entrou com o carro pelo portão de serviço na esperança de surpreender Isabella vagando pela propriedade ou algo assim, mas não viu ninguém por perto. Talvez fosse o caso de invadir a casa dela e bisbilhotar, de repente encontrar alguma pista sobre onde a garota se escondia, mas isso seria arriscado demais, e o tempo era curto: Judith sabia muito bem quanto tempo durava a viagem do centro de Manhattan a Farnwood.
O mordomo atendeu a campainha. Maya nunca lembrava o nome dele. Não era um nome típico de mordomo, como Jeeves ou Carson, mas um nome bastante comum, tipo Bobby ou Tim. Apesar disso, Bobby/Tim empinou o nariz e a fitou dos píncaros da sua autoimportância.

– Preciso falar com a Judith – disparou Maya.

– Madame está esperando no salão – disse o homem com seu falso sotaque britânico.

"Salão" em casa de rico era o que o resto da humanidade chamava de "sala de estar".

Judith usava um terninho preto com um fio de pérolas que descia quase até a cintura e duas argolas de prata nas orelhas. Os cabelos estavam elegantemente presos para trás. Com uma taça de cristal na mão, dava a impressão de que estava posando para a capa de alguma revista.

– Oi, Maya.

Às favas com as formalidades.

– Quero saber tudo sobre Tom Douglass.

– *Quem?*

– Tom Douglass.

– Nunca ouvi falar.

– Pense bem.

Foi o que Judith fez. Ou fingiu fazer. Segundos depois, deu de ombros teatralmente.

– Ele trabalhava na Guarda Costeira – disse Maya. – Foi ele que investigou a morte do seu filho.

Ouvindo isso, Judith deixou cair da mão a taça que empunhava, e o cristal se desmanchou em mil pedaços no chão. Maya não recuou. Nem Judith. Ambas ficaram imóveis, encarando-se até os cacos se imobilizarem também. Judith rouquejou entre dentes:

– De que diabo você está falando?

Se aquilo fosse uma encenação...

– Hoje Tom Douglass é um detetive particular – disse Maya. – Faz anos que vocês vêm pagando a ele uma quantia de quase dez mil dólares todo mês. Eu gostaria de saber por quê.

Judith cambaleou ligeiramente feito um pugilista que procura recuperar o fôlego durante a contagem regressiva do juiz. A pergunta a havia balançado, quanto a isso não havia dúvida. A dúvida era quanto ao motivo da sua reação: ou ela realmente não sabia dos tais pagamentos, ou não esperava que Maya soubesse deles.

– Por que eu pagaria esse Tom... como é mesmo o sobrenome dele?

– Douglass. Com dois *s*. Você é que vai me dizer.

– Não faço a menor ideia. Andrew morreu num acidente trágico.

– Não – disse Maya. – Não foi assim que ele morreu. Mas você já sabe disso, não sabe?

Judith ficou lívida. Sua dor agora era tão visível, tão gritante, que por muito pouco Maya não se viu obrigada a desviar o olhar. O modo "ataque" era sempre uma boa alternativa, mas, a despeito de onde residisse a verdade daquela história, ela estava falando de um filho que aquela mulher havia perdido. A dor de Judith era real, concreta, lancinante.

– Não faço a menor ideia do que você está falando – disse ela.

– Então o que foi que aconteceu?

– O quê?

– Como foi exatamente que o Andrew caiu daquele barco?

– Está falando sério? Por que tocar nesse assunto depois de tantos anos? Você nem chegou a conhecer o Andrew!

– É importante. – Maya deu um passo na direção da sogra. – Como foi que ele morreu, Judith?

Judith tentou manter a cabeça erguida, mas a emoção não permitiu.

– Andrew era muito novo... Bebeu mais do que devia numa festinha durante a viagem... O mar estava agitado. Ele estava sozinho no deque quando caiu.

– Não.

– *Hein?* – devolveu ela com a força de um petardo.

Por um segundo Maya achou que a mulher arremeteria para esganá-la. Mas o momento passou. Judith baixou os olhos, e quando voltou a falar foi num tom bem mais brando, quase de súplica.

– Maya...

– Hmm.

– Me diz o que você sabe sobre a morte do Andrew.

Será que Maya estava sendo manipulada? Era difícil dizer. Dava para ver que a mulher estava completamente exausta, arrasada. Seria possível que Judith realmente não soubesse da verdade?

– Andrew se suicidou – disse ela.

Judith precisou retesar os músculos do corpo para não estremecer.

– Não é verdade – retrucou.

Maya esperou um pouco, na esperança de que a sogra vencesse o instinto de negação.

– Quem foi que disse isso? – perguntou Judith afinal.

– O Joe.

Judith balançou a cabeça tão rigidamente quanto antes, e Maya insistiu:
– Por que vocês vêm pagando o Tom Douglass?
Na guerra aquilo era chamado de "o olhar quilométrico", aquele olhar distante e vago dos combatentes que já haviam testemunhado muito mais do que deviam. Pois era esse o olhar de Judith agora.
– Ele era apenas um menino... – balbuciou Judith, e embora não houvesse mais ninguém na sala, não era com Maya que ela parecia estar falando. – Não tinha nem 18 anos...
Maya deu mais um passo na direção dela.
– Você realmente não sabia?
Judith ergueu a cabeça, assustada.
– Não sei aonde você pretende chegar com tudo isso.
– À verdade.
– Que verdade? Afinal, o que você tem a ver com a morte do meu filho? Por que diabo resolveu exumar essa história?
– Não exumei nada. Foi o Joe que me contou.
– Joe contou que o irmão cometeu suicídio?
– Sim.
– Confidenciou como se estivesse contando um segredo?
– Sim.
– E depois desses anos todos você achou por bem contrariar a vontade dele e me contar tudo? – disse Judith, fechando os olhos.
– Minha intenção não foi reabrir as suas feridas.
– Ah, não – ironizou ela. – Claro que não.
– Mas preciso saber por que vocês vêm pagando o oficial da Guarda Costeira que investigou a morte do Andrew.
– Por que você precisa saber disso?
– É uma longa história.
Com um risinho triste, Judith argumentou:
– Tempo é o que não me falta, Maya.
– Foi minha irmã que descobriu.
– Descobriu o quê? Esses supostos pagamentos?
– Isso.
Silêncio.
– Depois foi assassinada – prosseguiu Maya. – Depois o Joe foi assassinado.
Judith arqueou as sobrancelhas.

– Você está sugerindo que as duas coisas estão relacionadas?

Então Kierce não havia contado a ela.

– Os dois foram mortos com a mesma arma.

A nova informação teve sobre Judith o efeito de mais um golpe que a desestabilizou.

– Não pode ser.

– O que não pode ser?

Judith fechou os olhos mais uma vez e arregimentou forças antes de reabri-los.

– Me conta o que está acontecendo – disse. – Mas vai devagar, por favor.

– É muito simples – respondeu Maya. – Vocês estão pagando Tom Douglass e eu gostaria de saber por quê.

– Algo me diz que você já sabe.

Maya foi tomada de surpresa pela súbita mudança no tom da sogra.

– O suicídio? – disse.

Judith não respondeu, apenas fabricou um sorriso.

– Os pagamentos são pra abafar o suicídio do Andrew?

De novo, silêncio.

– Por quê? – insistiu Maya.

– Um Burkett não comete suicídio – disse Judith afinal, categórica.

Maya ficou se perguntando se isso fazia algum sentido. Não, claro que não fazia. Aquele mistério ainda estava longe de ser elucidado. Portanto, ela precisava mudar de direção, desarmar Judith com uma bola de efeito.

– Então por que você paga Roger Kierce também?

– Quem? – Judith crispou o rosto numa interrogação. – Espera... o investigador da polícia?

– Ele mesmo.

– Que motivo teríamos pra pagar esse homem?

"Teríamos", no plural.

– É você que vai me dizer.

– Não tenho a menor ideia do que você está falando. Por acaso é mais uma coisa que sua irmã descobriu?

– Não – disse Maya. – Foi a Caroline que me contou.

Outro pequeno sorriso brotou nos lábios de Judith.

– E você acreditou nela?

– Por que ela mentiria?

– Caroline não mentiria. Mas às vezes ela... fica confusa.

– Interessante, Judith.

– O quê?

– Você vem pagando os dois homens envolvidos na investigação da morte dos seus dois filhos.

Judith balançou a cabeça, dizendo:

– Isso é um grande disparate.

– Por sorte podemos resolver isso rapidinho – disse Maya. – Basta chamarmos a Caroline.

– Ela não está.

– Então ligue pra ela. Estamos no século XXI, Judith. Todo mundo tem um celular. Aqui. Tome o meu. – Maya localizou a cunhada na sua lista de contatos e ofereceu o aparelho à sogra, que não o aceitou.

– Não vai adiantar – disse Judith.

– Por que não?

– Porque minha filha, digamos... – ela mediu as palavras – não deve ser incomodada neste momento. Não está bem. Volta e meia tem isso. Precisa repousar.

Maya baixou o telefone.

– Você trancou sua filha num *hospício*? – disparou ela, usando o termo proscrito intencionalmente para ferir. E conseguiu.

– Este é um jeito horrível de colocar as coisas. Você, mais do que ninguém, deveria ser mais compreensiva.

– Por que "mais do que ninguém"? Ah, por que sofro de TEPT?

Judith não respondeu.

– E a Caroline? – perguntou Maya. – Qual foi o trauma que ela sofreu?

– Nem todos os traumas acontecem num campo de batalha, Maya.

– Eu sei. Alguns acontecem em casa. Quando dois irmãos morrem tão jovens e de forma tão trágica.

– Exatamente. Esses traumas acarretaram alguns... probleminhas.

– Probleminhas – repetiu Maya. – Como, por exemplo, achar que esses dois irmãos ainda estão vivos. – Imaginou que com isso abalaria a sogra de novo, mas dessa vez Judith não se deixou afetar.

– A mente deseja – disse ela com firmeza. – A mente pode desejar com tanta força que às vezes esse desejo acaba se transformando em ilusões. Miragens, paranoias, teorias conspiratórias... Quanto mais desesperada a pessoa está, mais vulnerável fica. Caroline é imatura. Por culpa do pai que a mimava muito, superprotegia. Ele nunca deixou a filha lidar com as adversidades naturais da vida, defender-se com suas próprias armas. Então, quando a Caroline começou a perder os homens fortes que a cercavam, o seu porto seguro, não conseguiu aceitar.

– Então por que você não deixou que ela visse o corpo do Joe?
– Ela disse isso? Nenhum de nós viu o corpo do Joe.
– Por que não?
– Não lhe parece óbvio? Meu filho foi assassinado com um tiro na cabeça. Quem, em sã consciência, gostaria de ver uma coisa dessas?

Maya refletiu um instante e mais uma vez concluiu que isso não explicava tudo.

– E quando tiraram o Andrew do mar?
– O que tem isso?
– Vocês viram o corpo dele?
– Por que você está perguntando isso? Meu Deus... Você não pode realmente estar acreditando que...
– Viram ou não viram?

Judith engoliu em seco.

– O corpo do Andrew ficou na água por mais de 24 horas. Meu marido o identificou, mas... não foi fácil. Os peixes o haviam desfigurado. Por que alguém iria querer ver...? – Aqui ela se calou e estreitou os olhos num esgar de desconfiança. Quase sussurrando, disse: – Aonde você quer chegar com tudo isso, Maya?

Maya não respondeu, mas repetiu:
– Por que vocês pagam o Tom Douglass?

Sem nenhuma pressa, Judith disse:
– Digamos que seja verdade... isso que o Joe lhe disse sobre a morte do Andrew. Digamos que o Andrew realmente tenha se matado. Eu era a mãe. E não havia suspeitado de nada enquanto ainda era tempo de fazer alguma coisa pra salvá-lo. Mas depois pensei: quem sabe não seria possível fazer alguma coisa pra proteger a memória dele? Você entende?

Maya aquilatou-a por alguns segundos.
– Claro – mentiu. Porque não entendia.
– Seja lá o que tenha acontecido ao Andrew... seja lá o que ele tenha sofrido tanto tempo atrás... nada disso tem a ver com os acontecimentos recentes. Nem com a morte da sua irmã, nem com a do Joe.

Maya não acreditava nem um pouco nisso.
– E os pagamentos ao Roger Kierce?

– Já disse. Esses pagamentos simplesmente não existem. São uma invenção da Caroline.

Maya logo se deu conta de que não havia mais nenhum leite a ser tirado daquela pedra. Pelo menos por enquanto. Ela precisava investigar mais, conseguir mais informações. Ainda faltavam muitas peças naquele quebra-cabeça.

– Acho melhor eu ir embora – disse ela.

– Maya... Acho que a Caroline não é a única pessoa que está precisando de repouso. Não é a única pessoa que está se deixando enganar pelos próprios desejos e enxergando coisas que não existem.

– Quem seria essa outra pessoa? Muito sutil, Judith.

– Eu queria muito que você aceitasse a ajuda da Mary.

– Estou bem, fique tranquila.

– Não, não está. Nós duas sabemos disso. Nós duas sabemos a verdade, não sabemos?

– Que verdade, Judith?

– Meus dois filhos já pagaram muito mais que deviam – disse ela, incisiva. – Não cometa o erro de fazê-los pagar ainda mais.

capítulo 22

Lily e Eddie brincavam de pique-pega no jardim dianteiro da casa quando Maya dobrou a esquina, reduziu a velocidade e estacionou. Por alguns minutos ela permaneceu no carro, observando de longe. Viu Alexa sair para o jardim e se juntar à farra, tanto ela quanto o pai fingindo ser impossível pegar Lily, dramaticamente caindo no chão pouco antes de tocá-la, e mesmo de dentro do carro, com as janelas fechadas, Maya podia ouvir as gargalhadas e os gritinhos estridentes da filha. Sentimentalismos à parte, haveria no mundo algo mais exultante do que as risadas desabridas de uma criança? Era difícil. E nada mais longe delas do que a maldita cacofonia que frequentemente vinha de muito longe para lhe roubar a paz e o sono da noite. Mas não era o caso de pensar nisso agora.

Plantando um sorriso no rosto, ela conduziu o carro até a casa da irmã, deu uma pancadinha na buzina e acenou com a mão. Eddie, vermelho de tanto correr, virou-se para trás e acenou de volta. Alexa também parou onde estava, interrompendo a brincadeira. Lily não gostou nem um pouco: começou a bater na perna da prima, desafiando-a para uma nova perseguição.

Maya desceu do carro. Eddie e Alexa se adiantaram para recebê-la. Lily cruzou os braços, armou um beiço gordo e foi logo dizendo:

– Não vou!

– A gente continua brincando quando chegar em casa – disse Maya, já imaginando que isso de nada adiantaria para apaziguar a filha.

Eddie pousou a mão no braço dela e disse:

– Você tem um minuto? Quero te mostrar uma coisa. – Ele se virou para a filha. – Alexa, você se importa de ficar com a Lily só mais um pouquinho?

– Claro que não.

Foi o que bastou para que um sorriso despontasse nos lábios da menina. E as gargalhadas já haviam recomeçado quando Maya entrou em casa com o cunhado.

– Dei uma olhada nos extratos do cartão de pedágio da Claire – disse Eddie. – Pelo que vi, ela visitou o tal Douglass duas vezes na mesma semana.

– Isso não chega a me surpreender – disse Maya.

– Imagino que não. Mas talvez se surpreenda quando souber aonde ela foi depois da segunda visita. – Ele havia imprimido um dos extratos. Entregou-o a Maya e apontou para alguns itens realçados em amarelo. – Uma semana antes do assassinato – disse –, Claire vai até Livingston. Está vendo o horário?

Maya fez que sim com a cabeça: 8h46.

– Mas depois ela não voltou pela Via Expressa – prosseguiu Eddie, apontando para o item seguinte. – Está vendo aqui? Às 9h33 ela foi pra Parkway. Não voltou pra casa. Seguiu na direção sul, tomou a saída 129, foi pra New Jersey Turnpike e tomou a saída 6.

Maya sabia que a saída 6 dava acesso à Pennsylvania Turnpike.

– E depois? – perguntou.

– Olha aqui. Depois ela entrou na Interstate 476 e continuou descendo.

– Na direção da Filadélfia.

– Ou da grande Filadélfia.

Maya devolveu o extrato, depois disse:

– Que motivo ela poderia ter tido pra fazer isso?

– Que eu saiba, nenhum.

Maya nem se deu ao trabalho de perguntar se havia alguma amiga de Claire na região, ou algum shopping que ela pudesse ter visitado, ou algum estranho motivo para que de repente ela resolvesse visitar o Independence Hall. Sabia que a irmã não tinha se despencado até a Filadélfia para nada disso. Claire havia conversado com Tom Douglass. Decerto descobrira algo com ele, e era nesse algo que estava a chave do mistério.

Maya fechou os olhos.

– Que foi? – perguntou Eddie. – Lembrou de alguma coisa?

– Não, não – disse ela. – Continuo no escuro.

Não lhe restava outra opção senão mentir novamente para o cunhado.

Porque uma centelha, ainda que muito distante, havia espocado em sua cabeça.

Tal como Caroline comentara dias antes, na época em que Andrew morreu, tanto ele quanto Joe ainda estavam no colégio, mais exatamente na Franklin Biddle Academy, um internato de elite frequentado apenas por quatrocentões.

Localizado nas imediações da Filadélfia.

Voltando para casa, ela recebeu uma chamada de Eileen.

– Lembra quando a gente costumava pedir comida chinesa toda quarta-feira?

– Claro que lembro.
– Estou pensando em retomar a tradição. Está em casa?
– Chegando.
– Ótimo – disse Eileen, um tanto empolgada demais. – Vou levar os seus pratos prediletos.
– Eileen... algum problema?
– Chego em vinte minutos.

Eram muitas as possibilidades rodopiando na cabeça de Maya. Pela primeira vez ela tentou não pensar em nenhuma delas. Apenas por alguns minutos. Voltar para os fatos concretos e reavaliá-los melhor. Muita gente deturpava a teoria da navalha de Ockham, achando que a explicação mais simples era sempre a explicação correta. Mas o que o frade franciscano Guilherme de Ockham realmente queria dizer era apenas isto: não devemos complicar demais, acumulando premissas muito além daquelas mais imediatas. Eliminar os excessos, evitar as redundâncias.

Andrew estava morto. Claire estava morta. Joe estava morto.

Mas ao mesmo tempo ela não poderia desconsiderar tudo aquilo que já havia descoberto, poderia? O que fazer? Desconsiderar o que tinha visto com os próprios olhos ou, de novo, aceitar a reposta mais simples? E qual *seria* a resposta mais simples?

Bem, de simples não havia nada.

No entanto, a título de exercício, o que ela precisava fazer era manter a objetividade tanto quanto possível e perguntar a si mesma: teria ela realmente visto Joe naquela gravação, ou, vítima do estresse e dos traumas, teria imaginado coisas?

Objetividade, Maya. Objetividade.

Era muito fácil confiar nos próprios olhos, certo? Era o que todo mundo fazia. Ninguém se achava doido. Doido era sempre o outro. Assim é a natureza humana: nossa perspectiva é a perspectiva que entendemos e que damos por correta.

Portanto, que tal olhar para fora dela?

A guerra. Ninguém compreendia a guerra. Ninguém conseguia enxergar as verdades que só ela, Maya, enxergava. Todos achavam que ela se martirizava, que se remoía de culpa por conta da morte daqueles civis. Isso fazia todo o sentido aos olhos dos outros. Esta era a perspectiva deles: a pessoa se sentia culpada e essa culpa acabava se manifestando em flashbacks cruéis. Então, segundo eles, o que essa pessoa poderia ou deveria fazer? Terapia.

Entupir-se de remédios. Eddie chegara a dizer que a morte a cercava. Pior, que a morte a *perseguia*.

Seria possível confiar no juízo de uma pessoa assim? Uma pessoa perseguida pela morte, uma pessoa que conseguira enganar até os seus entes mais próximos, fazendo-os acreditar que sua condição tinha origem, pelo menos parcialmente, na culpa?

De maneira objetiva, não.

Mas, por outro lado... que se dane a objetividade, certo?

Conclusão: alguém estava tentando manipulá-la, mexer com a cabeça dela.

Judith havia sido terrivelmente evasiva quanto ao paradeiro de Caroline. Maya sacou seu celular e ligou para a cunhada. Caiu na secretária eletrônica, o que não chegava a ser uma surpresa. Então Maya deixou recado:

– Caroline, liguei só pra saber se você está bem. Ligue de volta assim que puder.

O carro de Eileen já estava na rua quando Maya chegou em casa e estacionou diante da garagem. Lily dormia no banco de trás. Maya já ia abrindo a porta para carregá-la, quando Eileen se aproximou e disse:

– Deixa ela aí um pouquinho. Precisamos conversar.

– Que foi?

– Acho que fiz uma grande bobagem. Com aquela câmera oculta.

Maya notou que a amiga estava um pouco trêmula.

– Tudo bem – disse Maya. – Vou levar a Lily pro quarto, depois a gente...

– Não. Precisamos conversar aqui fora.

– Como assim? Por quê?

– Talvez não seja seguro falarmos lá dentro – disse Eileen, baixando a voz. – Alguém pode estar escutando.

Maya olhou para a filha através da janela do carro. Viu com alívio que ela ainda estava apagada.

– Que foi que aconteceu? – perguntou.

– Robby. – O possessivo e violento ex-marido de Eileen.

– O que tem o Robby?

– Você não queria me contar o que tinha acontecido com a câmera escondida, lembra?

– Lembro, mas e daí?

– Depois passou lá em casa, aborrecida comigo. Chegou até a desconfiar de mim, exigindo provas de que eu realmente tinha comprado a câmera.

– Pois é, eu lembro, mas o que isso tem a ver com o Robby?

– Ele voltou – disse Eileen, as lágrimas já transbordando dos olhos. – Tem me vigiado.

– Opa. Vai devagar, mulher.

– Recebi isto aqui por e-mail. – Eileen tirou da bolsa um maço de fotografias e entregou a Maya. – Vieram de um endereço anônimo, claro. Impossível de rastrear. Mas eu *sei* que é o Robby.

Maya examinou as fotos. Elas haviam sido tiradas no interior da casa de Eileen. As três primeiras mostravam a família na sala de televisão. Duas mostravam Kyle e Missy brincando no sofá. A última mostrava apenas Eileen, suando com um copo d'água na mão, vestindo um sutiã esportivo.

– Eu tinha acabado de chegar da academia – explicou ela. – Não tinha ninguém em casa, então tirei a blusa e joguei no cesto da lavanderia.

Vendo o pânico da amiga, Maya procurou falar da maneira mais calma possível.

– Pelo ângulo dessas fotos... Elas foram tiradas com as suas câmeras escondidas?

– Foram.

Maya sentiu um frio na barriga.

– Tem mais essa aqui – disse Eileen, tirando uma última foto da bolsa. Uma foto em que ela beijava um homem no sofá. – O nome dele é Benjamin Barouche. A gente se conheceu pela internet. Num site chamado Match.com. Esse foi nosso terceiro encontro. Os meninos já tinham subido pra dormir. Achei que não estava fazendo nada de mais. Daí, hoje de tarde dei de cara com essas fotos na caixa de entrada do meu e-mail.

Maya ficou se perguntando por que não tinha pensado nisso antes.

– Quer dizer então que alguém hackeou as suas...

– Alguém, não. O Robby. Só pode ter sido ele.

– Tudo bem. Mas ele fez o quê? Hackeou as suas câmeras escondidas?

– Pensei que elas não tivessem nada a ver com a internet... – disse Eileen, chorando. – Afinal, se elas têm um cartão de memória... Nem me passou pela cabeça que... Parece que nem é tão raro assim, hackear câmeras. No FaceTime, no Skype... Eu devia ter instalado algum mecanismo de segurança, mas eu não sabia... – Ela se calou um instante, usou o dorso da mão para enxugar as lágrimas do rosto. – Desculpa, Maya.

– Está tudo bem, fique tranquila.

– Não sei o que aconteceu com a sua câmera escondida. E tudo bem se você não quiser me contar. Mas pensei que essa história do Robby pudesse esclarecer alguma coisa. Sei lá, de repente alguém hackeou sua câmera também, pra espiar você e a Lily...

Maya procurou digerir a nova informação. Por enquanto não sabia direito o que fazer dela, ou que relação aquilo poderia ter com seu próprio caso. Alguém teria feito um vídeo de Joe em outro lugar e inserido na memória da câmera? Se fosse esse o caso, e daí? Ainda assim, a gravação havia sido feita naquela sala, naquele sofá.

Mas alguém a andava espiando?

– Maya?

– Não recebi nenhum e-mail – disse ela. – Ninguém mandou foto nenhuma.

Eileen olhou diretamente nos olhos dela.

– Que foi então? – perguntou. – Que foi que aconteceu com sua câmera escondida?

– Vi o Joe – disse ela.

capítulo 23

Maya levou Lily para a cama, esperou que ela voltasse a dormir, depois cogitou examinar a câmera escondida para ver se o Wi-Fi estava acionado. Decidiu que por enquanto talvez fosse melhor não dar nenhuma bandeira para a pessoa, fosse lá quem ela fosse, que a estivesse espionando.

Espionando. Uau. Se isso não era paranoia...

Ela e Eileen foram comer sua comida chinesa na sala de jantar, bem longe dos olhos bisbilhoteiros da câmera escondida. Maya enfim contou o que tinha visto na maldita gravação, contou sobre Isabella... depois interrompeu o confessionário porque achou que estava sendo imprudente.

Fato: era Eileen quem havia colocado aquela câmera na sua casa.

Maya tentou deixar a desconfiança de lado, mas não conseguiu: ela continuava zumbindo no seu ouvido. Talvez fosse possível baixar o volume, mas não a desligar por completo.

– O que você pretende fazer sobre o Robby? – perguntou ela.

– Entreguei cópias daquelas fotos pro meu advogado. Ele falou que, sem provas, não há nada que eu possa fazer. Desativei o Wi-Fi de todos os meus porta-retratos. E contratei uma empresa pra ver se minha rede é segura.

Um bom plano, ao que parecia.

Dali a meia hora ela acompanhou Eileen até o carro, depois ligou para Shane.

– Preciso de mais um favor.

– Você não pode ver – disse ele –, mas estou bufando teatralmente.

– Preciso de alguém de confiança pra fazer uma varredura aqui em casa. Pra ver se não tem nenhum grampo, nenhuma câmera escondida, essas coisas – disse Maya, depois contou sobre o que tinha acontecido com Eileen.

– Você acha que sua câmera também foi hackeada?

– Sei lá. Você conhece alguém que possa me ajudar?

– Conheço. Mas, pra ser honesto, isso tudo está me parecendo meio...

– Paranoico? – ela completou por ele.

– É. Por aí.

– Foi você que chamou o Dr. Wu?

– Maya...

– Anda, responde.
– Você não está bem.
Ela permaneceu muda.
– Maya?
– Eu sei – disse ela afinal.
– Não tem nada de errado em precisar de ajuda.
– Preciso resolver essa história primeiro.
– Que história exatamente?
– Shane, por favor...
Seguiu-se outro silêncio, e depois:
– Estou bufando de novo.
– Teatralmente?
– E por acaso tem outro jeito de bufar? Amanhã de manhã dou uma passada aí com o pessoal pra fazer essa varredura que você pediu. – Shane pigarreou, depois disse: – Maya, você tem armas em casa?
– O que você acha?
– Pergunta retórica. A gente se vê amanhã – disse ele, e desligou.

Maya não estava nem um pouco disposta a enfrentar mais uma noite de pesadelos e flashbacks. Então, em vez de dormir, decidiu voltar sua atenção para a viagem de Claire até a Filadélfia.

Lily dormia profundamente. Maya sabia que devia acordá-la para tirar as roupas sujas que ela havia usado o dia inteiro, dar um banho na menina e vestir um pijaminha limpo. Isso era o que fariam as "boas mães", e por um instante Maya chegou a sentir na pele o olhar de censura delas. Mas essas outras mães não precisavam ter armas em casa, muito menos lidar com assassinatos na família, certo? Nem sequer tinham consciência de que mundos como o dela, banhados de sangue, podiam viver lado a lado com os seus próprios mundinhos de aulas de natação, aulas de caratê, aulas disso e daquilo outro. Nem sequer imaginavam que na casa vizinha alguém poderia estar lidando com a morte e o terror.

Seria possível que alguém realmente a estivesse espionando?

Por ora não havia muito que ela pudesse fazer. Havia outras coisas, coisas mais importantes, que precisavam da sua atenção imediata, então ela guardou a paranoia numa caixa e abriu o laptop. Se alguém havia hackeado o Wi-Fi da câmera escondida, nada impedia que a rede inteira estivesse sendo hackeada também. Na realidade isso ainda lhe parecia uma hipótese meio absurda, um exagero, mas, apenas por garantia, ela mudou o nome e a senha da sua rede e usou uma VPN (Rede Privada Virtual) para navegar na internet.

Em tese isso deveria bastar, mas como saber?

Ela entrou no Google e pesquisou o nome de Andrew Burkett. Como já imaginava, havia inúmeros deles: um professor, um vendedor de carros usados, um universitário. Ela acrescentou outras palavras-chaves no campo de busca e pesquisou as entradas mais antigas. Alguns artigos sobre a morte de Andrew começaram a aparecer. Um jornal importante dava a seguinte manchete: HERDEIRO DOS BURKETTS MORRE AO CAIR DE IATE. Não era um barco, claro, mas um iate. Não uma pessoa, mas um herdeiro. Outros jornais haviam usado essa mesma palavra com Joe: "herdeiro". Os ricos tinham até uma palavra especial para os seus descendentes.

Maya foi abrindo e lendo outros artigos. Ninguém sabia exatamente onde Andrew tinha caído no oceano Atlântico, mas naquela noite o iate da família (*Lucky Girl*) havia partido de Savannah, Geórgia, com destino ao porto de Hamilton, nas ilhas Bermudas. Um bom pedaço de mar.

Segundo as matérias, Andrew fora visto pela última vez no deque superior do iate, mais ou menos a uma hora da madrugada do dia 24 de outubro, após uma longa noite de festa com "parentes e amigos". Fora dado por desaparecido às seis da manhã. Joe havia dito que a bordo estavam três amigos do time de futebol da escola, mais a irmã deles, Caroline. Nenhum dos pais estavam presentes: Judith e Joseph, junto com o caçula Neil, já esperavam na ilha, instalados num hotel de luxo. Os únicos adultos a bordo eram os da extensa tripulação e... Opa! Segundo um dos artigos, Rosa Mendez, a mãe de Isabella, também estava lá, basicamente para "tomar conta da pequena Caroline".

Maya releu os trechos mais importantes. Ruminou-os por alguns minutos, depois continuou.

O corpo de Andrew havia sido encontrado no dia seguinte ao da constatação do seu desaparecimento. Todos os artigos falavam de afogamento como causa da morte. Nenhuma suspeita de crime ou suicídio.

Tudo bem, mas e agora?

Maya digitou o nome de Andrew com as palavras "Franklin Biddle Academy". O site da escola se abriu com um link para a comunidade online de ex-alunos. Clicando nele abria-se um menu com as diversas opções de turma. Maya fez as contas para saber em que ano Andrew havia se formado, depois abriu a página correspondente, onde encontrou links para diversos eventos passados, uma reunião que ainda estava por vir e, claro, um link para doações à escola.

Na parte inferior da página havia um botão em que se lia: "*In memoriam*". Maya clicou nele e deparou com as fotos de dois ex-alunos. Ambos pareciam muito jovens, tão absurdamente jovens quanto os garotos com os quais ela havia servido no Exército. Novamente ela pensou naquelas fronteiras tão tênues, naqueles mundos tão diferentes que existiam lado a lado. O rapaz na foto da direita era Andrew Burkett. Até então Maya nunca havia tido a curiosidade de saber exatamente como ele era. Joe não tinha o hábito de manter fotos da família em casa, e embora houvesse um porta-retratos numa das salas mais recônditas de Farnwood, ela nunca prestara muita atenção nele. Pelo menos naquela foto do site, Andrew não se parecia muito com Joe, que era bem mais bonito. Lembrava mais a mãe. Maya ficou contemplando o rosto jovem como se pudesse encontrar nele alguma pista, como se a qualquer momento o garoto fosse voltar à vida para exigir que a verdade fosse revelada.

Isso não aconteceu.

"Fique tranquilo", pensou Maya. "Sua morte será vingada também."

A segunda foto era a de um garoto chamado Theo Mora. Parecia latino, talvez por conta da pele e dos cabelos mais escuros. Estampava o mesmo sorriso forçado de todos os colegiais ao posar para uma foto de escola, os cabelos espichados com gel, uma ou outra mecha brigando para voltar à forma natural. Como Andrew, estava de paletó e gravata, mas ao contrário do Windsor perfeito de Andrew, o nó que ele dera parecia tão frouxo quanto o de um executivo em fim de expediente.

No alto da página se lia: "Partiram demasiado cedo, mas estarão sempre em nosso coração." Não havia nenhuma informação a respeito dos dois garotos, então Maya pesquisou o nome de Theo Mora. Demorou um tempo, mas acabou encontrando o obituário dele num jornal da Filadélfia. Nenhum artigo. Nada além do obituário. Segundo estava escrito nele, Theo tinha morrido no dia 12 de setembro, mais ou menos seis semanas *antes* de Andrew cair daquele iate. Estava com 17 anos, a mesma idade de Andrew.

Coincidência?

Maya releu o obituário. Não havia nenhuma informação quanto à *causa mortis*. Ocorreu-lhe então colocar os dois nomes no campo de busca: Andrew Burkett e Theo Mora. As duas primeiras listagens do resultado eram da Franklin Biddle Academy, a primeira delas com o link "*In memoriam*" que ela já havia aberto. A segunda era um informativo sobre as atividades esportivas da escola, um jornalzinho chamado *Varsity Sports Booster*. Ali ela encontrou um arquivo com a formação de todas as equipes, de todos os anos. Maya abriu a página referente ao futebol para o ano em questão.

Andrew e Theo Mora eram companheiros de equipe, quem diria?

Seria apenas uma coincidência que dois companheiros de equipe com a mesma idade tivessem morrido num intervalo inferior a dois meses?

Poderia ser, por que não?

Mas, adicionando a viagem de Claire até a Filadélfia, o fato de que ela havia sido torturada antes de morrer, os pagamentos que a família Burkett fazia a Tom Douglass, o sumiço do detetive...

Não, aquilo não era coincidência nenhuma.

Ela releu os nomes da equipe, entre os quais também estava o de Joe. Àquela altura ele já havia se formado, claro, mas ainda era o capitão do time. Outro morto. Caramba, eram muitas mortes para um time só. Havia ainda uma foto coletiva com as duas fileiras tradicionais, uma em pé e a outra ajoelhada. Todos muito jovens, muito saudáveis, muito orgulhosos de si mesmos. Maya imediatamente localizou Joe, que, claro, estava no centro da equipe. O sorriso de playboy já estava lá, ela constatou, e por alguns segundos não fez mais do que o admirar. Tão lindo, tão seguro de si, tão ciente de que tinha tudo para conquistar o mundo... mas nem de longe imaginando o que lhe reservava o destino para dali a alguns anos.

Na foto coletiva, Andrew aparecia ao lado do irmão, quase literalmente à sombra dele. Theo Mora estava ajoelhado na fileira da frente, o segundo da direita para a esquerda, exibindo o mesmo sorriso forçado de antes. Maya foi correndo os olhos pelos rapazes na esperança de que algum deles lhe pudesse ser familiar. Mas não reconheceu ninguém. Três daqueles garotos estavam no iate naquela noite. Talvez ela já tivesse sido apresentada a pelo menos um deles. Mas não.

Ela voltou sua atenção para a lista de nomes e resolveu imprimi-la. Na manhã seguinte continuaria pesquisando cada um na internet e...

E o quê?

De repente ligar para eles, mandar um e-mail. Perguntar se estavam a bordo do iate, se sabiam algo sobre a morte de Andrew. Ou, o que talvez fosse mais relevante, perguntar se sabiam como Theo Mora havia morrido.

Ela ainda pesquisou alguma coisa online, mas não encontrou nada. Não conseguia afastar a suspeita de que Claire havia feito exatamente a mesma coisa. Não. O mais provável era que ela tivesse descoberto algo com Tom Douglass, algo sobre aquela maldita escola, e depois, fiel à sua mania de sempre falar com o chefe, ido pessoalmente à Franklin Biddle Academy para fazer suas perguntas.

Teria sido por isso que a haviam matado?

Só havia um meio de descobrir. Visitando a escola ela também.

capítulo 24

Mais uma noite horrível de flashbacks.
Mesmo no meio da coisa, mesmo enquanto os ruídos ricocheteavam na sua cabeça feito metralhas incandescentes, Maya tentou avaliar o que realmente estava acontecendo, se estava relembrando o passado, tal como suspeitava Wu, ou se estava ouvindo coisas que nunca tinha ouvido antes, isto é, se estava alucinando. Mas todas as vezes que beirava um estado de mínima consciência, a resposta virava fumaça à sua frente, como sempre acontecia com os sonhos, pesadelos e demais viagens noturnas. Os ruídos infernais não davam sinal de trégua, portanto só havia uma coisa a fazer: esperar que amanhecesse.

Ela acordou exausta e logo se deu conta de que era domingo. Não haveria ninguém na Franklin Biddle Academy para responder às suas perguntas. A creche de Lily estaria fechada. Talvez fosse melhor assim. Todo soldado sabia tirar proveito dos momentos de inação. Todo soldado procurava descansar sempre que a oportunidade se apresentava: deixava o corpo curar, a cabeça esfriar.

Todo aquele horror poderia ficar para depois, certo? Ela aproveitaria para brincar com a filha e passar com ela um dia absolutamente normal. Um dia de paz e felicidade.

Paz e felicidade?

Ainda não eram oito horas quando Shane chegou com mais dois homens para fazer a varredura que ela mesma havia solicitado, para procurar câmeras e escutas secretas. Os dois foram para o andar de cima, e Shane foi com ela até a sala de televisão para examinar o porta-retratos.

– O Wi-Fi está desligado – disse ele.

– E daí?

– E daí que com o Wi-Fi desligado ninguém pode espionar você, mesmo que exista uma tecnologia pra isso.

– Ok.

– A menos, claro, que exista algum tipo de porta dos fundos, o que acho difícil. Ou então alguém entrou aqui e desligou o Wi-Fi porque sabia que você ia olhar.

– Acho pouco provável.

Shane deu de ombros, dizendo:
– Foi você que pediu pra varrer sua casa. Então não vamos dar mole, ok?
– Ok.
– Primeira pergunta: além de você, quem mais tem a chave da casa?
– Você.
– Certo. Mas já me interroguei e sou inocente.
– Engraçadinho.
– Obrigado. Quem mais?
– Ninguém – disse Maya, mas depois lembrou. – Merda...
– Que foi?
Ela ergueu os olhos para ele.
– Isabella também tem uma chave.
– E nós não confiamos mais nela, certo?
– Nem um pouco.
– Você acha mesmo que ela voltaria aqui pra mexer nesse porta-retratos? – perguntou Shane.
– Acho difícil.
– De repente você devia instalar umas câmeras de segurança casa afora – sugeriu ele. – Um alarme, sei lá. No mínimo trocar as fechaduras.
– Tem razão.
– Então você tem uma chave, eu tenho uma chave, a Isabella tem uma chave. – Shane plantou as mãos na cintura e deixou escapar um longo suspiro. – Não fique brava comigo, mas...
– O quê?
– Que fim levou a do Joe?
– A chave dele?
– Sim.
– Sei lá.
– Por acaso ele estava com essa chave quando...
– Quando foi morto? – completou Maya. – Imagino que sim. Ele costumava andar com a chave de casa no bolso. Como qualquer outro mortal.
– A polícia já devolveu os pertences dele?
– Ainda não.
– Ok.
– Ok o quê?
– Ok... sei lá. Não sei o que mais dizer, Maya. Tudo isso é muito estranho. Não faço a menor ideia do que possa estar acontecendo, então vou conti-

nuar fazendo perguntas até que uma luz desça sobre a minha cabeça. Você confia em mim, não confia?
– De olhos fechados.
– Mas não a ponto de se abrir comigo e contar o que está rolando.
– Mas eu *estou* contando!
Shane virou-se para trás, olhou-se no espelho e apertou as pálpebras.
– O que você está fazendo? – perguntou Maya.
– Vendo se tenho cara de idiota. – Shane virou-se novamente para ela. – Por que você pediu que eu investigasse aquele cara da Guarda Costeira? Que diabo o Andrew Burkett, que ainda era um colegial quando morreu, tem a ver com essa história toda?
Maya permaneceu muda, sem saber ao certo o que responder.
– Maya? – insistiu Shane.
– Eu ainda não sei – disse ela afinal. – Mas acho que pode haver um vínculo.
– Entre o quê? Você está dizendo que a morte do Andrew naquele barco tem alguma coisa a ver com o assassinato do Joe no Central Park?
– Estou dizendo que ainda não sei.
– Então... qual será o seu próximo passo?
– Hoje?
– Sim.
Maya precisou fazer um esforço para conter as lágrimas.
– Passo nenhum, Shane. Ok? Hoje é domingo e minha ideia é não fazer absolutamente nada. Fico agradecida que vocês tenham vindo, mas vou ficar ainda mais agradecida se vocês terminarem logo essa varredura. Porque depois quero levar minha filha pra passear e... sei lá, fazer com ela as mesmíssimas coisas que toda mãe faz com seus filhos num dia como este, um belo domingo de outono.
– Jura?
– Juro, Shane.
Ele sorriu e disse:
– Legal.
– Pois é.
– Pra onde vocês vão?
– Aquele parque-fazenda em Chester.
– Pra colher maçãs?
Maya fez que sim com a cabeça.

– Meus pais costumavam me levar lá – disse Shane com um brilho na voz.
– Quer vir com a gente?
– Não – disse ele, mas com uma doçura que até então ela nunca tinha visto. – E você tem razão. Hoje é domingo. Vamos agilizar isso aqui e dar o fora. Pode ir arrumando a Lily.

Eles terminaram o serviço sem encontrar nenhuma escuta ou câmera escondida. Shane despediu-se com um beijinho no rosto de Maya e foi embora. Maya acomodou Lily na cadeirinha do carro e deu início aos trabalhos. Em Chester, mãe e filha fizeram tudo o que tinham direito: andaram de trator numa carreta repleta de feno, visitaram o minizoológico, deram comida para as cabras, colheram maçãs, comeram sorvete. Um palhaço deixou Lily maravilhada com os bichos que construía com seus balões. Por toda parte, gente trabalhadora consumia seu valioso dia de descanso rindo, gargalhando, reclamando, brigando, admirando e tocando. Maya os observava de longe. Fazia o possível para refrear os pensamentos e apenas se deixar levar pela felicidade daquele dia de outono na companhia da filha, mas, como era de se esperar, não conseguia afastar a sensação de que tudo aquilo não passava de uma miragem distante, uma ilusão, como se ela estivesse do lado de fora da experiência, apenas vendo-a do alto, excluída dela. Esta era a sua zona de conforto: proteger momentos assim, mas sem participar deles. As horas foram passando, o dia chegou ao fim, e ela ainda não sabia direito o que pensar a respeito.

A noite desse mesmo domingo não foi lá muito melhor do que as outras. Ela experimentou os comprimidos novos de Wu, mas eles nada fizeram para afugentar seus fantasmas. Pelo contrário, os ruídos lhe pareceram ainda mais violentos, como se tirassem força da medicação que ela tomava, fosse qual fosse.

Ela acordou assustada. Imediatamente pegou o telefone para chamar Wu, mas parou no meio do caminho. Por um instante cogitou ligar para Mary McLeod, a colega de Judith, mas concluiu que seria uma bobagem ainda maior.

"Segura a onda, mulher", ela pensou. "Agora falta pouco."

Ela se vestiu, deixou Lily na creche e ligou para o trabalho para avisar que iria faltar.

– Dessa vez não vai dar, Maya – disse Karena Simpson, sua chefe, e, como ela, ex-piloto do Exército americano. – Isto aqui é o meu negócio. Você não pode simplesmente cancelar uma aula assim, de última hora.

– Desculpa.
– Olha, sei que você está passando por um período difícil e...
– Estou sim, Karena – interrompeu Maya. – Muito difícil. Acho que me precipitei ao voltar pro trabalho. Sinto muito por deixar você na mão, mas... acho que preciso de mais um tempinho.

Tratava-se de uma meia-verdade, ou de uma meia-mentira. Ela detestava revelar suas fragilidades, mas dessa vez não havia outro jeito. Sabia que tinha acabado de perder o emprego.

Duas horas depois ela chegou a Bryn Mawr, na Pensilvânia, e atravessou a cerca viva que confinava o campus da Franklin Biddle Academy. Uma placa de pedra informava o nome da escola, elegantemente discreta e pequena o bastante para passar despercebida contra o sol forte do outono. Discrição, essa era a ideia. Maya contornou o amplo gramado central e deixou o carro no estacionamento de visitantes. Tudo à sua volta cheirava a privilégio, poder, patrimônio. Todos os Ps da riqueza. Até o perfume das folhas secas lembrava o das cédulas de dólar recém-emitidas.

Dinheiro comprava privacidade. Dinheiro comprava cercas. Dinheiro comprava diversos níveis de isolamento. Dinheiro comprava os confortos do mundo urbano, junto com a segurança dos condomínios fechados dos subúrbios. Dinheiro (muito dinheiro) comprava escolas como aquela. Quanto mais dinheiro, mais as pessoas procuravam se proteger nos intestinos de um casulo.

A diretoria ficava num casarão de pedra chamado Windsor House. Maya achara melhor não marcar um horário. Pesquisara o nome do diretor na internet e decidira surpreendê-lo com sua visita. Se ele não estivesse presente, paciência, ela tentaria falar com outra pessoa. Se estivesse, certamente a receberia. O homem era um diretor de escola, não um chefe de Estado. Além disso, ainda havia no campus um dormitório batizado com o nome dos Burketts. Maya podia jurar que o sobrenome ainda abria muitas portas por ali.

– Pois não? – disse a recepcionista, quase sussurrando.
– Meu nome é Maya Burkett. Gostaria de falar com o diretor, mas infelizmente não marquei uma hora.
– Por favor, sente-se.

O homem não demorou a aparecer. Da pesquisa que tinha feito, Maya sabia de antemão que Neville Lockwood IV, ex-aluno e ex-professor da escola, ocupava o posto de diretor fazia mais de vinte anos. Diante de um nome e pedigree semelhantes, ela já esperava um determinado tipo físico: rosto avermelhado, traços patrícios, entradas salientes nos cabelos muito claros. E foi exatamente o que encontrou, embrulhado em mais uns tantos clichês da tradição: paletó de tweed, gravata de xadrez *argyle*, óculos de aros finos enroscados nas orelhas. Ele tomou as mãos dela entre as suas e disse:

– Ah, Sra. Burkett, todos nós aqui da Franklin Biddle sentimos muito pelo que aconteceu. – O sotaque era daqueles que indicavam classe social muito mais do que origem geográfica.

– Obrigada.

Ele a conduziu para sua sala, dizendo:

– Seu marido era um dos nossos alunos mais queridos.

– Obrigada.

A sala contava com uma lareira já com seu estoque de lenha. Ao lado ficava um relógio de pêndulo. Lockwood sentou-se do outro lado da sua mesa de cerejeira e sinalizou para que ela se acomodasse numa das duas cadeiras à sua frente, ambas mais baixas que a dele. Deliberadamente mais baixas, pensou Maya.

– Metade daqueles troféus no nosso Windsor Sports Hall se deve ao Joe. O recorde de gols no futebol ainda pertence a ele. Estamos pensando... Bem, estamos pensando em fazer uma pequena homenagem ao Joe lá no campo. Ele adorava aquele lugar – disse o diretor, e abriu para Maya um sorriso um tanto condescendente.

Maya sorriu de volta. Achou que aquelas reminiscências de Neville Lockwood talvez fossem apenas um gancho para solicitar novas doações por parte da família Burkett (ela não era lá muito boa para interpretar esse tipo de sinal), mas não se deixou intimidar. Precisava levar adiante seu plano de ação.

– Por acaso o senhor conhece minha irmã?

A pergunta o pegou de surpresa.

– Sua irmã?

– Sim. Claire Walker.

Ele refletiu um instante, depois disse:

– O nome realmente não me parece estranho...

Maya pretendia dizer que quatro ou cinco meses antes Claire havia estado ali, na escola, e pouco tempo depois fora assassinada, mas algo assim tão sério talvez assustasse o homem a ponto de fazê-lo travar a língua.

218

– Deixa pra lá, não é importante – disse ela. – Eu gostaria de fazer algumas perguntas sobre o tempo do meu marido aqui na escola.

Lockwood cruzou os braços e ficou esperando. Maya sabia que estava pisando em ovos.

– Sr. Lockwood... – começou ela.

– Pode me chamar de Neville.

– Neville – repetiu ela sorrindo. – Como você sabe, esta escola é fonte de lembranças muito felizes para a família Burkett, mas também de lembranças tristes...

– Imagino que você esteja falando do irmão do seu marido – disse o diretor, solene.

– Exatamente.

Neville balançou a cabeça, dizendo:

– Uma tragédia. Sei que o pai dele também morreu alguns anos atrás. Pobre Judith... E agora isto. Mais um filho...

– Pois é – disse Maya sem nenhuma pressa. – Não sei bem como tocar no assunto, mas... com a morte do Joe... bem, agora são três membros do mesmo time de futebol.

O diretor perdeu um pouco do rubor das faces.

– Estou falando do Theo Mora – explicou Maya. – Você se lembra daquele incidente?

Neville Lockwood enfim reencontrou a própria voz.

– Sua irmã.

– O que tem ela?

– Ela também esteve aqui, perguntando sobre o Theo. Por isso o nome dela não me pareceu estranho. Eu estava fora na época, mas depois fiquei sabendo.

Uma confirmação. Maya estava no caminho certo.

– Como foi que o Theo morreu? – perguntou ela.

Neville Lockwood desviou o olhar e disse:

– Eu poderia dar esta conversa por encerrada agora mesmo, Sra. Burkett. Poderia dizer que temos normas de privacidade bastante rígidas e que seria terminantemente contra essas normas revelar qualquer detalhe sobre os nossos alunos.

– Acho que não seria uma boa ideia – arriscou Maya, balançando a cabeça.

– Posso saber por quê?

– Porque se você não responder minhas perguntas, talvez eu seja obrigada a envolver autoridades, digamos, menos discretas.

– É mesmo? – Um sorrisinho brotou nos lábios do diretor. – E por acaso devo me sentir intimidado? Me diz: esta é a parte em que o diretor malvado mente pra proteger a reputação da sua instituição de elite?

Maya não precisou responder.

– Bem, este não sou eu, capitã Stern. Sim, eu sei o seu nome. Sei tudo a seu respeito. À maneira do Exército que você conhece tão bem, esta academia possui um código de honra, que é sagrado. Fico surpreso que o Joe não tenha falado dele com você. Nossas raízes Quaker exigem consenso, franqueza. Não temos o hábito de esconder coisas. Quanto mais uma pessoa conhece a verdade, mais protegida ela estará. É nisso que acreditamos.

– Ótimo – disse Maya. – Então como foi que o Theo morreu?

– Vou responder, mas antes vou pedir uma coisa: que você respeite a privacidade da família.

– Claro.

Neville suspirou e disse:

– Theo Mora morreu de uma intoxicação alcoólica.

– Bebeu até morrer, é isso?

– Acontece, infelizmente. Não é muito comum. Na realidade, este é o único caso na história desta escola. Mas uma bela noite o Theo resolveu beber. Não era do tipo que gostava de festas, de farras, essas coisas. Mas, ironicamente, essas costumam ser as pessoas mais vulneráveis. Não sabem o que estão fazendo, então acabam passando dos limites. Theo teria sido encontrado e socorrido a tempo se não tivesse tropeçado e rolado escada abaixo num porão. Foi um faxineiro que o encontrou na manhã seguinte. Já estava morto.

Maya ficou sem saber como interpretar a história toda.

Neville espalmou as duas mãos sobre a mesa, inclinou-se para a frente e disse:

– Agora posso saber qual é o interesse que você e sua irmã têm nesse garoto?

Maya ignorou a pergunta.

– Você nunca achou estranho que dois garotos da mesma escola e do mesmo time de futebol morressem num intervalo tão curto?

– Sim – disse o diretor. – Isso me deixou intrigado por um bom tempo.

– Nunca lhe passou pela cabeça que poderia haver algum vínculo entre a morte do Theo e a do Andrew?

Neville recostou-se na cadeira e juntou as mãos contra o queixo.

– Pelo contrário. Nunca me passou pela cabeça que *não pudesse haver* um vínculo entre uma coisa e outra.

Essa não era a resposta que Maya esperava.

– Pode elaborar um pouco mais? – disse ela.

– Eu era professor de matemática. Dava muitos cursos de estatística também. Dados bivariados, regressão linear, desvio padrão, essas coisas. Portanto, tenho o hábito de enxergar as coisas como equações e fórmulas. É assim que minha cabeça funciona. A probabilidade de que dois alunos de uma mesma escola pequena e elitista morram num prazo de alguns meses é muito remota. Mais remota ainda se levarmos em consideração que esses dois garotos têm a mesma idade e são do mesmo ano. Mais remota ainda se lembrarmos que jogavam no mesmo time de futebol. A essa altura já podemos começar a desconsiderar a possibilidade de um mero acaso. – Aqui ele quase sorriu. Erguendo o indicador como se estivesse de novo numa sala de aula, disse: – E a possibilidade de um mero acaso é praticamente *zero* se acrescentarmos um último fator.

– Que fator? – perguntou Maya.

– Theo e Andrew dividiam o mesmo quarto no dormitório. – Silêncio. E depois: – A probabilidade de que dois garotos de 17 anos, colegas de quarto e de equipe numa escola pequena, venham morrer ainda jovens de mortes não relacionadas... Bem, confesso que não acredito muito em probabilidades infinitesimais.

Sinos começaram a repicar ao longe. Mesmo da sala do diretor, Maya pôde ouvir as portas que iam se abrindo nos corredores do prédio, a algazarra dos alunos que iam saindo por elas.

– Quando o Andrew Burkett morreu – prosseguiu Neville –, um investigador apareceu por aqui. Alguém da Guarda Costeira que lidava com mortes no mar.

– Tom Douglass? Era esse o nome dele?

– Pode ser, não lembro direito. Mas ele esteve comigo, aqui nesta mesma sala. Sentou nessa mesma cadeira em que você está sentada. E também perguntou sobre a possibilidade de um vínculo entre as duas mortes.

Maya engoliu em seco.

– E você disse a mesma coisa que acabou de me dizer? – perguntou ela.

– Sim.

– E você faz alguma ideia do que pode ser esse vínculo?

– Bem, a morte do Theo foi um grande choque pra todos nós. Os jornais nunca ficaram sabendo da *causa mortis*. A família quis assim. No entanto... por mais consternados que tenhamos ficado, com certeza ninguém sofreu mais que o Andrew. Ele era o melhor amigo do Theo. Ficou arrasado. Imagino que você tenha conhecido o Joe bem depois da morte do Andrew e que, portanto, não tenha chegado a conhecê-lo.

– Não, não conheci o Andrew.

– Eles eram muito diferentes um do outro, os dois irmãos. Andrew era um menino doce, muito mais sensível que o Joe. O técnico deles costumava dizer que era isso que atrapalhava o Andrew em campo. Ele não tinha aquela garra, aquela necessidade de vencer que o Joe tinha. Não era uma pessoa competitiva. Não tinha aquela agressividade, aquele instinto matador que você precisa ter quando está nas trincheiras.

Maya, por dentro, torceu o nariz para a analogia bélica. Não gostava delas.

– Talvez também houvesse outras questões com o Andrew – acrescentou Neville. – Não sei direito, nem diria se soubesse, mas o que interessa aqui é que o Andrew passou maus bocados com a morte do amigo. Fechamos o campus por uma semana depois da morte do Theo. Tínhamos psicólogos de plantão pra quem quisesse fazer uso deles, mas a grande maioria dos alunos preferiu passar essa semana em casa pra... sei lá, se recuperar.

– O Andrew e o Joe também? – perguntou Maya.

– Eles também. Lembro que a Judith, sua sogra, veio correndo buscar os dois filhos, ela e a babá da família. De qualquer modo, dali a uma semana todos voltaram pro campus. Todos, menos um.

– Andrew.

– Exatamente.

– Quando foi que ele voltou?

– Não voltou – disse o diretor, balançando a cabeça. – Andrew Burkett não chegou a voltar pra cá. A mãe achou melhor que ele passasse o resto do semestre em casa. Mas pouco a pouco as coisas foram voltando ao normal na escola, assim é a vida. Joe, na qualidade de capitão, liderou a equipe numa temporada brilhante. Eles foram campeões do estado e da liga. Pra comemorar, o Joe convidou os amigos pra um passeio no iate da família.

– Você sabe que amigos eram esses?

– Não exatamente. Christopher Swain decerto era um. Também era capitão da equipe, junto com o Joe. Não lembro dos outros. Mas você queria saber que vínculo eu vejo entre as mortes de Andrew e Theo. Bem, a essa altura você já deve saber qual é. Em todo caso, a minha hipótese é a seguinte: temos um garoto muito sensível que perde seu melhor amigo de uma forma trágica. Esse garoto é obrigado a deixar a escola e, muito provavelmente, a lidar com uma crise de depressão. Talvez... de novo, isso é apenas uma hipótese... talvez o tenham medicado com antidepressivos ou qualquer outro tipo de estimulante. Depois o menino se vê num iate em alto-mar, cercado de pessoas para lembrá-lo tanto da morte do amigo quanto daquelas outras coisas todas que ele havia perdido ao se ausentar da escola. Eles fazem uma festinha, ele bebe demais, e a bebida não bate muito bem com os remédios que ele vem tomando. Lá pelas tantas ele se vê sozinho no deque do iate. Está sofrendo muito. Vê o mar na sua frente e...

Neville Lockwood se calou de repente.

– Você acha que o Andrew cometeu suicídio? – disse Maya.

– Talvez. É uma possibilidade. Ou talvez a mistura de álcool com antidepressivos tenha provocado uma tonteira forte o bastante pra que ele se desequilibrasse e caísse no mar. Seja como for, na minha opinião, a morte do Theo levou diretamente à morte do Andrew. Esse é o vínculo mais provável entre as duas coisas.

Maya permaneceu calada, refletindo sobre o que acabara de ouvir.

– Muito bem – disse Neville. – Agora que contei a você minha teoria, que tal você contar exatamente o que veio fazer aqui?

– Só mais uma pergunta, se você não se importar.

– Tudo bem.

– Se, de acordo com as leis da estatística, a morte de dois companheiros de equipe é tão improvável assim, como explicar a morte de três?

– Três? Não entendi.

– Estou falando do Joe.

– Mas o Joe morreu... o quê? Uns 17 anos depois.

– Mesmo assim. Você é que entende de probabilidades. Qual é a probabilidade de que a morte dele também esteja relacionada?

– Você acha que o assassinato do seu marido pode, de alguma maneira, estar relacionada com as mortes do Theo e do Andrew?

– Acho – respondeu Maya. – Com ou sem estatística.

capítulo 25

N̲ã̲o̲ ̲h̲a̲v̲i̲a̲ ̲m̲a̲i̲s̲ ̲n̲a̲d̲a̲ a descobrir ali. Neville Lockwood acompanhou-a até a porta. Ela voltou para o carro e ali ficou por alguns instantes. À sua frente estava uma das marcas registradas da escola: a torre do relógio, uma estrutura de oito andares bem ao gosto da Igreja anglicana. As quatro notas do carrilhão de Westminster soaram novamente. Maya conferiu as horas no seu próprio relógio e concluiu que os repiques eram de quinze em quinze minutos.

Ela sacou seu telefone e abriu o navegador de internet. Os pais de Theo Mora chamavam-se Javier e Raisa. Em seguida abriu um site de lista telefônica para ver se eles moravam na região. Encontrou uma Raisa Mora no perímetro urbano da Filadélfia. Não custava nada conferir.

Antes de ligar o carro, no entanto, ela recebeu uma chamada da Leather and Lace. Levou o aparelho ao ouvido, mas, claro, quem quer que estivesse do outro lado da linha já havia desligado, sinal de que Corey precisava vê-la. Bem, ela estava a umas boas duas horas de distância e com outros planos na cabeça. Corey teria de esperar.

A rua de Raisa Mora era uma fileira de casas geminadas que decerto já tinham visto dias melhores. Maya encontrou o número que procurava e escalou os degraus rachados que levavam à varanda e à porta da casa. Tocou a campainha e ficou esperando. Garrafas quebradas espalhavam-se pelo jardim. Um vizinho de camisa de flanela sobre uma camiseta suada cumprimentou-a com um sorriso desdentado.

Aquela rua estava muito, muito longe do carrilhão de Westminster.

Como ninguém atendia, Maya deixou de lado a campainha e esmurrou a porta.

– Quem é? – berrou uma mulher.
– Meu nome é Maya Stern.
– O que você quer?
– Você é Raisa Mora?
– O que você quer?
– Gostaria de fazer algumas perguntas sobre o seu filho Theo.

A porta enfim se abriu. Raisa Mora vestia um uniforme de garçonete num tom desbotado de mostarda. O rímel estava borrado. No coque dos cabelos havia mais fios brancos do que pretos. Vendo que a mulher calçava apenas meias, Maya deduziu que ela havia chegado em casa após um cansativo turno de trabalho e simplesmente jogado os sapatos num canto qualquer.

– Quem é você?

– Meu nome é Maya Stern... – Ela achou por bem acrescentar: – Burkett.

O sobrenome chamou atenção da garçonete.

– A mulher do Joe.

– Isso.

– Você é do Exército, não é?

– Era – disse Maya. – Posso entrar um minutinho?

Raisa cruzou os braços e apoiou o ombro contra a lateral da porta.

– O que você quer?

– Gostaria de fazer algumas perguntas sobre a morte do seu filho Theo.

– O que você quer saber?

– Por favor... Sei que você tem todo o direito de querer saber os meus motivos, mas... realmente estou correndo contra o tempo, não posso dar todas as explicações que precisaria dar. Digamos que... bem, talvez a gente não saiba tudo que há pra saber a respeito da morte do seu filho.

Raisa a encarou por um bom tempo, depois disse:

– Seu marido foi assassinado outro dia. Li no jornal.

– Sim.

– Prenderam dois suspeitos. Também vi.

– São inocentes – disse Maya.

– Não estou entendendo. – A carranca da mulher não se desfez por completo, mas amenizou quando os olhos marejaram. – Você acha o quê? Que o assassinato do seu marido pode ter alguma coisa a ver com meu Theo?

– Não sei – respondeu Maya da maneira mais delicada que pôde. – Mas são apenas algumas perguntinhas... Que mal pode haver em respondê-las?

– O que você quer saber? – disse Raia, ainda recostada à porta.

– Tudo.

– Então entra. Vou precisar sentar.

As duas sentaram lado a lado num sofá já um tanto surrado, porém não mais que o resto da sala. Raisa passou a Maya um porta-retratos com uma foto de toda a família, as cores desde muito desbotadas pelo sol. Nela havia cinco pessoas. Maya reconheceu Theo entre dois meninos mais novos, decerto irmãos. Atrás deles estavam Raisa (não muito mais jovem, mas infinitamente mais feliz) e um homem parrudo com um bigodão e um sorriso largo.

– Este é o Javier – disse Raisa, apontando para o homem. – O pai do Theo. Morreu dois anos depois dele. Câncer. É o que dizem, mas...

A julgar pela foto, Javier tinha um sorriso gostoso, daqueles que certamente se desdobravam numa gargalhada mais gostosa ainda. Raisa, com gentileza, tomou o porta-retratos das mãos de Maya e o colocou de volta na mesinha lateral.

– Javier veio do México. Eu morava em San Antonio, no Texas, tinha uma vida difícil, muito pobre. A gente se conheceu e... Você não precisa saber disso.

– Vai, continua.

– Deixa pra lá – disse Raisa. – A gente veio parar aqui, na Filadélfia, porque o Javier tinha um primo que conseguiu um emprego pra ele como jardineiro, desses que cortam a grama dos ricos, esse tipo de coisa. Mas o Javier... – Ela interrompeu o que ia dizendo e sorriu com uma lembrança qualquer. – Javier era um homem inteligente, ambicioso. E muito simpático também. Todo mundo gostava dele. Meu marido tinha um jeitinho... você sabe como é. Certas pessoas possuem esse talento, esse dom quase mágico de atrair as pessoas. Meu Javier era uma delas.

– Imagino que sim – disse Maya, apontando o queixo para a fotografia.

– Pois é. – O sorriso se apagou no rosto de Raisa. – Bem, o Javier trabalhava pra muitas dessas famílias da Main Line, inclusive para os Lockwoods.

– Neville Lockwood, o diretor da escola?

– Um primo dele. Muito, muito rico. Ficava mais em Nova York, mas mantinha a casa daqui. Meio arrogante, com o nariz meio empinado, mas tinha um lado bacana também. Gostava do Javier, conversava com ele. Um dia o Javier falou do Theo. – A dor voltou imediatamente ao semblante dela. – Era um menino muito especial, o meu Theo. Tão inteligente... Um ótimo atleta. O pacote completo, como dizem por aí. Como todo pai, a gente queria dar uma vida melhor pra ele. Javier queria muito que ele estudasse numa boa escola. Por coincidência, na época a Franklin Biddle Academy estava procurando por bolsistas pra dizer que a escola era... "diversificada" – disse ela, abrindo e fechando as aspas com os dedos. – Daí o Sr. Lockwood falou que podia ajudar. Conversou com o primo diretor e pronto, foi o que bastou. Por acaso você já esteve lá naquela escola?

— Já.
— Chega a ser ridículo, não acha?
— É, sei do que você está falando.
— Mas o Javier ficou tão feliz quando aceitaram o Theo... Já eu, fiquei preocupada. Escola de rico. Como é que o meu Theo poderia se adaptar num lugar daqueles? Sabe quando os mergulhadores sobem à tona depressa demais e passam mal? Tem até um nome... "Mal da descompressão", alguma coisa assim. Pois era mais ou menos isso que eu temia: que o Theo sofresse um choque. Mas não disse nada. Não sou burra. Sabia que meu filho jamais teria outra oportunidade como aquela. Você entende?
— Claro.
— Daí um dia o Javier saiu pra trabalhar de manhã e... — Aqui ela cruzou as mãos como se fosse rezar. Faltava pouco para que entregasse todo o ouro, deduziu Maya. — Meu turno era o da noite, então eu estava em casa quando a campainha tocou. — Ela olhou de relance para a porta da casa. — Eles não telefonam antes, sabe? Vão logo batendo na porta da gente. Como fazem no Exército. Era o diretor da escola com outro homem cujo nome eu não lembro mais. Os dois muito sérios. Era de se esperar que a ficha caísse imediatamente, certo? Que bastava ver a expressão na cara deles pra que eu me jogasse no chão e começasse a gritar: "Não, não, não!" Mas não foi isso que aconteceu. Sorri pra eles e falei: "Puxa, que surpresa!" Convidei os dois pra entrar, ofereci um café e... — Ela quase sorriu. — Quer ouvir uma coisa terrível?

Maya achou que aquilo tudo já era terrível o suficiente, mas não se opôs.

— Descobri mais tarde que eles gravaram toda a conversa que tiveram comigo. Recomendação de um advogado ou algo assim. Estavam com um gravador escondido o tempo todo. Contaram que o corpo do meu filho tinha sido encontrado por um faxineiro num porão qualquer da escola. "Faxineiro?", eu falei. Informaram o nome do homem, como se isso fizesse alguma diferença. Theo tinha bebido além da conta, disseram. Tipo uma overdose de álcool. "Mas o Theo não bebe", eu disse pra eles, e eles simplesmente balançaram a cabeça como se isso fizesse todo o sentido, dizendo que eram justamente os garotos que não bebiam que acabavam morrendo de tanto beber. Disseram também que na maioria das vezes é possível socorrê-los a tempo, mas que o Theo tinha tropeçado em alguma coisa e despencado no tal porão. Só foram encontrá-lo no dia seguinte. Quando já era tarde demais.

A mesma história, quase palavra por palavra, que Neville Lockwood havia contado pouco antes. Aquilo começava a parecer ensaiado, decorado de antemão.

– Fizeram uma autópsia? – perguntou Maya.

– Sim. Javier e eu falamos pessoalmente com a legista, uma mulher muito simpática. Fomos até a sala dela, e ela falou que tinha sido uma intoxicação alcoólica. Muitos outros garotos tinham bebido também, eu acho. Uma festinha que desandou. Mas o Javier... ele não acreditou.

– Na opinião dele, o que foi que aconteceu?

– Ele não sabia. Mas desconfiava que alguém tivesse pressionado o Theo, sabe? Novato na escola, pobre... De repente os alunos ricos pressionaram e obrigaram ele a beber. Javier queria fazer um escândalo com a história toda.

– E você?

– Do que adiantaria um escândalo? – disse Raisa, encolhendo os ombros num gesto de cansaço. – Mesmo que fosse verdade, isso não traria meu filho de volta, traria? Todos os garotos aqui do bairro também sofrem esse tipo de pressão. Então... fazer o quê? Além do mais... sei que não é certo, mas também tinha o lado financeiro da coisa.

Maya sabia do que ela estava falando.

– Ofereceram dinheiro, não foi? A escola?

– Está vendo aqueles outros dois meninos na foto? – Ela enxugou as lágrimas, encheu os pulmões. – O da direita é o Melvin. Hoje é professor em Stanford. Não tem nem 30 anos e já é professor. O da esquerda é o Johnny. Estuda medicina na Johns Hopkins. Nunca tivemos de desembolsar um tostão com a educação deles. A Franklin Biddle arcou com todas as despesas. Deram uma quantia pra gente também, pra mim e pro Javier. Mas depositamos tudo numa poupança em nome dos meninos.

– Raisa... por acaso você lembra do garoto que dividia o quarto com o Theo no dormitório da escola?

– Andrew Burkett?

– Sim.

– Ele seria o quê...? Seu cunhado, não é? Tadinho...

– Quer dizer então que você lembra.

– Claro que lembro. Todos eles foram ao enterro. Todos aqueles filhinhos de papai com seus paletós azuis e suas gravatas com o emblema da escola. Todos vestidos do mesmo jeito, fazendo fila pra nos dar os pêsames feito um bando de robôs endinheirados. Mas o Andrew não... O Andrew era bem diferente.

— Diferente como?

— Estava muito triste. Sinceramente triste. Não estava ali só pra cumprir com uma obrigação.

— Eles eram muito próximos? O Andrew e o Theo?

— Eram, eu acho. Theo dizia que o Andrew era o melhor amigo dele. Quando, não muito depois, o Andrew caiu daquele barco em alto-mar... Quer dizer, li nos jornais que foi um acidente. Mas achei estranho. O pobrezinho perde seu melhor amigo e depois... *cai* do barco? — Ela olhou para Maya com as sobrancelhas arqueadas. — Aquilo não foi um acidente, foi?

— Acho que não — disse Maya.

— Javier também achou a mesma coisa. Fomos ao enterro do Andrew, você sabia disso?

— Não, não sabia.

— Lembro que falei pro Javier: "Andrew ficou tão triste com a morte do Theo..." Fiquei me perguntando se não era a tristeza que tinha matado ele, sabe? De repente o menino ficou tão deprimido que acabou pulando daquele iate. Mas o Javier não acreditava nisso.

— Achava o quê? — perguntou Maya.

Baixando os olhos para as mãos cruzadas, Raisa disse:

— Segundo ele, tristeza não mata ninguém. Mas culpa, sim.

Silêncio.

— O Javier... Ele não conseguiu lidar muito bem com tudo que aconteceu. O acordo com a escola... Ele falava que esse dinheiro era sujo. Eu não pensava assim. Como eu disse, talvez aqueles meninos tivessem pressionado o Theo um pouco, mas no fim das contas... Quer dizer, sempre achei que essa revolta do Javier tinha outro motivo: ele culpava a si mesmo. Foi ele quem insistiu que o Theo fosse estudar numa escola que não era o lugar dele. E Deus que me perdoe, mas... no fundo eu também acusava ele disso. Não dizia nada, mas acho que o Javier podia ler nos meus olhos. Mesmo depois que ficou doente. Mesmo depois de eu ter cuidado dele por tanto tempo. Mesmo quando pegou minha mão no leito do hospital, segundos antes de morrer. Javier via o que estava escrito nos meus olhos. De repente foi a última coisa que ele viu. — Raisa reergueu a cabeça, secou uma lágrima com o dedo indicador. — De repente ele tinha razão — disse. — Talvez não tenha sido a tristeza que matou o Andrew, mas a culpa.

Maya tomou a mão de Raisa entre as suas, um gesto que nem de longe condizia com sua personalidade, mas que lhe parecia certo naquele momento. Elas permaneceram mudas por um tempo, até que Raisa disse:
– Seu marido foi assassinado algumas semanas atrás.
– Foi.
– E agora você está aqui.
Maya assentiu.
– Não é uma coincidência, é?
– Não – disse Maya. – Não é.
– Sra. Burkett... quem foi que matou meu menino? Quem foi que matou o meu Theo?
Maya disse que não tinha uma resposta para essa pergunta. Mas começava a desconfiar que talvez tivesse, sim.

capítulo 26

MAYA SE ACOMODOU AO volante do carro e fixou os olhos no nada à sua frente. Sua vontade era deixar a cabeça cair e chorar. Mas não tinha tempo nem para isso. Ela conferiu o celular: mais duas chamadas perdidas da Leather and Lace. Decerto eles estavam aflitos com alguma coisa. Maya decidiu quebrar o protocolo. Ligou de volta para o mesmo número e pediu para falar com Lulu.

– Pois não? – disse a outra.

– Chega desse exagero ridículo – ela foi logo dizendo. – Estou na Filadélfia.

– Uma das nossas melhores dançarinas ficou doente, então temos uma vaga pra hoje à noite. Se você quer mesmo este emprego, é melhor que venha já.

Maya revirou os olhos e disse:

– Tudo bem. Estou indo.

No navegador do telefone ela pesquisou o nome de Christopher Swain, o segundo capitão da equipe de futebol da Franklin Biddle, que estava no iate naquela noite fatídica. Ele trabalhava em Manhattan numa empresa chamada Swain Empreendimentos Imobiliários. Uma empresa familiar, claro, com vários projetos nos cinco distritos da cidade de Nova York. Ótimo, mais um ricaço pela frente. Na página de veteranos do site da escola havia um endereço de e-mail sob o nome dele. Maya enviou uma curta mensagem: "Meu nome é Maya Burkett. Sou a viúva de Joe Burkett. Preciso falar com você com urgência. Por favor, entre em contato comigo assim que puder." Também incluiu todos os seus dados de contato.

Dali a duas horas ela chegou à boate e estacionou na área dos funcionários. Já ia descendo do carro quando a porta do passageiro se abriu e Corey entrou às pressas, abaixando a cabeça logo em seguida.

– Me tira daqui – sussurrou ele.

Maya não titubeou. Deu ré e numa questão de segundos já estava de volta na rua.

– Precisamos dar um passeio – disse Corey.

– Onde?

Ele passou um endereço em Livingston, nas imediações da Rota 10.

– Livingston? – perguntou Maya. – Imagino que seja alguma coisa relacionada com o Tom Douglass. – Vendo que Corey ainda se encolhia no banco, disse: – Não estamos sendo seguidos.

– Tem certeza?

– Tenho.

– Eu precisava sair de lá. Não quero que eles saibam.

Maya não perguntou por quê. Isso não era problema seu.

– Então? Aonde exatamente estamos indo?

– Dei uma rastreada nos e-mails do Tom Douglass.

– Você pessoalmente?

– Você deve achar que eu tenho uma equipe enorme, não é?

– Sei que tem um monte de... "seguidores" não é bem a palavra. Um monte de *fiéis*, eu diria. Esse pessoal idolatra você.

– Até o dia em que param de idolatrar. Não posso confiar neles. Sou apenas a mais nova *cause célèbre*. As pessoas mudam de assunto rapidamente. Lembra do *Kony 2012*, aquele documentário do YouTube? Pois é. Procuro fazer tudo por minha conta mesmo.

Maya achou por bem trazê-lo de volta ao assunto que lhe interessava.

– Você disse que rastreou os e-mails do Tom Douglass...

– Certo. O cara ainda usa o AOL, acredita? "Neandertal" é pouco pra ele. Mas não faz muita coisa por e-mail. Não leu nenhuma das mensagens recebidas nem enviou nenhuma mensagem em quase um mês.

Maya virou para a direita, tomou a rampa de acesso à autoestrada e disse:

– Ele sumiu mais ou menos nessa altura, segundo contou a mulher dele.

– Exato. Mas hoje cedo recebeu uma mensagem de um cara chamado Julian Rubinstein, a cobrança de uma conta não paga. Pelo que depreendi, esse Rubinstein aluga pro nosso amigo o espaço de um pequeno depósito que ele tem nos fundos do terreno de uma oficina mecânica em Livingston.

– Uma oficina mecânica?

– Sim, eu acho.

– Lugar estranho pra um depósito – observou Maya.

– Não encontrei nenhum pagamento por cartão de crédito, nenhum documento, nada. Douglass paga o cara em dinheiro vivo. Pra não deixar rastros, só pode ser. Provavelmente não fez o último pagamento, daí o e-mail de Julian Rubinstein. Que era num tom bem informal, do tipo "Ei, Tom, e aí? Você está atrasado, cara".

Maya apertou os dedos contra o volante, apreensiva. Tudo isso lhe cheirava muito mal.

– Você tem algum plano em mente?

Corey ergueu a mochila que trazia consigo, depois disse:

– Gorros, duas lanternas, alicate.

– Basta pedir à mulher dele pra abrir o tal depósito.

– Vai que ela também não tenha acesso? Vai que diga "não"?

– Tem razão.

– Não é só isso, Maya.

Ela não gostou nem um pouco do tom dele.

– Que foi?

– Não menti pra você, não é isso. Mas você tem de entender. Eu precisava testar sua fidelidade.

– Oh-oh.

Eles pararam num sinal vermelho. Maya virou-se para ele e ficou esperando.

– Não contei toda a verdade – confessou Corey.

– Então conte agora.

– Sua irmã.

– O que tem ela?

– Entregou mais coisas sobre a EAC Pharmaceuticals do que eu te disse naquele dia.

Maya assentiu e disse:

– É, eu já imaginava.

– Como?

Também não havia motivo para abrir o jogo completamente com ele.

– Você sabia que os Burketts andavam metidos em alguma falcatrua, mas não tinha nenhuma prova concreta. Foi isso que você disse logo no início. Depois falou da EAC Pharmaceuticals. Então deduzi que a Claire tinha entregado alguma coisa.

– Pois é. Acontece que o que ela entregou era pouco. A gente até poderia divulgar esse primeiro material, mas eles teriam tempo hábil pra varrer a merda toda pra debaixo do tapete. Nossa investigação ainda estava muito no início. Precisávamos de mais.

– Então a Claire continuou cavando.

– Sim.

– E acabou trombando com o Tom Douglass.

– Isso mesmo. Só que ela disse que o Tom Douglass não tinha nada a ver com a EAC, que era outra coisa. Outra coisa muito maior.

O sinal abriu. Maya arrancou calmamente.

– Mas, depois que a Claire morreu, por que você não divulgou o que tinha nas mãos, por mais insuficiente que fosse?

– Porque eu queria descobrir o que era essa história com o Tom Douglass. Claire parecia mais preocupada com ela do que com os medicamentos fajutos. Então, se divulgássemos alguma coisa, talvez eles se armassem até os dentes, e eu queria ir mais fundo na minha investigação.

– Então... com a morte da Claire você resolveu me colocar no lugar dela, é isso?

Corey não disse nem que sim, nem que não.

– Você é uma figura...

– Sou meio manipulador, sim, eu admito.

– Manipulador é pouco.

– Foi por uma boa causa.

– Certo. Mas por que resolveu se abrir comigo agora?

– Porque uma pessoa morreu com os medicamentos fajutos da EAC. Um menino de 3 anos na Índia. Teve uma infecção gravíssima, com muita febre. Começaram a tratar ele com uma versão da EAC pra amoxicilina. Não adiantou de nada. Quando os médicos finalmente resolveram trocar o antibiótico... aí já era tarde demais. O menino acabou entrando em coma e morrendo.

– Que horror – disse Maya. – Como foi que você descobriu tudo isso?

– Um cara do hospital. Um médico anônimo que resolveu botar a boca no trombone. Fez gravações de vídeo e áudio, guardou todos os prontuários, guardou até algumas coletas de material. Isso, junto com o que a Claire já tinha informado... Mas ainda é pouco, Maya. Os Burketts vão culpar os indianos que comandam os laboratórios de lá. Vão se esconder debaixo das asas de um monte de advogados, esses que cobram os olhos da cara e sabem dar nó em pingo d'água. Talvez saiam um pouco queimados. Talvez tenham de desembolsar alguns milhões de dólares, mas...

– Você acha que o Tom Douglass é a criptonita deles?

– Acho. – Meio sorrindo, ele emendou: – A Claire também achava.

– Você está se divertindo com tudo isso, não está?

– Às vezes você também não se divertia na guerra?

Maya não respondeu.

– Não vou negar: chego a ficar empolgado. Mas isso não significa que eu não leve a coisa a sério.

Maya deu seta e mudou para a faixa à sua direita.

– Foi assim que você ficou se sentindo também quando recebeu a gravação do meu helicóptero? Empolgado?

– Quer mesmo saber? Foi.

Maya não disse nada, seguiu dirigindo enquanto Corey ia procurando alguma coisa no rádio do carro. Dali a meia hora eles deixaram a autoestrada. O GPS informava que eles estavam a menos de dois quilômetros do seu destino final.

– Maya...

– Sim.

– Você ainda é amiga de muita gente no Exército, não é? Shane Tessier, por exemplo.

– Você anda me vigiando também?

– Mais ou menos.

– Aonde exatamente você quer chegar com isso, Corey?

– Por acaso eles conhecem o teor do áudio daquela gravação no helicóptero? Quer dizer...

– Sei muito bem o que você quer dizer – Maya cuspiu de volta. E depois: – Não.

Corey já ia abrindo a boca para outra pergunta, mas ela o interrompeu, dizendo:

– Chegamos.

Eles dobraram à esquerda e seguiram por um caminho de terra. Maya esquadrinhou a área à procura de câmeras de segurança e não encontrou nenhuma. Parou a uma quadra de distância da oficina mecânica, que se chamava JR's Body Shop. Corey ofereceu a ela um dos gorros.

– Não precisa. Vamos chamar menos atenção sem eles. Está escuro. Podemos passar por um casal com problemas no carro, procurando um mecânico etc.

– Não posso dar mole – disse Corey, nervoso.

– Eu sei.

– Não posso ser reconhecido de jeito nenhum.

– Essa barba por fazer, o boné enterrado na cabeça... Fique tranquilo, ninguém vai te reconhecer. Pegue o alicate e mantenha a cabeça sempre baixa.

Corey não parecia lá muito convencido.

— Então fique aqui, esperando no carro. Eu me viro sozinha — disse Maya, já descendo.

Muito a contragosto, Corey pegou o alicate e desceu também. Eles seguiram caminhando em silêncio. Embora estivesse escuro, Maya não acendeu sua lanterna, mas continuou procurando por câmeras de segurança. Nenhuma câmera, nenhuma casa por perto, nada.

— Interessante... — disse ela.

— O quê?

— Que o Tom Douglass tenha escolhido justamente este buraco como depósito.

— Como assim?

— Tem um galpão da CubeSmart na rua lá de trás. E outro da Public Storage. Os dois de fácil acesso, câmeras de segurança e tudo mais. Mas nosso detetive preferiu isto aqui.

— Porque é um Neandertal.

— Pode ser — disse Maya. — Ou de repente não queria que ninguém soubesse deste lugar. Pensa bem. Você bisbilhotou os cartões de crédito do cara. Se ele estivesse pagando um depósito normal com cartão ou cheque, muito provavelmente você encontraria algum registro. Pra mim está mais do que claro: ele queria ficar na moita.

A oficina era um bloco de cimento pintado em amarelo e com duas entradas para os carros, ambas fechadas com cadeado. Em volta crescia um mato desde muito por capinar. Pedaços de carro enferrujados espalhavam-se a esmo pelo terreno. Maya e Corey foram seguindo na direção de uma possível entrada traseira, mas logo viram que o caminho estava obstruído por um cemitério de carros. Maya localizou entre eles um Oldsmobile Cutlass Ciera que um dia havia sido branco, o mesmo que seu pai dirigia no passado. De repente, lhe veio à cabeça a lembrança daquele dia glorioso em que ele chegara em casa com o carro novinho em folha, ela, a mãe e a irmã já esperando por ele na rua, entrando no carro para um passeio de estreia, todos sorrindo de orelha a orelha, orgulhosos da nova aquisição. Não era exatamente um carro de luxo, mas o velho tinha verdadeira adoração por ele. Agora, vendo aquele Oldsmobile na montanha de sucata, mesmo sabendo que se tratava de um pensamento idiota, Maya ficou se perguntando se ali não estaria o mesmo carro que um dia tanta felicidade dera a seu pai e à sua família, se todos os carros naquele cemitério também não haviam

tido um passado igualmente glorioso para depois terminar seus dias naquele monte de ferrugem nas imediações de uma autoestrada.
— Maya, tudo bem com você? — perguntou Corey.
Ela seguiu adiante sem responder e ligou a lanterna. O terreno era grande, devia ter uns oito ou dez mil metros quadrados. Nos fundos, mais para a direita e quase inteiramente escondidos pela carcaça de uma van, havia dois galpões, desses em que as pessoas geralmente guardavam sua tralha pessoal ou ferramentas de jardinagem. Maya apontou para eles com a lanterna. Corey estreitou os olhos para enxergar melhor, assentiu com a cabeça e seguiu adiante com Maya a seu lado, ambos mudos, desviando das calotas e portas soltas que iam encontrando pela frente.
Os galpões eram pequenos, com mais ou menos um metro e meio de altura e largura. Maya constatou que eles não eram de madeira como havia imaginado, mas de resina ou de qualquer outro tipo de plástico mais duro e resistente a chuva, uma estrutura pré-fabricada, dessas que se montavam em menos de meia hora. Ambas estavam trancadas com cadeado.
Maya e Corey se encontravam a apenas uns dez metros de distância quando pararam juntos, ambos assustados com o cheiro forte que sentiram no ar. Com uma expressão de horror estampada no rosto, Corey virou-se para Maya, que respondeu com um simples meneio da cabeça.
— Essa não... — disse ele.

Corey deu meia-volta e foi detido por Maya antes de começar a correr, como já ia fazendo.
— Vai ser pior se a gente correr — disse ela.
— Nem sabemos direito o que é esse cheiro. Pode ser um bicho.
— Pode ser.
— Então vamos embora. Agora.
— Vai você, Corey.
— Hein?
— Vou ficar e vou abrir esses depósitos. Posso lidar com as consequências. Você não. Eu entendo. Você já é um homem procurado. Então vai embora. Não vou contar pra ninguém que esteve aqui.
— Vai contar o que então?
— Não se preocupe. Vai.
— Mas quero saber o que tem dentro dos galpões.
Faltava pouco para que Maya perdesse a paciência.

– Então fica, caramba – ela disparou de volta.

O alicate cortou o aro do cadeado com a facilidade de uma faca quente sobre um torrão de manteiga. Uma fresta se abriu na porta, e um braço humano escapou através dela.

– Meu Deus... – sussurrou Corey.

O cheiro forte o fez recuar e ter ânsia de vômito.

Maya ficou onde estava, vendo o restante do corpo que escorregava porta afora. O rosto já estava com uma péssima aparência, começando a apodrecer. No entanto, lembrando-se das fotos que tinha visto, e diante dos cabelos compridos e grisalhos, Maya podia jurar que era Tom Douglass quem estava ali. Ela deu um passo na direção do corpo.

– O que você está fazendo?

Ela não se deu ao trabalho de responder. Não que já fosse calejada o bastante para não se emocionar diante de um cadáver, tendo visto tantos deles na guerra. Não se deixava paralisar, só isso. Ela espiou o interior do galpão. Estava vazio.

Corey começou a ter ânsia de vômito novamente.

– Vai embora – disse Maya.

– Por quê?

– Porque se você vomitar aqui, a polícia vai ver. Anda, vai. Volta pra estrada, entra numa lanchonete qualquer e liga pra Lulu, pede pra ela vir te buscar.

– Não me sinto à vontade pra deixar você sozinha aqui.

– Não estou correndo nenhum perigo. Você está.

Ele olhou para a direita, olhou para a esquerda, depois disse:

– Tem certeza?

– Vai, vai, vai.

Maya cortou o cadeado do segundo galpão e espiou. Vazio também. Quando olhou para trás, viu Corey já bem longe, atropelando calotas e portas rumo à saída da oficina. Esperou até que ele sumisse de vista e conferiu as horas no relógio. Limpou as impressões digitais deixadas no alicate, depois o escondeu no Oldsmobile. Mesmo que fosse encontrado, não provaria nada. Apenas por garantia ela esperou mais uns vinte minutos.

Só então ligou para o serviço de emergências.

capítulo 27

Maya já tinha sua história na ponta da língua.

– Recebi uma denúncia anônima, dizendo que eu viesse aqui. Quando cheguei, encontrei os cadeados já arrombados. Vi um braço escapulindo da porta. Abri mais um pouco e foi aí que liguei pro 911.

Os policiais quiseram saber qual era o interesse dela na história. Aqui ela optou pela verdade, pois sabia que a mulher de Tom Douglass seria interrogada mais tarde. Contou que a irmã tinha sido assassinada pouco depois de ter conversado com o detetive e que ela, Maya, precisava descobrir por quê.

As perguntas não pararam por aí, e ela precisou pedir um tempo para providenciar que alguém fosse buscar sua filha na creche. Com a devida permissão, ligou para Eddie e rapidamente explicou a situação.

– Você está bem? – perguntou ele.

– Estou, estou.

– Isso com certeza tem alguma coisa a ver com a morte da Claire, não tem?

– Com certeza.

– Vou buscar a Lily, fique tranquila.

Cercada de policiais, Maya ligou para a creche via Skype e avisou que era o tio de Lily quem a buscaria hoje. Miss Kitty, a professorinha, de início não aceitou. Jogou duro, depois insistiu que Maya ligasse de volta para garantir que tudo estava nos conformes. Maya gostou do rigor da creche, mais um sinal de segurança.

Horas mais tarde, já nos limites da paciência, ela disse aos policiais:

– E aí, vocês vão me prender?

O chefe deles, um investigador do condado de Essex com uma gloriosa cabeleira encaracolada e um par de sobrancelhas grossas, refletiu um instante, depois disse:

– Podemos prendê-la por invasão de uma propriedade particular.

– Então anda logo com isso – rosnou Maya, já oferecendo os dois pulsos para ser algemada. – Preciso buscar minha filha.

– A senhora é uma suspeita neste caso.

– Suspeita de que exatamente?

– De homicídio, claro. De que mais poderia ser?

– Com base em quê?

– Como foi que chegou aqui hoje?
– Já expliquei.
– A esposa da vítima já tinha dito à senhora que o marido dela havia sumido de casa, certo?
– Certo.
– Depois a senhora recebeu uma denúncia anônima, dizendo que viesse até esta oficina mecânica e conferisse estes depósitos.
– Certo.
– Quem poderia ter feito essa denúncia anônima?
– Não faço a menor ideia.
– Foi por telefone? – perguntou o cabeludo.
– Foi.
– Fixo ou celular?
– Fixo. Meu telefone de casa.
– Vamos averiguar todos os seus registros telefônicos.
– Façam isso. Mas agora... já está ficando tarde – disse ela, levantando-se. – Se não tiverem mais nenhuma...
– Espere aí – disse ao longe um terceiro.

Maya reconheceu a voz imediatamente e praguejou entre dentes.

Roger Kierce, o detetive da Polícia de Nova York, veio caminhando ao encontro deles com seu jeitão caipira, os braços projetando-se para os lados como se espetados no tronco atarracado.

– Quem é você? – perguntou o cabeludo.

Kierce informou seu nome, mostrou as credenciais, depois apontou para Maya e disse:

– Estou investigando o assassinato de Joe Burkett, marido dela. E aqui? Já determinaram a causa da morte?

O cabeludo olhou com desconfiança para Maya, depois se virou novamente para Kierce.

– Talvez seja melhor conversarmos em particular – disse ele.

– Parece que foi um talho na garganta – adiantou-se Maya. Os dois homens olharam para ela. – Só estou tentando adiantar o expediente. Realmente preciso ir.

Kierce fez uma careta e voltou sua atenção para o cabeludo, que disse:

– De fato há na garganta algo que parece ser um talho de faca, mas ainda não sabemos nada além disso. Nosso legista vai divulgar o laudo amanhã de manhã.

Kierce puxou a cadeira vizinha à de Maya, virou-a para sentar ao contrário, depois se escanchou nela de modo teatral. Maya ficou observando, lembrando-se do que Caroline dissera sobre os pagamentos da família ao detetive. Seria verdade? Ela achava que não, mas, em todo caso, tocar no assunto naquele momento não seria lá uma boa ideia.

– Eu poderia chamar meu advogado agora mesmo – foi o que ela disse. – Você sabe muito bem que não existe motivo pra uma detenção.

– Apreciamos sua colaboração neste caso – retrucou Kierce sem um pingo de sinceridade –, mas antes que vá embora... Bem, acho que nós estamos olhando a coisa pelo ângulo errado.

Ele ficou esperando para ver se a isca seria mordida. Maya disse:

– *Nós* estamos olhando exatamente para o que, posso saber?

Plantando as mãos sobre o encosto da cadeira virada, Kierce disse:

– Volta e meia você tropeça num cadáver, não é?

As palavras de Eddie: "O fantasma da morte persegue você, Maya..."

– Primeiro o seu marido – prosseguiu Kierce, um sorrisinho de ironia escapando dos lábios. – Agora esse investigador particular.

– Aonde você está querendo chegar, detetive?

– Só estou dizendo. Primeiro você vai encontrar seu marido no parque e ele acaba morto. Depois se despenca pra cá, procurando só Deus sabe o quê... e Tom Douglass acaba morto também. Qual será o denominador comum de tudo isso?

– Deixa eu ver se adivinho... – disse Maya. – Eu?

Kierce encolheu os ombros, dizendo:

– Não dá pra ignorar.

– Não, não dá. Mas qual é exatamente sua tese, detetive? Acha que matei essas duas pessoas?

Ele encolheu os ombros mais uma vez.

– É você que vai me dizer.

Maya ergueu os braços num gesto de rendição.

– Ok, ok, você me pegou. Matei o Tom Douglass... o quê? Semanas atrás? A julgar pelo estado do corpo? Depois escondi o cadáver neste fim de mundo, fui embora sem ser descoberta, e aí, por algum estranho motivo, procurei a mulher do homem pra saber onde ele estava. Depois disso... me ajuda aqui, detetive... depois disso voltei a esta oficina pra chamar a polícia e praticamente me entregar, certo?

Kierce não disse nada.

– E, claro, como não enxergar a conexão disso tudo com a morte do meu marido? Quanta esperteza a minha, ficar dando sopa na cena dos meus crimes, achando que essa é a melhor maneira de me safar! Ah, e no caso do Joe... puxa, realmente mando muito bem... por obra de algum milagre consegui encontrar a arma que alguém usou pra matar minha irmã, mesmo estando fora do país quando ela foi morta, e com ela matei meu próprio marido. Foi isso que aconteceu, não foi, detetive? Ou será que esqueci algum detalhe?

Kierce permaneceu mudo.

– E já que você está tentando provar que cometi esses dois... Espera aí, será que não matei minha irmã também? Não, você mesmo já disse que eu não poderia ter feito isso porque estava servindo o país no Oriente Médio. Mas já que você está provando tudo isso, quem sabe não seria o caso de investigarmos também a sua relação com a família Burkett?

Isso bastou para chamar atenção do detetive.

– Do que você está falando?

– Deixa pra lá. – Maya se levantou e disse: – Vocês que fiquem aí, perdendo o tempo que quiserem. Tenho uma filha pra criar.

Já rebocavam o carro dela.

– E a ordem judicial, onde está? – perguntou ela.

O cabeludo mostrou o documento.

– Rápidos no gatilho, não?

O homem simplesmente deu de ombros.

– Posso lhe dar uma carona – ofereceu Kierce.

– Não, obrigada.

Maya chamou um táxi pelo telefone, e o carro chegou em dez minutos. Assim que foi deixada em casa, ela pegou o outro carro, o de Joe, e correu para a casa de Claire e Eddie.

Eddie já esperava por ela à porta.

– E aí? – ele foi logo perguntando.

Sem entrar, Maya relatou rapidamente os acontecimentos da noite. De onde estava, ela podia ver Lily brincando com Alexa no interior da casa. Alexa e Daniel, ela pensou. Como eram bacanas aqueles dois. De modo geral ela julgava por resultados: se os filhos eram bacanas, então os pais deviam ser também. No caso dos sobrinhos, de quem seria o crédito? Apenas de Claire? No fim das contas, em qual dos dois ela confiaria mais para criar sua filha se preciso fosse?

– Eddie...
– Que foi?
– Omiti uma informação de você.
Ele olhou diretamente nos olhos dela.
– Não fui até a Filadélfia à toa. Lá fica a escola onde o Andrew Burkett estudou.
Ela contou toda a história, depois cogitou ir além e contar que tinha visto Joe na gravação da câmera escondida. Acabou concluindo que, pelo menos naquele momento, isso não acrescentaria nada.
– Então... são três mortes ao todo – disse Eddie em seguida, referindo-se a Claire, Joe e agora ao tal detetive particular. – E até onde consigo enxergar, a única conexão entre eles é o Andrew.
– Isso mesmo.
– Está mais do que claro, você não acha? Alguma coisa aconteceu naquele iate. Alguma coisa grave o bastante pra que continuem matando gente tanto tempo depois.
Maya assentiu com a cabeça.
– Quem mais estava a bordo naquela noite? – perguntou Eddie.
Maya lembrou-se do e-mail que tinha mandado para Christopher Swain. Até então não havia recebido nenhuma resposta.
– Só parentes e amigos – disse ela.
– Quem da família exatamente?
– Andrew, Joe e Caroline.
Eddie coçou o queixo, dizendo:
– E dois deles estão mortos.
– Pois é.
– Então sobra apenas...
– Caroline era uma criança. O que poderia ter feito? – Maya espiou a filha às costas do cunhado. Achou que ela parecia sonolenta. – Já está ficando tarde, Eddie.
– Ok, tudo bem.
– Ah, antes que eu me esqueça: precisamos colocar seu nome na lista de pessoas autorizadas a pegar a Lily na creche, o que tem de ser feito pessoalmente. Caso contrário não vão deixar que você a busque outra vez.
– Eu sei, a tal Miss Kitty me disse. Precisamos ir juntos, tirar uma foto etc.
– De repente podemos fazer isso amanhã se você tiver um tempinho.

Eddie virou-se e olhou para a sobrinha, que, com olhinhos pesados, batia mãos com a prima numa espécie de uni-duni-tê.

– Tudo bem, vamos lá.

– Obrigada, Eddie.

Eddie, Alexa e agora Daniel acompanharam Maya e Lily até o carro. Lily ameaçou uma birra, mas estava cansada demais para levá-la adiante. Já havia fechado os olhinhos quando Maya sentou ao volante e afivelou o cinto de segurança.

Maya procurou não pensar nos mortos enquanto dirigia, mas não conseguiu. Eddie estava certo. O que estava acontecendo no presente, fosse lá o que fosse, certamente tinha algo a ver com o que havia acontecido naquele iate dezessete anos antes. Difícil entender por que, mas isso era o que tudo indicava. Novamente ela almejou a simplicidade de Ockham, talvez, porém, a filosofia mais apropriada para as circunstâncias fosse a de Arthur Conan Doyle via Sherlock Holmes: "Quando eliminamos o impossível, o que sobra, por mais improvável que seja, deve ser a verdade."

Dizem que não é possível enterrar o passado. Talvez seja verdade, mas o que isso significa de verdade é o seguinte: os traumas do passado reverberam e ecoam até o presente e assim permanecem vivos, o que não era lá muito diferente do que Maya estava passando. O trauma daquele ataque de helicóptero ainda ecoava e permanecia vivo, mesmo que apenas na sua cabeça.

Então o melhor a fazer talvez fosse vasculhar o passado. Que trauma poderia ter desencadeado tantos acontecimentos macabros?

Alguns apontariam para aquela noite no iate, mas não era lá que tudo havia começado.

Onde então?

Ela precisava recuar ainda mais no tempo, o mais longe possível. Era lá que geralmente ficavam as respostas. No caso em questão, o mais longe possível remontava à Franklin Biddle Academy e à morte de Theo Mora.

Maya sentiu uma inusitada solidão assim que pisou em casa. De modo geral, gostava da solidão, ansiava pelo descanso que ela trazia consigo. Mas não naquela noite. Deu banho na filha, trocou a roupa dela, e durante todo esse tempo a menina permaneceu meio grogue, mais dormindo do que acordada. Sua vontade secreta era que depois do banho ela despertasse um pouco, de modo que mãe e filha pudessem ficar um tempinho juntas, mas isso parecia pouco provável. Desconsolada, viu a menina fechar os olhos assim que foi acomodada na cama.

– Que tal uma historinha antes de dormir? – ela ainda arriscou, ciente de que estava forçando uma barra. Mas Lily não se mexeu.

Maya se levantou e ficou olhando para a filha do alto. Por um instante sentiu-se maravilhosamente normal. Queria ficar ali, naquele quarto, ao lado da sua Lily. Por que queria protegê-la? Por que não queria ficar sozinha? Naquele momento ela não saberia dizer. Mas tanto fazia. Ela puxou uma cadeira e sentou-se junto da cômoda que ficava ao lado da porta. Por um bom tempo não fez mais do que contemplar a filha. Diferentes emoções iam inflando e quebrando feito as ondas de uma praia, e ela não fazia nada para interrompê-las, tampouco as analisava, apenas deixava que elas fluíssem no seu próprio ritmo, interferindo o mínimo possível.

De repente ela se viu tomada de uma estranha paz.

Não havia motivo para ir dormir. Os ruídos não tardariam a aparecer se ela fosse para a cama, e isso era a última coisa que ela queria então, aquele inferno noturno que não dava trégua nunca. Descansaria muito mais se ficasse ali onde estava, admirando a filha.

Ela não saberia dizer quantas horas já haviam passado. Uma, talvez duas. Não queria sair daquele quarto nem por um segundo que fosse, mas precisava buscar seu bloco de anotações e uma caneta. Fez isso o mais rápido que pôde, receando abandonar a filha ainda que por alguns minutos. Quando voltou para o quarto, sentou-se na mesma cadeira e começou a escrever as cartas. Achou estranho ter uma caneta entre os dedos. Raramente escrevia alguma coisa à mão. Como todo mundo. Tudo agora se resolvia pelo computador ou pelo telefone.

Mas não naquela noite. Não para o que tinha em mente.

Já estava terminando quando o celular vibrou. Vendo que a chamada era de Caroline, a irmã de Joe, ela atendeu imediatamente.

– Caroline?

– Eu o vi, Maya – disse a outra, sussurrando. – Ele voltou. Não sei como, mas voltou. Falou que vai te procurar em breve.

Maya sentiu o sangue gelar nas veias.

– Caroline, onde você está?

– Não posso dizer. Não conta pra ninguém que eu liguei. Por favor.

– Caroline...

Caroline desligou. Maya ligou de volta para o número dela, mas caiu no correio de voz. Não encontrou um recado para deixar.

"Respire fundo, Maya. Inspire... Expire... Não deixe o pânico chegar."

Porque não era a hora de entrar em pânico. Ela se recostou na cadeira e procurou refletir sobre o telefonema da cunhada da maneira mais racional possível. E, pela primeira vez em muito tempo, o horizonte começou a clarear.

Não por muito tempo.

Ela ouviu um carro estacionar na rua. Acabara de ouvir de Caroline: "Ele falou que vai te procurar em breve."

Ela correu para a janela, esperando ver...

Exatamente o quê?

Na realidade dois carros haviam estacionado diante da sua casa. Do primeiro, um carro comum, desceu Roger Kierce. Do outro, um carro da polícia de Essex, desceu o investigador cabeludo.

Maya se afastou da janela e deu uma última espiada na filha antes de sair do quarto. O cansaço quis mostrar suas garras, mas ela não se deixou intimidar. Finalmente havia uma luz no fim daquele túnel de mistérios. Muito ao longe, mas uma luz.

Por medo de que eles tocassem a campainha e acordassem Lily, ela saiu à rua e foi ao encontro dos dois policiais.

– O que vocês querem? – perguntou, mais impaciente do que havia pretendido.

– Encontramos uma coisa – disse Kierce.

– O quê?

– Você vai ter de vir com a gente.

capítulo 28

Miss Kitty conseguiu manter um sorriso amplo e duro, muito embora tivesse reconhecido o carro de Kierce, o mesmo em que vira Maya chegar naquele primeiro dia. Erguendo a mão antes que ela dissesse qualquer coisa, adiantou-se:

– Não precisa explicar.
– Obrigada.

Como já havia se tornado costumeiro, Lily se deixou levar pela professorinha sem protestar e entrou na sala amarela sem ao menos olhar para trás, engolida pelas gargalhadas das outras crianças.

– É uma menina adorável – disse Miss Kitty, voltando para o lado de Maya.

– Obrigada.

Maya deixou seu carro no estacionamento da creche e seguiu com Kierce. Não deu nenhuma trela quando ele tentou puxar conversa: fechou-se totalmente e assim permaneceu até a delegacia de Newark, onde foi conduzida para uma clássica saleta de interrogatório, igual a tantas outras nas delegacias de todo o país. Sobre a mesa havia uma câmera de vídeo instalada em cima de um pequeno tripé. O cabeludo apontou-a diretamente contra a câmera antes de ligá-la e perguntar se Maya estava disposta a responder a algumas perguntas. Maya disse que sim e assinou um formulário, comprovando o que acabara de dizer.

Kierce tinha mãos grandes e peludas. Cruzou-as sobre a mesa e procurou acalmar sua interrogada com um sorriso que ela não devolveu.

– Você se importa de começarmos do início? – disse ele.
– Me importo.
– Perdão?
– Você disse que tinha uma informação nova – disse Maya.
– Correto.
– Então por que não começamos por ela?
– Vou pedir um pouquinho da sua paciência, pode ser?

Maya não respondeu.

– Quando seu marido foi morto, você falou de dois homens que supostamente tentaram assaltar vocês dois, você e seu marido.

– Supostamente?
– Apenas uma formalidade, Sra. Burkett. Se incomoda se eu voltar a chamá-la de Sra. Burkett?
– Não. Qual é a sua pergunta?
– Localizamos dois homens que se encaixavam na sua descrição. Emilio Rodrigo e Fred Katen. Pedimos que você os identificasse, o que você fez prontamente, mas segundo o seu depoimento, eles estavam usando gorros. Como você sabe, não tínhamos provas para detê-los, mas Rodrigo foi indiciado por porte ilegal de arma.
– Ok.
– Antes do assassinato do seu marido, você conhecia algum desses dois rapazes, Emilio Rodrigo ou Fred Katen?
Opa. Para onde estaria indo aquela conversa?
– Não.
– Nem sequer havia falado com eles?
Maya olhou para o cabeludo, que estava imóvel feito uma rocha. Depois se virou para Kierce e respondeu:
– Não, nunca.
– Tem certeza?
– Tenho.
– Porque uma tese possível é a de que não se tratava de um assalto, Sra. Burkett. Uma tese possível é a de que você tenha contratado esses dois rapazes pra matar seu marido.
Maya novamente olhou para o cabeludo antes de dizer ao detetive:
– Você sabe que isso não é verdade.
– Sei? Por quê?
– Por dois motivos. Primeiro, se tivesse contratado Emilio Rodrigo e Fred Katen, eu não teria identificado os dois para a polícia, teria?
– Talvez quisesse dar uma rasteira neles.
– O que seria meio arriscado, não acha? Pelo que sei, o único subsídio que vocês tinham pra pegá-los era o meu depoimento. Se eu não tivesse dito nada, vocês nunca os teriam encontrado. Então... que motivo eu poderia ter tido pra identificá-los? Não seria do meu próprio interesse ficar de bico calado?
Kierce não encontrou o que dizer.
– E se por algum estranho motivo você acha mesmo que contratei essa dupla pra depois passar uma rasteira neles, então me diga: que motivo eu

teria pra dizer que eles estavam de gorro? Eu poderia muito bem tê-los identificado com absoluta certeza pra que depois vocês pudessem prendê-los, não poderia?

Kierce já ia abrindo a boca para dizer algo, mas Maya o interrompeu para responder a uma mensagem da creche. Em seguida disse:

– E antes que você me venha com mais alguma tese absurda, me diga uma coisa. Nós dois sabemos que não é por isso que estou aqui. E antes que você pergunte como é que eu sei, estamos em Newark, não na cidade de Nova York. Estamos na jurisdição do nosso amigo cabeludo aqui. Desculpa, como é mesmo o seu nome?

– Demetrius Mavrogenous, investigador do condado de Essex.

– Ótimo. Se importa se eu continuar com "cabeludo"? Mas não vamos desperdiçar nosso precioso tempo, ok? Se isto tivesse alguma coisa a ver com o assassinato do Joe, estaríamos lá na sua delegacia do Central Park, detetive Kierce. Mas não. Estamos em Newark, que fica no condado de Essex, que é a jurisdição de Livingston, Nova Jersey, distrito onde foi localizado o corpo do Tom Douglass ontem à noite.

– Localizado, não – corrigiu Kierce, tentando recuperar o embalo de antes. – *Encontrado*. Por você.

– Sim, mas isso não é novidade nenhuma, é?

Após um breve silêncio, Kierce disse:

– Não, não é.

– Ótimo. E não estou sob ordem de prisão, estou?

– Não, não está.

– Então chega de rodeios, detetive. Diz logo o que encontrou pra justificar minha presença aqui.

Kierce olhou para o cabeludo; o cabeludo assentiu com a cabeça.

– Por favor, olhe para aquele monitor ali.

Na parede havia uma televisão de tela plana. O cabeludo ligou-a com um controle remoto, e um vídeo surgiu à tela, a gravação de uma câmera de segurança localizada no que parecia ser um posto de gasolina. Viam-se as bombas e, atrás delas, as luzes e semáforos de uma avenida. Maya não reconheceu o posto imediatamente, mas logo se deu conta do que poderia estar acontecendo. Olhando de relance para Kierce, viu que ele analisava a reação dela.

– Pronto, é aqui – disse o cabeludo, pausando o vídeo e dando um zoom na imagem congelada. Maya não demorou a localizar seu próprio carro diante do semáforo à direita. Pelo ângulo da gravação, via-se apenas a parte traseira dele. – Somente as duas primeiras letras da placa estão legíveis, mas são as mesmas da placa do seu carro, Sra. Burkett. Este é o seu carro, Sra. Burkett?

Maya poderia argumentar dizendo que provavelmente existiam outras BMWs com placas que começavam com as mesmas letras, mas do que isso adiantaria?

– Parece que sim – disse ela.

Kierce sinalizou, e o cabeludo deslocou o zoom para a janela do lado do passageiro. Ambos se viraram para encarar Maya.

– Quem é esse homem? – perguntou Kierce.

Maya não respondeu.

– Sra. Burkett.

Ela permaneceu calada.

– Ontem à noite você nos disse que estava sozinha quando encontrou o corpo do Sr. Douglass, correto?

Olhando para a televisão, Maya disse:

– Não vejo nada ali que contradiga isso.

– Você não está sozinha no seu carro.

– Também não estou na oficina mecânica onde o corpo foi encontrado.

– Está dizendo que esse homem...

– Tem certeza que é um homem?

– Perdão?

– Estou vendo apenas um borrão e um boné de beisebol. Mulheres também usam bonés de beisebol.

– Quem é essa pessoa, Sra. Burkett?

Ela não iria contar a eles sobre Corey Rudzinski. Cedera à convocação de Kierce porque queria saber o que ele havia descoberto. Agora sabia. Então perguntou outra vez:

– Estou presa?

– Não.

– Então creio que não tenho mais nada pra fazer aqui.

Kierce abriu aquele seu sorriso irônico do qual ela não gostava nem um pouco.

– Maya? – disse ele. – Não foi por isso que trouxemos você aqui.

Ela parou onde estava, surpresa. O que teria acontecido ao "Sra. Burkett"?

– Conversamos com a viúva, a Sra. Douglass. Ela nos contou sobre a sua visita.

– A mesma sobre a qual falei ontem.

– Sim, falou. Segundo nos disse a Sra. Douglass, você a procurou porque acreditava que sua irmã Claire havia interrogado o marido dela. É isso mesmo?

Maya não via motivos para não confirmar a informação.

– Como eu já lhe disse, detetive.

Kierce inclinou a cabeça e perguntou:

– Como você sabe que sua irmã procurou o Tom Douglass?

Isso ela não queria responder. Kierce aparentemente já esperava por isso.

– Mais uma denúncia anônima por parte do seu amigo misterioso? – ironizou ele.

Maya não respondeu.

– Então, se não estou enganado, você recebeu uma denúncia desse seu amigo, dizendo que a Claire havia procurado o Tom Douglass. Depois recebeu uma segunda denúncia dizendo que o corpo do Tom Douglass estava escondido numa oficina mecânica. Me diz uma coisa, Maya. Você se deu ao trabalho de averiguar essas duas informações antes de agir?

– Como assim?

– Você tinha alguma prova de que seu informante anônimo estava dizendo a verdade?

Ela fez uma careta e disse:

– Bem, eu *sei* que minha irmã realmente procurou o Tom Douglass.

– Sabe?

Maya sentiu um arrepio na nuca. Kierce prosseguiu:

– De fato seu informante estava certo quanto ao Tom Douglass, não estava blefando. Mas ele meio que deixou você com a batata quente na mão, você não acha? – Ele se levantou, foi para junto da televisão e, apontando para o vulto de boné, disse: – Imagino que essa pessoa seja o seu amigo misterioso. É ou não é?

Maya não disse nada.

– Digamos que seja um homem. Aliás, tenho a impressão de que isto aqui seja uma barba. Então. Foi ele que levou você até aquela oficina mecânica?

Maya cruzou as mãos, depois as espalmou na mesa.

– E se foi?

– Afinal, ele estava no seu carro, não estava?

– E daí?

Kierce se aproximou da mesa, plantou sobre ela os dois punhos e, inclinando-se na direção de Maya, cuspiu:

– E daí que encontramos sangue no bagageiro do seu carro, Sra. Burkett.

Maya gelou feito uma estátua.

– Tipo AB positivo. O mesmo tipo sanguíneo do Tom Douglass. Pode nos dizer como foi que esse sangue foi parar no bagageiro do seu carro?

capítulo 29

Eles tinham o tipo sanguíneo, mas o resultado ainda não havia saído para o teste de DNA capaz de confirmar se o tal sangue realmente pertencia a Tom Douglass. Portanto, eles ainda não tinham provas suficientes para prendê-la.

Mas estavam muito próximos disso. O tempo era curto.

Kierce ofereceu-se para levá-la em casa, e dessa vez ela aceitou. Durante os primeiros dez minutos da viagem, ambos permaneceram calados. Foi ele quem quebrou o silêncio.

– Maya...

Ela vinha olhando pela janela, pensando em Corey Rudzinski, o homem que de certa maneira começara tudo aquilo. Era ele quem havia divulgado as imagens do helicóptero, o ponto inicial da sua triste espiral descendente. De novo, ela poderia retroceder ainda mais no tempo, até suas ações naquela missão, até a decisão de entrar para as Forças Armadas, ou mesmo até algum ponto anterior. Mas o que realmente havia deflagrado aquela sucessão de tragédias, entre elas a morte de Claire e Joe, era a divulgação da maldita gravação.

Seria possível que Corey a tivesse manipulado?

Ela quisera tanto conquistar a confiança do homem que não parara para pensar que talvez não fosse uma boa ideia confiar em alguém que tanto mal já lhe havia feito. Ela tentou relembrar exatamente o que tinha ouvido. Segundo ele, Claire o havia procurado por meio do site. Na hora ela havia acreditado, mas, pensando melhor, seria mesmo verdade? Até certo ponto fazia sentido que Claire realmente o tivesse procurado para tentar convencê-lo a não publicar o áudio. Mas também fazia sentido, tanto quanto, senão *mais*, que ele tivesse usado o áudio para manipulá-la (ou chantageá-la, por que não?) para que ela lhe passasse informações sobre a família Burkett e a EAC Pharmaceuticals.

Seria isso? Corey teria manipulado Claire e agora estaria fazendo o mesmo com ela? Teria chegado ao ponto de tentar incriminá-la com a morte de Tom Douglass?

– Maya... – repetiu Kierce.

– Que foi?

– Você vem mentindo pra mim desde o primeiro dia.

Basta, ela pensou. Hora de virar a mesa.

– Caroline Burkett disse que você recebe propinas da família dela.

Teria Kierce dado um pequeno sorriso?

– Mentira.

– Será?

– Sim – disse ele. Olhou rapidamente para Maya, depois voltou a atenção para o trânsito e acrescentou: – Só não sei se foi a Caroline que mentiu pra você ou se é você que está mentindo pra mim agora. Dizem que o ataque é sempre a melhor defesa, não dizem?

– Muita desconfiança pra um carro só, não acha?

– Pois é – disse Kierce. – Mas é você que está com a corda no pescoço, Maya. Cuidado. As mentiras não morrem nunca. Você até pode tentar sufocá-las, mas elas sempre encontram um jeito de voltar à vida.

– Puxa, que profundo...

Kierce riu e disse:

– É. Acho que exagerei.

Eles chegaram. Maya tentou abrir a porta do carro, mas, constatando que estava trancada, olhou para Kierce, que disse:

– Cedo ou tarde vou descobrir a verdade, Maya. Só espero que ela não respingue em você. Mas se respingar...

Após alguns segundos de silêncio, ele enfim destrancou a porta.

Maya desceu sem ao menos se despedir ou agradecer a carona. Entrando em casa, certificou-se de que todas as portas e janelas estavam trancadas, depois desceu ao porão. O cômodo começara a vida como um refúgio para Joe e seus amigos (mesa de sinuca, duas máquinas de fliperama, bar de carvalho, adega climatizada, televisão gigante), mas aos poucos, por iniciativa do próprio Joe, fora se transformando numa sala de brinquedos para Lily. Os lambris escuros haviam sido arrancados, e as paredes, pintadas inteiramente de branco para depois serem decoradas com os decalques que ele encontrara para comprar: decalques de tamanho natural de diversos personagens, desde o Ursinho Pooh até Madeline. O balcão de carvalho continuava lá, mas Joe havia prometido tirá-lo também. Por Maya, tanto fazia. Num canto, ele havia colocado a casinha de plástico que comprara na Toys"R"Us da Rota 17, grande o bastante para acomodar mais de uma criança. A fachada era a de um forte ("coisa de menino", ele havia observado na época), mas dentro havia uma pequena cozinha ("coisa de menina", ele teria dito se não tivesse sabiamente obedecido ao instinto de sobrevivência). A porta tinha uma campainha real e as janelas se abriam em duas folhas.

Maya foi até o cofre onde guardava suas armas, ajoelhou-se diante dele e, mesmo sabendo que estava sozinha, olhou para a escada do porão. Só então colocou o dedo indicador no leitor de impressões digitais. O cofre permitia até 32 usuários diferentes, mas apenas ela e Joe tinham permissão de acesso. A certa altura, ela havia cogitado incluir as impressões digitais de Shane também (para o caso de ele precisar de uma das armas, ou se por algum motivo ela precisasse que ele retirasse algo por ela), mas ainda não tinha tido a oportunidade de fazê-lo.

Dois cliques indicavam que a impressão digital de Maya havia sido reconhecida e que o cofre estava aberto. Ela retirou a Glock 26, depois, apenas por desencargo de consciência, conferiu se todas as outras ainda estavam no mesmo lugar, se ninguém havia entrado ali e de alguma forma conseguido abrir o cofre.

Não, ela não acreditava que Joe estivesse vivo, mas àquela altura seria uma petulância imperdoável descartar por completo essa possibilidade.

Ela retirou as armas uma a uma. Não fazia muito que as tinha limpado, mesmo assim limpou-as de novo com todo o cuidado. Um hábito seu: toda vez que tocava numa arma, reexaminava o mecanismo e fazia uma boa limpeza. Era bem possível que essa meticulosidade quase obsessiva com as armas tivesse salvado sua vida.

Ou arruinado.

Ela fechou os olhos por um segundo. Eram tantas possibilidades malucas, tantos campos minados naquela história toda... Onde estaria o início dela? Na Franklin Biddle Academy ou no iate dos Burketts? Poderia ter ficado para sempre lá mesmo, no passado, ou teria sido ressuscitada por aquela sua missão de combate nos céus de Al Qa'im? Quem seria o responsável por ter despertado esses fantasmas? Corey ou Claire? Onde estaria o epicentro do terremoto? Na divulgação da gravação ou no envolvimento com Tom Douglass?

Ou, quem sabe, na abertura daquele maldito cofre?

Ela não sabia mais dizer. Nem mesmo se ainda atribuía a isso alguma importância.

As armas que ficavam à vista, as que ela havia mostrado a Roger Kierce, eram as armas legalmente registradas em Nova Jersey, todas facilmente rastreáveis no estado, todas ali presentes. Esticando o braço, ela pressionou um ponto específico no fundo do cofre.

Um compartimento secreto.

Maya não pôde deixar de pensar no baú da sua avó, aquele mesmo que ela havia vasculhado na casa de Claire: a ideia de um compartimento secreto tinha começado muitas gerações antes, em Kiev, e agora lá estava ela, levando adiante a tradição familiar.

Escondidas no tal compartimento, havia mais duas armas, ambas compradas fora do estado e, portanto, não rastreáveis. Não existia nada de ilegal nisso. Ambas estavam ali. Mas... o que ela havia imaginado? Que o fantasma de Joe tivesse aparecido para roubar uma delas? Fantasmas não tinham impressões digitais, tinham? Mesmo se quisesse, o fantasma de Joe não teria conseguido abrir aquele cofre.

Caramba, ela já estava ficando tonta.

De repente se assustou com uma ligação. Não reconheceu o número, mas mesmo assim atendeu.

– Alô?

– Maya Burkett?

– Sim, quem fala?

– Meu nome é Christopher Swain. Você me mandou um e-mail.

O segundo capitão da equipe de futebol de Joe.

– Claro, claro. Obrigada por ter ligado.

Silêncio. Por um instante ela receou que o cara tivesse desligado.

– Eu gostaria de lhe fazer umas perguntas, se você não se importar.

– Sobre?

– Meu marido. E o irmão dele, Andrew.

Silêncio.

– Sr. Swain?

– Joe está morto, não está?

– Está.

– Quem mais sabe que você me procurou?

– Ninguém.

– Está falando a verdade?

– Estou, claro – disse Maya, já ficando tensa.

– Posso responder suas perguntas. Mas não por telefone.

– Marque onde quiser.

Ele passou um endereço em Connecticut.

– Posso chegar em duas horas – disse Maya.

– Não diga a ninguém que está vindo. Se vier acompanhada, eles não vão deixar você entrar – disse Swain, e desligou.

Eles?

Maya certificou-se de que a Glock estava carregada e fechou o cofre. Em seguida, atou à cintura da calça um coldre interno que manteria a arma escondida, sobretudo se ela usasse um blazer por cima. Ela gostava da sensação de estar armada. Noutro planeta isso seria uma coisa bizarra, uma falha moral, um sintoma de violência, mas havia algo ao mesmo tempo primitivo e reconfortante no peso de uma arma de fogo. Isso também podia ser um perigo, porque o portador acabava se sentindo mais confiante do que devia, envolvendo-se em situações que de outra forma não se envolveria, achando que bastava dar uns tiros para o alto para se safar de qualquer roubada. Este era o risco: tornar-se arrogante demais, corajoso demais, "macho" demais. Sentir-se indestrutível.

Portar uma arma dava opções ao portador. Mas nem sempre isso era uma coisa boa.

Maya colocou a câmera em forma de porta-retratos na traseira do carro. Ela não a queria mais na casa.

Digitando o endereço de Christopher Swain no aplicativo de mapas, Maya foi informada de que, sob as condições de trânsito atuais, a viagem levaria uma hora e 36 minutos. Em seguida, ela colocou para tocar bem alto a playlist de Joe. Como antes, não saberia explicar por quê. A primeira música foi "Open", da dupla californiana Rhye, que começava pegando fogo ("Me amarro neste tremor das suas coxas"), mas que alguns versos depois, passado o furor inicial, dava a entender que nem tudo eram rosas na relação ("Sei que você está sumindo aos poucos, mas fique, não feche os olhos").

Na canção seguinte, a inglesa Låpsley cantava lindamente sua advertência: "Faz tempo que venho esperando por isso, não estou aguentando mais." Mais apropriado, impossível.

Maya deixou-se perder na música, cantando a plenos pulmões, batucando no volante do carro. Na vida real, no seu helicóptero, no Oriente Médio, em casa, em tudo quanto era lugar, ela não fazia nada disso, comportava-se direitinho. Mas não ali. Não quando estava sozinha num carro. Sozinha num carro, ela colocava a música no volume máximo e cantava como se não houvesse amanhã.

Isso mesmo.

A última canção, quando ela já atravessava o perímetro urbano de Darien, Connecticut, era uma linda balada dos franceses da banda Cocoon, estranhamente intitulada "Sushi". De novo, os versos iniciais a atropelaram com a força de uma paulada: "De manhã vou ao cemitério, pra ter certeza de que você se foi pra sempre..."

Foi o que bastou para cortar a onda.

Havia dias em que as músicas pareciam estar falando diretamente para ela. Seria assim com todo mundo?

E havia músicas que às vezes espetavam o dedo diretamente nas suas feridas.

De repente ela se viu numa ruazinha estreita e praticamente deserta, ladeada por um bosque. O mapa do celular indicava que o endereço ficava na extremidade de uma rua sem saída. Ao que tudo indicava, tratava-se de uma casa isolada do resto do mundo. À entrada havia uma guarita e um portão fechado. Maya parou diante dele e um vigia saiu para falar com ela.

– Pois não? – disse ele.

– Christopher Swain está me esperando – informou ela.

O vigia retornou à sua toca, falou com alguém pelo interfone, depois voltou para junto do carro.

– Pode deixar o carro no estacionamento de visitantes, logo à sua direita. Uma pessoa vai recebê-la ali mesmo.

Estacionamento de visitantes?

Assim que entrou na propriedade, Maya constatou que não se tratava de uma residência. Então, o que poderia ser? Câmeras de segurança empoleiravam-se nas árvores. Prédios baixos de fachada cinzenta pontilhavam o espaço. A arquitetura e a atmosfera geral do lugar eram bastante parecidas com as da Franklin Biddle Academy.

No estacionamento havia mais ou menos uns dez carros. Maya parou numa das vagas e segundos depois um funcionário veio ao seu encontro num carrinho de golfe. Rapidamente ela tirou a arma do coldre e guardou no porta-luvas: decerto teria de passar por algum esquema de segurança ou detector de metais antes de entrar num daqueles prédios.

O funcionário correu os olhos vagamente pelo carro dela, depois a convidou para sentar a seu lado no carrinho de golfe. Esperou que ela se acomodasse e disse:

– Documento de identidade, por favor?

Maya entregou sua carteira de motorista. Ele a fotografou com a câmera do celular, devolveu-a e disse:

– O Sr. Swain está no Brocklehurst Hall. Vou levá-la até lá.

Ao longo do caminho, Maya avistou diversas pessoas espalhadas em grupinhos ou caminhando aos pares, homens e mulheres com seus vinte e tantos anos, todos brancos. Muitos (talvez até demais) estavam fumando. A maioria vestia jeans e tênis com moletons ou suéteres pesados. No centro do terreno havia um amplo gramado não muito diferente daqueles que se viam nos campi universitários, e no centro dele, uma fonte com o que parecia ser uma estátua da Virgem Maria.

Maya enfim perguntou ao motorista do carrinho o que vinha perguntando a si mesma já fazia um bom tempo:

– O que é este lugar?

Apontando para a estátua da Virgem, o homem disse:

– Até o fim da década de 1970, um convento, por incrível que pareça. Um convento cheio de freiras.

– Jura? – disse Maya, tentando disfarçar o sarcasmo. Que mais poderia haver num convento? – Mas agora é o quê?

Ele franziu o cenho, dizendo:

– A senhora não sabe?

– Não.

– Mas não cabe a mim dizer nada.

– Por favor – disse Maya, num tom de voz sedutor o bastante para fazer o homem contrair a barriga. – Preciso saber onde estou, só isso.

Ele exalou um suspiro, apenas para dar a impressão de que havia remoído a questão, depois disse:

– A senhora está no Centro de Recuperação Solemani.

Centro de Recuperação, pensou Maya com seus botões. Um eufemismo para uma clínica de desintoxicação. Agora, sim, tudo se explicava. Não deixava de ser uma ironia que os ricos tivessem confiscado e ocupado aquele lugar tão lindo, antes povoado por freiras que decerto haviam feito um voto de pobreza. Por outro lado, que voto de pobreza seria esse que permitia instalações tão luxuosas? Talvez não houvesse ironia nenhuma, mas outra coisa que ela não sabia dizer o que era.

O carrinho parou diante do que parecia ser um dormitório.

– Chegamos – disse o motorista, e apontou. – A entrada é ali.

Maya tocou a campainha e foi recebida por um segurança que, como previsto, obrigou-a a passar por um detector de metais. Uma mulher sorridente esperava por ela do outro lado.

– Olá – disse ela, oferecendo a mão para Maya. – Meu nome é Melissa Lee. Sou uma das facilitadoras aqui do Centro.

Facilitadora. Mais um eufemismo. Maya apertou a mão dela e se apresentou também.

– Christopher pediu que eu a levasse pro solário – disse a moça. – Por favor, venha comigo.

Os saltos dela agora ecoavam pelo corredor vazio. Não fosse por eles, o silêncio seria mesmo o de um convento. Que diabo levaria alguém a perturbar a paz de um convento, ou de uma clínica, com a percussão irritante de um par de saltos? Por que não usar tênis? Saltos fariam parte do uniforme? Ou será que a moça fazia isso de propósito, vítima de um prazer mórbido em perturbar a paz alheia?

E por que raios ela, Maya, estava pensando em algo assim, tão banal?

Christopher Swain ficou de pé para cumprimentá-la, nervoso como se num primeiro encontro com uma possível namorada. Vestia um terno escuro muito bem cortado, camisa branca e uma gravatinha preta. À guisa de barba, ele exibia no rosto uma penugem cuidadosamente podada para dar o aspecto de displicência, de informalidade. Os cabelos não eram exatamente longos, mas lembrariam os de um skatista se não tivessem passado por uma visível *balayage*. Swain era um homem bonito apesar dos exageros. Maya não sabia o motivo da sua internação, mas fosse lá o que fosse, a experiência havia deixado em seu rosto algumas rugas das quais ele certamente não gostava e que tentava apagar com aplicações periódicas de Botox ou sessões de preenchimento. Maya, por sua vez, gostava delas, achava que davam mais personalidade àquela estampa de riqueza e privilégios.

– Aceita uma água, um café? – ofereceu Melissa.

– Não, obrigada – disse Maya.

Melissa abriu um semissorriso, depois olhou para Swain e, num tom de genuína preocupação, perguntou:

– Quer mesmo que eu vá, Christopher?

– Por favor – respondeu ele, não sem alguma hesitação. – Acho que é um passo importante pra mim.

– Acho também – disse a moça.

– Então vamos precisar de um pouquinho de privacidade.

– Claro. De qualquer modo, estou por perto. Se precisar de mim é só chamar.

Melissa despediu-se de Maya com mais um semissorriso, depois saiu e fechou a porta às suas costas. Swain foi logo dizendo:

– Uau. Você é muito bonita.

Maya não soube o que dizer.

Sorrindo, Swain aquilatou-a de cima a baixo.

– Muito linda mesmo – disse. – E ainda passa esse ar de inacessível, como se estivesse acima de tudo e de todos. Aposto que o Joe ficou de quatro assim que te conheceu, ficou ou não ficou?

Não era o momento de ficar ofendida e apelar para os brios feministas, pensou Maya. O importante era fazer o homem falar.

– Mais ou menos – disse ela.

– Deixa eu adivinhar. Joe chegou junto com uma boa cantada, alguma coisa engraçada e ao mesmo tempo autodepreciativa, pagando de vulnerável. Estou certo?

– Está.

– Você também ficou encantada, não ficou?

– Fiquei.

Swain sorriu e disse:

– Esse era o Joe que eu conheci. O sujeito mais carismático do mundo quando queria ser. – Depois, balançando a cabeça, emendou: – É verdade mesmo? Que ele... morreu?

– Sim.

– Eu não sabia. Aqui a gente não tem acesso a jornais, a internet, a redes sociais... nada que nos coloque em contato com o mundo exterior. Uma vez por dia temos permissão pra conferir os e-mails. Foi assim que recebi sua mensagem. Depois disso... bem, os médicos disseram que eu poderia ler o clipping de notícias. Fiquei chocado quando soube do Joe. De verdade. Então, vamos sentar?

Via-se claramente que o tal solário era um acréscimo mais ou menos recente à arquitetura original e que tentava, sem grande sucesso, misturar-se a ela. Dava a impressão de que havia sido colado ao corpo mais antigo do prédio. O telhado era uma ampla cúpula de falsos vitrais. Havia plantas, claro, porém bem menos do que seria esperado num solário. Duas cadeiras de braço defrontavam-se no centro do espaço. Maya sentou-se numa delas, e Swain, na outra.

– Mal posso acreditar que ele tenha morrido...
– Pois é – disse Maya. Àquela altura já tinha ouvido a mesma coisa um milhão de vezes.
– Você estava lá, não estava? Quando atiraram nele?
– Estava.
– Pelo que li, você saiu incólume da coisa toda.
– Sim.
– Como?
– Fugi correndo.
Swain encarou-a como se não tivesse acreditado plenamente.
– Deve ter sido um horror – comentou ele.
Maya não disse nada.
– Falaram que foi um assalto que desandou.
– Sim.
– Mas nós dois sabemos que isso não é verdade, certo? – disse Swain, correndo a mão pelos cabelos. – Você não estaria aqui se realmente tivesse sido um assalto.
Maya começava a se irritar com o jeito dele.
– Por enquanto, ainda estou tentando entender o que aconteceu – foi só o que ela disse.
– Caramba... Até agora não consigo acreditar.
Percebendo um sorriso estranho no rosto dele, Maya perguntou:
– Acreditar no quê?
– Que o Joe morreu. Desculpa ficar repetindo isso, mas é que... O Joe era um cara... Não sei se seria correto dizer que ele era um cara "cheio de vida". É meio clichê, não é? Então digamos que era uma força da natureza. Um cara forte, poderoso, um incêndio que se alastrava e ninguém conseguia apagar. Havia algo de... sei que é bobagem, mas... havia algo de *imortal* no Joe... – Aqui ele se calou e voltou os olhos para a janela mais próxima.
Maya se reacomodou na cadeira, esperou um pouco, depois disse:
– Christopher... Você estava naquele iate quando o irmão dele caiu no mar, não estava?
Swain permaneceu como estava.
– O que foi que realmente aconteceu com o Andrew? – insistiu Maya.
Ele engoliu em seco. Uma lágrima escapou dos olhos e escorregou rosto abaixo.
– Christopher?

– Eu não vi nada, Maya. Estava no deque inferior – respondeu ele, enfim.
– Mas você sabe de alguma coisa, não sabe?
Outra lágrima.
– Por favor – insistiu Maya –, eu preciso saber. O Andrew realmente caiu daquele barco?
– Não sei – disse Swain, incisivo feito uma pedra jogada no poço. – Mas acho que não.
– O que você acha que aconteceu?
– Acho que... Acho que... – Christopher Swain encheu os pulmões e precisou raspar o tacho da coragem para dizer: – Acho que o Joe empurrou o irmão no mar.

capítulo 30

Swain apertava os braços da cadeira.

– Tudo começou quando o Theo Mora apareceu na Franklin Biddle Academy – disse ele, e puxou sua cadeira para a frente até quase roçar os joelhos de Maya. Era como se precisasse estar fisicamente próximo de alguém naquele solário cada vez mais frio. – Ou de repente foi aí que comecei a perceber. Você provavelmente acha que se tratava do velho clichê, aquela história de que ricos não gostam de ver pobres estudando nas suas escolas de elite. Quase pode imaginar a cena, não é? Nós, os riquinhos, espezinhando o Theo Mora, o pobretão. Mas não era bem isso que rolava.

– Era o quê, então? – perguntou Maya.

– Theo era um cara despachado, divertido. Não cometeu a mancada de baixar a crista pra gente. Logo, logo já fazia parte da turma. Todo mundo gostava dele. Em muitos aspectos éramos todos iguais. Sei que as pessoas gostam de pintar os ricos de um jeito e os pobres de outro, mas quando você é apenas um garoto... e era isso que a gente era, ou pensava ser... você só quer se enturmar com os outros e se divertir com eles.

Ele secou os olhos e respirou um pouco.

– Além disso, o Theo era um excelente jogador. Não apenas bom, mas *excelente*. O que pra mim, como capitão do time, era ótimo. A gente tinha tudo pra vencer todos os campeonatos daquele ano. Não só o intercolegial, que a gente realmente venceu, mas também o estadual, que incluía todo tipo de time. Theo marcava gols de qualquer lugar do campo. Era desse naipe. E talvez fosse esse o problema.

– Como assim?

– Pra mim ele não representava nenhuma ameaça. Eu jogava no meio de campo. Também não representava nenhuma ameaça pro Andrew, que era goleiro, além de melhor amigo dele.

Swain calou-se e ficou olhando para Maya, que completou por ele:

– Mas o Joe também era atacante.

– Era – disse Swain. – Não estou dizendo que o Joe hostilizava o garoto acintosamente por causa disso, mas... Eu conhecia o Joe desde o primeiro ano. Praticamente crescemos juntos. Éramos os capitães do time. Quando a gente passa tanto tempo assim do lado de outra pessoa, cedo ou tarde acaba vendo o que existe por trás da máscara. No caso do Joe, o que existia era uma raiva latente. Volta e meia ele tinha um acesso de fúria. No nosso oitavo ano, teve um dia em que ele mandou um cara pro hospital com um taco de beisebol. Nem lembro mais por quê. Só lembro que tivemos de intervir, eu e mais dois colegas, pra apartar a briga antes que fosse tarde demais. Joe fraturou o crânio do sujeito. Um ano depois, na festa de fim de ano, ele ficou sabendo que a menina que ele paquerava, Marian Barford, iria acompanhada de outro cara, Tom Mendiburu. Dois dias antes da festa houve um incêndio no laboratório de química da escola, do qual esse Tom quase não saiu vivo.

Maya sentiu um frio na espinha.

– Ninguém denunciou nada disso à polícia?

– Você não chegou a conhecer o pai do Joe, chegou?

– Não.

– Era um homem intimidante. Corriam boatos de que ele andava com um pessoal aí, meio barra-pesada. De qualquer modo, sei que ele molhou a mão de muita gente. Vinham uns caras pra falar com a gente, "amigos" da família, pra pedir o nosso silêncio. Além disso, o Joe fazia a coisa direito, nunca deixava rastros. Era muito carismático, como eu disse antes. Sabia jogar charme pra cima das pessoas. Sabia fingir que estava muito arrependido. Pedia desculpas. Acabava enganando as pessoas. Era de uma família muito rica e poderosa, e sempre que necessário, sobretudo nesses momentos de aperto, sabia esconder esse lado mais sombrio da personalidade dele. Eu conhecia o cara a vida inteira. Mesmo assim, só via esse outro lado de vez em quando. Mas quando via... – As lágrimas brotaram novamente. – Você deve estar se perguntando como vim parar aqui.

Não exatamente. Maya já havia imaginado que ele tinha algum tipo de vício e estava ali para se tratar. Que mais poderia ser? Ela preferia que ele continuasse se abrindo, mas se ele realmente achava necessário fazer aquela digressão, talvez fosse um erro tentar demovê-lo.

– Vim parar aqui por causa do Joe – ele mesmo respondeu.

Maya achou por bem não contestar.

– Eu sei, eu sei. O correto é a gente assumir a responsabilidade pelos próprios atos. É isso que eles vivem dizendo por aqui. E eu vivo trocando de vícios: uma hora é a bebida, outra hora é a cocaína, depois são os comprimidos... Mas nem sempre foi assim. Na escola eles sempre zoavam comigo porque eu não bebia mais que uma cerveja. Detestava o gosto. Experimentei maconha uma vez, no último ano, mas aquilo só me deixou enjoado.

– Christopher?

– Sim.

– Que foi que aconteceu com o Theo?

– Era pra ser apenas uma brincadeira. Foi isso que o Joe falou pra gente. Nem sei se acreditei ou não, mas... eu era um fraco. Quer dizer, ainda *sou* um fraco. Joe era o líder, e eu, um seguidor. Andrew também era um seguidor do irmão. Afinal de contas, que mal poderia haver numa simples brincadeira, um simples trote? Acontece toda hora em escolas como a Franklin Biddle. Então... naquela noite a gente resolveu pegar o Theo. Eu e o Joe invadimos o quarto dele... o Andrew já estava lá. Daí imobilizamos o cara e descemos com ele. – Swain se calou e ficou olhando ao longe, dando asas à memória. Um sorriso estranho brotou de repente nos lábios dele.

– Que foi?

– Theo não se opôs à coisa. Sabia que era uma brincadeira, então foi brincando junto. Mais uma prova do garoto bacana que era. Lembro que ele ria muito, como se tudo estivesse bem. Depois jogamos o cara numa cadeira e o Joe começou a amarrá-lo. Eu e o Andrew ajudamos, todo mundo rindo, o Theo fingindo que estava gritando por ajuda, esse tipo de coisa. Lembro que deixei um nó frouxo, daí o Joe foi lá e apertou. Depois, quando o Theo já estava totalmente imobilizado, o Joe pegou um funil, desses de cozinha, e espetou na boca do garoto. Lembro que nesse instante a expressão no olhar do Theo mudou. Tipo, sei lá... como se de repente ele tivesse sacado o que realmente estava acontecendo. Tinha mais dois caras com a gente: Larry Raia e Neil Kornfeld. O Andrew foi despejando a cerveja pelo funil, e a gente em volta deles, rindo, botando pilha, gritando "bebe, bebe!". Depois disso foi como num sonho. Ou num pesadelo. Até hoje tenho dificuldade pra acreditar que tudo aquilo aconteceu. Só sei que lá pelas tantas o Joe resolveu trocar a cerveja por uma garrafa de álcool purificado. Lembro do Andrew dizendo pra ele parar...

Swain se calou de repente.

– Que foi que aconteceu depois? – perguntou Maya, embora já pudesse imaginar.

– De uma hora pra outra as pernas do garoto começaram a tremer, como se ele estivesse sofrendo um ataque epiléptico ou algo assim.

Não se contendo, Swain irrompeu numa crise de choro. Maya cogitou pousar a mão no ombro dele num gesto de consolo, mas ao mesmo tempo sua vontade era esmurrar o sujeito na cara. Não fez nem uma coisa nem outra, apenas ficou esperando que ele se acalmasse por conta própria.

– Até ontem eu não tinha contado essa história pra ninguém. Absolutamente ninguém. Mas depois do seu e-mail... Minha médica, ela agora sabe de alguma coisa. Por isso achou que podia ser uma boa ideia conversar com você. Pois bem. Foi naquela noite que eu realmente pirei. Fiquei apavorado. Sabia que o Joe me mataria se eu desse com a língua nos dentes. Não só naquela época, mas... Ainda hoje eu tenho a impressão de que...

Antes que ele começasse a divagar, Maya disse:

– Depois vocês fizeram o quê? Levaram o corpo do garoto pro tal porão?

– O Joe levou.

– Mas você estava lá também, não estava?

– Estava.

– Imagino que o Joe não ia conseguir carregar o corpo sozinho. Então, quem foi que o ajudou?

– O Andrew. – Swain ergueu a cabeça para encará-la. – O Joe obrigou o Andrew a ajudá-lo.

– Foi isso que fez o Andrew pirar?

– Não sei. Acho que ele ia pirar de qualquer jeito. O Andrew, eu... Nunca mais fomos as mesmas pessoas depois disso.

– E depois, que foi que aconteceu?

– O que é que eu podia fazer?

Muitas coisas, pensou Maya. Mas ela não estava ali para condenar o cara, tampouco para absolvê-lo. Estava ali apenas para tirar dele as informações de que precisava.

– Eu tinha que manter tudo aquilo em segredo, certo? Então fiz o que pude pra não pensar mais na história e tocar o barco pra frente. Mas tudo mudou depois disso. Eu não conseguia mais prestar atenção nas aulas, minhas notas começaram a despencar. Um belo dia, comecei a beber. Sei que parece uma desculpa esfarrapada, mas...

– Christopher...

– Sim.

– Seis semanas depois vocês estavam a bordo de um iate.

Swain fechou os olhos.

– Que foi que aconteceu?

– O que você acha que aconteceu, Maya? Vamos lá. A essa altura você já deve ter ligado os pontinhos. Então é você que vai me dizer o que aconteceu.

Inclinando-se para a frente, Maya disse:

– Imagino que vocês estavam lá naquele barco, descendo pro Caribe. Então começaram a beber. Você mais que os outros, provavelmente. Era a primeira vez que vocês ficavam sozinhos depois da morte do Theo. O Andrew estava lá. Estava fazendo terapia, mas sem grandes resultados. Estava desmoronando por dentro, de tanta culpa. Não estava aguentando mais, então... Não sei bem o que aconteceu, Christopher. É você que vai ter de dizer. O Andrew fez o quê? Ameaçou vocês?

– Não exatamente. Não ameaçou, mas teve uma crise, dizendo que não conseguia mais dormir, que não conseguia mais comer. Estava com um aspecto realmente horrível. Meu Deus... Depois começou a suplicar pra gente, dizendo que precisava se abrir com alguém porque já não aguentava mais manter aquele segredo trancafiado no peito. Eu estava tão chapado que mal entendia o que ele estava dizendo...

– E depois?

– Depois o Andrew subiu pro convés. Pra ficar longe da gente. Minutos depois o Joe foi atrás. – Swain encolheu os ombros e disse: – *The end*.

– Você nunca se abriu com ninguém?

– Nunca.

– Os outros dois, Larry Raia e Neil Kornfeld...

– Neil ia pra Yale. Acabou mudando de ideia e indo pra Stanford. Larry foi estudar fora, eu acho. Paris, se não me engano. Terminamos o ano feito um bando de zumbis, depois nunca mais nos vimos.

– E você manteve esse segredo durante todos esses anos...

Swain fez que sim com a cabeça.

– Por que resolveu contar a verdade agora?

– Você sabe por quê.

– Não, não sei.

– Porque o Joe está morto – disse ele. – Porque finalmente me sinto seguro.

capítulo 31

AS PALAVRAS DE CHRISTOPHER Swain ecoavam na cabeça de Maya enquanto ela caminhava de volta para o estacionamento.

"Porque o Joe morreu."

No fim das contas tudo girava em torno da maldita câmera escondida, certo?

Mais do que nunca ela precisava ser racional. Havia três explicações possíveis para aquilo que tinha visto na gravação.

A primeira delas, e a mais provável de todas, era que alguém tivesse adulterado aquelas imagens com algum programa do tipo Photoshop. Ela não havia tido a oportunidade de examiná-las melhor, mas sabia que a tecnologia existia. Não devia ser tão difícil assim.

A segunda, quase tão provável quanto a primeira, era que ela própria tivesse sido vítima de uma alucinação, que tivesse imaginado coisas. Algo parecido com os vídeos de ilusão de ótica que Eileen Finn gostava de lhe mandar, desses em que você acha que está vendo uma coisa, depois a câmera se desloca um pouquinho e você se dá conta de que havia preconcebido a imagem anterior. Somando-se a isso o TEPT, os remédios que ela vinha tomando, o assassinato de Claire, os acontecimentos no Central Park... Como descartar a possibilidade de uma alucinação?

A terceira, e menos provável, era a de que Joe de algum modo ainda estivesse vivo.

Se a resposta estivesse na segunda, a de que tudo havia acontecido na sua cabeça, não havia muito o que fazer. Ela ainda precisaria levar sua investigação até o fim. "A verdade liberta", era o que dizia a sabedoria popular. Se não libertava, pelo menos contribuía para um mínimo de justiça no mundo. Mas se a resposta estivesse na primeira (Photoshop) ou na terceira (Joe vivo), uma coisa era certa: alguém estava aprontando algo para cima dela. E feio. Além disso, não haveria dúvida de que Isabella tinha mentido. A babá realmente teria visto Joe na gravação e só poderia ter tido um motivo para dizer o contrário, para usar o spray de pimenta, roubar o cartão de memória, depois sumir do mapa: ela estava a par de toda a jogada.

Maya entrou no carro, girou a chave e atacou sua playlist de novo, os rapazes da banda Imagine Dragons dizendo a ela que não se aproximasse muito, que do outro lado era escuro, que era ali que os demônios se escondiam. Eles não sabiam da missa a metade.

Em seguida, ela abriu o aplicativo para o GPS que havia colado ao carro do jardineiro Hector. Em primeiro lugar, se Isabella realmente estivesse por dentro das coisas, não estaria agindo sozinha. Não fazia o tipo. Rosa, a mãe, que estava no iate naquela noite, também estaria por dentro de tudo. Em segundo lugar (caramba, aparentemente aquele era o dia das listas), era pouco provável que a babá tivesse ido longe. Com certeza estava por perto em algum lugar. Era uma questão de encontrá-la.

Maya tirou a arma do porta-luvas e, conferindo a localização do GPS, viu que o carro de Hector estava estacionado em Farnwood, a propriedade dos Burketts.

Em seguida, abrindo o histórico do aplicativo, examinou todos os lugares por onde o garoto havia passado nos últimos dias. O único local que não se encaixava no itinerário cotidiano de um jardineiro era um endereço que ele havia visitado diversas vezes, um conjunto habitacional em Paterson, Nova Jersey. Talvez ele tivesse amigos por lá, ou uma namorada. Mas algo ali parecia não bater.

E agora, fazer o quê?

Mesmo que Isabella estivesse escondida em Paterson, não era o caso de simplesmente ir até lá e bater na porta. Ela precisava ser mais proativa. Não tinha mais tempo a perder. Já possuía quase todas as respostas. Precisava descobrir o resto e acabar com aquilo de uma vez por todas.

Seu celular tocou. Era Shane.

– Oi.

– Que foi que você fez?

O tom de voz do amigo provocou nela um frio na barriga.

– Do que você está falando?

– Do detetive Kierce.

– O que tem ele?

– Ele sabe, Maya.

Maya não disse nada. Sabia que as paredes estavam fechando à sua volta.

– Ele sabe que mandei testar aquela bala pra você.

– Shane...

– Claire e Joe foram mortos com a mesma arma, Maya. Como é possível uma coisa dessas?

– Shane, escuta. Você vai ter de confiar em mim, ok?

– Você está sempre repetindo isso: "Confia em mim." Como se fosse um mantra.

– Eu nem devia precisar pedir, você não acha? – devolveu ela. Mas não havia tempo para explicações naquele momento. – Preciso ir – foi só o que ela disse antes de desligar.

Fechando os olhos, disse a si mesma: "Calma..." Em seguida, voltou à rua quase deserta que levava à clinica, distraída com o que tinha ouvido de Shane e Christopher, com todas as emoções que dançavam desenfreadas na sua cabeça.

Talvez isso explicasse o que aconteceu depois.

Uma van aproximava-se pela mão contrária. A rua margeada de árvores era estreita, então ela se afastou um pouquinho para dar passagem ao veículo maior. Mas não entendeu nada quando viu a tal van dar uma súbita guinada no mesmo sentido e se posicionar diretamente na sua frente. Então, para evitar uma colisão, plantou o pé no freio e deixou o cinto de segurança fazer o resto. Com os instintos afiados de um lagarto, rapidamente se deu conta de que aquilo não era um acidente.

Ela estava sendo atacada.

A van agora estava parada, bloqueando o caminho, e ela já ia dando ré para fugir quando alguém bateu à janela à sua esquerda com o cano de uma arma. Com a visão periférica, ela notou o contorno de outra pessoa no lado direito.

– Fique tranquila – disse o homem a seu lado, quase inaudível em razão da janela fechada. – Não vamos machucá-la.

Como era possível que ele tivesse aparecido ali tão rápido? Não poderia ter descido da van. Não tivera tempo para isso. Aquilo só podia ser uma coisa: uma operação previamente orquestrada. Alguém descobrira que ela tinha ido até o Centro Solemani, que ficava numa rua de pouquíssimo trânsito, praticamente deserta. Aqueles dois já deviam estar à espreita no meio das árvores, esperando apenas que a van bloqueasse o caminho para sair ao asfalto e fazer o que tinham de fazer.

Maya permaneceu imóvel, avaliando as opções.

– Por favor, desça do carro e venha conosco.

Opção 1: engatar a ré e tentar fugir.

Opção 2: sacar a arma escondida na cintura da calça.

O problema com essas duas opções era bastante simples. Havia uma arma apontada para sua cabeça. Talvez duas. Ela não era Wyatt Earp, e aquilo não era o O.K. Corral. Se os dois homens resolvessem atirar, ela não teria tempo para sacar arma nenhuma, muito menos para dar ré e fugir.

Restava, portanto, a Opção 3, que era descer do carro.

Foi aí que ela ouviu o homem à sua esquerda dizer:

– Venha. O Joe está esperando.

A porta da van começou a deslizar. Sentada em seu carro com as duas mãos plantadas no volante, Maya sentiu o coração retumbar dentro do peito. A porta da van achava-se aberta pela metade, mas não era possível ver o que havia do outro lado dela.

– Você disse... Joe? – perguntou ela.

– Sim – respondeu o homem com uma súbita doçura na voz. – Você quer vê-lo, não quer? Então venha conosco.

Pela primeira vez, ela virou o rosto para encará-lo. Depois olhou para o segundo homem e viu que ele não estava armado.

Sem saber o que pensar ou fazer, Maya começou a chorar.

– Sra. Burkett?

Soluçando, ela balbuciou:

– O Joe está...

– Sim – interrompeu o homem, agora mais incisivo. – Destranque a sua porta, Sra. Burkett.

Ainda aos prantos, Maya destravou a porta e esperou o homem recuar para poder abri-la. Viu que ele ainda apontava sua arma, e foi saindo de maneira desajeitada do carro, quase caindo. O homem se adiantou para ajudá-la, mas ela balançou a cabeça, dizendo:

– Não precisa...

Depois se endireitou, saiu caminhando na direção da van e respirou um pouco mais aliviada quando viu o homem baixar a arma.

A porta da van se abriu mais um pouquinho.

Eram quatro homens, calculou Maya. O motorista, o que estava abrindo a porta e os dois que haviam saído do mato.

Aproximando-se do veículo, ela sentiu vir à tona todos aqueles reflexos adquiridos durante muitos anos de treinamento militar, com muitas horas de simuladores e linhas de tiro. Entregou-se então a uma inusitada calma, àquela paz súbita de quem se vê no olho do furacão, um momento quase zen. Tudo estava prestes a acontecer, para o bem ou para o mal. De um jeito ou de outro, ela estava sendo proativa. Não estava tentando controlar o próprio destino, não via nenhum sentido nesse tipo de lógica, mas sentia aquela confiança e tranquilidade que acometiam apenas quem havia passado por algum tipo de treinamento, quem se sabia preparado para o que desse ou viesse.

Ainda meio trôpega, ela muito discretamente virou o rosto para trás. Tudo dependeria do que visse. O sujeito armado não a tinha agarrado pelo braço quando ela desceu do carro. Por isso ela havia feito todo aquele teatro de viúva abalada e histérica: para ver como ele reagiria. E ele havia caído direitinho, a ponto de baixar a guarda.

Além disso, não a tinha revistado.

O homem continuava com a arma apontada para o asfalto, tranquilão, certo de que não estava correndo nenhum perigo.

Isso sugeria três coisas.

Primeiro: ninguém havia alertado o sujeito para a possibilidade de que ela estivesse armada.

Ela vinha arquitetando sua reação desde que começara com as lágrimas de crocodilo dentro do carro, lágrimas destinadas a tranquilizar os inimigos e fazer com que eles a subestimassem, lágrimas para ganhar tempo e pensar no que fazer.

Segundo: Joe saberia que ela estaria armada.

Ela já estava com a mão junto da cintura quando começou a correr. Poucas pessoas sabiam disto, mas acertar um alvo com uma arma de fogo não era lá muito fácil. Acertar um alvo em movimento era ainda mais difícil. Em 76 por cento dos casos, policiais treinados erravam seu alvo a uma distância entre um e três metros. Para os civis essa estatística ficava acima dos noventa por cento.

Portanto, correr era sempre o melhor remédio.

Maya voltou os olhos para a van. Em seguida, sem qualquer aviso ou hesitação, jogou-se no chão, rolou no asfalto, sacou a pistola Glock do coldre e a apontou diretamente contra o homem armado, que chegara a esboçar uma reação durante a queda dela, mas não a tempo de se defender.

Ela mirou no centro do peito. Ninguém atirava apenas para ferir. O correto era mirar no maior alvo de todos, isto é, o centro do peito, depois rezar para acertar no que quer que fosse, peito ou não, e continuar atirando.

Foi exatamente o que ela fez.

E o homem foi ao chão.

Terceiro, a conclusão: não era Joe quem havia despachado aquela gente.

Diversas coisas aconteceram ao mesmo tempo.

Maya continuou rolando, deslocando-se, fazendo o que podia para não se tornar um alvo estático. Voltou-se para onde estava o segundo homem, o que surgira à janela do passageiro, e apontou sua arma, pronta para atirar. Mas o homem se escondeu atrás do carro dela.

Não pare, Maya, não pare!

A porta da van se fechou com estrépito. O motorista deu partida no motor. Maya agora estava atrás do veículo, usando-o como escudo para o caso de o segundo homem começar a atirar. Ela não podia continuar ali. A van estava prestes a arrancar, provavelmente de ré, provavelmente tentando atropelá-la.

Maya tomou a decisão sugerida pelos instintos: fugir.

O segundo homem continuava escondido atrás do carro dela; e o armado, inerte no chão. Os dois da van pareciam apavorados.

Quando estiver em dúvida, faça o que for mais simples.

Usando a van como escudo, Maya irrompeu na direção do bosque que margeava a rua e por muito pouco não foi atropelada quando a van arremeteu para trás. Procurando manter-se sempre ao lado do veículo, a salvo do segundo homem, ela correu os últimos metros e se embrenhou no mato.

Não pare...

O bosque era denso demais para que ela olhasse para trás enquanto corria, mas lá pelas tantas ela se escondeu atrás de uma árvore e arriscou uma rápida espiadela. O segundo homem não a tinha seguido: correra até alcançar a van e, com a agilidade de um atleta, pulara para dentro com o veículo ainda em movimento. A van manobrou nas duas pistas e disparou rua afora, deixando para trás o sujeito armado que ela havia derrubado.

O episódio inteiro, desde o momento em que ela se jogara no chão, provavelmente não havia durado mais que uns dez segundos.

E agora?

Sua decisão foi quase imediata. Na realidade ela não tinha muitas opções. Se chamasse a polícia, certamente seria presa. Eram muitos os agravantes: a presença dela no parque na noite do assassinato de Joe, todo o episódio com Tom Douglass, os testes de balística... e agora isto, um homem caído no asfalto, derrubado por ela. Não seria lá muito fácil de explicar.

Ela correu de volta para a rua. O sujeito se espichava de costas no chão com as pernas em desalinho. Poderia estar se fingindo de morto. Por mais improvável que isso fosse, Maya apontou sua arma e se aproximou do corpo. Ele estava mesmo morto.

Ela havia matado o homem.

Mas não havia tempo para ruminações. Alguém poderia aparecer por ali a qualquer momento. Rapidamente ela vasculhou os bolsos do morto e pegou a carteira dele. Não era a hora de verificar documentos. Ela cogitou pegar o telefone também (não poderia usar o seu dali em diante), mas, por motivos óbvios, achou arriscado. Em seguida, cogitou levar a arma, mas pensou: se o caldo entornasse, aquela arma seria a única prova de que ela havia agido em legítima defesa. Além disso, ela ainda tinha a sua Glock.

Ela já fizera todos os cálculos na cabeça. O corpo não estava muito longe do acostamento. Não seria difícil arrastá-lo por dois ou três metros para depois deixá-lo rolar barranco abaixo. E foi exatamente o que ela fez, sempre olhando para os lados para ver se nenhum carro se aproximava.

Talvez a adrenalina a tivesse deixado mais forte, mas o corpo rolou bem mais facilmente do que ela havia previsto, escorregando até bater contra o tronco de uma árvore. Cedo ou tarde seria encontrado, claro, mas isso daria a ela tempo suficiente para pensar e agir.

Ela correu de volta para o carro e se acomodou ao volante. O celular não parava de tocar. Era Shane, chamando de volta. Provavelmente Kierce também começara a se perguntar que diabo estava acontecendo. Um carro despontou ao longe na rua. Fazendo o possível para manter a calma, Maya ligou o carro e arrancou sem nenhuma pressa. Era apenas mais uma visitante recém-saída do Centro Solemani. Se houvesse câmeras de segurança por perto, mostrariam apenas uma van disparando rua afora e, minutos depois, uma BMW transitando normalmente e com um bom motivo para estar ali.

Maya respirou fundo e seguiu adiante. Em cinco minutos já estava de volta à autoestrada.

Àquela altura, o corpo já estava bem longe. Ela desligou o telefone e, sem saber ao certo se ainda assim ele poderia ser rastreado, bateu-o contra o volante até inutilizá-lo. Uns cinquenta quilômetros mais adiante, parou no estacionamento de uma farmácia e examinou a carteira do morto. Não encontrou nenhum documento, mas quatrocentos dólares em espécie. Perfeito, porque ela estava desprevenida e não queria usar nenhum caixa automático.

Com o dinheiro, ela comprou alguns celulares descartáveis e um boné de beisebol. Em seguida foi para o banheiro e se olhou no espelho. Um desastre. Limpou-se tanto quanto possível, prendeu os cabelos num rabo e vestiu o boné. Bem melhor agora.

Para onde teriam ido os seus sequestradores?

Provavelmente já não representavam nenhuma ameaça. Havia a hipótese remota de que tivessem seguido para a casa dela para esperá-la por lá, mas isso seria muito arriscado. Se tivessem roubado aquela van, ou alugado, ou trocado as placas, o que era muito provável, poderiam simplesmente dar o dia por encerrado.

Mesmo assim, ela não tinha a menor intenção de voltar para casa.

Ligou para Eddie, respirou aliviada quando ele atendeu, depois pediu que ele fosse a seu encontro na creche de Lily. Eddie topou na mesma hora, felizmente sem fazer perguntas. Também havia nisso certo risco, mas um risco pequeno. Mesmo assim, quando se aproximou da creche, ela deu uma boa esquadrinhada na área. O interessante era que a Crescendo havia sido construída mais ou menos como uma base militar. Ninguém chegava ali sem ser visto. Eram muitas as camadas de segurança. Claro, sempre havia a possibilidade de que alguém invadisse o local com uma arma em punho, mas com a quantidade de portas travadas no interior, alguém poderia rapidamente chamar a polícia; havia uma delegacia logo ali, no quarteirão vizinho.

Maya contornou a creche mais uma vez. Não viu nada de suspeito.

Assim que avistou o carro de Eddie, seguiu-o e parou ao lado dele no estacionamento da creche. Ainda com a Glock no coldre, desceu da BMW e entrou no carro do cunhado.

– O que é que está acontecendo, Maya?

– Preciso que você se registre na creche. Pra poder buscar a Lily quando necessário.

– E esse número desconhecido do qual você ligou?

– Vamos lá resolver isso logo de uma vez, ok?

Eddie cravou os olhos sobre ela e disparou:

– Você já sabe quem matou a Claire e o Joe?

– Já.

Ele ficou esperando, depois disse:

– Mas não vai me contar.

– Por enquanto não.

– Porque...

– Porque estou com pressa. Porque a Claire queria proteger você.

– Talvez eu não queira ser protegido.
– Não é assim que as coisas funcionam, Eddie.
– Não interessa! – ele cuspiu. – Quero ajudar, e já não é de hoje, caramba.
– Se você quer mesmo ajudar, então vamos lá fazer esse registro o mais depressa possível – disse Maya, já abrindo a porta do carro.

Eddie bufou e fez o mesmo.

Maya deixou que o cunhado descesse primeiro, discretamente colocou um envelope dentro da capa do laptop dele e só então desceu também.

Miss Kitty recebeu-os à porta e os ajudou a preencher a papelada. Enquanto Eddie era fotografado, Maya abriu uma fresta na porta da sala amarela e localizou a filha. Imediatamente sentiu o coração mais leve. No lugar de um guarda-pó, a menina vestia uma camisa da mãe, uma camisa velha e agora imunda de tinta. Um sorriso largo iluminava o rosto dela. Por alguns minutos, Maya ficou ali, contemplando a filha de longe, a garganta apertada como se ali houvesse um nó.

Miss Kitty surgiu às suas costas e disse:
– Quer entrar e dar um alô pra ela?
– Não... obrigada – disse Maya. – Já estamos liberados?
– Sim. Seu cunhado agora pode vir buscá-la quando quiser.
– Não preciso nem telefonar pra avisar?
– Foi assim que você mesma pediu, não foi?
– É, foi.
– Então assim será.

Maya deu uma última espiada na filha, depois se voltou para Miss Kitty.
– Obrigada – disse.
– Você está bem? – perguntou a outra, preocupada.
– Estou, estou – respondeu ela, e para Eddie: – Vamos?

Uma vez no estacionamento, pediu emprestado o celular do cunhado e abriu o aplicativo de rastreamento por GPS. Viu que o carro de Hector encontrava-se novamente no tal endereço de Paterson. Ótimo. Hora de ser proativa de novo, ela pensou. Em seguida, aventou a possibilidade de pedir a Eddie para ficar com o telefone dele, mas achou que cedo ou tarde seria descoberta e rastreada do mesmo jeito. Então devolveu o aparelho e agradeceu.

– Não vai mesmo me contar o que está acontecendo? – insistiu Eddie.

Ela não respondeu. Antes que ambos entrassem em seus respectivos carros, disse:

– Espera aí só um pouquinho.

Abriu o bagageiro da BMW e de lá tirou uma caixa de ferramentas.

– O que você está fazendo? – perguntou Eddie.

– Vou trocar nossas placas.

Em sua opinião, Kierce dificilmente emitira um alerta rodoviário com os dados dela, mas não custava nada prevenir. Maya começou pela placa da frente. Eddie foi para a placa traseira e usou uma moeda como chave de fenda. Dali a pouco as placas já estavam devidamente trocadas.

Maya já ia entrando na BMW, mas, sob o olhar inconformado do cunhado, parou de repente. Tinha um milhão de coisas para contar a ele: sobre Claire, sobre Joe, sobre tudo. No entanto, mais do que ninguém ela sabia que nenhum bem poderia advir disso. Paciência. O confessionário teria de ficar para outro dia, outra hora.

– Eddie... obrigada por tudo – foi só o que ela encontrou para dizer. – Gosto muito de você, sabia?

– Também gosto de você, Maya – devolveu ele, sombreando os olhos com a mão.

Maya enfim entrou no carro e se mandou para Paterson.

capítulo 32

O CARRO DE HECTOR, UMA caminhonete Dodge Ram, achava-se no estacionamento de um espigão na Fulton Street de Paterson.

Maya estacionou na rua, atravessou o portão do prédio e examinou as portas da caminhonete na esperança de que uma delas estivesse aberta. Não, todas trancadas. O que fazer em seguida? Não havia como descobrir onde exatamente estava Hector naquele prédio tão grande. Também não tinha como saber se ele estava com Isabella ou não. Tarde demais para se preocupar com isso. Seu objetivo agora era bastante simples: obrigar o jardineiro a contar onde estava a irmã.

Ela voltou para a BMW e ficou esperando, vigiando a portaria do prédio, volta e meia espiando o carro de Hector na eventualidade de que ele surgisse de outro lugar. Passou-se meia hora. Seria ótimo se naquele momento ela tivesse algum tipo de acesso à internet para ver se Corey Rudzinski, tal como ela imaginava, havia postado alguma coisa sobre a EAC Pharmaceuticals, o laboratório dos Burketts. Mas seu celular estava destruído na lixeira do carro, e os descartáveis comprados na farmácia ofereciam apenas serviços de telefone e mensagens de texto. De qualquer modo, ela podia jurar que estava certa: Corey havia postado algum podre sobre o laboratório, e alguém, provavelmente a mando dos Burketts, havia despachado aquela turma para sequestrá-la e estancar a hemorragia.

Hector enfim surgiu na portaria do prédio.

Maya, na mesma hora, tirou a Glock do coldre e ficou observando. Andando rumo à caminhonete, o jardineiro tirou a chave do bolso e destravou as portas com o controle remoto. Parecia preocupado, mas, pensando bem, era do tipo que por algum motivo nunca parecia relaxado ou feliz.

O plano de Maya era bastante simples: esperar que Hector alcançasse o carro, surpreendê-lo com a arma e obrigar o garoto a levá-la até Isabella. Não era bem um plano sutil, mas não havia tempo para sutilezas.

Ela desceu da BMW e entrou em ação. No entanto, já estava quase alcançando a traseira da caminhonete quando viu a sorte soprar a seu favor: Isabella também havia surgido na portaria do prédio.

Bingo.

Maya se escondeu atrás de um dos carros estacionados e pensou no que fazer em seguida. O que seria melhor? Esperar que Hector fosse embora para depois interpelar Isabella? Claro que sim. Se o jardineiro a visse fincando uma arma na cabeça da irmã, certamente não deixaria barato: telefonaria para a polícia, gritaria por ajuda... enfim, atrapalharia os planos dela.

Ele entrou na caminhonete.

Baixando o tronco e procurando esconder a arma que levava na mão, Maya correu para o carro seguinte. Rezou para que não a tivessem visto. Mas, se tivessem, isso não confirmaria nada, apenas levantaria uma suspeita. Dificilmente chamariam a polícia, mas, de qualquer modo, esse era um risco que ela precisava correr.

Isabella dobrou para a esquerda.

Opa!

Maya havia imaginado que a garota tivesse saído para se despedir do irmão ou trocar uma última palavra com ele pela janela do carro. Mas não era o caso. Ela agora estava entrando na caminhonete também.

Maya tinha duas opções ali. Primeiro, voltar para a BMW e segui-los de carro. Talvez fosse isso o melhor a fazer, ir atrás dos dois irmãos, mas era grande o risco de perdê-los de vista no meio do caminho. Sem o GPS do celular, não haveria como rastreá-los.

Segundo...

Basta.

Num arroubo de iniciativa, Maya correu até a caminhonete, entrou pela porta traseira e espetou o cano da Glock na nuca de Hector.

– Mãos no volante – disse, e para Isabella: – Você também. Mãos no console.

Por um instante eles não fizeram mais do que encará-la, ambos perplexos.

– Já! – berrou Maya.

Por fim eles obedeceram.

Lembrando-se de como havia subestimado Isabella no último encontro entre elas, Maya espichou a mão livre, pegou a bolsa da babá e examinou o conteúdo. Sim, lá estava o spray de pimenta, junto com o celular.

O celular de Hector estava no porta-copos do banco. Maya pegou-o também e jogou o aparelho dentro da bolsa de Isabella. Nada impedia que o jardineiro também estivesse armado; então, sem baixar a Glock, ela o apalpou nos lugares mais óbvios. Não encontrou nada. Em seguida tirou a chave da ignição, jogou-a dentro da bolsa também e deixou a bolsa a seus pés, no chão do carro.

Foi aí que algo chamou sua atenção. Um fiapo de cor.

– O que você quer com a gente? – perguntou Isabella. – Você não pode invadir...

– Calada – interrompeu Maya. – Mais uma palavra e eu estouro os miolos do seu irmão.

Atrás do banco do motorista havia uma pilha de roupas com um moletom cinza por cima. Com o pé ela empurrou o moletom e, confirmando suas suspeitas, precisou se conter para não puxar o gatilho ali mesmo, tamanha foi a sua raiva. Porque sob o moletom estava uma camisa que ela conhecia muito bem. Uma camisa social verde-floresta.

– Fala – ordenou Maya.

Isabella continuou a encará-la sem nada dizer.

– Última chance.

– Não tenho nada pra falar.

Então Maya falou no lugar dela:

– Hector tem mais ou menos a mesma altura do Joe, o mesmo tipo físico. Foi ele quem se fez passar por Joe naquela gravação, não foi? Você abriu a porta, e ele fez o que tinha de fazer. Lily conhece o Hector, não se recusaria a brincar com ele. Depois vocês conseguiram algum vídeo do rosto do Joe nos meus... – De repente ela se deu conta. Aquele sorriso era inconfundível. Como ela não havia percebido antes? – Meu Deus, aquela imagem era do meu vídeo de casamento, não era?

– Não temos nada a dizer – repetiu Isabella. – Você não vai matar a gente.

Aquilo já era demais. Segurando a pistola pelo cano, Maya desferiu uma coronhada certeira contra o nariz de Hector, forte o bastante para quebrá-lo. Hector agora uivava de dor, o sangue escorrendo entre os dedos das mãos.

– Talvez eu não vá mesmo matar o seu irmão – disse Maya. – Mas o primeiro tiro será no ombro dele. Depois no cotovelo. Depois no joelho. Então acho melhor você ir abrindo o jogo logo de uma vez.

Isabella hesitou.

A título de incentivo, Maya desferiu uma segunda coronhada, dessa vez na orelha do jardineiro. Ele grunhiu e caiu para o lado. Instintivamente, Isabella tirou as mãos do console para socorrer o irmão. Maya socou o rosto dela com a Glock, mais para assustá-la do que para machucar. Mesmo assim, a babá agora estava sangrando também.

Em seguida, Maya espetou o cano da arma no ombro de Hector e lentamente foi armando o gatilho.

– Espera! – berrou Isabella.

Maya permaneceu imóvel.

– Fizemos tudo isso porque você matou o Joe!

Sem afastar a arma, Maya disse:

– Quem foi que disse isso pra você?

– Que diferença faz?

– Se você acha que matei meu marido – disse Maya, e apontou o queixo para a Glock –, então por que não acha que posso matar seu irmão também?

– Foi a nossa mãe.

Hector interveio e disse:

– Ela falou que você matou o Joe e que a gente precisava ajudar a provar.

– Ajudar como?

Hector se reergueu, dizendo:

– Você não matou ele?

– Ajudar *como*, Hector?

– Como você mesma disse. Vesti as roupas do Joe e deixei a sua câmera filmar. Depois levei o cartão de memória pra Farnwood. Os Burketts tinham contratado um especialista em computação gráfica. Uma hora depois, voltei pra sua casa com o cartão e a Isabella colocou ele de volta no porta-retratos.

– Espera aí – disse Maya. – Como vocês sabiam desse porta-retratos?

Com um risinho irônico, Isabella respondeu:

– Você acha o quê? No dia do enterro você coloca na estante um porta-retratos digital já carregado com um monte de fotos da família. Você é a única mãe que eu conheço que não tem nenhuma foto da filha em casa, que nunca emoldurou um desenho dela. Daí de uma hora pra outra aparece com aquele porta-retratos... Eu não sou boba.

Maya lembrou-se do comportamento exemplar da babá nas gravações que tinha visto, sempre sorrindo, sempre muito carinhosa com Lily.

– Depois você fez o quê? Contou à sua mãe sobre ele?

Isabella não se deu ao trabalho de responder.

– Suponho que tenha sido ideia dela, você me atacar com o spray de pimenta.

– Eu não sabia como você ia reagir depois de ver a gravação. Era apenas pra eu levar o cartão de memória. Pra você não mostrar pra outras pessoas.

Eles queriam isolá-la, pensou Maya.

– Se você mostrasse pra mim – prosseguiu Isabella –, era pra eu fingir que não tinha visto nada.

– Por quê?

– O que você acha?

A resposta era mais do que óbvia.

– Vocês queriam que eu perdesse a cabeça, que começasse a duvidar da minha própria sanidade mental.

Maya se calou de repente e olhou ao longe através do para-brisa do carro. Isabella e Hector olharam para ela, depois se viraram para ver o que tinha chamado sua atenção.

Parado ali, bem à frente da caminhonete de Hector, estava Shane.

– Qualquer movimento em falso e eu atiro nos dois – disse Maya para os irmãos.

Em seguida abriu a porta a seu lado e desceu com a bolsa de Isabella. Shane esperava por ela com olhos vermelhos.

– O que você está fazendo? – ele foi logo perguntando.

– Eles armaram uma arapuca pra mim – disse Maya.

– Como?

– Hector vestiu umas roupas do Joe. Depois alguém adulterou a gravação pra incluir o rosto dele.

– Então o Joe está...

– Sim, o Joe está morto. Mas como foi que você me achou?

– GPS.

– Não estou com meu telefone.

– Coloquei rastreadores nos seus dois carros – confessou Shane.

– Por quê, posso saber?

– Porque você não vinha agindo racionalmente – disse ele. – Mesmo antes da tal gravação. Você não vai negar, vai?

Maya não disse nada.

– Aliás, também fui eu quem chamou o Dr. Wu. Achei que seria bom você voltar pra terapia. Coloquei os rastreadores para o caso de você precisar de ajuda. Depois o Kierce me contou sobre o teste de balística, você parou de atender minhas ligações...

Maya olhou de volta para a caminhonete de Hector, viu que os dois continuavam imóveis. Em seguida respirou fundo e disse:

– Tem uma coisa que eu preciso te contar, Shane.

– Sobre o teste de balística?

Ela fez que não com a cabeça e procurou relaxar.

– Sobre aquele dia em Al Qa'im.

– O que tem aquele dia? – perguntou ele, surpreso.

Maya fez menção de dizer algo, mas não conseguiu.

– Maya...

– Já tínhamos perdido gente de mais. Muita gente boa. Eu não podia deixar que perdêssemos mais, de jeito nenhum – disse ela afinal, os olhos se enchendo d'água.

– Eu sei – retrucou Shane. – Essa era a nossa missão.

– Então, quando localizamos aquele SUV... Os nossos homens lá, pedindo ajuda, o SUV partindo pra cima deles... Ajustei a mira, chamei a base pelo rádio... Mas eles não autorizaram o ataque.

– Certo – disse Shane. – Queriam ter certeza de que não havia civis.

Maya fez que sim com a cabeça.

– Então ficamos esperando – disse Shane.

– E os rapazes lá, apavorados, suplicando nossa ajuda...

– Foi difícil, não foi? Eu sei. Mas a gente fez a coisa certa. Que era esperar. Esse era o protocolo. Não foi culpa nossa que aqueles civis morreram. Quando recebemos a autorização...

Maya balançou a cabeça, dizendo:

– Nunca recebemos essa autorização.

Shane arregalou os olhos para ela.

– Desliguei o seu sinal de rádio.

– Você... você *o quê*?

– O JOC chamou de volta, mandando a gente esperar.

– De que diabo você está falando, Maya?

– Não autorizaram o ataque. Achavam que pelo menos uma pessoa no SUV era um civil, provavelmente menor de idade, e que as chances de que aquelas pessoas fossem inimigas eram apenas de cinquenta por cento.

Shane agora ofegava, completamente desconcertado.

– Mas eu ouvi o...

– Você não ouviu nada, Shane. Ouviu apenas o que eu mesma relatei, lembra?

Ele não disse nada.

– Você acha que o conteúdo daquela gravação seria vexaminoso só porque festejamos depois de destruir o alvo. Mas não é só isso que o Corey tem nas mãos. Tem a gravação da mensagem de rádio dizendo que podia haver civis naquele SUV.

– E você abriu fogo mesmo assim...

– Abri.

– Por quê?

– Porque eu não estava nem aí pra civis – disse Maya. – Queria salvar os nossos rapazes e só.

– Caramba, Maya.

– Fiz uma escolha ali na hora. Não ia perder mais nenhum dos nossos. Não sob a minha guarda. Não se eu pudesse fazer alguma coisa a respeito. E se civis tivessem de morrer, paciência. Danos colaterais. Naquela altura eu nem me importava mais, essa é a verdade. Você acha que tenho esses flashbacks horríveis porque me sinto culpada pela morte daqueles civis. Pois é justamente o contrário, Shane. Eu *não* me sinto culpada. Não são aquelas mortes que me assombram. O que me assombra é essa certeza que permanece dentro de mim: a certeza de que, se fosse possível voltar no tempo, eu faria tudo exatamente igual.

Agora era Shane quem estava com lágrimas nos olhos.

– Então não preciso de psiquiatra nenhum pra entender o que está acontecendo comigo. Toda noite sou obrigada a reviver Al Qa'im, mas nunca posso alterar o resultado. Por isso esses flashbacks nunca vão me abandonar, Shane. Toda noite eu estou de volta lá naquele helicóptero. Toda noite fico tentando encontrar uma maneira de salvar aqueles soldados.

– E toda noite você mata os civis outra vez – acrescentou Shane. – Meu Deus...

Ele se adiantou para abraçá-la, mas Maya não permitiu, não sabia lidar com esse tipo de coisa. Rapidamente ela correu os olhos à sua volta, depois olhou para trás. Isabella e Hector continuavam esperando na caminhonete.

– Que foi que o Kierce te contou, Shane? – perguntou Maya, retomando o fio da sua meada.

– Contou que o Joe e a Claire foram mortos pela mesma arma – respondeu ele. – Mas você já sabia disso, não sabia? Kierce contou pra você também, não contou?

Maya fez que sim com a cabeça.

– Mas você não me disse nada, Maya.

Ela não soube o que argumentar.

– Você me contou tudo, menos o resultado do teste de balística.

– Shane...

– Eu já imaginava que você, não confiando na eficiência da polícia, vinha fazendo uma investigação por conta própria pra descobrir quem matou sua irmã. Também já imaginava que tinha encontrado algo.

Maya virou-se como se quisesse vigiar melhor a caminhonete às suas costas. Mas não era isso. Era difícil olhar diretamente para Shane naquele momento.

– Você me deu aquela bala *antes* de matarem o Joe – disse Shane. – Pediu que eu verificasse a possibilidade de que ela tivesse saído da arma que matou a Claire. E tinha. Mas você se recusou a me dizer como tinha conseguido essa bala. E agora descubro que foi a mesma arma que matou o Joe. Como você explica isso?

– Só tem uma explicação possível – disse Maya.

Shane balançou a cabeça, mas àquela altura já havia concatenado os fatos. Sustentando o olhar dele, Maya disse:

– Fui eu que matei o Joe, Shane.

capítulo 33

Pilotando o carro de Hector com seu boné na cabeça, Maya entrou em Farnwood pelo portão dos fundos e seguiu para a casa principal. Havia anoitecido. Os seguranças ainda estavam por lá, mas não criaram problemas, conheciam aquela caminhonete havia muito tempo. Shane imobilizava Hector e Isabella para que eles não tentassem alertá-los.

Antes de alcançar a mansão, Maya pegou um dos celulares descartáveis, ligou para a boate e pediu para falar com Lulu, a assistente de Corey.

– Não tenho mais como te ajudar – disse a moça.

– Tem, sim. Escuta.

Terminada a ligação, Maya estacionou ao lado da casa. No escuro, desceu do carro, foi para a porta da cozinha e por sorte a encontrou aberta. A casa estava vazia e silenciosa. Nenhuma luz acesa. Ninguém junto da lareira. Ela foi para a sala principal, sentou-se ali e ficou esperando, os olhos gradualmente se ajustando à escuridão do cômodo.

Flashes do passado foram se apresentando desordenadamente na sua cabeça. Mas o primeiro deles talvez fosse o mais importante: a abertura do cofre de armas. Tudo havia mudado a partir dali. Ela havia chegado do Oriente Médio e estava pisando em casa pela primeira vez após a morte de Claire. Fora até o cemitério, levada por Joe. Achara-o meio estranho na ocasião. Não dera a isso muita importância, mas começara a avaliar a relação deles, dando-se conta do pouco tempo que realmente tinham passado juntos: o namoro relâmpago, a missão dela fora do país, o trabalho dele. Será que estava achando que não conhecia o marido direito? Na época, não. Mas agora, analisando as coisas em retrospecto, sim.

Tudo havia mudado com a abertura do cofre.

Ela sempre tinha sido muito meticulosa com suas armas. Mantinha-as sempre limpas, e bastara olhar para os revólveres Smith & Wesson 686 para saber que havia algo de errado: um deles, o que ela mantinha no compartimento secreto, tinha sido usado.

Após sua volta do Oriente Médio, ouvira o marido dizer um milhão de vezes que detestava armas, que não gostava de acompanhá-la na linha de tiro, que ficaria muito mais aliviado se não tivesse armas em casa.

Parafraseando a rainha de *Hamlet*, Joe andava fazendo "juras demais".

Pensando em retrospecto, era estranho que alguém com tanta aversão a armas ainda quisesse manter sua impressão digital na memória do cofre. "Apenas por precaução", ele explicava. "A gente nunca sabe."

Há momentos na vida em que tudo muda. De novo era como uma daquelas ilusões de ótica em que você pensa que está vendo uma coisa, depois muda o ângulo só um pouquinho e acaba vendo outra totalmente diferente. Foi assim que ela se sentiu ao abrir aquele cofre e constatar que alguém havia tentado limpar uma das suas armas, alguém que claramente não sabia o que estava fazendo.

Um soco no estômago. Uma traição da pior espécie. Ela estava dormindo com o inimigo e agora se sentia uma idiota. Mas, de um modo pernicioso e horrível, tudo aquilo parecia fazer sentido.

Ela sabia.

Por mais que tentasse negar, sabia que aquela arma, que era *sua*, havia matado Claire. Sabia disso mesmo antes de dispará-la na linha de tiro e trazer o cartucho de volta para entregar a Shane. Mesmo antes de conseguir convencê-lo a testar esse cartucho secretamente e compará-lo com o da bala calibre 38 encontrada no crânio de Claire.

Joe havia matado Claire.

Mas ainda assim havia a possibilidade de que ela estivesse enganada. Havia a possibilidade de que algum assassino profissional e muito competente tivesse conseguido abrir aquele cofre, usado a arma e colocado de volta depois. Havia a possibilidade de que Joe realmente fosse inocente. Por isso ela trocara os dois revólveres Smith & Wesson, deixando à mostra o que Joe havia retirado do compartimento reservado às armas compradas fora do estado e guardando no compartimento o que havia sido comprado em Nova Jersey e ficava à mostra no cofre. Em seguida, conferira se nenhuma das outras armas estava carregada.

Não. Apenas o Smith & Wesson do compartimento secreto.

A partir de então ela começara a revirar as coisas de Joe, deliberadamente deixando pistas para que ele descobrisse. Queria que ele soubesse que ela estava farejando alguma coisa. Queria ver a reação dele, colher informações suficientes para fazê-lo confessar que havia matado Claire e explicar por quê.

Sim, Kierce estava certo. *Ela* havia ligado para Joe naquela noite, não o contrário.

– Sei o que você fez – dissera ela.

– Do que você está falando?

– Tenho provas.

Ela pedira a Joe que fosse ao encontro dela naquele canto do Central Park. Chegara cedo, palmilhara o lugar. Localizara dois moleques de rua (mais tarde descobriria que se chamavam Emilio Rodrigo e Fred Katen) zanzando nas imediações da fonte Bethesda. Pelo jeito como Emilio Rodrigo caminhava, ela podia ver que o garoto estava armado.

Perfeito. Os bodes expiatórios de que ela precisava. Jamais seriam condenados.

Durante o encontro ela tinha dado a Joe todas as oportunidades de se abrir.

– Por que você matou a Claire?

– Pensei ter ouvido você dizer que tinha provas, Maya. Pelo visto não tem prova nenhuma.

– Vou encontrar essas provas. Não vou descansar enquanto não encontrá-las. Vou transformar sua vida num inferno.

Foi então que Joe sacou o revólver Smith & Wesson carregado que havia encontrado no compartimento secreto do cofre. Ele sorria para ela. Ou pelo menos dava a impressão de estar sorrindo. Estava escuro demais para distinguir uma coisa de outra, e além disso ela voltava sua atenção quase inteiramente para a arma que tinha na mão. No entanto, relembrando os fatos agora, ela podia jurar que ele estava mesmo sorrindo.

Joe apontou a arma contra o centro do peito dela.

A despeito do que ela tivesse pensado antes (das certezas que pensava ter), tudo isso desceu pelo ralo assim que ela viu o homem que escolhera para amar apontando contra ela um revólver carregado. Ela sabia, mas não conseguia acreditar, não conseguia aceitar, preferia dizer a si mesma que tudo não passava de um grande equívoco. De algum modo, fora um alívio ouvi-lo negar toda a história, pois isto era o que ela mais queria: estar enganada. Joe, o pai da sua filha, não podia ser um assassino. Ela não havia dividido a cama e o coração com o monstro que tinha torturado e matado sua irmã. Ainda havia a chance de que ele tivesse uma boa explicação para dar.

Até que ele puxou o gatilho.

Agora, sentada no breu daquela sala, Maya fechou os olhos.

Ela ainda se lembrava da expressão no rosto de Joe quando a arma não disparou. Ele puxou o gatilho mais duas ou três vezes.

– Retirei o percussor.

– Você *o quê*?
– Retirei a ponta do cão pra impedir o disparo.
– Tanto faz, Maya. Você nunca vai conseguir provar nada.
– Tem razão.

Foi então que Maya sacou o outro Smith & Wesson, o mesmo que Joe usara para matar Claire, e atirou três vezes. Nas duas primeiras ela deliberadamente evitou atirar para matar. Era exímia atiradora. Pivetes de rua, não. Portanto, um tiro certeiro seria óbvio demais.

Kierce: "A primeira bala atingiu seu marido no ombro esquerdo. A segunda se alojou na clavícula direita."

Ela havia vestido o *trench coat* e as luvas que comprara com dinheiro vivo numa loja do Exército da Salvação. Era neles que ficariam depositados os resíduos de pólvora. Depois ela havia jogado o casaco e as luvas numa das latas de lixo da Quinta Avenida. Dificilmente seriam encontrados. Mas se fossem, paciência. Ninguém conseguiria associá-los a ela. Para sujar a própria camisa com o sangue de Joe, ela havia se ajoelhado para abraçá-lo enquanto ele morria. Guardara as duas armas na bolsa, depois correra tropegamente na direção da fonte, gritando por ajuda.

Ninguém a revistara. Que motivo teriam para isso? Afinal, ela era uma das vítimas. A preocupação inicial de todos era saber se ela estava bem e correr atrás dos assassinos. E no fim das contas a confusão geral viera para o bem. Ela já estava preparada para desovar a bolsa em algum lugar (não levava nada dentro dela além das armas), mas nem precisara. Mantivera-a consigo e fora embora com ela. Chegando em casa, recolocara o percussor no cão do Smith & Wesson registrado, voltara com o revólver para o cofre e, assim que possível, jogara o outro no rio, o revólver que ela mesma havia disparado. O primeiro deles, claro, tinha sido o que Kierce levara para examinar.

Maya sabia que o teste de balística confirmaria sua "inocência" e confundiria a polícia. Joe e Claire haviam sido mortos com a mesma arma. Seu álibi era irrefutável: ela estava em missão fora do país, portanto não poderia ter matado nenhum dos dois. Não gostava nem um pouco de ter enredado dois inocentes (Emilio Rodrigo e Fred Katen) numa investigação policial, mas um deles realmente estava armado. Além disso, ela sabia que seu depoimento, dizendo que os garotos estavam de gorro, bastaria para livrar a cara de ambos. Comparando com o que ela já havia feito no passado, os danos colaterais para eles eram irrisórios.

O caso em si era um grande labirinto sem saída, exatamente o que ela queria. Claire havia sido assassinada, e o assassino havia sido punido. Fim de papo. Uma questão de justiça. Ela não sabia de tudo, mas sabia o suficiente. Ela e a filha agora estariam seguras.

Mas tudo mudou outra vez após a gravação da câmera escondida.

De onde estava na sala, Maya ouviu um carro estacionar do lado de fora da mansão. Mas ela não se levantou. Dali a pouco ouviu a porta da frente se abrir e Judith entrar, reclamando da chatice do evento do qual acabava de chegar. Estava com Neil. E com Caroline. Os três entraram juntos. Judith acendeu as luzes e abafou um grito de susto.

Maya continuou onde estava.

– Santo Deus! – exclamou Judith. – Você quase me fez infartar, mulher! O que está fazendo aqui?

– A navalha de Ockham – disse Maya.

– O quê?

– "Ente todas as hipóteses possíveis, a que possui menos premissas deve ser a escolhida." – Maya riu. – Trocando em miúdos, a resposta mais simples geralmente é a resposta correta. Joe não sobreviveu àqueles tiros. Mas era nisso que vocês queriam que eu acreditasse.

Judith olhou para os dois filhos, depois para Maya.

– Foi você, Judith, que montou aquele circo todo da câmera escondida. Falou pra Rosa e pros filhos dela que fui eu quem matou o Joe, mas que não havia como provar. Então resolveu mexer os seus pauzinhos.

Judith não se deu ao trabalho de negar.

– E daí? – disse ela com uma frieza polar. – Não há nenhuma lei que proíba uma mãe de tentar descobrir quem matou seu filho, há?

– Não que eu saiba – concedeu Maya. – Eu já desconfiava. Desde o início. Claro, você é uma mulher manipuladora. Faz anos que trabalha com isso. Manipulando a cabeça das pessoas.

– São experimentos psicológicos, Maya, e você sabe muito bem disso.

– Uma questão de semântica. Mas vi o Joe morrer. Sabia que ele não podia estar vivo.

– Ah, mas estava escuro – disse Judith. – Você podia ter se enganado. Você deu um jeito de levar meu filho até aquele lugar. Aquele ponto específico do parque. Ele também poderia ter ludibriado você. Sei lá. Poderia ter trocado as suas balas por festim.

– Mas não trocou.

Neil pigarreou, depois disse:

– O que você quer, Maya?

Maya não lhe deu atenção. Manteve os olhos plantados sobre Judith.

– Mesmo que eu não acreditasse que ele estava vivo, mesmo que não cedesse à pressão e acabasse confessando, você sabia que eu reagiria.

– Sabia.

– Eu acabaria descobrindo que alguém estava tentando me enlouquecer. Começaria a investigar. Talvez desse um passo em falso, aí você aproveitaria a oportunidade pra me incriminar. Além disso, vocês todos precisavam descobrir o que eu já sabia. Aliás, desempenharam muito bem os seus respectivos papéis no "experimento psicológico" da mamãe. Caroline veio com aquela história de que os irmãos estavam vivos, que o Kierce estava na folha de pagamentos da família. Tudo mentira. Mas era muita coisa na minha cabeça: a câmera escondida, a camisa desaparecida, os telefonemas... Qualquer pessoa no meu lugar começaria a duvidar da própria lucidez. Eu também duvidei. Teria de ser realmente louca pra não aventar a possibilidade de que estava enlouquecendo.

Judith sorriu para ela e disse:

– O que te trouxe aqui afinal, Maya?

– Tenho uma pergunta pra te fazer, Judith.

Judith ficou esperando.

– Como você descobriu que matei o Joe?

– Então você admite.

– Claro. Mas como foi que você descobriu? – Maya olhou para Neil, depois para Caroline. – Ela contou pra você, Caroline?

Caroline franziu o cenho e virou-se para a mãe.

– Eu simplesmente sabia – respondeu Judith. – Coisa de mãe.

– Não, Judith. Você descobriu porque sabia que eu tinha um motivo.

– Do que ela está falando? – interveio Caroline.

– Joe matou minha irmã.

– Isso não é verdade! – reagiu Caroline, no tom de uma criancinha petulante.

– Joe matou a Claire – disse Maya –, e sua mãe sabia disso.

– Mãe?

Os olhos de Judith ardiam em chamas.

– Claire estava roubando da nossa família – disse ela.

– Mãe...

– Mais que isso – prosseguiu Judith. – Estava tentando destruir nossa família. Nosso nome, nossa fortuna. Joe tentou argumentar com ela, convencê-la a parar...

– Joe torturou minha irmã.

– Porque entrou em pânico. Isso eu admito. Ela se recusava a dizer o que tinha feito, a dar as informações que ele pedia. Não aprovo o comportamento dele, mas foi sua irmã que começou. Tentou destruir esta família. Você, como ex-militar, precisa entender. Sua irmã era o inimigo. E o que a gente faz com o inimigo? Ataca com força total. Com as armas que tem. Ninguém se apieda do inimigo.

Maya sentiu um remoinho de fúria brotar dentro do peito, mas não se deixou levar por ele.

– Tão burra e ao mesmo tempo tão maquiavélica... – ronronou ela.

– Opa – disse Neil, vindo em defesa da mãe. – Já deu, Maya.

– Você é outro que não enxerga nada, Neil. Acha mesmo que o Joe estava protegendo a fortuna da família? Que tudo isso tem a ver com a EAC Pharmaceuticals?

Neil olhou para Judith de um modo que, para Maya, confirmava que ela estava certa. Maya quase gargalhou. Virando-se para Judith, disse:

– Foi isso que o Joe contou a todos vocês, não foi? Que a Claire havia descoberto os podres da EAC? E você, Neil, sabendo melhor do que ninguém dos riscos que a família corria, achou que não dava mais pra confiar no plano da mamãe, certo? Ficou apavorado e mandou aquela gente me sequestrar. Precisava saber exatamente o que eu tinha descoberto. Então contou pra eles sobre o meu estado mental. Falou que se eles dissessem que o Joe estava esperando por mim, eu... eu o quê? Desmaiaria? Foi isso que você falou pra eles?

Neil assentiu com seu silêncio. Fuzilava Maya com o olhar.

Judith fechou os olhos e disse:

– Burro...

– "Joe está te esperando", eles falaram. Esse foi o seu grande erro, Neil. Porque se o Joe estivesse mesmo por trás dessa história, se tivesse mandado aqueles capangas pra me pegar, certamente teria avisado que eu poderia estar armada.

– Maya? – Era Judith. – Você matou meu filho.

– Ele matou minha irmã.

– Joe está morto. Não pode ser condenado. Mas três testemunhas ouviram sua confissão. Vamos levar você à justiça, Maya.

– Você ainda não entendeu – disse ela. – Não foi só minha irmã que o Joe matou. Também matou o Theo Mora...

– Aquilo foi uma brincadeira de mau gosto que desandou.

– Matou o Tom Douglass...

– Você não tem provas.

– E matou o próprio irmão.

Um silêncio pesado desceu sobre a sala, desses em que até os móveis se paralisam de antecipação.

– Mãe? – Era Caroline. – Isso não é verdade, é?

– Claro que não – disparou Judith.

– É, sim – disse Maya. – Joe matou o Andrew.

Caroline virou-se novamente para Judith.

– Mãe?

– Não dê ouvidos a ela, minha filha. Está mentindo.

Maya não pôde deixar de notar um ligeiro tremor na voz da sogra.

– Hoje estive com o Christopher Swain, Judith. Ele me contou que o Andrew estava arrasado, a ponto de dizer pro Joe, naquela noite no iate, que pretendia contar toda a verdade sobre a morte do Theo. Depois subiu sozinho pro deque, e o Joe foi atrás.

Silêncio.

Caroline começou a chorar. Neil olhou para a mãe como se suplicasse por ajuda.

– Isso não significa que ele matou o irmão – disse Judith. – Você até pode achar que sim nessa sua cabecinha doente, dada a fantasias absurdas, mas foi você mesma que me contou a verdade do que aconteceu.

– Sim. Contei que o Andrew pulou no mar. Que ele se matou.

– Exatamente.

– E o Joe estava lá, viu tudo. Foi o que ele me contou.

– Sim, claro.

– Mas não foi isso que aconteceu. Era uma hora da madrugada quando eles subiram pro deque.

– Sim.

– Mas só deram pela falta do Andrew na manhã seguinte. – Maya inclinou a cabeça e disse: – Se o Joe realmente tivesse visto o irmão pular, não teria acionado o alarme imediatamente? Não teria gritado por ajuda?

Os olhos de Judith se alargaram como se ela tivesse levado um soco na boca do estômago. Só então Maya se deu conta de que a sogra realmente estava em negação. Judith sabia de tudo, mas era como se não soubesse. Era impressionante como o ser humano conseguia tapar os olhos diante de verdades tão evidentes.

Em um segundo, Judith caiu de joelhos.

– Mãe? – perguntou Neil.

Judith começou a chorar como um animal ferido.

– Não pode ser verdade...

– Mas é – disse Maya, e ficou de pé. – Joe matou o Theo Mora. Matou o Andrew. Matou a Claire. Matou o Tom Douglass. Quem mais ele terá matado, hein, Judith? Porque na escola ele fraturou o crânio de um garoto com um taco de beisebol. E quase fez churrasco de outro por causa de uma garota. O Sr. Burkett conhecia o filho que tinha. Por isso deixou os negócios nas mãos do Neil.

Judith não fazia mais do que balançar a cabeça.

– Você criou, mimou e protegeu um assassino – desferiu Maya.

– E você casou com ele.

– Pois é, casei.

– Você acha mesmo que ele seria capaz de te enganar?

– Acho, não. Eu *sei*.

Ainda de joelhos, Judith cravou os olhos nela e disse:

– Você executou meu filho.

Maya não disse nada.

– Não foi em legítima defesa. Você poderia ter denunciado ele pra polícia.

– Poderia.

– Mas preferiu matá-lo.

– Você tentaria proteger seu filho de novo, Judith, e eu não podia deixar que isso acontecesse. – Maya deu um passo na direção da porta. Neil e Caroline recuaram. – Mas agora tudo virá à tona.

– Se isso acontecer, Maya, você vai pra cadeia. Vai morrer dentro dela.

– Pode ser. Mas os podres da EAC serão jogados no ventilador. Não tem mais jeito. Acabou.

– Espera – disse Judith, reerguendo-se. – Talvez possamos fazer um acordo.

Maya parou onde estava. Neil disse:

– Mãe, que história é essa de acordo?

– Shhh – disse ela para o filho, e para Maya: – Você queria justiça pra sua irmã. Já conseguiu. Agora vamos todos nos unir outra vez.

– Mãe?

– Preste atenção no que eu vou dizer. – Judith pousou as mãos nos ombros de Maya. – Culpamos o Joe pelo escândalo da EAC. Depois damos a entender que foi isso que levou à morte dele. Está vendo? Ninguém precisa saber da verdade. Além do mais... Talvez você tenha razão, Maya. Talvez eu seja mesmo uma Eva que criou Caim pra matar Abel. Eu deveria ter sabido. Não sei se serei capaz de continuar vivendo comigo mesma, mas de repente... se mantivermos a cabeça fria... de repente posso salvar meus outros dois filhos. Salvar você também, Maya.

– Tarde demais pra fazer acordos, Judith.

– Ela tem razão, mãe.

Era Neil. Maya olhou para ele e deparou com uma arma apontada na sua direção.

– Mas tenho uma ideia melhor – disse ele para Maya. – Você roubou o carro do Hector. Invadiu nossa casa. Está armada, posso apostar. Confessou que matou o Joe e veio aqui pra matar a gente também. Só que eu atiro primeiro. Legítima defesa. Ainda culpamos o Joe pelos podres da EAC, mas agora não precisamos mais passar o resto da vida com medo de uma punhalada nas costas.

Neil olhou para a mãe. Judith sorriu. Caroline assentiu com a cabeça. Uma gangue familiar.

Neil disparou três vezes.

Poético, pensou Maya. Ela também havia atirado três vezes em Joe. Aos poucos ela foi desabando no chão, pernas e braços ao léu. Não conseguia se mexer. Achou que fosse sentir frio, mas não. As vozes eram lampejos à sua volta.

– Ninguém nunca vai saber...

– Reviste os bolsos dela...

– Ela não está armada...

Maya sorriu e olhou para a lareira.

– Está rindo do quê...?

– O que é aquilo em cima da lareira? Parece um...

– Essa não...

Maya piscou os olhos algumas vezes antes de fechá-los. Ficou esperando pela avalanche de ruídos (os rotores, os tiros, os berros), mas eles não vieram. Não dessa vez. E não viriam nunca mais.

Seguiu-se então um breu, depois um silêncio, depois uma paz.

capítulo 34

VINTE E CINCO ANOS DEPOIS

O ELEVADOR ESTÁ QUASE FECHANDO quando uma mulher me chama pelo nome.
– Shane?
Travo a porta com a mão.
– Olá, Eileen.
Ela entra apressadamente, sorrindo, e me cumprimenta com dois beijinhos no rosto.
– Puxa, quanto tempo...
– Pois é. Muito tempo.
– Você está ótimo, Shane.
– Você também, Eileen.
– Fiquei sabendo que você operou o joelho. Está tudo bem?
Respondo apenas com um gesto de "não foi nada", e ambos rimos.
Um dia feliz.
– E as crianças, como vão? – pergunto.
– Tudo em paz. Te contei que a Missy está dando aulas em Vassar?
– Sempre foi muito inteligente. Como a mãe.
Eileen pousa a mão no meu braço e a deixa por lá. Ambos continuamos solteiros, embora tenhamos tido uma história lá atrás, num passado já remoto. O assunto morre. Seguimos calados.
A esta altura vocês todos já devem ter visto o vídeo daquela câmera escondida que Maya colocou na cornija lareira de Farnwood (antes falavam de "viralizar" quando algo fazia tanto barulho assim), então vou contar o resto do que sei.
Naquela noite em que me convenceu a vigiar Hector e Isabella, Maya ligou para alguém que trabalhava para Corey Rudzinski, do site Boca no Trombone. Eu nunca soube o nome dessa pessoa. Ninguém nunca chegou a saber. Eles configuraram uma transmissão ao vivo utilizando a câmera escondida. Em suma, o mundo inteiro pôde acompanhar em tempo real os acontecimentos na mansão dos Burketts naquela noite. O site de Corey Rudzinski já era razoavelmente conhecido na época (embora esse tipo

de transparência ainda estivesse nos seus primórdios), mas depois daquela noite, tornou-se a grande sensação da internet. Claro, eu tinha lá minhas reservas em razão do material que eles haviam divulgado da nossa missão. No fim das contas, no entanto, Corey soube usar a publicidade proporcionada por Maya naquela noite para fazer muitas coisas boas. Pessoas que antes se sentiam lesadas, mas que não sabiam como se defender ou temiam represálias, de repente se viram encorajadas a comprar suas respectivas brigas. Governos corruptos e empresas espúrias vieram abaixo.

Então esta havia sido justamente a ideia de Maya: expor a verdade para o mundo inteiro ver. O que ninguém esperava era o fim que a história teve.

Um assassinato transmitido ao vivo.

O elevador se abre.

– Primeiro as damas – digo a Eileen.

– Obrigada, Shane.

Enquanto a sigo pelo corredor, ainda mancando em razão do joelho recém-operado, sinto o coração dilatar-se dentro do peito. Confesso que, quanto mais velho, mais propenso eu vou ficando a chorar diante dos bons momentos da vida.

Quando entro no quarto do hospital, a primeira pessoa que vejo é Daniel Walker, hoje um homem de 39 anos com quase dois metros de altura. Trabalha três andares acima como radiologista. Com ele está sua irmã Alexa, de 37 anos, mãe de um menino. É uma designer digital, seja lá o que isso signifique.

Ambos me cumprimentam com abraços e beijos.

Eddie também está presente com sua mulher Selina. Ficara viúvo por dez anos antes de se casar novamente. Selina é uma pessoa maravilhosa, e fico aliviado que Eddie tenha conseguido reencontrar a felicidade depois de Claire. Eddie e eu nos cumprimentamos com um aperto de mão e aquele abraço frouxo típico dos homens.

Em seguida me aproximo do leito em que Lily acalenta sua menininha recém-nascida.

Ca-bum! Meu coração explode no peito.

Não sei dizer se Maya já sabia que ia morrer quando foi para a mansão dos Burketts naquela noite. Deixara sua arma no carro. Segundo alguns, fez isso para que depois os Burketts não pudessem alegar legítima defesa. Talvez. Ela me deixou uma carta, escrita na véspera. Deixou outra para Eddie também, pedindo a ele que cuidasse de Lily caso algo lhe acontecesse, o que ele fez de maneira exemplar. Na carta, Maya dizia que esperava que Daniel e Alexa fossem bons irmãos para sua filha. Pois foram muito mais do que bons. Eu deveria ser o padrinho, e Eileen, a madrinha. Maya queria que permanecêssemos na vida da menina. Eileen e eu realizamos o desejo dela, mas, com os cuidados de Eddie, Daniel, Alexa e, mais tarde, Selina, não creio que Lily tenha precisado muito da gente.

Permaneci presente (e pretendo permanecer para sempre), porque amo Lily com o furor que um homem geralmente reserva apenas para os próprios filhos. Talvez por outro motivo também. Lily é muito parecida com a mãe. Não apenas fisicamente, mas sobretudo na personalidade. Conviver com ela (por favor, não se assustem) é mais ou menos como conviver com a própria Maya. O que talvez seja uma espécie de egoísmo da minha parte, sei lá. Só sei que morro de saudades da minha amiga. Mais de uma vez, ao deixar Lily em casa após um cineminha ou um jogo de beisebol, minha vontade foi a de correr para algum telefone cósmico e ligar para Maya apenas para contar como havia sido meu dia com a filha dela, para dizer que tudo ia bem com a garota.

Bobagem minha, eu sei.

Do seu leito hospitalar, Lily sorri para mim. O mesmo sorriso da mãe, porém mais radiante.

– Vem, Shane. Vem ver minha filhotinha...

Lily não se lembra muito da mãe. O que me deixa arrasado.

– Mandou bem, garota.

As pessoas falam dos crimes de Maya, claro. Ela realmente matou civis. Realmente executou um homem, por mais nobres que fossem os seus motivos. Se tivesse sobrevivido, teria sido presa, quanto a isso não há a menor dúvida. Talvez tenha preferido morrer a ir para a cadeia. Talvez tenha preferido neutralizar os Burketts (antes que eles pudessem infernizar a vida de Lily) a apodrecer aos poucos numa cela de presídio. Sei lá.

Mas ela mesma me disse que nunca se arrependeu do que tinha feito em Al Qa'im. Também não sei o que pensar disso. Aqueles flashbacks horríveis não a deixavam em paz. Quem não sente remorso não é assombrado pelos seus atos, é?

Maya era uma boa pessoa. Não estou nem aí para o que dizem.

Eddie certa vez comentou que a morte meio que fazia parte da vida de Maya, que o fantasma da morte a perseguia. Um jeito estranho de ver as coisas, mas acho que entendo. Depois do que aconteceu no Iraque, Maya não conseguiu esvaziar a cabeça das suas lembranças, das suas vozes internas. A morte permaneceu com ela. Por mais que ela tentasse tocar o barco para a frente, a morte estava sempre lá, cutucando-a no ombro, recusando-se a ir embora. Talvez Maya enxergasse isso. E talvez seu maior desejo fosse o de que o fantasma da morte não perseguisse Lily também.

Ela não deixou uma carta para que Lily lesse em determinada idade, nada disso. Não disse a Eddie como criá-la, tampouco explicou por que o havia escolhido. Sabia que estava fazendo a coisa certa e pronto. Sabia que Eddie seria a melhor escolha. E realmente ele foi. Anos atrás, ele pediu minha opinião sobre qual seriam o melhor momento e a melhor maneira de contar a Lily sobre os pais biológicos. Nenhum de nós fazia a menor ideia. Maya vivia dizendo que filhos não vinham com manual de instruções. Confiou em Eddie, confiou em mim. Sabia que, chegada a hora, faríamos o que fosse melhor para Lily.

A certa altura, quando Lily já tinha idade suficiente para entender, contamos a ela.

Verdades cruéis, decidimos, eram sempre preferíveis a mentiras e fantasias.

Dean Vanech, o marido de Lily, entrou no quarto e beijou a mulher.

– Oi, Shane.

– Parabéns, moleque.

– Valeu.

Dean é militar. Aposto que Maya teria gostado. Sentados lado a lado na cama, o casal feliz lambe sua cria como fazem todos os pais. Olho para Eddie, vejo que ele está emocionado.

– E aí, vovô – digo.

Eddie nem sequer consegue responder. Ele merece este momento. Deu a Lily uma ótima infância, e por isso sou muito grato a ele. Esse pode contar comigo para o que der e vier. Sempre. Daniel e Alexa também. E Lily, claro.

Maya sabia disso.

– Shane?

– Oi, Lily.

– Quer segurar ela um pouquinho?

– Não sei. Sou meio desajeitado.

Lily não costuma aceitar "não" como resposta. Igualzinho à mãe.

– Bobagem. Vem cá.

Aproximo-me da cama e ela me entrega a menina, deitando a cabeça dela com cuidado em meu braço. Fico olhando para a criaturinha com um misto de estupefação e medo.

– Vai se chamar Maya – diz Lily.

Agora sou eu quem não consegue falar.

Maya (a minha Maya, a boa e velha Maya) e eu vimos muita gente morrer. Costumávamos dizer o seguinte: morreu, morto está. Fim de linha. As pessoas morrem e pronto. Mas hoje já não tenho tanta certeza disso. Hoje, sobretudo diante do que tenho nos braços agora, acho que estávamos redondamente enganados.

Porque ela está aqui. Sei que está.

Agradecimentos

O autor (que sou eu) gostaria de tirar o chapéu para as seguintes pessoas: Rick Friedman, Linda Fairstein, Kevin Marcy, Pete Miscia, tenente-coronel T. Mark McCurley da Força Aérea Americana, Diane Discepolo, Rick Kronberg, Ben Sevier, Christine Ball, Janie Knapp, Carrie Swetonic, Stephanie Kelly, Selina Walker, Lisa Erbach Vance, Eliane Benisti e Françoise Triffaux. Aposto que todos cometeram alguma mancada, mas sou um cara legal, não vou pegar no pé de ninguém.

O autor (eu ainda) gostaria de agradecer também a Marian Barford, Tom Douglass, Eileen Finn, Heather Howell, Fred Katen, Roger Kierce, Neil Kornfeld, Melissa Lee, Mary McLeod, Julian Rubinstein, Corey Rudzinski, Kitty Shum e ao Dr. Christopher Swain. Essas pessoas (ou alguém em nome delas) fizeram generosas contribuições para instituições de caridade escolhidas por mim em troca de terem seus nomes usados como personagens deste livro. Os que quiserem fazer o mesmo em livros futuros podem visitar o site HarlanCoben.com ou mandar uma mensagem para giving@harlancoben.com.

Por fim, devo dizer que tenho um enorme orgulho de ter contribuído mais de uma vez para a USO (United Service Organization), uma entidade filantrópica de apoio a veteranos de guerra. Muitos desses veteranos conversaram abertamente comigo sob a condição de que seus nomes não fossem publicados aqui. Pediram, no entanto, que eu chamasse atenção para a gravidade dos danos psicológicos impostos aos valorosos combatentes de uma guerra que já dura mais de dez anos (damos estes impostos não só a eles, mas a seus familiares também).

CONHEÇA OS LIVROS DE HARLAN COBEN

Até o fim
A grande ilusão
Não fale com estranhos
Que falta você me faz
O inocente
Fique comigo
Desaparecido para sempre
Cilada
Confie em mim
Seis anos depois
Não conte a ninguém
Apenas um olhar
Não há segunda chance
Custe o que custar
O menino do bosque
Win
Silêncio na floresta
Identidades cruzadas
Eu vou te encontrar

COLEÇÃO MYRON BOLITAR
Quebra de confiança
Jogada mortal
Sem deixar rastros
O preço da vitória
Um passo em falso
Detalhe final
O medo mais profundo
A promessa
Quando ela se foi
Alta tensão
Volta para casa

editoraarqueiro.com.br